老舎の文学

清朝末期に生まれ
文化大革命で散った命の軌跡

吉田世志子

好文出版

序

はじめて老舎という名前を耳にしたのは小学校時代。五年生のとき担任の先生からお聞きした記憶がある。あるいはＮＨＫラジオから流れてくる森繁久彌さんの『駱駝祥子』の朗読でその名前を耳にしたような気もする。それから十年後、大学で中国語を学び始めた年、老舎が作家代表団団長として来日していたことを新聞で知った。そこで『駱駝祥子』の日本語訳を読み、中国語版では恩師の勧めで『離婚』を読んだ。あくまで北京語の勉強のためである。ところが、院生のころ学研で漢和辞典編纂のアルバイトをしていたことがきっかけで「老舎小説全集」の編纂に加わることになり、その後、翻訳、解説、年譜や書誌の作成などをすることになり、さらには論文めいたものやエッセイも書いたりするようになった。だが、あくまで自分はひとりの老舎愛好家でありたいと願っていた、それが人さまの老舎研究で指導する立場になろうとは、まことに縁は異なものである。

吉田さんと初めてお話ししたのは十年以上もむかしのこと。関西大学文学部の庭の隅にある関大の象徴でもあるクスノキの巨木を前にしたベンチであったろうか。わたしは授業が終わるとその巨木を眺めながらベンチに腰掛けて一服するのが常であった。一服とはむろんタバコを吸うこと。いまやそんなことは許されなくなってしまったが、かつては老舎を読む以上はタバコを吸わんといかんなどと人に言ったものである。なにしろ老舎には「酒はやめられるがタバコはやめられない」という名エッセイがあるのだから。そういえば、聞一多先生も講義を始める前にまず一服し聴講学生にもタバコを勧めたとか。

閑話休題、書帰正伝。はじめてお会いしたにもかかわらず、吉田さんは老舎への強い思いを長時間にわたり熱く語られた。何しろわたしより三歳年長、しかも高校の先生を三十年近く勤めてこられた方なので、こちらもかなり緊張して拝聴した記憶がある。吉田さんは退職して中国語を学び始めたばかりとのことだったので、とにかく大いに勉強してくださいと激励した。そのころは中国文学専攻にも社会人で入学される学生や院生が増えてきており、そういう人に共通するのは、とにかく勉強がしたい、あるいは研究テーマが決まっている、本を読む習慣がある、しかも文章が書けるなど、最初から信頼できたからである。そうして、吉田さんの熱意をかって、それ以前に大学院で読んできた清朝や民初の北京語作品を読むのをやめ老舎の短編集をすべて読むことに決めた。

わたしはそもそも北京語に興味があって老舎を読み始めたので、どうしても発音も含めて言語と文体にこだわる。当然のことながら、修士のころは彼女の発音を矯正したり文法の確認をしたりずいぶん細かなことばかりに時間を費やした。おそらく彼女は自分の子供のような若い院生の前で訂正ばかりされるのは我慢ならなかったことであろう。

ついでながら老舎の短編を読む授業はいまも続いている。間もなくすべての短編集を読み終えるとはいえ、これほど時間がかかったのは、教室ではできるだけ訓詁学的に読みたいと考えたせいもあるが、もっと大きな理由は、わたしの教室での話は脇道、寄り道、雑談が多すぎるせいであろう。これも反省すべきかもしれない。ただ、『集外集』をどうするかはまだ決まっていない。なぜ「集外」集なのかということを考えながら読むのも面白いかもしれないとは思っているが……とまれ吉田さんがいなければ老舎の全短編を読破するなどということは計画だにしなかったことであろう。

大学院に入ったのち吉田さんへの信頼は一度も裏切られたことはなかった。前期課程、後期課程を通じて着実にゼミでの発表を継続、しかも一回ごとに膨大な量のレジュメを準備、一時間以上に及ぶのが常であった。若い院生には大いに刺激になったに違いない。

ところで、修士論文を読んだのちわたしは発音や文法など言語面についてはあまり触れないこととし、彼女の発表内容について論議することに主点を移すことにした。彼女は何よりも、文学者としての老舎の生き方、そして死に方の意味を探り、老舎の生涯を、おそらくは作家の気持ちで書こうとしていたからである。そのこともあり、教室では毎回発表のたびに、わたしはいささか極端なほど、意識的に反対意見を口にし、あるいは細かな矛盾点や間違いの訂正ばかりを求めることにした。

吉田さんは人生においては先輩であるが、関西大学ではわたしの教え子である。この書の前半、すなわち修士論文で取り扱ったあたりまでは、いわば指導教授としてのわたしの指示する道を極めて真面目に歩む学生であった。だが対話や議論を重ねるうちに、老舎を共に研究する仲間あるいは同志とでもいうように変わってきた。さらに最近では彼女から教わることも多く、ときに先生といってもいいような存在となっている。

一読明らかなように、本書は新中国における常道ともいえる政治情勢の説明で文学を解釈する方法をとらない。むろんここで細かな欠点や弱点をあげつらうこともできよう。いささか感情が先走っているところがないわけではない。にもかかわらず本書は、老舎の作品そのものを読み込み、作品自体に語らせることで、作家老舎の生と死を、生涯と理念を、老舎のために、解明しようとしたこれまでにない試みであり、老舎の文学と人生に対する愛着、愛執を、老舎のことばを借りれば「恋」を語ろうとしたものであると言えよう。吉田さんは、老舎という作家は文学自体の自立性と規律というものをみずからの作品と人生を通して証明したとするがゆえに、「老舎は自らの作品に描いてきた虚構の世界の延長上に、自らの行動——みずから命を絶つ——を刻み込み、生を終えることで、みずからの人生をも創作し、作家としての『生』を全うした」と説き、ここに老舎への鎮魂歌を完成させたのである。

いま吉田さんの研究成果が公刊されようとしている。この喜びを表わさんがため、ここに敢えて駄弁を弄した次第である。

二〇一四年二月三日

日下恒夫

老舎の文学　目　次

序　i

第一章　作家と自殺 …………………………… 1

第二章　英国からのメッセージ …………………… 5

第一節　『老張的哲学』にみる「青春の蹉跌」　5

第二節　趙子曰の自我の覚醒　20

第三節　『二馬』の主人公馬威の新たなる出発　33

第四節　生と死の二律背反　47

第三章　豊饒の時代 …………………………… 55

第一節　『猫城記』の先見性　55

第二節　『離婚』に描かれた北京への愛憎　78

第三節　『駱駝祥子』にみる「生き続けること」の意味　93

第四章　「中華民族」独立の悲願……129
第一節　抗日戦争と老舎　129
第二節　『四世同堂』の世界　156
第三節　一九五〇年までの長編小説にみる老舎の死生観　186
第五章　中華人民共和国成立直後の老舎……197
第一節　文芸政策への困惑──『方珍珠』　197
第二節　新中国における葛藤　208
第三節　共産党との蜜月時代──『龍鬚溝』　213
第六章　政治・思想闘争渦中での執筆……225
第一節　「三反」・「五反」運動を描く──『春華秋実』　225
第二節　創作内容の雪解け──諷刺劇『西望長安』　236
第七章　「百花斉放」から「反右派闘争」の中の老舎……251

第一節　「百花斉放」への頌歌　251
第二節　歴史に翻弄された『茶館』　255
第三節　「反右派闘争」で果たした役割　266
第八章　出自への回帰……281
第一節　戯曲『義和団』から『神拳』への削除・改題　281
第二節　遺作『正紅旗下』が語りかけるもの　295
第九章　「中華民族」独立の悲願達成の果て……327
第一節　我執と使命感の止揚―四十年間の創作の軌跡　327
第二節　此処より他処へ―四十年間の行動の軌跡　343
第三節　満州族の誇りに殉ずる　350
あとがき……375
参考文献　381

第一章　作家と自殺

文化大革命で多くの人々が自殺した。老舎《ラオショー》もそのひとりである。満州族の作家老舎は一九六六年八月二四日深夜から二五日未明ごろ、太平湖に入水自殺した。六十七歳だった。それ以後四十年余り経ち、自殺したほとんどの人々は名前すら忘れられた。だが老舎の名前は永遠に記憶される。彼が中国文学史上比類ない作品を残した作家であるからだ。

傅光明《フークワンミン》は一九九九年『老舎の死』(1)を出版した。そこで往時を知る人々から取材して、老舎が自殺した心境についてはほぼ三説あると述べている。ひとつは抗争説。二つ目は絶望説、三つ目は攻撃に耐え得ない脆弱説(2)とまとめている。

一つ目の抗争説の観点を持つ人は老舎の死を屈原が湖に身を投じたのと同列に論ずる。老舎は性格が剛直で気骨があり、正直な品行は林彪、康生等が文化を壊滅したのを徹底的に嫌ったと、彼らは認識している。老舎は死で自身の潔白と汚濁した世界への蔑視を表明して、屈原が政治を離れて流れに流されないと固く心に決めたと同じように、正義のために命を捨てた。

二つ目の絶望説を唱える人の意見は、ひとりの作家が、自分で満足できる作品をかけないとき、文人の価値はどこで体言できるか?六〇年代に入って老舎の描く速度が遅くなったのは、能力を失ってできないと彼自身感じたかもしれない。また共産党は、老舎のような名高い無党派の人に、実質的な権力はなく、しかし、実際上は忙しくて余暇の時間はないという名誉ある地位を与える。大小の会議に召集されて、態度を表明させられ、根本的に時間が足りず、文句のいいようもない。老舎は、自分がただ表面を飾っているにすぎないと冷静に自覚していた。当然このような精神的苦痛だけで、この世を去る決心をするのは不十分である。だが「赤の八月」になって、紅衛兵が北京の文連に乱入し、人々を侮辱し、めった打ちにし、孔子廟に侵入し「焚書坑儒」をするにいたって、老舎の絶望は頂点に達した。現在の流行語でいうなら「心のやすらぎ」を失い、この世界にもう未練はなくなった。老舎は疲労困ばいと絶望で、彼が小説に描いた多くの良い人が選ぶ道を選んだ。

第三の説は、老舎はとても脆弱で、攻撃を引き受けきれず自殺したというものである。このように認識する人は、幾回となく政治運動に痛めつけられた人である。これらの人々は運命の浮き沈み、人情の冷たさ、暖かさを受けた経験があまりにも多かったから、自殺という行為そのものに疑いをもつことになり、命の尊厳と価値は引き受けた苦痛と本来同等であると気づいているのである。老舎は国民党と共産党との折衝期間、共産党のために多くのことをなし、一九四九年アメリカから帰国したのも周恩来《シューエンライ》が呼び寄せたからだ。彼は政治生命上いつも順風満帆で、いたる所で尊敬され、支持された。ところが突然間違えられて口汚く罵る声に取り巻かれ、彼の創作自体が罪だといいたてられた。彼はこの攻撃と打撃に耐ええなかった。

この三つの説は、全て文化大革命に軸足をおいた分析である。たしかに中国人にとって自国民同士が敵対せざるを得なかったこの不幸な十年を、このように総括することは非常に意義のあることである。傅光明が述べている「老舎の死を決して忘れてはいけない」ということに深く共感するものである。しかし、老舎の自殺が皆の記憶に残り、このような本となるのも、彼が作家だからである。とすれば、彼の作品抜きに作家の自殺を、この三点にくくれるだろうか？筆者は『老舎の死』を読んだとき、深い感動とともに、このような疑問が湧いたのである。

老舎の自殺をいつまでも記憶にとどめるには、彼の作家としての歩み抜きには語れないと思うのである。自殺にいたるまでに、四十年に及ぶ著作活動をおこなった確固たる生涯があるのである。この四十年間の老舎の作品を詳細に分析することにより、これらの作品から帰納した老舎像とひとつながりのものとして、老舎の自殺を捉えたい。

一九五〇年以前の作品から、『老張的哲学』、『趙子曰』、『二馬』、『猫城記』、『離婚』、『駱駝祥子』、『四世同堂』を取り上げる。個々の作品の分析を積み重ねることにより、作家論に迫りたい。これらの作品を選んだのは、彼のそれぞれの年代の長編小説であることである。長編小説は作家の精神世界がいやおうなく表出するものであるからである。この時期の老舎は優れた短編小説を多く描いている。先にあげた作品を分析するときの参考にはしたが、本論文では割愛した。

また一九四九年中華人民共和国成立以降は、『方珍珠』、『龍鬚溝』、『春華秋実』、『西望長安』、『茶館』、『義和団』、『正紅旗下』の作品を主に取りあげた。五〇年以降老舎は、共産党の文芸政策に沿って創作することを余儀なくされた。したがって五〇年以降の作品分析をする場合は、共産党の文芸政策と摺り合わせてみていく必要がある。これらの方法で作品分析を積み重ねることにより、「老舎とはどのような作家だったか」という作家論にたどり着きたい。さらにここで構築された作家論をふまえて、「このような作家」が一九六六年八月二三日に遭遇したことと、翌日の老舎の行動の意味を問いたい。

注

（1）傅光明『老舎之死』、中国広播電視出版社、一九九九年。

（2）同右、五頁。以下訳文は、特に記さない限り筆者の拙訳による。

第二章　英国からのメッセージ

第一節　『老張的哲学』にみる「青春の蹉跌」

（一）青春の蹉跌

老舎は一九二四年九月一四日イギリスに到着した。一九二九年六月英国を出国するまでの五年間、イギリスで中国語を教えて生活した。このイギリス滞在中に描いた最初の小説が『老張的哲学』である。日下恒夫氏は「渡欧の目的は英文学の研究でもなければ、遊学のためでもない。そのような余裕は学問的にもそして何より経済的になかった。それはロンドン大学東方学院で、旗人出身の知識階層の人間によくあるように、北京語を教えるためであった。…十二歳から七十歳にいたる、年齢も一定せず、能力も動機も異なる学生を相手に、遊ぶ金もなく、毎日中国語を教えた老舎は、図書館を愛した。ことに休暇時の図書館の閲覧室は静かであった。老舎が滞英中に書いた三冊の小説はそこで書かれたものである。その最初の小説が『張さんの哲学』である」(1)と述べている。

老舎の年給は「一九二四年は『二百五十ポンド』…一九二六年には『北京語・中国古典』の講師として

三百ポンド」(2)であった。それは「当時のエリート学生たちの費用にも及ばず、しかも北京にいる母親への送金もあり、生活は苦しかった」(3)

『老張的哲学』はこのような状況の下で描かれた処女作である。(4)処女作には、その作家の持つあらゆる問題が凝縮して、様々な形で散りばめられていると、よくいわれることである。異国で、経済的に苦しい生活のなかで描いた処女作であるということを踏まえて、この作品の底を流れるメッセージを読みとりたい。

従来の評価として、藤井栄三郎氏は「老張《ラオチャン》と仲間のボス共、老張に虐げられる貧しい人々、この二つははっきりと善玉と悪玉に分かれる。すなわち彼等は、善悪の各一面を持った平面的人物である」(5)と述べ、また高橋由利子氏は「結局この小説では金を持つ悪人はすべて栄え、金を持たない善人は救われない。老舎は悪人の哲学をまるで歌うように描きあげ、決して悪人を裁かない」(6)と述べている。だがこの作品をこれだけで裁断できるであろうか。

老舎はイギリスに来てから小説を描くようになった動機を「二十七歳で国をでた。英語を勉強するために小説を読んだが、しかしまだ描こうとは思っていなかった。異国での新鮮な気持ちは次第になくなり、半年後に寂しくなりだし、いつもホームシックになった。十四歳から家にはいないから、ここでいう『ホームシック』というのは、実際には国内での経験の全てを思うということである。それらの事は全て過去のことで、思い出してもまるで絵のようで、その色の薄いところにいたってはまったく思い出せなくなっていた。これらの絵はいつも心の中を行き来し、小説を読むたびに、私に、今読んでいるのが何かを忘れさせ、ただぼんやりと自分の過去を回想させた。小説の中のことは絵であり、記憶の中のことも絵であるなら、どうして自分の絵を文字で描きだしていけないことがあろうか？私は筆を取ろうと思った」(7)と述べている。

このようにして描きはじめた小説は、当然のことながら望郷の念に満ちている。人は異国での生活にも慣れ、望郷の念に駆られたとき、魂を揺り動かされ、祖国の美しい風景はより美しく感じられる。そして、侮ることなく、へつらうことなく祖国の現実を見つめ、そのあるべき姿勢を厳しく問いかけるものである。しかもその流動している祖国に、現在コミットしていないという「自由」さと、その祖国を支配しているイギリスで働いているという「屈折した思い」とがない混ぜになると思われる。また「描く」という行為において、自己を隠しきれるものではなく、作家の筆は、描き進めていくうちに、作家の奥底の思いに従って、人物はひとりでに動きだすのである。そのイギリスから発したメッセージ—中国人の様々な哲学—それが中国でどのように生き延びていけるか、いけないか。またそれが何かを問いかけたものと思うのである。

老張は北京の城外で学校を経営し、食料、雑貨の店を持ち、徳勝門司令部派出所の巡査の名簿にも載っている。「銭本位の三位一体説」の哲学を持つ人物である。宗教は回、耶、仏の三種、職業は兵、学、商の三種、言葉は北京語、瀋陽語、山東語の三種である。各三種は時、場所に応じて金儲けのために、一番都合の良いものが使われる。

この学校の生徒に王徳《ワントゥ》、李応《リーイン》という十九歳の少年がいる。李応は親がなく、叔父の李老人に育てられている。李応には城内に伯母と住んでいる姉の李静《リーチン》がいる。

王徳と李応は学校をやめ、仕事を求めて城内に行く。そこで李応の伯母さんの家に住み仕事を探す。王徳は李静を愛するようになり「静姉さん！僕はふたつのことを心の中で固く決心しているのです！その第一は、ぜひ城内で仕事を見つけて働くことと、第二はあなたと結婚すること！もしこのふたつの念願が成就しなかったら、僕は死ぬつもりなんです」[8]と告白する。愛情を告白するという、人がもっとも誠実に、情熱こめて語るとき、その真摯な思いの証のように、老舍は「死ぬ」という語句で表現する。さらに「人間に恋愛の自由がないなら一切の自由はみな嘘であり、人間に男女間の愛がなかったら、全ての愛は空虚なものだ」[9]と「死」の対極の「生」の喜びとして恋愛を高らかにうたいあげている。二人は接吻して愛情を確認しあうが、李静の前に難題がたちはだかっていた。李静の叔父の李老人は県知事だったが上役と喧嘩して役所を辞めた。彼は官界の腐敗に愛想を尽かし、商売人になることにし、老張から三百元借りていた。この借金のかたに李静を妾によこせと脅されている。李老人は李応と王徳に次のように言う。

もし善人が正義を持って戦わなかったら、善人は悪人の捕虜になってしまう。また善人の心が軟弱で、姑息で、卑屈であったら、善人の前途にはただ自殺あるのみじゃ。わしはもはやこの世の中に、なんの希望もなくなってしまった。ただわしは、お前達がこれから先、悪人の首を切り取り、また自分の心をえぐりだして悪人どもに見せてやるくらいの意気と、信念とを持っていてもらいたいと思う。お金を得るにも、使うにも、よく注意して、いやしくともおろそかにすべきでないということだ。わしは若い頃に馬鹿正直であって、宵越しの金は使わないなどと言って得意がったものだが、その結果はこのとおり、死ぬより他に道がなくなってしまった。死ぬことをわしはちっとも恐れはしない。しかし死んでもなお申しわけないのだ。少なくとも張さんに対して済まんと思っている…わしが死ぬことに対して決して心配するに及ばないよ、わしは当然死ぬべき人間なのだ。[10]

　このように老舎は、正義感があり、馬鹿正直で役人を辞めた「善人」を自嘲的に描き、「死ぬ」という「自己否定」で、責任をとらせようとしている。前出した王徳の「真摯な思いの証」の「死ぬ」とは違うのである。

　李老人は姪の李静に「もしお前に、誰か好きな人があるなら、今のうちに、急いで話を決めてしまいなさい。お前の一生を託する人がきまったら、この叔父さんも安心して死ねるというものだ」[11]といい、李静が婚約したら、老張も手が出せず、自分は老張との約束をはたせないので死んでお詫びをするというのである。しかし李静が婚約しないかぎり死ぬこともできないのである。自分が死んでも老張が李静をあきらめるわけはないからである。また李静は王徳と婚約したら叔父の李老人が死ぬことになり「私は死ぬ事は恐れませんけれど、あたしが死んだために、他の人が禍を蒙るようなことがあっては、本当に申し訳ありませんからね！」[12]と身動きならなくなり、お金の工面をしにいったりするがかなわず、とうとう王徳に相談する。

　王徳は「姉さん！僕たちはなぜ死なないのです」[13]と口走ってしまう。これを聞いた李静は叔父だけでなく、王徳を死なせてはならないと「私はなんとかして叔父さんを救いたいと思って色々考えました。考えに考え抜いたあげく、場合によっては張さんのところに嫁にいってもいいと考えた、でも私の心はあなたのもの、あなたも私のこころを分かってくれるでしょう！」[14]と自分を犠牲にすることを選ぶのである。叔父や王徳の命を守りたかったら、もはや彼女には「死ぬ」自由すらないのである。

　一方、教会の救世軍で仕事をすることになった李静の弟の李応は、救世軍の司令官龍樹古《ロンシュクー》の娘、龍鳳《ロンフォン》と好意を持ち合っている。龍樹古も老張に借金をしている。老張は、龍鳳を土地の有力者孫八《スンバー》の妾に斡旋して、借金を返済させようとを企んでいる。李応と龍風は教会の車引きの趙四《チャオスー》に相談した。李応は「ああ死ぬしかない！」(15)と思わず言う。趙四は逃げるのが一番だと言うが、李応は「僕は逃げるなんてできない！僕が逃げたら姉さんはどうなる？」(16)と彼も姉を思うがゆえに身動きならない。ただがせっぱつまった李応は左のように考え、失踪してしまう。

張さんを殺しに行こう！駄目だ！イエスは殺すなかれと教えている！趙四の勧告を聞いて龍鳳といっしょに逃げよう！どこへ？どうやって？生命とはなんだろう？世の中とは？分らない！・・逃げよう！逃げよう！それはあまりにも利己的だ！利己的でなかったらどうだというのだ？それはあまりにも残忍だ！そんなことをしたら人に罵られる！かってに罵るがいい！どうせ誰も自分を助けてくれる者はいないではないか。(17)

一方王徳は仕事もやめ、短刀を買って剣術、槍術などの型を覚え練習をしていた。四月二七日老張と孫八の合同結婚式の日、李静が花嫁馬車から「死刑囚が断頭台に上らせられたように」降りてきたとき、王徳は短刀をもって入って来て、老張に襲い掛かろうとして、皆に取り押さえられた。取りおさえられながら大声で「皆さん、張さんは高利貸しです。お金を借りた人を脅迫して、借金のかたに大事な娘さんをむりやりに妾にしょうとしているんです！鬼のようなヤツです！」(18)と叫ぶ。そこに龍鳳を迎えにいった馬車がもどってきて、彼女も父親も逃げていないという。そこへ趙四が孫八の叔父の孫老司令を連れてかけつける。李静は地に膝まづいて孫老司令に助けてほしいと哀願した。老司令は李叔父の借金を張に払い、龍樹古は孫八に利息なしで分割払いで返済することにさせ、金の問題は一応の決着をみた。李静は老張の妾にならずにすんだ。

老舍は最終章で、この小説は一九一九年から一九二三年までのことだと描いている。「もしも二人（王徳と李静）が結婚したら、他人は恋愛結婚だというであろう。そんなことは我が家の家名を恥ずかしめるものであり、とんでもない迷惑である」(19)と李静の伯母が言う時代である。この時代に恋愛を貫こうとしたらどうなるか。四人の青年の恋愛の破綻とその後の彼らの「生き方」を、老舍はどのように描いているかを見ていきたい。

李応と龍鳳のカップルでは李応が「利己的だ！」と自分を責めながら天津に逃げる。しかし、李応は幼いときに両親が死んでいる。継ぐべき家もない。その上自分たちを育ててくれた叔父は、借金をかたに姉を売らざるをえない。彼が失踪しても悲しむ親も、失うものもないのだ。彼だけは自我に忠実に行動できた。だから逃げられた。だがこれが龍鳳と別れる遠因ともなる。老舍は龍鳳について次のように述べている。

龍鳳は真珠のような心を千々に砕いて悩み苦しんだ。父の全ての行動は、果して本当に自分のためを思ってやっていることだろうか？李応を失うことになったらどうしょう？もしも李応がどこへも行っていなかったとしたら、果して父は彼と結婚することを承知しただろうか？彼女はこれまで父が大好きだったが、今日は急に嫌いになった。自分は本当に李応を愛しているのだ。ひょっとすると父は自分を別の男と結婚させるつもりでいるのではないか?あれこれ考えてみたが、どうもはっきりせず、これという決定的な考えは浮かんでこなかった。彼女は父を疑ったが、結局父に服従せざるをえなかった。[20]

龍鳳は父の本意を正確に捉える聡明さをもちながら、結局父に従わざるをえない。龍鳳は城内で李応を待ちたかったが、奉天に布教にいくという父についていく。彼女は幼くして母と死別した、父は自分を慈しみ育ててくれたのだ。父はキリスト教の救世軍の総司令官なのだ。当時の中国で、人の愛について自由に考えられるはずである。老舎はその後の李応と龍鳳について「李応は天津に逃げて、いまではある仕事に相当成功しているということである。彼は趙四から龍鳳の住所を教わって幾通か手紙を出したが、杳として返事はこなかった。その後、聞くところによると、彼女はある金持ちと結婚し、彼女の父親も仕事をやめて、娘や娘婿といっしょに暮らしているということである。この話を聞いた李応の失望はいかばかりだったろう?」[21]と描いている。

この描写から、老舎がキリスト教をどうみているかがうかがえる。老舎はキリスト教をもってしても、中国が救われるとは考えていない。李応は天津で成功して、趙四から龍風の住所を聞き、何度か手紙をだしたが返事はなかった。四人のなかで唯一李応が、自分の手で生きていく道を切り開いたが、そのとき龍風は手の届かない人になっていた。老舎がイギリスから祖国を思い描いたとき、また若くして教職につき、多くの青年の思いだけではどうにもならない現状を見聞きしたことが、脳裏に浮かんだと思われる。また自身も教職を辞めている。さらに老舎自身も一歳で父親を失い、父の死後生活は困窮をきわめる。母親は女手ひとつで、よその洗濯ものや縫い物をしたり、学校の用務員などしながら、僅かな賃金で一家を支えていたのである。したがって老舎はこの青年の家庭環境も考え抜いて設定したと思われる。だから両親がない李応は失踪できたが、龍鳳は父を捨てられなかったのだ。そして老舎は、彼女が結婚したことがわかったときの李応の気持ちにより添って「李応はどんなにかつらかっただろう」と描く。李応は「失恋」を経て、大人へと成熟していくしかないのだ。

王徳と李静の場合はどうか。李静が老張との結婚式場へ行く情景を左のように描写している。

李静は眼を真っ赤になきはらし、顔はめだってやつれた。「死」は頭の中で絶えず考えていたけれど、決心することは難しいことであった。「希望」は万難の境地にあっても、なかなか完全に棄てきれるものではなく、ひょっとするとまた好いこともあるかもしれないという一縷の望みを抱いているものである。「絶望」と「希望」とは一枝の花のごとく心を揉み砕き、滴々としたたり落ちる涙は、心中の憂いを洗い清めんとしてなかなか洗いきよめることはできない。[22]

李静の心は、絶望と希望の間を揺れ動き、死んだようになって、馬車で結婚式場に運ばれるのである。王徳は「姉さん僕はあなたを助けますよ！こんな世の中にのうのうと生きているより己を知る者のために死んだ方が、どれだけ痛快かしれません」[23]といった言葉の通り老張を殺すために実行するが、前述のように失敗し、親の後を継ぎ、一家の主人として、親として生きていく。これを藤井栄三郎氏は「王徳は生ける屍」(24)になったと述べ、また杉野元子氏は、藤井氏のこの言葉を受けて「王徳には内的な『死』が訪れた」(25)と述べている。王徳のこの面に着目したのは鋭い指摘と思われ、筆者もこの指摘から触発されたのであるが、王徳を「生ける屍」とはいえないと思われる。

王徳には李応と違い、父母がおり、帰るべき家はあり、生活できる土地もあった。李静を助けようとして短刀を持って結婚式場に乗り込んで、捕らえられてから「馬鹿のように笑いつづけ」「頭痛、めまいでおきていられず」「コラ、張さん！覚悟しろ！殺してやる！とわめき続け」「熱はますます高くなるばかりで」「枕を握って、真っ赤に充血した眼を見開いて」「クソ！のがしてなるものか！殺してやる！などとうわ言を言い続けた」

王徳の両親は道士に占ってもらい、結婚させると治ると言われて、結婚申し入れから輿入れまで四十八時間というスピードで結婚させた。王徳は目の前の嫁に驚き、ドッと布団の上に血を吐いた。嫁は黙々と王徳の看病につとめた。王徳はだんだんと元気になり、親身に看病してくれる妻を退けられなかった。更に妻は丸々とした「男の子」を産んだ。ここで「男の子」というのは大きな意味を持つ。家の後継ぎが生まれたのだ。王徳は「野良仕事に専念」し、父を助けて一家の跡継ぎとして生きていく決心をする。

王徳としては、身体をはって李静を救うため、老張を殺そうとしたのだ。登場人物のなかで、唯一彼が体を張って、公の面前で「老張」を弾劾した。だがこれは彼の能力の限界を超えたことだったのだ。この時代の典型的な「悪人」にひとりで刃向かってもかなわない。さらに、これがこの時代の限界でもあった。老舎は教職にあったとき、これを実感したのだと思われる。

桑島信一氏は「老舎の初期の作品を一貫して流れているものは、亡び行く古き美をいたむ感傷と北京人特有の合理主義に立って、社会のあらゆる非合理をいきどおり、なげく嘆息であった…だが中国に流入した西洋の合理主義は、既に資本主義の毒素に汚されていたし、中国社会の半植民地性と、半封建性は、この歪められた合理主義さえ窒息させていた…かれは英国に渡った。しかし英国もかれの安住の地ではなかった。当時の作品『二馬』に現れているかれの苦悶は、資本主義的合理主義に対する失望の嘆息である。かれには救いがなかった。活路がなかった。苦悶の中から、かれは日ごとに失われてゆく古き美のためになげき、人間社会の非合理に絶望的に風刺を投げつけ」[26]たのであるとのべている。

古い家族制度と、新しい個人主義の思想と、知識人に対する国家が期待する役割とは往々にして衝突する。そこから悲劇が生まれる。王徳のこの状態を、筆者は「青春の蹉跌」とよびたい。純粋な青年はこのように挫折し、何かを喪失し、一人前の男として、社会に認知され、成熟していかざるをえないのである。老舎はこの挫折、喪失、成熟の過程を描きたかったのではないかと思われる。

(二) 手を汚さない「生き方」

この作品では、このような社会で「愛する人と結ばれたい」という人間の原初的な感情すら実現は困難であることを描き、さらにこの社会でどのように「生きる」のがよりよい生き方かを模索している。それは李静の「生き方」にもみることができる。

「死にたい死にたい」といい続けていた李老人だったが、心配がなくなったからか、布団にはいったまま眠るように死んだ。孫老司令は李静に「これからわしがあんたの叔父さんじゃ。あんたの将来は、わしが責任を持って引き受ける」と手をさしのべてくれるが、李静が選んだのは手を汚さない「生き方」だった。

王徳は人のものである！李応は行方不明である。趙伯母さんの家には帰れない。又帰りたくもない。藍小山《ランシャオシャン》の愛情は受け入れることはできない！孫司令は本当によくしてくれた。恩返しもできないほどに。が、そういつまでも彼の好意に甘えているわけにはいかない。第一彼の思想と彼女の思想とはあまりにも隔たりが大きすぎる！その他には彼女を知る者はなく、彼女を理解してくれる者などさらにない！…彼女は叔父さんのところへ行った！花は散り、花は咲くが、花叢のなかでは、お互いにどの花が散り、どの花が咲くのか誰もしらない。風、雨、花、鳥…今日もまたこの世の中に美しい夢をかきたてている。美しい花が一輪、ポロリと音もなく落ちた！彼女は死んだ！(27)

李叔父が生きていたときは、彼女は叔父を死なせたくなくて、「死ぬ」こともできなかった。今いっさいのしがらみがなくなったとき、手をさし伸べてくれる人はいるのに、「孫司令と彼女の思想はあまりにも隔たりが大きすぎる」と頼ることを拒否した。「生き方の違う人の世話にはなれない」とは、彼女の叔父は官界の腐敗を嫌って県知事をやめた。孫老司令は人徳のある人ではあるが、土地の金持であり、龍鳳を妾にしようとした孫八の叔父である。やはり彼の世話になるのは潔しとしない。自分を汚さず、生きていきたいと思うと、李静は「自殺」せざるを得なかった。手を汚さない「生き方」とは、自殺であった。「美しい花が一輪、ポロリと落ちた」とあるように、李静は自殺することにより、美しいまま永久に人々の心に残るのである。老舎はこの時代、李静のような女性が自分を汚さず、信念を通そうと思えば「生きてはいけない」社会の現状を、はるかイギリスから思い致し、李静を美しいままにしておきたいと思えば、彼女を自殺させるしかなかった。これは老張の「銭本位」の生き方に対する強烈な抗議であり、裁きである。

結局この小説は、中国の近代開化期における二つの恋愛が、なぜ成就しなかったかを描いたものである。四人の男女は、金の権化のような「老張」に絡め取られて身動きならず、さらにその「老張」に追随して、あわよくば政界にでたいという土地の「紳士、孫八」などに翻弄される。それがどのように破綻していかざるをえなかったかを描くのに、老舎は四人の男女の境遇を周到に設定した。

母親がない龍鳳は父のまやかしに気づきながらも父を捨てられなかった。両親のいない李応は、姉李静が「老張」の妾になることに決まり、自分を責めながらも失踪できた。その後彼は天津で「ある仕事に相当成功」したのであるが、龍鳳は別の金持と結婚していた。王徳は短刀を持って李静の結婚式場にのりこみ、「老張」を殺そうとして、たった一人で、彼の「悪」を弾劾したのである。しかし彼はあっけなく取り押さえられた。その後彼は「青春の蹉跌」を抱えて生きていく。また恋人李静は自ら「死」を選ぶことにより、「美しい花が一輪」美しいまま落ちた。李静だけが「手を汚す」ことはなかったが、その代償は「自殺」であった。

老舎はこの最初の長編において、人間の絶望、怒り、いらだち、苦痛、困難と言うようなマイナスの感情の基準に、いや天秤はかりの錘のように、「自殺」を思考方法として使っている。ひとが悩んだとき、「どう生きていったらいいか」あるいは「どうしたらいいか」の同義語のように「死にたい」と描写する。またその「自殺」にも二つの意味がある。

一つめは自己否定である。李老人のように、このまま生き永らえて人に迷惑をかけ、恥をさらすより死んだ方がいい。せめてみずからの手で一生の幕引きをしたい。

二つめは自己完結である。李静のように、自分の意志や努力ではどうにもならない現実に直面し、このまま生き続ければ自分で自分を認められない。

ソクラテスの時代から「この世にはいのち以上に大切なものがあるゆえに、なにものにもまして強烈に命を愛しながら、なおかつその熱愛するいのちすらより高い価値の前には犠牲にした」(28)という命題が人間の前に横たわっているのである。よりよく生きたいと思えば思うほど「死」という結論がでてきて、「よりよく生きるには死ぬしかない」という「生と死の二律背反」に陥るのである。またこのふたつは知識人にあてはまることである。

小説とは本来、人が「どう生きたか」「どう生きているか」「どう生きたいか」を描くものである。最初の長編小説が「よりよく生きたければ死」ではあまりにも救いがない。それで老舎は「どのようにしたら生きていけるか」を模索したはずである。それで「老百姓（庶民）」は「死」をどう考えているかを描くのである。教会の車引きの趙四爺は言う。

趙四には哲学思想などはなく、彼は生、死、生命・・などの問題に対して、深い考えは何も持っていなかった。彼は詩人がよくいうように「人生は苦の娑婆地獄だ。死んだ方がいい！」などとは考えず、生きるときに生き、死ぬときがきたら死ぬ。生死の間を勇敢に歩いていくだけである。(29)

このように最終章にわざわざ描いている。この趙四爺は「結婚式場」に孫老司令引っ張っていき、二人の娘が妾にされるのを救わせるのである。まだ救う手立てはないかと模索した老舎が登場させたのは「知識人」ではなく、「哲学思想」などはない「生死の間を勇敢に歩いていく」、お金もなく、自分の食い扶持を体でかせいでいる「老百姓」である。老舎は虚飾をすてた彼の生き方に、共感と、力を感じているのである。老舎はこの「自殺」のテーマを、その後の作品で追及し続ける。作家が処女作で提出した問題は、以後の作品を貫く糸の一本となるのである。

第二節　趙子曰の自我の覚醒

（一）一九二〇年代の学生運動

『趙子曰』は『老張的哲学』に続き英国で書いた二作目である。一九二七年三月から十一月にわたって『小説月報』(30)に連載された。『趙子曰』は北京の四合院を改造した学生下宿「天台」に住む六人の大学生の生活を描いたものである。「天台」の最も大きな部屋に住む主人公の姓は「百家姓」の一番目の「趙」である。名前は『論語』第一章の冒頭の二字「子曰」を組み合わせて姓名とした。地主の父に月二回金を無心し、田舎には十五歳で結婚した纏足の妻がいる。北京にきて新しい思想をかじった趙子曰《チャオツーユエ》はこの妻を恥じている。いかなる学科も三ヶ月ずつしか学ばず二十六歳になっている。

欧陽《オウヤン》天《ティエン》風《フォン》は大学の予科に七年在学していて、親の仕送りなし。趙子曰と麻雀をしては彼の金を巻き上げて学費にあてている。趙子曰は欧陽天風に金を巻き上げられると、一種の慈善事業にひたっているような気がしてくる。このように人の善い「むさくるしい」趙子曰は、彼より「十倍もあかぬけしている」欧陽天風を親友と思っている。趙子曰はこの見た目はいいが悪人の欧陽天風に何度も騙されて、やっと真実を見極めていくのである。その彼を目覚めさせる役割として、李景純《リチンチュン》がいる。李景純の働きかけにより、武端《ウートワン》と莫大年《モウターニエン》という経済学専攻の学生も、趙子曰と相前後して目覚めていく。周少濂《チョウシャオリエン》は口を開けば新体詩を吟じている。この五人が趙子曰の部屋で会議を開き「科挙まがいの試験と帝國主義的な命令に反対」と大学の総会でストライキの提案をすることを決定する。同じ大学の李景純は、「殴る」ストライキには反対だと会議に出席しない。いつも面白おかしく暮らしている趙子曰であるが、同じ大学で哲学を専攻している李景純には畏敬の念をもっている。彼と顔をあわせると勉強しなければならないという気になってくる。李景純は趙子曰に次のように言う。

「君の学業だって、遠慮せずに言えばものになったものは一つもないが、聡明でないはずがない。そうでなければどうして『麻雀入門』を描いたり、『二簧』をあんなに上手に歌えるだろうか！きみには美しい心と、天賦の才があるのに、もし君が今のような生活を続けるなら、君のためにぼくは気がめいるよ」

「老李、君の言葉はぼくの心に突き刺さるよ」趙子曰の十万八千の毛穴のひとつひとつが、汽車が蒸気を発散するようにすうすうと冷気を放射した。足の先から頭まで震わせながら、空前絶後で革命的な心にもない（そうでなかったかもしれないが）言葉を口にした。

「いったい誰の責任なんだ」李景純は趙子曰をみつめた。趙子曰の赤ら顔に少し緑色が透けて見え、今流行の玉虫色の洋服生地のように赤くなったり緑色になったりしている。……決して醜いものではない。

「自分自身の責任なんだ」

「もちろん君自身の罪を避けられないが、周りの誘惑も大きいよ。友達の交際について言えば本当の友達が何人いる？君のたった一人の友達といったら、だれのことか分ると思うけど、彼は君の友達だろうか？敵だろうか？」

「ぼくは分ってる、あの欧…」

「それが誰であろうと、今の君に必要なのは悪を除いて善に向かう心、決意なんだ」

「老李、見ていてくれ。君の好意に報いるのは、今後のぼくの行動しかないんだから」趙子曰は心せくまま胸のうちに、あるいはどこでもかまわないのだが、潜めていた「本当の趙子曰」をあらわにしてしまった。(31)

趙子曰は李景純の心からの忠告に感動の涙を流し、いままで他人を笑わせるため、他人におだてられるためにしゃべってきたことを後悔し、まともになろうと決意するのである。しかし、人にとりいることが巧みな欧陽天風におだてられて、またもとのもくあみとなり、ストライキを決行する。老舎はその場面を次のように描いている。

赤、青、黄、緑など色とりどりの紙、黒、白、金、紫など色とりどりの字、楷書、草書、隷書、てん書など各種の書体、大論文に短い檄文、古文に口語文など各種の文章、冷笑、痛罵、皮肉、呪詛、などありとあらゆる罵詈雑言―校長を攻撃するとともに擁護する宣言。名正大学は、表門から裏門まで、壁の副木から屋根のてっぺんまで、さらには電柱まで埋めつくされている。門が壊れ、表札がはずれ、ガラスが割れ、窓の戸がすっとんでいる。校長室はすっかり荒らされ、実験用器具室はがらくたの山になっている。書類は四散し、完全なものは一枚もない。蔵書は灰と化し、命脈を絶つべきでない『史記』が半分ほど残っているだけだ。天井には泥がひとかたまりとこびりつき、床にはれんがのかけらが山をなしている。何もかも破壊されたのである。もっとも、痰壷が一つだけ、講堂の東南の隅にひっそりと残っているが。校長室の外に散らばっているロープの切れはしは、校長を縛ってなぐったものである。正門前の路上には緞靴（緞子で作った中国靴）が五、六個転がっているが、教員たちは靴下のまま逃げたのである。事務室の鴨居には、三寸あまりの釘で血のこびりついた耳が釘付けにされているが、それは穏健自重をむねとして二十年以上勤めあげた（それこそが彼の犯した罪である。）庶務係の頭から切りとったものである。校庭の温室の床にこびりついているどす黒い血は、月給わずか十元の年老いた園丁が流した鼻血である。[32]

この事件は一九二〇年代に起こったこととして描かれている。しかしこれを読んで筆者は驚きを禁じえなかった。これから四十年以上経ておきた文化大革命の状況と酷似している。

時代を超えて、中国人の感情の暴発のありようは、かくも似ているのである。杉野元子氏が「『趙子曰』で趙子曰ら大学生が試験反対、校長排斥という目的で紛争をおこすことを描いた背景には、第一はこのような一九二二年当時の中国の教育界の紛争状況があった」[33]とのべている。当時教育界にあった老舎（一九一八年、京師公立第十七高等及び国民小学校校長に就任。一九二〇年には北京北郊勧学員に昇格。一九二二年八月北郊勧学員辞任。九月南開中学の国文教師に就任）は、この紛争のような状況を、見聞したと思われる。しかもその老舎は学生運動とは一定の距離を持っていたと思われる。「私と学生を隔てているものは五四運動である。私は五四運動を見ているが、運動の渦中におらず、既に働いていた。私は長い間教育事業に関わってきたが結局この大きな運動の傍観者だった。芝居の観客はしょせん俳優を完全に理解することはできない。だから『趙子曰』の『趙子曰』たるゆえんは、ひとつには自分の立場がユーモアであること、もうひとつには私が観客であることにある。私は「招待学生」のアパートで主任をしたことがあり、学生たちの情熱的な活動に非常に共感するが、しかし、自分を学生と同一とみなすことは出来なかった。そこで解放と自由のどよめきのなかに、深刻な混乱の場面のなかに笑いの種を探し求め、ほころびを見出した」[34]と、述べている。

老舎は「五四運動」には傍観者だった。しかしこのような傍観者だからこそ、学生運動につきものの過激さを、冷静に描写できたと思われる。『趙子曰』では欧陽天風がストライキを煽動したのであるが、彼は参加せず、それにのった趙子曰は軍閥に殴られて怪我をして入院し、退学処分になる。趙子曰は欧陽天風が自分を裏切っているとは気づかない。あげく欧陽の怪我を心配している。老舎は新しい社会には軍閥と学生の二大勢力があると描いている。

新しい社会には二大勢力がある。つまり軍閥と学生である。軍閥は人を見れば皮のベルトで三回むちうつが、外国人にだけは手をださない。学生は人を見ればステッキで一回なぐるが、軍閥にだけは手出ししない。こうして二大勢力は庶民に「新武化主義」を体験させることでは、どちらもひけをとらないのである。外国人に手を出さない軍閥は庶民を虐げなければ、軍閥になる資格がまったくない。軍閥に手出ししない学生も校長や教員を殴らなければ、根性のある青年とはいえないのだ。……自分が校長を殴ったら、軍閥が自分を殴るなんてことは、趙子曰は考えたこともないし、考えるに値しないことだったのであろう。[35]

このように老舎は趙子曰の現状認識の甘さを指摘し揶揄している。

(二) 趙子曰の自我の覚醒

近頃の人は纏足に美を感じないばかりか、口をそろえて醜悪だと罵っているので、趙子曰も他人にならって「美」についての考えを改めざるをえなくなった。そして田舎にいる纏足の妻に心が痛んだ。「なにとぞ、追っ手の小鬼を遣わされ、愚妻を冥界にお引取り下さって、私めがモダンな美人と甘美な恋にひたることができますように！閻魔大王様、万歳！（アーメン）」[36]と本気で考え、欧陽天風が王女士を紹介してくれるというのを真にうけて、甘い夢を見ている。その趙子曰に莫大年は「欧陽天風など信用してはだめだ」というが、彼は耳をかさない。

大学を退学になった趙子曰は、同じく退学になり天津の大学にいった周少濂をたずねていき、仕事を探すといいながら日本租界に宿をとり、父に送金依頼の電報をうち、酒を飲み、洋服を買い、遊び三昧である。あげく美人局の譚玉娥《タンユイオ》に「新聞で怪我をされた写真をみた」と言い寄られ、その気になり、父親に「職探しに入用なので送金してほしい」と電報をうつ始末である。その足で結婚式の相談に彼女のところに行こうとするが、住所を聞いてないことに気づき悶々とする。天津で彼女から連絡を待つが連絡はなく、そのうちに冬が過ぎ、趙子曰は眼がおちくぼんでいく。そこへ痩せ細った譚玉娥が訪ねてきて、美人局をさせられていることを打ちあける。しかし、同郷と分って、怒りも解けた趙子曰は、彼女を脅して美人局をさせている将校から逃れて、田舎に帰るよう彼女に三十元渡した。老舎は趙子曰を次のように描く。

趙子曰は現代の青年にふさわしく同級生を殴ったこともあるし校長を縛りあげたこともあるのに、譚玉娥に売春を強いる将校には手も足もでない。その将校はやっつけなければならないはずだ。殴らないのはまだいいとして、なぜ法廷に引きずりだして懲罰を加えないのか。そうなのだ。趙子曰はよけいなことにかかずらわりたくないのだ。そうならば、なぜ縁もゆかりもない校長をやっつけたりしたのか。趙子曰は事をかまえるのがいやなのだ。気が弱いのだ。頭のきれが良くないのだ。兵隊という言葉を耳にしただけで、たちまち体がふるえる。口では「軍閥を打倒せよ」といっているのにである。あの野獣にも劣る退役将校とさえ手向かうとしないのに「軍閥を打倒せよ」と叫んでいるのだ。(37)

老舎は、趙子曰が大学のストに参加して、校長を殴ったりしたのは、信念に基づくものではない、一人の悪徳将校すら殴れないと酷評している。さらに将校にやられるのを恐れて北京に帰ってからも欧陽天風と馬鹿騒ぎをしていたが、ついに王女士の手紙をみて、欧陽天風のごまかしを彼も見破った。苦悩する趙子曰に李景純はやってもらいたいことがあるという。それは「市役所に勤務した武端と彼の同僚が外国人と結託して『天壇』を売るため取り壊し、その材料を外国に運びだすのを反対してほしい。先ず勧告して聞きいれなかかったら殺すんだ、一人を殺せば他の連中は手をひく」という。趙子曰が武端を詰問しているとき、莫大年から電話がかかってきて、李景純が逮捕されたという。李は地方で無実の人間をたくさん殺した師団長の将軍を暗殺しょうとして自動車に発砲したが、失敗し護衛兵に取りおさえられたのだった。面会に行った趙子曰と莫大年とに李景純は言った。

ぼくはピストルを持っていた。……自殺するのに使うつもりだったんだ。その頃厭世観にとりつかれていたもんだから。あとで気をとりなおして人間で一番不名誉なのは自殺だと思うようになった。だからそのピストルを暗殺用の武器にしたんだ。自殺も暗殺もともに経済的じゃないんだが、時勢に刺激されて、理性よりも感情を優先させることにした。どういおうと、暗殺のほうが自殺よりましだからね。ぼくがやろうとしたのは人民の敵だから、後悔はしてない。こんなふうに生命を失うのは、自殺よりいくらかましだからね。(38)

ここでは自殺を一番不名誉な死に方と断言し、同じ死ぬのなら人民のために命を失うほうが「まし」だとしている。さらに次のように言う。

いつも言っていたように、国を救う道は二つある。一つは人民の教化であり、もう一つは軍閥の殺害だ。―殺すんだ。もともと軍閥を「人間」とは認めてないのだから、人道なんかかまっている必要はないんだ。いまや人民が生き残るか、軍閥が生き残るかが問題なんであって、平和とか人道とかは、俗耳に入りやすい文学上のスローガンにすぎず、社会の状況を真に見極め、革命を志すためのものじゃない。人民を救ってこそ人道であり、軍閥を殺してこそ人民を救うことになる。老趙、老莫、きみたち人民を教導する仕事をしっかりやってくれ。きみたちの仕事はぼくのよりむつかしいが、ぼくのより効果は大きいんだ。ぼくは命を投げ出すだけだが、未亡人が節を守って苦しみをなめつつ、幼い子供を育てあげるのと同じ困難に立ち向かわなければならないんだ。ぼくにかまわず、きみたちの仕事をしにいってくれ。(39)

老舎は、自殺するよりも「生き続け」て、世のためにつくすことに価値があると老李にいわせている。さらにそれを、未亡人が節を守って子供を育てることと同じだと評価している。そして趙子曰の奔走も効をそうさず、李は銃殺される。死を賭けた行為は趙子曰、武端、莫大年を動かす。趙子曰は次のように決意し、武、莫に言う。

「遺骸をひきとったら、ひとまず城外に埋葬しょう。彼の家に送ることもあるまい」と趙子曰は言った。

「いずれ、公共的な場所に改葬し、記念碑を建立する日がやってくるだろう。彼は歴史の中で咲き誇る花であり、志のある青年はいつでもその香りに胸ふくらませるのだ。老武、これは君の責任だぞ。このことをやり終えたら、軍閥と果敢にやりあうことにするか、勉学の道にひっこむことにするか、自分で決めるんだ。老李がぼくたちに残してくれたのは、この二つの道なんだ。ぼくたちが彼の遺骸をひきとる決意をかためたからには、彼の残してくれた教訓をいかさなくちゃ――」「老趙、安心してくれ。ぼくはとっくに老李と話しあっていたんだ。心から前非を悔い改め、真実の知識を探求していくよ」と武端が言った。「老莫、老李の母親を援助するのは、君の仕事だ。できるか」と趙子曰がたずねた。「できるよ」と莫大年は涙声で言った。「金銭的に援助するだけでなく、いろいろと慰め、静かな場所におちつかせなきゃ。お母さんがいなかったら、老李だってこんな立派なことはやらなかっただろうからね。老莫、老李がぼくより若かったことは知っているだろう。もうくどくどいう必要もないだろう」三人は頭をたれて長い間ぼうっと坐っていたが、やはり趙子曰が先に口を開いた。「老莫、老武、きみたちのやるべきことをやりに行ってくれ。ぼくはもう自分の考えを決めている。おたがいにまた顔をあわせる機会があるかどうかは、あえていうまい。それぞれの道を歩くんだ。老李に顔向けできるように。縁があったらまた会おう」(40)

老李が言う国を救うためには二つの道がある。一つは軍閥と果敢にやりあうか、もう一つは勉学の道に進むかだと、趙子曰は莫と武に確認して、それぞれの道に進むように話し、自分は自分の道を行くと決意を述べるところで小説は終わる。

李景純の行為―「自殺」よりも民衆を殺した将軍の暗殺は、たとえ成功したとしても捕らえられ、極刑はまぬがれない。しかも失敗して捕らえられ銃殺されたのである。むだ死にという見方も成り立たないことはない。しかし老舎はこの死により三人の若者が目覚めて彼の意思を継ぐという設定にした。李景純の「自殺行為」は軍閥の横行をふせぐためにささやかな前進になるかもしれない、という期待を抱かせる。さらにここで李景純は、自分が死ぬことよりも、生き続けて国を救う道に歩みだすほうがむつかしいが、価値があるといっている。これは英国で祖国の現状を憂えた老舎が出した結論ではないだろうか。さらにこの仕事は「未亡人が節を守って苦しみをなめつつ、幼い子供を育て上げる」のと等価と断じている。これは老舎が一歳のときに父親を失い、母親が苦労して育ててくれたことに対する、英国からの望郷の念、感謝の念を描かずにおれなかったのではないか。さらに興味深いのは、最初から怜悧で、国を憂えて身を賭けて、趙子曰、武端、莫大年を覚醒させた李景純も、母親だけだったということである。第一章の『老張的哲学』でも自分を貫いて自殺した李静も、両親がいなかった。さらに『趙子曰』では、父親が息子のいいなりに送金してくれる地主の息子で、親が決めた纏足の妻をもって、二十六歳まで北京の大学で学ぶという名目で、ぐうたら暮らしていた趙子曰でも、李景純の死をかけた行為により、自己に目覚めた。人間とはそのような面をもつという点を強調したかったのではないか。

一九二〇年代の中国とはそのようであらねばならないと、老舎は英国で考えたと思われる。また老舎は「『老張的哲学』が『小説月報』に発表され、その後文学研究会から単行本がだされたことは知っていた。「国内でどんな批評をうけているか、いいのならどこがいいのか、だめなのならどこがだめなのか、少しも分らなかった。…しかし、作品が活字になることはとても愉快なことでうれしかった。『趙子曰』は、この嬉しい気持ちの結果である。だから『趙子曰』は「老張」の尻尾であるといえる。…「老張」は滑稽で生き生きしている、この調子でもう一冊描こう。そこで『趙子曰』を描きだした」[41]と述べている。このように昂揚した気分で『趙子曰』を描き始めた。したがって趙子曰に代表される、当時の大学生の生活全般を描くのに、滑稽を意識しすぎたきらいがある。さらに張競氏が「恋愛が近代化の象徴であり、また近代的な自我の目覚めのバロメーターである以上、恋愛ができないことは非常に深刻な問題となる。一九二〇年代の中国人にとって、ロマンチックな恋愛を身につけられるかどうかは、人間の近代化にとって避けては通れない問題であった」[42]と述べているように、趙子曰の恋愛へのあこがれを描くのである。しかし田舎に纏足の妻がいる趙子曰にとって新しい恋愛は、恋に恋する形でしかなかった。この滑稽さは描かれている。

老舎は『趙子曰』の第三章二で、李景純に忠告されて感動の涙を流す場面を伏線として、最終章での彼の自我の覚醒を用意しているのである。この「滑稽」と「毅然」との対照について、渡辺武秀氏は「趙子曰が明るく、陽気に踊り回れば回わるほど、結末で真相が明らかになったとき趙子曰が受ける衝撃は大きくなる。…趙子曰に『人が良い』『憎めない』と感じただけ、作者の提起する問題の根深さ、深刻さを思い知らされる。つまり、この作品はユーモラスな表現により、趙子曰が陽気に踊り回れば回るほど、読者が趙子曰を身近に感じれば感じるほど、作品テーマの主張の効果は増すのである」[43]とのべている。このような効果は確かにあるのである。しかし「人が良い」「憎めない」という描写のインパクトを超えるものとして趙子曰の覚醒を描ききれていない。これは中国を離れて三年もたっており、当時の大学生の現状については疎くなっていることもある。日下恒夫氏は「老舎は知っていることを描くことをもっとも得意とした作家であると言える。そのために知っていること以外は、よく描けないという面のあることも否定できない」(44)と述べている。このように趙子曰の形象化の不備は残るのであるが、前作『老張的哲学』で描いた青年の挫折、喪失、成熟の過程を、より具体的に一歩進んで描いた点は評価できる。

第三節　『二馬』の主人公馬威の新たなる出発

（一）英国における中国人蔑視

『二馬』は『老張的哲学』（一九二六年）、『趙子曰』（一九二七年）に続いて英国で描いた三作目の作品である。一九二九年『小説月報』(45)に連載された。一九二四年から英国に滞在五年目にして初めて小説の舞台を英国にした。「老舎はいわゆる遊学生でも留学生でもなく、短期の旅行者でもなかった。初めから五年の契約で働くべくイギリスにやってきたのである。それにしても一人の青年にとって、先進国イギリスに、ある種の理想と幻想を持っていたであろうことは容易に想像がつく。そして毎日多くのイギリス人を見てきた。しかも東方学院の受講生は年齢も学習動機も千差万別の人々であった。当時の大学の留学生とは違い、老舎は社会人の目で冷静に多様なイギリス人とイギリスを観察しえたはずである。イギリス人の中国人に対する無知・差別・偏見・蔑視も幾多経験したであろう。そこで深い幻滅も感じ、怒りも感じた」(46)と日下恒夫氏が述べている。このような思いを持って、帰国する直前に描き上げるのである。

中国人馬父子がロンドンにやって来て、下宿先のイギリス人ウインター母子とのかかわりを通じて、中国対イギリス、中国人対イギリス人の間に起こる問題をとりあげている。

馬則仁《マーゾォレン》（以下老馬と表記する）は中国のミッションスクールを卒業し、すぐ結婚した。先祖の遺産と兄が生活費を補助してくれて豊かに暮らしていた。息子の馬威《マーウエイ》が八歳のとき、妻が亡くなった。彼の希望は役人になることと、相応な後妻を貰うことだったがかなわなかった。結局一度も働いたことはない。

馬威は教会経営の全寮制の学校に入り、老馬は閑つぶしに息子の様子を見に教会に出かけた。英国人の伊牧師に説得されて洗礼を受けてしまった。老馬の兄が欧州大戦の終わった後、英国に行って骨董屋を始めて成功していた。この兄が英国で死に、老馬にロンドンにきて引き続き商売をするように遺言していた。

老馬は、英国に行くべきかどうか、英国に帰国して二、三年たっていた伊《イー》牧師に相談した。彼はぜひ英国に来るようにと勧めた。伊牧師には思惑があった。「伊牧師はもちろん中国の教友が英国に来ることを喜んだ。宣教師たちが中国で何もしないで、給料のただ取りをしていないことを、英国人にみせてやるのに好都合だったからだ」[47]という牧師の意図は知らずに、馬親子は英国にやって来るのである。英国にやって来たのは留学生でもなければ、老舎のように英国に中国語を教えにきたのでもない。中国で一度も働いたこともない、お金に不自由したこともない世間知らずの五十歳近い父と、ミッションスクール出の二十二、三歳の息子なのである。英国における中国人の地位について白紙の、新旧の世代のふたりが、英国で体験、英国を見聞していき、それぞれの結論に達するのである。そして息子馬威は、英国から他の場所に旅立つのである。

この小説は『老張的哲学』、『趙子曰』とはスタイルも違う。まず第一段で馬威が英国から旅立つ結論を描いた。そのうえで二段からそれまでの英国での生活を描きだす。これにより読者は、馬威が英国での生活を拒否したことを知った上で、読み進められるのである。これは老舎の新しい試みである。[48]英国人が中国、および中国人を誹謗、中傷、蔑視している部分を読み続けることは、中国人にとって決して愉快なことではないからである。それらに対して、いつ何処で、どのように馬威が決着をつけるのか期待することで読み続けられるのである。

伊牧師は中国で二十年余り伝道していた牧師である。中国のことなら伏羲《フーシ》が八卦を作ったことから袁世凱《ユアンシーカイ》が皇帝になったこと（彼が最も好きなことのひとつである）まで、なんでも知っている。中国語が上手でないことを除けば、まったく彼は動きまわれる『中国百科大事典』とみなせる。彼は本当に中国人を愛している。夜眠れないときには、いつも神に、早く中国が英国の属国になりますようにと、彼は涙を流してお祈りしている。中国人は英国人によって統治されなければ、あの黄色い顔で黒い髪の輩はどうしても天国にはいることはできない。(49)

第二段の冒頭で、中国に関しては何でも知っている伊牧師が、中国人を対等には見ていないことを、老舎は揶揄を込めて冷静に描く。老舎は一九二二年、北京の中華基督教会で洗礼を受けている。(50)そこで知り合ったエバァンス教授の紹介で英国に来たのだ。牧師に対する老舎の態度は、これでもわかるように批判的である。さらにこの文章に続いて地の文で英国における中国人街を次のように描きだす。

中国人街に、もし二十人の中国人が住んでいたら、彼らはざっと五千人と描くだろう。さらにこの五千人の黄色い顔のやつらは、阿片を吸い、兵器弾薬の密輸をし、人殺しをして死体を床下に隠し、老若をとわず女を強姦し、ありとあらゆる極悪非道なことをする。小説を描いたり、戯曲を描いたり、映画のシナリオを作ったりするときの中国人の描き方は、この種の伝説や報告に基づいている。だから劇や映画を見たり、小説を読んだりする若い娘や、お婆さん、子供、さらに皇帝までこのような情理のはずれたことを脳裏にしっかりと叩き込まれるのだ。そこで中国人は世界中で最も陰険な、最も汚い、最もいやらしい、最も下劣な二本足の動物にされてしまうのだ。

二十世紀の人は「国家」と相対的なのだ。強国の人は「人間」であるが、弱国の人は?犬だ。中国は弱国である。では中国「人」とは?それは――!

中国人よ!君たちは眼を覚まして見るべきだ。眼を覚ますべきときがきたのだ!君たちは腰を真っ直ぐに伸ばし、胸をはって歩け!背筋をピンと伸ばすべき時がきたのだ。君たちが永久に犬でありたくないならば!(51)

中国人はイギリスでは人間扱いされていない。中国人は世界中でもっとも下劣な二本足の動物と思われている。それは中国が弱国だからだ。中国人は眼を覚まして、胸をはって歩くべきだと、老舎は激しい調子で描くのである。さらに、伊牧師が馬親子の下宿を探すのに苦労する場面が続くのである。少し大きなホテルは中国人には部屋を貸さない。体面を重んじる「紳士」の家は当然貸さない。牧師は経済的に部屋を貸さざるを得ないウインター未亡人に、父親はクリスチャンだから神に面子をたててと説得し、馬親子に貸すことを承諾させる。その帰り道低い声でつぶやく。「ああばからしい！あの二人の馬鹿中国人のためにこんな苦労をするなんて！」[52]と、老舎は描くのである。中国では洗礼も受けた老舎であるが、彼はイギリス人の牧師が、それも長く中国に滞在した牧師が、中国人を対等にはみていない。牧師は「他媽的（ああ馬鹿らしい）」という罵り語を使って、中国人を表現するのだ。

このようにして老馬、馬威親子の英国での生活がスタートする。ウインター夫人の第一印象は「これまで映画の中でみた中国人のように醜くない。彼らはほんとうに中国人なのだろうか？」というものだった。ここからも、中国人への偏見がどれほど根強いものかがわかる。父親の老馬は品がよくちょび鬚をはやしてパイプをくゆらし、お金にこせこせせず、兄から引きついだ店の売り物の急須をウインター未亡人のプレゼントにしたりする。花を愛し、荒れ果てていた夫人の庭を美しい花壇にかえたりする。やがてウインター夫人と老馬は愛しあうようになる。

社会、社会です！社会が愛情を殺すのです。わたしたち英国人は政治上は平等ですが社交上においては私たちに階級はあるのです。…あなたとわたしは階級的な隔たりはありませんが、種族の違いは階級の違いと比べものにならないほど大きなものです！私は考えました。よくよく考えました。わたしたちはやはり冒険はしない方がいい。…娘のためを考えると私はあなたと結婚できません。ひとりの若い元気な青年が娘を愛しても、娘が中国人の継父を持っていると分ったら絶対娘と結婚しないでしょう。人類の先入観は打破しょうがないものです。あなたが初めて来られたとき、私もなんだか妖怪変化と思ったものです。というのも普通の英国人は、みな中国人は悪い人間だと言っているからです。今私はあなたが悪い人ではないことを知っています。社会の人は分っていません。わたしたちは結婚した後も社会で生きていかねばなりません。社会の偏見は三日とたたないうちに私たちを殺してしまうでしょう！…馬さん、種族の偏見は打ち破ることができないもので、無理に冒険的破壊をするべきではありません。あなたと私はいつまでも良い友達としてつきあっていきましょう！ただ良い友達としておつきあいできるだけです！(53)

未亡人は老馬を愛するけれど、人種的偏見の壁は乗り越えられないと、老馬を諭すのである。これは中国にも英国の中流層に匹敵しうる人物が存在することを示したものであり、それをイギリスの婦人が認めたのである。だが結婚はできない。これがイギリス人の中国人を認める限界なのである。老舎はその情況と、このような人物の描出に成功している。老馬を描いたのは、老舎の中国への愛情であり、誇りである。舒乙《シューイー》も「『馬さん親子』でもっとも成功した点は、父親の馬の人物像を描ききったことである。…父親の馬は小説『馬さん親子』のプライドを象徴する。父の馬は愛すべき人物だが憎らしくもあり、善良ではないが、それほどの悪でもなく、落ち着いているが無気力で、教養はあるものの思想がなく、傲慢だが保守的である。彼は『巣立ったお年寄り』である」(54)と述べている。五年間の英国滞在で見聞し、体験したことを基に、老舎は、老馬には中国の未来を担う人物ではないことを承知のうえで、まずはこのような中国人も存在すると言わずにおれなかったと思われる。

(二) 馬威の新たなる出発

最終的に父の老馬と衝突し、英国とは別の場所「フランスかドイツかまだ決めてない」という結論をだした馬威の足跡をみていく。前作『趙子曰』の趙子曰の置かれた立場、彼の足跡との異同をみながら、馬威が達した地点を明らかにしたい。

趙子曰は二十六歳、北京の名正大学に在学、どんな学問も三ヶ月ずつ学んだだけで、いまだ卒業していない。地主の父親に毎月二回はお金を無心し、送ってもらっている。欧陽天風に煽動されて、大学でストライキをし、退学になる。一方馬威は二十二、三歳で北京のミッションスクールを卒業した。彼が八歳のとき母親が亡くなった。以来父親と二人で暮らしている。馬威もミッションスクールに在学中ストに参加したことがある。馬威は生まれつき話が上手で、男ぶりもよかったので、代表にされた。(55)

趙子曰は新しい恋愛と結婚にあこがれるが、自分から女性にぶつかっていったりする勇気はない。騙されているともしらず、欧陽天風が王女士を紹介してくれるのをひたすら待つだけである。さらに彼には十五歳のとき結婚した纏足の妻が田舎にいるという、中国の古い家族体制のしがらみの中にある。これに対して馬威は自由である。そのようなしがらみは全くない。

老馬は兄から受け継いだ骨董店の商売に身を入れず、赤字をだし、兄が残してくれたお金を浪費している。息子馬威は、父のこの態度にやきもきしている。また下宿のウインター未亡人の娘に恋をして苦しんでいる。店の店員で苦学生李子栄《リーズロン》に「英国の青年男女で中国人に恋するものなんて一人もいやしないよ！なぜならば中国人は今世界中の笑いものになっているからだ」[56]といわれる。

趙子曰は天津で美人局に引っかかり、彼女に同情して田舎に帰るお金を渡すが、彼女を操っている将校の報復を恐れて、北京に逃げ帰る。[57]ところが馬威は伊牧師の息子ポーロに殴りかかられて、殴り合いをし、勝って下宿に帰ってきた。喧嘩に勝った馬威に、少し尊敬の念をもち、傷の手当てをするメリーに馬威は告白する。

メリーさん！メリーさん！あなたは」馬威は言いにくそうに一字一字しぼりだすように言った。「ぼくがあなたを愛していることを知っていますか?」メリーは急に手を引っ込め、立ち上がって言った。「あなたと私が?それは不可能なことだわ！」「なぜ?僕が中国人だから?愛情に国境はないでしょ！中国人は愛情さえ剥奪されるほどそんなに値打ちがないものですか?」馬威はゆっくりと立ち上がり、彼女の顔を見ながら言った。「あなたがたが中国人を軽蔑していることを僕は知っています。あなた方は中国人といえば、いつも暗殺、毒薬、強姦などを連想する。僕たちは一緒に住んで一年になりますが、私はあなたが考えていたような中国人と同じであるかどうか、まだ分らないというのですか?

ぼくはあなたがたの中国人に関する知識はデマをふりまく新聞や、くだらない小説からきたものであることを知っています。あなたはまさかそんなものを信じているわけではないでしょう?僕はあなたがワシントンと婚約したしたことを知っています。僕はただあなたと友達になりたいだけです。僕があなたを愛していることを知って欲しいだけです。愛情は必ずしも体の接触がなくとも表現できるものです。

もしあなたが私の愛の心を理解しくれ、友達として遇してくれたら、僕は一生永久に幸福です。僕はワシントン君が羨ましいけれど、あなたを愛するがゆえに、あえて彼に嫉妬しません！僕は――」(58)

これは単に愛の告白だけではない、馬威のイギリス人に対する、人間宣言である。馬威は英国に住んで一年、英国で中国人がどんな蔑視、差別、偏見にさらされているかを熟知しながらも、自らの誇りをかけて、告白しても成就の見込みがないことを承知の上で話すのである。前作『趙子曰』では、趙子曰たちがサッカーをしていて、負けて、審判の判定がおかしいから「やっちまえ」と、数人が審判に駆け寄るが、審判が西洋人と分り、何も言わずに戻ってくる。中国においては中国人は西洋人に弱く、手も足もでないのである。それにくらべると、馬威の英国での言動は画期的である。

英国を去るにあたって、老舎は五年間英国で見聞したこと―中国人がどのような差別、偏見、蔑視を受けているか―を描ききった。さらに馬威のような中国人もいるということを描かずおれなかったのではないか。またそれは、英国を去るにあたって初めて吐露できたことだと思われる。老舎は『趙子曰』よりは具体的に、より進んだ地点で馬威の自我を形象化できた。さらに馬威はこの失恋を乗り越えてつぎのように自分の進むべき道を考える。

彼は心の中でメリーを忘れることは出来なかったが、もし彼女のため意気沮喪してしまったら、彼ら親子は餓死するに違いないし、祖国に対しても全く責任をはたさないことになることを知っていた。馬威は馬鹿ではなく、彼は新しい青年である。新しい青年の目的は国家社会のために働くことである。この責任はなによりも重要だ。老中国のために命を失うことは一人の美女のために死ぬより貴いこと幾千倍である。愛情のための犠牲はただ詩の材料に一輪の小さな花を添えるだけであるが、国家のために死ぬことは、中国の歴史に極めて輝やかしい一頁を加えることになるのだ！馬威はこのことがわかった。(59)

馬威は恋愛よりも、祖国中国のために命を捧げることを第一とするのである。これは当時の中国の知識人が、程度の差こそあれ、目指さざるを得なかった問題である。さらにこれは文学の課題でもあった。馬威は救国の方法を伊牧師の娘キャサリンと話す。

「国家主義！お姉さん、国家主義こそ中国を救うことが出来る唯一の道です。僕は中国人が日本人のように大砲や飛行船などの一切の殺人道具をつくることに賛成しません。だが、今日の世界では大砲や飛行船は文明のシンボルです。一般の英国人は皆僕たちを嘲笑しますが、それは僕たちの陸海軍が駄目だからです。我々は立ち上がって一戦を交えなければなりません。これは人道的ではないが、しかしそうする以外に世界に生き残る方法はないのです。」

「馬威！」キャサリンは馬威の手をとって「馬威！ほかのことは何も考えないでちゃんと勉強するのです！あなたの苦しみや、あなたが受けたショックを私はよく分ります。しかし、むやみにあせったりしても中国を良くすることができますか？できませんよ！国家が乱れていれば、あなたに同情する人はいません。あなたがたとえ口が裂けるほど英国人やフランス人や日本人に『我々の国は古い国だ古い国が新しい国にかわるのは容易なことではないのだ。君たちはわたしたちに同情すべきで、便乗して強奪すべきではない』と叫んでも、誰が大目にみるでしょうか？人々はあなたがたを侮り、あなたが起こす革命をあざ笑うでしょう。国と国との関係はもともと弱肉強食の世界なんです。あなた方自身が国を立派な強い国にしなければ、あなた方を軽蔑する人はいなくならないし、友好の手を差し伸べる人もいないでしょう。馬威、私のいうことを聴いてただ勉強してこそ初めて、国を救うことができるのです。中国は軍事力がないだけでなく、多方面に人材も少ないのです。あなたが有用な人材になる以外に、国を救えるかどうかなんていう資格はないのです。今外国にきたという機会に、外国の悪い所を見、自分の国の誤った点を見る、そうでしょう？その後冷静によく考えるのです」(60)

中国が今なさなければならない事は、軍事力をつけることだけではない。国家に有用な人材をつくることにある。馬威が有用な人材になる以外に国を救う道はないと、キャサリンは焦る馬威を諭す。これは英国に五年間滞在した老舎が達した結論と思われる。老舎は馬威の若者らしい性急な思いに共感を示しながらも、中国が置かれている立場を冷静に分析してみせる。そして最終的に馬威が達した結論として、祖国中国に帰るのではなく、フランスかドイツに行くということにするのだ。さらに勉強して国家に有用な人材になるためである。

この作品では、『趙子曰』では描かれなかった面―英国における、いや国際社会における中国の位置を、はっきり見定めた青年馬威を描いたことに大きな意義がある。中国人としては憤懣やるかたない仕打ちをも冷静に描き出した。さらに馬威は父と訣別し、家庭のしがらみはない青年として新たなる出発をした。趙子曰にはできないことであった。

老舎は旗人（満州人）である。紫禁城の警護兵だった父は、老舎が一歳半のとき、八カ国連合軍との戦闘で戦死した。父の死後母が洗濯や縫い物をして生計をたてた。十二歳のとき辛亥革命が起った。清朝は滅び中華民国となった。清朝の崩壊は、貧しい暮らしに加えて旗人の誇りをも奪い去るものだった。

横山宏章氏が述べているように「最大公約数的な革命の原動力は、やはり『異民族王朝である満州族支配を打倒して、漢民族の栄光を取り戻そう』という光復革命の民族的悲願」[61]であったのである。

倉橋幸彦氏は「清朝が崩壊すると、それまで誇り高き旗人も〝臭旗人〟〝破旗人〟と蔑みと嘲笑の対象となり、没落旗人としての悲哀を味わうことになる。…辛亥革命後の旗人たちは、経済的な窮乏に加えてこのような精神的な圧迫をも感受しなければならなかった。このような自らの出自に対する負い目は、老舎の生涯と創作に少なからぬ影響を与えたはずである。また、この負い目が逆に老舎にとっては、自分の出自へのこだわりをより強くしたともいえるであろう。」[62]と述べている。

老舎は、父親がなく、母によってかろうじて生計を支えていると言う貧しさに加えて、多感な十代を満州族であるというだけで、社会からの蔑視に耐えなければならなかったのである。小説とは作家のアイデンティティが核となり、そこから様々な人物を紡ぎ出すものと考える。とすれば旗人であることが老舎のアイデンティティに大きな影響を及ぼしたことは疑いない。しかし自らの出自とは自分で決められるものではなく、自らの意志でどうにもならないことである。太田辰夫は「旗人漫筆」で「入関後、旗人は母国語たる満州語をしだいに忘れ、中国語を使用するようになった。かれらの大部分は北京の皇城を取り囲んで、内城に居を占めた。明代から内城に住んでいた漢人は外城に移住させられたのである。かくて旗人たちの用いる中国語は、標準語としての地位を占めることになる。北京語の規範は、旗人のそれである。…明治以後に来日した中国人教師の多くは旗人の出身である。…老舎がイギリスで中国語を教えていたのも、彼が旗人であったことによるものであろう」[63]と述べているように、北京官話の中心は自分たち旗人（満州人）であるという自負もあっただろう。みずからの出自が旗人であるということは、老舎にとってアイデンティティとコンプレックスが葛藤するものだったと思われる。しかし、英国で体験した現実は、老舎の旗人（満州族）であるコンプレックスを、はるかに超えるものだった。英国で差別、蔑視されているのは、「満州人」だけでない。満族も漢族もその他の民族も、列強に分割支配されている祖国に住むものが全て「中国人」として差別、蔑視されていたのである。このことは老舎の意識を大きく変え、視野を広げたと思われる。

満州族としての誇りを取り戻したかったら、満族対漢族にこだわっていては埒があかない。全ての中華民族を含めて、中国人としての誇りを取り戻すべく模索し、努力するべきだ。中国に住む民族全体として、祖国の行く末を考えねばならないと、老舎は英国で決意したはずである。

英国で描いた三つの小説の中で、具体的に旗人という言葉を使っているのは『趙子曰』での一箇所だけである。「『あつあつの…さつまいも』『むかし、東陵侯いま、芋や』の漢軍の镶藍旗の旗人であった「春二《チュンアル》が小さな銅鑼のように声を張り上げた」[64]と雪の朝、焼き芋の怒鳴り声に目覚めた趙子曰が、うるさいから文句を言おうと起き上がって行ったが、春二の弁舌にのせられて焼芋を買い、春二のそばにしゃがみ込んで焼き芋を食べながら話し込む。この描写が四十行あまり二頁に渡って続く。しかもこの旗人は「漢軍の鑲藍旗人」である、つまり満州族ではない、漢人が「旗人」に組み入れられた者なのである。つまり漢人も旗人であったら、昔、高位高官であっても、今は没落して焼き芋を売っているということである。老舎の屈折した思いのうかがわれる描写である。

列強に凌辱されているのは、満州族だけではなく、漢民族その他祖国のすべての中国人なのである。この事実の前に、祖国での満族への蔑視、差別などは、老舎の意識のなかで、相対的に小さなものに思われたに違いない。問題なのは「中華民族」としていかにあるべきか、なのだ。世界的視野で考えるべきは、中華民族としてのアイデンティティだという自覚が、後の老舎の言動の中核となったと思われる。

第四節　生と死の二律背反

老舎は英国で描いた処女作『老張的哲学』で自殺を描いた。その老舎の根底にあった自殺のモチーフとはなんだったのか。また『趙子曰』、『二馬』でも自殺について描いているが、もとより同じようには描いていない。この三つの作品の中で老舎の自殺についての描き方がどのように変化しているかみていきたい。『老張的哲学』では、次のように自殺の諸相を描いている。

先ず知識人の場合をみる。

ひとつは自己完結による自殺である。李静のように、自分の意思や努力ではどうにもならない現実に直面し、このまま生き続ければ自分で自分を認められない。よりよく「生きたい」と思えば思うほど「死」という結論が出てきて、「死」を選ばざるを得ない。一九一九年から一九二三年頃の中国では、両親もお金もない若い女性が、誰にも頼らず、自らの意志で「より良くいきる」術はないのであった。より良い「生」の延長上に「死」はあるのだ。つまり「生きたい」がゆえに「死」を選ばざるをえないという、生と死の二律背反に陥るのである。

ふたつめは自己否定による自殺である。李老人の言葉のように、このまま生き長らえても人に迷惑をかけ、恥をさらすより死んだほうがいい。せめて自らの意志で、自らの手で一生の幕引きをする。

つぎに「老百姓」といわれる字も読めない一般大衆の場合をみる。

趙四爺のように「死にたいなどと考えず、生きるときに生き、死ぬときがきたら死ぬ。生死の間を勇敢に歩いていく」と老舎は描いている。

この作品で、老舎は李静の自殺を実に美しく描いている。悪徳な老張が教育長になり、ますます栄えるなかで、一服の清涼剤とすら感じられる。美しい花は手を汚さず、美しいまま消えたのだ。李静は、誰にも甘えなかった。また甘えることが出来る人もいなかった。父母は死んで、弟は行方不明、愛していた王徳は結婚した。孤独な李静は、自我を貫こうとしたら、孤高にならざるを得ず、それはやがて自殺という結論にならざるをえなかったのだ。

「人を殺す」「自分を殺す」という行為は、人間の営みの中で、究極の衝撃的なことである。小説の中で「殺人」「自殺」は、場面の質的転換としてよく使われる、小説手法上の一つの装置である。しかし、それは簡単に描けることではない。描き手の中で、突き詰めたモチーフがないと、通俗に堕し失敗する。李静の「自殺」により、『老張的哲学』は通俗に堕すのを免れ、成功している。

しかし処女作で主人公をこのように「自殺」させてしまったら、「この世に生きている人間を描く」はずの作家は次回作で、誰をどのように生かしていけるのか？そこで老舎は李静が自殺する場面の直前で、「老百姓」の趙四爺の死生観を描いた。彼は死にたいなどと考えず、生きるときに生き、死ぬときが来たら死ぬ。生死の間を勇敢に歩いていくのである。その趙四爺の機転で、孫司令を連れてきて、李静が老張の妾になることから救うという重要な役回りを与えた。

二作目の『趙子曰』では老李は「自殺するためにピストル手に入れた」が、人間のやることで「一番不名誉なのは自殺だ」と思うようになり、同じ命をすてるなら「暗殺のほうが自殺よりまし」だからと「人民の敵」の「暗殺」を実行し、未遂のまま逮捕されて、銃殺される。これは確信犯としての自殺行為である。同じ死ぬなら、自分の死に、世のため、人のためになることを付加したい。老李の死により、三人の青年が覚醒して、国のために尽くすことを決意する。つまり老李の銃殺という、確信犯としての自殺行為で、三人の青年が「人民を教導する」と覚醒する。四引く一は三で、老李の死により、三人が目覚めた。自殺よりは効率がいいといわんばかりの描写である。ここで老舎は「自己完結」的な自殺よりも、世のため、人のための「死」のほうに価値があると描いた。

三作目『二馬』では登場人物は誰も自殺しない。自殺が描かれるのは、映画の話である。中国人の娘と英国人の青年との恋愛で、反対した父親の老人が自殺するとひとこと描くだけで、自殺がこの小説の主要なテーマにはなっていない。

息子馬威は父と訣別し、家のしがらみもなく、ひとり旅立つのである。しかし、中国へではない。「フランスかドイツかまだ決めてないんだ」と言っている。この作品では、英国における中国の位置を見定め、国家のために何をなすべきかを考え、とにかく「学ぼう」と遠大な計画のもと旅立つのである。処女作『老張的哲学』で描いた、よりよく生きるためには「死」しかないという方向は、この作品には見当たらない。また二作目の『趙子曰』での、趙子曰の「自我の覚醒」よりも『二馬』の主人公馬威の生き方の方が世界的な視野で、より具体的である。

老舍は五年間働いた英国を後に帰国するにあたり、祖国での生活を模索し、期待し、昂揚もしていたと思われる。馬威の出立で、弾みをつけ、自らも英国を出立し、祖国に向かった。

老舍は一九二九年六月「ロンドンを離れて、私は三ヶ月ヨーロッパを歴遊し、そのほとんどの時間はパリに滞在した。「パリで、私は馬威をパリ来させて、パリを舞台にして『二馬』の後半を描き続けたかった。……ただ思っただけで、しかし、数十日の経験だけで、パリのような複雑な大都会を描き始める度胸はなかった」(65)と、『二馬』の後半を描き続けることはあきらめた。老舍はお金を使い果たし、シンガポール行きの三等切符を買い、シンガポールに到着した。ここで華僑の中学で中国語の講師として教壇にたった。翌年二月、帰国の途についた。

注

第一節

（1）日下恒夫「『張さんの哲学』について」、『老舍小説全集一』、学習研究社、一九八二年一月、四八九、四九一頁。
（2）横山永三「老舍と英国」、『山口大学文学志会』第二七巻、一九七六年一一月、八、一二頁。
（3）注1、四九一頁。
（4）後に『小鈴児』が一九二三年『南開季刊』に発表されていたことが判明した。しかし、商業誌に発表したのはこの作品が最初である。これを処女作と見て差し支えないと思われる。
（5）藤井栄三郎「『牛天賜傳』の意味について」、『吉川博士退休記念中国文学論集』、筑摩書房、一九六八年三月、八五四頁。

(6) 高橋由利子「老舎の文学とキリスト教(一)　―『老張的哲学』―」、『上智大学外国語学部紀要』第一八号、一九八三年一六五頁。
(7) 老舎「我怎樣寫《老張的哲學》」、『老舎全集』第一六巻、一六四頁。(初出『宇宙風』第一期、一九三五年)
(8) 老舎『老張的哲学』、『老舎全集』第一巻、人民文学出版社、一九九九年八〇頁。本論文に引用する作品の版本は、基本的に上記の全集である。以後出版社、出版年を省く。口語訳は竹中伸訳(学習研究社一九九二年『老舎小説全集一』の『張さんの哲学』を引用し、一部変更した。
(9) 同右、八二頁。
(10) 同右、三四頁。
(11) 同右、九一頁。
(12) 同右、一〇三頁。
(13) 同右、一〇五頁。
(14) 同右、一〇五頁。
(15) 同右、一四八頁。
(16) 同右、一四八頁。
(17) 同右、一六二頁。
(18) 同右、一七〇頁。
(19) 同右、一五三頁。
(20) 同右、一八八頁。
(21) 同右、一九三頁。
(22) 同右、一六〇頁。
(23) 同右、一〇三頁。
(24) 藤井栄三郎「『牛天賜傳』の意味について」、(注5参照)、八五四頁。
(25) 杉野元子「近代開化期を生きた二人の東洋文学者・漱石と老舎の出発期をめぐって」、『芸文研究』第五五号、慶応大学芸文学会、一九八九年、二五三頁。
(26) 桑島信一「あとがき　―老舎に関する感想―　」、『現代中国文学全集第四巻』、河出書房、一九五四年、八五四頁。
(27) 老舎『老張的哲学』、『老舎全集』第一巻、一九二頁。
(28) 原章二『命の美学』、学陽書房、二〇〇四年、四六頁。
(29) 注27、一九一頁。

第二節

(30) 『小説月報』第一八巻、三、八、一〇、一一号に連載。一九二八年商務印書館より単行本として発行。一九三二年一月二八日、上海事変によって戦火を被ってからもなお、一九三三年、四七年と重版された。
(31) 老舎『趙子曰』、『老舎全集』第一巻、二一五頁。口語訳は中山時子訳（学習研究社『老舎小説全集二』を引用した。
(32) 同右、二二八頁。
(33) 杉野元子「老舎と学校紛争　―『趙子曰』を基軸として」、『日本中国学会報』第四三集、一九九一年、二三四頁。
(34) 老舎「我怎様寫『趙子曰』」、『老舎全集』第一六巻、一六八、一六九頁。（初出『宇宙風』二期、一九三五年）
(35) 老舎『趙子曰』、『老舎全集』第一巻、二五一頁。
(36) 同右、二〇一頁。
(37) 同右、二八六、二八七頁。
(38) 同右、三六六頁。
(39) 同右、三六七、三六八頁。
(40) 同右、三八〇、三八一頁。
(41) 老舎「我怎樣寫『趙子曰』」、『老舎全集』第一六巻、一六七頁。
(42) 張競『近代中国と「恋愛」の発見』、岩波書店、一九九五年六月、二六八頁。
(43) 渡辺武秀「老舎『趙子曰』試論」、『八戸工業大学紀要』第九号、一九九〇年、一九五頁。

(44) 日下恒夫「『対』という考え方　―老舎長編小説への覚書―」、『関西大學中国文学会紀要』第一〇号、一九八九年、一四五頁。

第三節

(45) 『小説月報』二〇巻五号から一二号に連載。一九三一年商務印書館から文学研究会叢書の一として出版され三版をかさねた。一九四八年晨光出版公司から、晨光文学叢書として出版した。
(46) 日下恒夫「解説『馬さん親子』について」、『老舎小説全集三』、学習研究社、一九八二年、四五一頁。
(47) 老舎『二馬』、『老舎全集』第一巻、四〇二頁。口語訳は竹中伸・斉藤喜代子訳『馬さん親子』（『老舎小説全集三』学習研究社）を引用した。
(48) 老舎は「我怎様寫『二馬』」（『老舎全集』第一六巻、一七一頁。（初出『宇宙風』三期一九三五年）で、「『二馬』は、最初に最後の場面をもってきた。これは綿密さを追求した証拠である。これにとまらず、さらに非常に細やかに描きたい。コンラッドがストーリーをひとつの球とみなしたように」と抱負を語っている。
(49) 老舎『二馬』、『老舎全集』第一巻、三九三頁。
(50) 張桂興『老舎年譜』上、上海文芸出版社、一九九七年、二六頁。。
(51) 注49、三九五頁。
(52) 同右、三九九頁。
(53) 同右、五九六、五九七頁。
(54) 舒乙・中島晋訳『北京の父老舎』、作品社、一九八八年、八八頁。
(55) 注49、四二一頁。
(56) 同右、五一七頁。
(57) 老舎『趙子曰』、『老舎全集』第一巻、二八七頁。
(58) 注49、五七九、五八〇頁。
(59) 注49、五三七頁。

（60）注49、四七一、四七二頁。
（61）横山宏章『中国の異民族支配』、集英社新書、二〇〇九年、三七頁。
（62）倉橋幸彦「旗人老舎　―その誇りと負い目―　」、『関西大學中国文学紀要』第一七号、一九九六、七一、七二頁。
（63）太田辰夫「旗人漫筆」、『老舎小説全集』月報一、一九八一年、二、三頁。
（64）老舎『趙子曰』、『老舎全集』第一巻、二一一頁。

第四節

（65）老舎「我怎様寫『小坡的生日』」、『老舎全集』第一六巻、一七六頁。（初出『宇宙風』四期、一九三五年）

第三章　豊饒の時代

第一節　『猫城記』の先見性

（一）巧妙な構成

老舎は一九三一年小説『大明湖』を描き上げた。一九三二年一月二八日上海事変が起こり、上海の商務印書館も日本軍の爆撃を受け、破壊炎上した。このため翌月十日発行予定で、『大明湖』を掲載し、印刷を終えたばかりの『小説月報』第二十三巻第一号は灰燼に帰した。複本のなかった『大明湖』は、一度も人の眼に触れることはなかった。老舎にとってどれほど無念なことだったか。作家にとって作品とは産み落とした子供同様である。二度と同じものは描けないのだ。老舎は「多くの友人は再び『大明湖』を描くように勧めたが、私は気力がわかなかった」(1)と述べている。次に執筆したのが『猫城記』である。したがってこの作品が帰国第一番目の発表作品となった。『猫城記』は一九三二年八月『現代』第一巻第四期から一九三三年四月第二巻第六期まで連載した。

『猫城記』は「ユートピア小説の形で諷刺小説を描くという、それまで中国にはなかった文学領域へ新しい要素を注入しようと試みた」(2)ものである。

『猫城記』は読み続けるのが楽な小説ではない。なぜ読みにくいのか?また、最後の奈落の底に突き落とされるような読後感はどこからくるのか?それはこの作品のアイロニーを含んだ考えつくされた構成にある。「光あふれる中国、偉大な中国、残虐な虐待もなく、むごい刑罰もなく、死体を食う鷹もいない」(3)国から「汚濁、疾病、混乱、愚鈍、暗黒、それがこの文明なのだ」(4)という猫の国に「私」はやって来た。

古代には猫人間も外国人と戦争をして戦ったことがあったし、勝利したこともあった。しかし最近五百年間、猫人間同士で殺しあった結果、外国人を攻撃するという考えを忘れてしまった。そしてだれもが内にばかり気をくばっていたために、外国人を非常に恐れるはめになったのだ。だから外国人にとりしきってもらわないと、猫人国の皇帝は、迷い葉すら口にすることができないのだ。(5)

右記のように国内の騒乱にばかり気をとられていて、外国人には抵抗できず、皇帝すら外国人にとりしきってもらわざるをえなくなっていた。ついには「猫人間が外国人に畏敬の念をもつのは持って生まれた性質の特色のひとつである」(6)と、外国人に服従するのが「国民性」になってしまった国だった。「私」は外国人ということで身の安全が保証されている立場で、火星の「猫の国」を徹底的に観察して、記録した。ここまでで読者は、火星の「猫の国」は中国をさしていると、暗黙裡に思い、小説のなかの「迷い葉」は「阿片」、「外国人のための居住区」とは「租界」、「地主の私兵」は「軍閥の傭兵」、「ちびの兵隊」は「日本軍」と置き換え、やりきれない思いと同時に、ここまで描ききった描写に会心の笑みももらしたくなる。さらに、主人公の中国人の「私」は、外国人ということで安全だということに、自分を仮託できた。猫の国の滅亡後、「私」は無事中国に帰ることができた。最後は「私はさらに火星で半年暮したが、その後フランスの探検隊のロケットに遭遇し、ようやく生還できたのだ。わが偉大な、光あふれる、自由の中国へ」で小説は終わる。

読者は「わが偉大な、光あふれる、自由の国中国へ」(7)で愕然とするのだ。これが耳に快く響かない。「私」は火星から無事脱出できた。その火星では「外国人」ということで観察者でいられたし、身の安全も保証された。しかし、今度は「外国人」としての一切の特権はなく、地球上の「中国」に、火星の「猫の国」の猫人間のように暮さねばならないと気づく。最早逃れられないのだ。「光あふれる、自由の国中国へ」という語句で、神経が逆なでされるのだ。これこそがまさに老舎の狙った効果ではなかろうか？小説の冒頭で「光あふれる中国、偉大な中国」から火星の猫の国にきて、最後は「わが偉大な、光あふれる、自由の国中国へ」と「自由」までつけくわえられた中国に戻ってきたのだ。今度は観察者としてではなく、猫人間となるのに、である。観察者として「反ユートピア」から脱出できたと思ったのもつかの間、戻ったところは中国という「反ユートピア」だったわけである。神経が逆撫でされ、受け付けにくい。しかし、老舎はこの効果をねらったのではないか。この構成は考え尽くされたものと考える。

(二)　人間の究極の醜さ

老舎は人間が持つ普遍的な問題、人間の持つ弱さ――「だましあい」「さぐりあい」「責任逃れ」「強欲」等を容赦なく描いた。「ふだんはすべてのことが不合理だと思っているのに、うまい話や個人の利益が眼の前にあると、彼らはどんなものを見ても不自然だと感じなくなるのです」(8)といい「ぼくの祖父もいいかげん、父もごまかし、僕もその場をとりつくろう。青年たちもちゃらんぽらん。〝責任〟なんて一番いやらしい言葉です」(9)と、全ての世代がいいかげんだとし「生きかえったとたんに他人は犠牲にしても、自分がたすかりたい一心だ…私は狂ったように笑い出した。私はあの二人を笑ったのではない。かれらの社会を笑ったのだ。いたるところに疑心と卑小と利己と残忍ばかりだ。誠実とか寛大とか侠気とか正義とかいうものはこれっぽっちもない」(10)とし、自らの利益に目がくらみ、いいかげんにその場をとりつくろい、誰も責任をとらない。他人を犠牲にしても自分は助かりたい。人間の社会は、思想、信条、体制、時代を問わず、このようなことはどこにでも転がっている。それを老舎は余すところなく描いた。

『猫城記』の作中の時代は、「迷い葉」の大地主、軍閥が支配し、長い文明を誇る国は、混乱、腐敗、堕落の極に達している。外国人には逆らえない。このときチビの外国兵が攻めて来た。選択肢はふたつである。降伏するか、抵抗するか。さらに降伏しても、抵抗しても、死以外にないとしたらどのような死を選ぶのか？ここに様々な死が描かれる。

まず皇帝が遷都した東の町に皆逃げたが、高官が兵を連れて首都の猫の町へ戻ってくる。

敵に降参しに行くのだ。一番先に猫の町に到着して、あの都を敵に引き渡すと、役人などに取り立ててもらえると、皆先陣争いをしている。各軍の親玉が敵に向かって膝まずいた。そのつづきを次のように描写している。

猫の兵隊のリーダーたちが全員ひざまずいてしまうと、ちび人間どもの中のひとり　―もちろん長官だろう―が、さっと手を挙げた。すると彼の後ろにいた兵隊の一列が、すごい身軽さでさっと前に飛び出し、短い棍棒が、狙いたがわず大歇たちの頭上に振り下ろされた。私にもはっきり見えた。大歇《ダーシェ》たちはみんな頭をちょっと垂れると、体がぶるっと震えたとたん、地面に倒れこみ、もうぴくりとも動かなかった。あの棍棒にはもしかしたら電流でも流れているのだろうか。それは分らない。前に出て降参したリーダーたちが皆殺しに遭ったのを眼にして、後ろにいた猫人間たちはウワーッと叫んだ。その声はちょうど千も百もの包丁を首にあてられた雄鶏の声だった。一声そう叫ぶとまるでその声が届くより速く、いっせいに後ろへ逃げて行った。少しの間に押し倒されたものは数限りなく、踏み殺されたものも多かった。敵は別に彼らを追いかけもしなかった。大歇たちの死体は敵に足で蹴飛ばされ、大隊はゆっくり前進していった。(11)

猫人間の支配者たちは、先に投降したら役職でももらえるかと思ったが、もくろみがはずれて、真っ先に殺された。さらに「さっきは踏み殺されなかったものの、逃げきれなかった兵たちは、全員ちびの兵隊に短い棍棒で息の根をとめられてしまった」(12)のだ。さらにちびの兵たちは大きな穴をほった。そこに東のほうからちびの兵に追いたてられて、おおぜいの猫人間がやってきた。この後次の描写が続く。

大きな穴のそばまで追ってくると、そのあたりで休息を取っていたちびの兵隊たちが、連れてきた猫人間を取り囲んで、穴の中につめるのだ。猫人間たちの悲鳴は鞴でできた心臓でも粉々に砕けさせてしまうにちがいないほどであった。しかしちびの兵隊たちの耳は、まるで鉄より硬いのか鉄の棍棒を手にしてわき目もふらず、穴の中に猫人間を追いこむのだ。猫人間たちのなかには男もいれば女もいる。さらにある女性は赤ん坊を抱いていた。私の辛い気持ちは言葉で言い表すことはできない。しかし、私には彼らを救いだしに行く術がない。わたしは目を閉じた。しかし、あの泣き叫ぶ声は、今になってもまだ私の耳について離れない。泣き叫ぶ声がふいに小さくなった。眼を開けて見ると、ちびの獣どもが穴を土で埋めているところだった。全員丸ごと生き埋めにしている！これは猫人間がみずから向上を求めなかったことへの制裁だ。私には誰を恨めばいいのか分からないが、ただひとつの教訓を得た。自らを人間と任じないものは、人間として扱われえない。……ちび人間どもは、私の知っている人間どものなかで最も残忍な連中だ。……ある小さな山の中で逃亡してきた十何人かの猫人間たちに出会ったことがあった。その小さな山は、まだちび兵どもに占拠されていない唯一の場所だった。ところが、ものの三日も経たないうちに、この十何人かの避難民たちは仲間うちでけんかや殴りあいをはじめ、早くも半分が殴り殺されたのだ。ちびの兵隊どもが山の中にはいってきたときには、もう残りはたったの二人になっていた。おそらく、その二人が猫の国では最後の生存者だったろう。敵が到着してみると、最後の二人が殴り合いをしていて、手もつけられない状態だった。ちび兵どもが二人を殺さずに、ひとつの大きな籠の中にいれてしまうと、ふたりはその籠の中でけんかを続け、そのうち互いに噛みつき合って二人と

も死んでしまった。こうして、猫人間たちは、自分の力で自分たちの絶滅をなしとげた。(13)

かくして猫の国の人間は絶滅したのである。その死に方を整理してみる。

まず敵のちび兵に殺される。これには降伏しに行って殺される。大地主、軍閥、およびその兵たち。次に追いたてられて穴に生き埋めにされる。一般の男女、子供などである。

次に仲間うちで殺しあう。逃亡してきた十何人かは、なかまうちで殴り合って死んだ。敵のちび兵たちが来た時は二人になっていたが、ちび兵たちがきたときも協力しあわず、同じ籠にいれられて、噛みつきあって死んだ。この最後の描写に、老舎の日本に対する憤りと、自国民に対する深い絶望を感じる。と同時に老舎の観察眼は、この戦争の本質を見抜き、事態を予見している。この、作品が描かれたのは一九三二年、上海事変後である。日本軍の爆撃による火災で老舎は『大明湖』を焼失した。これ以後自国民が、日本軍に穴に埋められるという事件が起こっている。作家の眼は、現在目の当たりにしている事柄から、将来のことが見えてくるものである。そして筆はひとりでに走り出す。作家とは事態を鋭敏に感じ取る繊細な感受性をもち、またそこから感じとった事柄を、冷静に表現する強靭さを必要とする。それでこそ文学的リアリティのある作品となるのである。しかし、このバランスを保つのは容易ではない。往々にして感受性が突出した描写となる。老舎もこの弊に落ち、性急すぎ、平板になったと思われる。老舎も英国から帰国して、中国の現状を目の当たりにして絶望的になったにちがいない。しかも最初の小説『大明湖』は、日本軍の攻撃で灰燼に帰しているのだ。老舎が火星の猫の国に仮託して、当時の中国の現状を描いた手法は画期的なことであり、

多くない。

高く評価するのであるが、人物の形象が不十分である。老舎が描く火星の「猫の顔の人」についての描写は

(ア)私の前に、しかも私のいる場所からほんの七、八歩のところに、人間が群がって立っていたのだ。連中の顔を見たとたん一目で判った。猫の顔をしている！(14)

(イ)猫人間というものは、立って歩いたり服を着たりするような大きな猫なんかではない。…猫人間は服を着ない。腰のところは長くて細い。手足はどちらも短い。手足の指も短い。…首は短くない。首を伸ばすと、背中まで頭を曲げることができるのだ。顔はとても大きくて、まんまるい眼が二つ顔の下のほうにあり、やたら広い額が目立っている。額の表面はすっかり細い毛でおおわれており、そのまま髪の毛に続いている。髪の毛もやはりとても細くてやわらかい。鼻と口はひとところにかたまっている。けれど猫みたいに気高い感じはせず、まるでブタみたいな格好で、耳はあたまの後ろ側にあり、これは小さい。からだじゅうが細かい毛でおおわれている。光沢があって、近くで見ると灰色だけれど、遠くから眺めると少し緑色がかっており、まるで灰色のカシミアみたいにきらきら光っているのだ。胴体が円筒になっているのは、たぶん横向けにころがるのに都合がいいのだろう。胸には小さな乳が四対あり、八つの小さな黒い点が見える。(15)

(ウ)大歇がそこにいた。猫人間をひとりしたがえている。そいつが両手でかかえて、あごで支えているのは、たぶん山積みになった迷い葉にちがいない。大歇が前を歩き、迷い葉をもった猫人間が後ろについてい

く。大歇が手を伸ばすと、その猫人間も手を伸ばしながら、その猫人間の行列に沿って歩いている。[16]

（ア）では「猫人間」は二本足で立っていたような印象をうける。猫「人間」というからには二本足で立つのは当然と思いながら、読み進める。ところが（イ）では「立って歩かない」とある。また猫人間について詳細に描写してあるのはここだけであるが、これではただの「猫」ではないか。「猫みたいに気高い感じはせず」とあるが、毛並みの描写は美しい。猫「人間」である以上、二本足で立って歩くのが順当である。（ウ）で、やはり立って歩いていることがわかり、どうにか、猫「人間」という設定の破綻からは免れている。

しかし、猫「人間」のイメージが結んでこない。ただの猫である。たとえ誰が読んでも、「猫人」とは中国人であり、「ちび兵」とは日本人であるとしても、火星の国「猫人」と仮託した以上、作家は想像力と創造力を総動員して、まるで本当に存在するかのように描いてこそ、小説として成功する。『老張的哲学』でも『趙子曰』『二馬』でも登場人物をしつこいほど精緻に描写した老舎である。ここでも「猫人間」を、そのように描写されていたらと、残念である。この作品が失敗作といわれる所以には、この「猫人間」の造型の不十分さが大きいのではないかと思われる。老舎にとって、猫人間を精緻に描写するよりも、帰国して三年目で、中国のおかれている状況への、怒り、絶望が大きく、これらの描写に心血をそそぐのに性急になったのであろう。そのような勢いは感じられる。またその勢いが無かったら、ここまで描けなかったことも事実であったろうと思われる。

(三) 人間のもつ誇りの追求

「猫の国」は滅亡した。国の滅亡時にあって、死が避けられないとしたら、誇りある「死に方」とはなんだろうか。老舎はそれを三人の猫人間の自殺というかたちで描いた。それをみていきたい。

「私」は小歇《シャオシエ》の部屋で「大鷲《ターチュウ》」という気骨のある人物にあった。彼は外国が攻めて来たことを聞き、山を下りてきたのだ。彼は次のように言う。

私は迷い葉を食べることに反対だし、女郎遊びにも反対だし、一夫多妻にも反対だった。私はまた外の人間にも忠告してみた。迷い葉を食べるな、女を買うのをやめろ、女房を大勢貰うなってな。だが、そのおかげで、こちらは、新人からも古株の連中からもすっかり不評で、ひとり悪者にされてしまった。覚えておくといい、地球どの。自分ひとりで苦労をなめたがるものだとか、あるいは学問をやりたがるものはどんな人間でも、わが国の人民からすれば、善人ぶったやつということになるのだ。……政治の面では私はこんな風に考えている。いかなる政治主張であっても、経済問題からはじめるのが筋であり、どのような政治改革であれ、必ず改革の誠実さをそなえていなければならないのだ。しかしわが国の政治家ときたら、誰一人として経済問題を理解しておらず、誠実な人間は一人もいない。あの連中は、いつだって政治を一種のからくりくらいにしか考えていないから、お互いに操り合ってみたり、押しあったりしているのだ。だからだれもが政治を話題にしていながら、ついに政治はなく、どの人間も経済を語りながら、農業や工業は、いまや完全に破産してしまったのだ。……最近十数年のうちに、わが国の政治の変化は多すぎた。ひとたび変化すると、その分だけ人格の価値もさがってしまい、悪者が必ず勝つに決まっているのだ。だから、いまでは、だれもが最後の勝利を手にしたいと願っている。それはつまり、だれがいちばんの悪者かということなのだ。……しかし、私はそれでも悲観はしない。私の良心は、この私自身より、太陽より、すべてのものよりも大きいのだ！私は自殺はしない。反対を恐れない。自分が尽力できるところがある場面になれば、私はやはり力を尽くしてみるのだ。無駄は百も承知だ。しかし、私の良心は、いま言っただろう、私の命よりもはるかに大きいのだ。[17]

大鷲は孤高を保つ、いや保たざるを得ない状況におかれていた。その彼が自らの良心に照らして、なすべきことがあると山を降りてきたのだ。

「私」は「このような人間は、軽薄な崇拝心理にたつような英雄ではなくて、あらゆる人間になり代わって恥をそそぐ犠牲者なのだ。大鷲は教祖なのだ」[18]と彼に敬服する。

小歇が帰ってきた。彼は外国兵と戦おうと、猫の国の兵を集めるのに奔走していたのだ。大鷲は彼に言った。

「私はどうしても来ないではいられなかったのだ。いまこそ死ぬときだからな…戦場で死ぬなんていう形ばかりの栄光は、君にあずけるほかないよ。私は光栄とは縁遠い死に方を望んではいるが、死ぬからには全くの犬死にはしないつもりだ。君のところにもう何人集まった？」[19]といい、小歇は、親大歇の兵も全員撤退し、大縄《ターション》の部下だけが自分にしたがう可能性があると答える。大鷲は「私を殺して、この首を町でさらし首にする。君の司令に服従しない兵隊や将校連中に、こうなるぞって警告を与えてやるのだ。どうだろう？…小歇、私は自害するから。そうすれば君だってその手で私を殺さずにすむだろう」[20]と言った。ここで大鷲は「自殺」しょうとしているが、それは自分の自殺により、兵を集められるかもしれないという「意味」をこめている。第二章第二節で述べた『趙子曰』の老李が「自殺より暗殺がまし」と、実行し、逮捕されて銃殺される事件を想起させられる。「自殺」あるいは「自殺行為」に世のため、人のためという命題を設定しなければならない。これが当時の中国の現状だった。「私」が「今さらそんなことをやってどんな利益があるのかと」と尋ねると、大鷲は言った。

わずかな利益もないのだ。敵の兵隊は数が多い、兵器も優れている。わが国の総力をあげても必ず勝つとは限らない。しかしだ、万にひとつでも我々二人のやったことが影響を与えたとすれば、おそらく猫の国の一大転機になるかもしれないのだ。敵のほうでは、わが国が抵抗する勇気もなければ意欲もないと、とっくに決めてかかっている。われわれ二人は、かりにほかのとりえがないにしても、わが国を軽んじているような敵に対して、せめて目にもの見せてやるのだ。もしわれわれに応えてくれる仲間が一人もいなければ、ことは簡単だ。猫の国は滅亡するしかないし、われわれ二人は死ぬに決まっている。犠牲などというものもなければ、光栄といわれるようなこともない。生きているうちは亡国に手を貸さなかったし、死んでしまえば亡国の民と呼ばれることもない。良心は生命より大きいものなのだよ。それだけのことだ。さようなら、地球どの。[21]

大鷲は「生きているうち亡国に手をかさなかったし、死後、亡国の民と呼ばれることはない」とは、強烈な自我意識である。これは当時の中国の、国を憂える知識人の気骨であったろう。

小歇に「迷い葉四十枚なら気持ちよく死ねます」といわれて「それもいいね。大鷲は笑った。生きているときは、迷い葉を口にしないために、人から善人ぶっていると指弾を受けたのに、死ぬときには、人が私の偽善ぶりを説明しやすいように迷い葉を食べるのだから、人の一生っていうのは厄介なものだよ！さあ、迷に迷い葉を持ってくるように言ってくれないか。私は外へ行くこともないだろう。君たち、私の最後を見とどけてくれ。死ぬときに友人につきそってもらえるなんて、やっぱり人に生まれてよかったと思うよ」(22)と死んでいくのである。

老舎はこの大鷲を猫の国のただ一人の特別な人として描いている。滅亡するしかない猫の国もこのように事態を正確に認識している人物がおり、彼にこうあるべき国の理想を語らせる。「生きているうちは亡国に手を貸さず、死んだら亡国の民と呼ばれることもないように。良心は生命より大事だ」と死んでいくのである。またそのためにどのような死に方をするか。大鷲は「自殺はしない」し、「戦場で死ぬなんていう形ばかりの栄光は君（小歇筆者注）に預ける」とした。さらに「死ぬからには犬死にはしない」で「小歇が自分を殺して、彼のいうことを聞かない奴はこうなると、さらし首にして、兵へのみせしめとする」そのために「小歇が自分を殺す手間をはぶいて自害する」と最終的には自殺するのである。さらに「迷い葉」を食べることに反対していたのに、その「迷い葉」を食べて自殺する。そのことによって他人が大鷲は偽善家だと言われることを承知の上である。

この自殺の方法には、老舎特有の諧謔的表現で、大鷲を自虐的な、強烈な個性を持った人間として描いている。さらになにものにも犯されない、人とは同調しない、彼の信念にもとづいた「自我」の持ち主として描かれている。それと「死ぬときに友人につきそってもらえるなんて、やっぱり人に生まれてよかったと思うよ」には、大鷲の孤高な生活における孤独と絶望がどんなに深かったかが推察される。老舎が五年ぶりに英国から帰国して祖国をみたときの、孤独と絶望がうかがえるようだ。

戦争に行っていた小蠍が憔悴して帰ってきた。敗残兵たちは彼を殺そうと探していた。彼のために戦争させられ、掠奪もできなかったと。「私」は彼を死なせたくないと、村のボロ家に隠した。「私」は彼に外国人町へいくようにすすめた。「しかし小蠍はくびを横にふった。そうなのだ、この青年は死んでも自分の面目だけは失いたくないと思っているのだ」[23]と「私」は思う。

翌朝、小蠍と彼のガールフレンド迷《ミー》は、「私」が地球から持ってきたピストルで自殺した。また「私」は「小蠍の心が理解できた。だからこそ、いっそう迷のことが哀れなのだ。この娘はいかなることがあっても死ぬべきではないように思ったが、小蠍には死なねばならぬ理由があったのだ。しかし、国家と死を共にすることはあるいは何の議論も不要なのだろうか？民族や国家というものには、この世の中では、いまもまだ生命を支配する力が備わっている」[24]と思った。これは当時の中国の現状であった。老舎はそこに深い嘆息をこめて描いている。

また「私は前よりももっと迷と小蠍が好きになった。私はその二人を呼び覚まして、二人に君たちは純粋なんだ。二人の霊魂は、やはりきみたち自身のものだと言ってやれない自分が恨めしい」[25]と、小蠍の自殺を肯定している。また「民族や国家というものには、この世の中では、いまもまだ生命を支配する力がそなわっている」と、「猫の国」の滅亡時にあっては、「自殺」以外になかったと肯定している。しかし、それは何時の時代にあっても普遍的なものとして通用するとは、思っていない。ここには、当時中国が置かれていた状況―日本に侵略されている―に対する深い憂慮がある。

腐敗、汚濁、疲弊、貧困の極にあった「猫の国」は、滅びるべくして、滅びた。猫人間は絶滅したが、そのなかの三人は、最後は誇りある死を選んだ。それは「自殺」だったのである。「よりよく生きたい」が、そのためには「自殺」しかない。そのようにしか「生きることができない」時代、国家の状況は存在するのだと、老舎は言いたかったのではないかと思われる。

（四）老舎の自己評価と中国における評価の変遷

英国から帰国後最初に世に問うた『猫城記』は、老舎の死後まで物議をかもした。この作品の命運は中国が歩まねばならなかった歴史抜きには論じられない。

『猫城記』は一九三三年現代書局から「現代創作叢刊六」として出版した。老舎は自序で「言いたいことはすべて作品の中でいってしまっているのに、くどい言葉を重ねることもない。さらに自己宣伝になってもいやだし、自分を貶めるなどもっとわりに合わない。ここは黙して作品の自由にさせるのが一番……本人はわずかに不満がある。ユーモア不足なのだ」[26]と、老舎らしい描き方をしている。この時点では老舎自身もそれなりの自信があったようである。

また翌一九三四年『現代』第四巻第三期に掲載された書評で、王淑明《ワンシューミン》は「老舎の『猫城記』を読んで、この作品と非常に似ている別の作品を思いだした。張天翼《チャンティエンイー》の『鬼土日記』である。ある意味でそれらは同じで、二作品ともいわゆる風刺文学であり、ひとつは現実の資本主義社会であり、もうひとつは東洋式の半封建国家であり、対象は同じではないが、しかし、両作家とも独特のスタイルのなかに洗練されたユーモアを持ち、近い将来没落する社会の本質的な描写をし、まさしく成功している」[27]と述べている。『猫城記』は「独特のスタイル」と「洗練されたユーモア」があると評価している。この作品を、他の作品と同様に扱い、奇異な目はむけていない。

一九三五年、老舎は「『猫城記』は私の考えでは失敗作であり…その原因は徹底的にユーモアであるべきだった。なぜなら諷刺小説なのだから…諷刺が辛らつであればあるほど、描写は生き生きと面白くかかねばならない。…思想面で積極的な主張も提案も持っていない。風刺の弱点だけが残った」[28]と、ここで初めて「思想面」という表現をした

アメリカ合衆国国務院は、文化交換計画の一環として、曹禺《ツァオユー》と老舎を招請した。これを受けて、老舎は一九四六年三月渡米した。

一九四七年、晨光出版社より再版。新序をニューヨークから寄せる。

　この十年の長編小説のなかで『猫城記』は最もさえないものである。理由は、ひとつは諷刺の比喩に必須の機知と辛辣な文体の欠如であり……もうひとつは比喩の中で、こちらを打つと見せかけてあちら

を打つためには、いわんとすることを話しの中身で明らかにしておく必要がある。すると人物が充分に生かしきれないことがままある。人（あるいは猫）の性格描写を気にかけていると、隠された意図が失われてしまいがちだ。……『猫城記』を捨て子のままにしておこうにも、この作品はなんといっても心血を注いで描いたものだから情けの上で忍びない。この作品を再版することにしてしまえば、これがまたさえないものであるので、気持ちの上で不安なのだ。(29)

このように米国から描いてよこし、この作品への並々ならぬ愛着を披瀝している。

一九四九年十月、中華人民共和国が成立した。同年一二月老舎は米国から帰国した。

一九五〇年、老舎は『老舎選集』自序を『人民日報』（一九五〇年八月二〇日）に発表した。

失敗したのは、私が当時の政治の暗黒に失望したことから『猫城記』を描いたことである。その作品のなかで、私は当時の軍閥、政客、支配者を諷刺しただけでなく、進歩的な人物をも諷刺して、その人たちは口先ばかりで、本物の仕事をしないといったのだ。これは私が革命に参加することができなかったために、ある種の革命家たちは、どうも過激に偏して中身がないと感じるばかりで、その人たちの情熱と理想が理解できなかったからである。私は自分が過去にあのような諷刺を描いてしまったことを後悔するとともに、『猫城国』は今後二度と再版しないことに決めた。(30)

この「自序」で老舎本人が「出版しない」といっているのだからと、老舎の死後も出版しない理由にされた。

さらに一九五二年、老舎は『延安文芸講話』十周年記念に寄せた「毛主席は私に新しい生命を吹きこんだ」で「自分の文芸知識を豊富にするために、描くことのほかに、私はまた文芸作品や文芸理論を学んだ。私はいくつかの世界の文芸の名作を読んだことがある。…私の興味は小市民的なもので、ハイカラな文字や、興味をそそる事件や、一段とキレイな情景を描いたものに出会うと、賞賛しないわけにはいかなくなって、結局はそれがどんな教育価値や文芸価値をもっているかさえも、追求しなかった。

私はまたいくつか文芸理論を読んだことがあるが、私自身に中核の思想というものがなかったので、それらを批判して理解するということができなかった。…それが正しいのか、間違っているのか全然いうことができなかった。このことは私を非常に苦しませ、はなはだしくは、次第に理論をきらいにさせた。描こう、理論なんかにこだわる必要はないんだ！作品こそが真実なんだ、理論なんぞ無意味だと私は理解した。このようにして、私は一本の筆を信じて作品を描きはじめ、ついに『猫城記』のような間違った作品を発表した」(31)と述べるにいたった。

一九六六年プロレタリア文化大革命が始まった。老舎は一九六六年八月二四日入水自殺した。

老舎の死後四年たった一九七〇年、『中国文学』の仏語版に『猫城記』に対する批判文「北京師範大學革命大批判組老舎『猫城記』批判」が掲載された。批判文の内容は「老舎はイギリス帝国主義者と、裏切り者蔣介石一派に雇われた反動的な作家であり、『猫城記』は民族的裏切りと敵に対する奴隷の精神、反共、反人民的な傾向のあらわな一連の作品の一つに数えることができる。…三三年に出版されたこの小説は、その

場を火星の猫王国　─それは中国を描いたものと思われる─　に設定している。猫人＝中国人は、そこで最も低劣で最も愚かな『猫人』として扱われており、作者は上品な傍観者となりすまし、小説の主人公の役割に酔いしれている。この傍観者の行為や、彼と大歇、その息子である小歇、猫人たち─大地主、政治家、詩人、役人─とのかかわりあいは、中国の社会、政治、経済について、彼の見解を述べるための設定であり、偉大な中国共産党、偉大な革命、偉大な中国人民に虚偽に満ちた中傷と毒気にあふれる攻撃とを加えるためなのである。まさにこの点に、この小説が反動的な民族的裏切りを敢えてした根本的に反革命、反共、反人民的作品であることのあかしがある」(32)とされた。老舎の自殺から四年経っているのである。この間老舎の自殺は公表されず、日本でも、自殺か他殺か、様々な憶測が流れていた。死してもなお、このような強烈な決まり文句で、しかもフランス語で発表されたということは、西側諸国むけに老舎の「死」を正当化するためのものだと思われる。これは逆に『猫城記』の内容が「正鵠を射ている」ということの証左ではないかと思われる。

一九七六年九月毛沢東が死去し、一〇月江青ら四人組が逮捕された。

一九七八年二月、中国側が老舎の死を公表し、六月八宝山革命公墓で老舎の遺骨埋葬式し「名誉回復」された。

一九七九年以降老舎の作品の重版、公刊が盛んになった。

一九八二年、中国遼寧大学の陳震文《チェンチェンウエン》が『猫城記』について「この小説は国を憂えたものであり、時代の弊害を暴きだし、民族の復興を願い、積極的進歩的思想内容を十分に備えているがゆえに、基本的には肯定すべき作品であり、間違いはあるもののその比重は副次的なものにすぎない」(33)と、文化大革命以降初めて、中国で肯定的な見解を発表した。これをうけたかのように、一九五〇年以来三十三年ぶりに一九八四年中国で『猫城記』を出版した。(『老舎文集』第七巻、人民文学出版)さらに一九九三年『老舎小説全集』第三巻所収(長江文芸出版社)、一九九九年『老舎全集』第二巻所収(人民文学出版社。)と続いた。

一九八九年、王行之《ワンシンチ》は「我論老舎」発表した。そのなかで『猫城記』について次のように述べている。

五十余年のあいだ、老舎の作品の中で叱責を受けた時間がもっとも長く、近年でも議論がたえない作品が『猫城国』である。……私の考えでは、老舎の生涯の全作品中で、もっとも中国の知識分子が重視するに値し、本の読める人なら誰もが一読すべきものこそこの『猫城記』である。……老舎はこのSF的警世小説を通して、世の人に対し、すぐにも近代的な人格を再建しなければならないという気持ちを喚起しょうとしたが、この過分な望みは確かに大きすぎて、一冊の小説の感情波及効果で実現できるものではなかった。しかし『猫城記』を発表したことは、また確かに東洋と西洋の文化の激しい衝突の中で、当時国情を深く理解した青年知識分子の心の中で爆発した烈火のような愛国の気持ちと憂国の気持ちを示している。(34)

中国においてこれは画期的なことであった。一九五〇年以降、日陰に追いやられていた『猫城記』が、中国でやっと自由に論じられるようになったのである。

一九八九年九月日下恒夫氏は「小説家老舎　―『猫の国』から　―」で次のように述べた。

新中国建国以来のこの作品に対する評価は、肯定する場合も否定する場合も、小説としての出来や文学として成功しているかどうかとは全く関係がない。要するに、作品の中で人民を愚弄し、マルクス主義と共産党を嘲笑した部分があるという事実から全面的に否定するか、それとも作品として欠点はあるものの国民党支配下の暗黒面を描き出し社会の矛盾をえぐり出した実事求是の愛国的作品という面もあるとして肯定的に評価しようとするか、この二つである。それは陳震文氏の肯定論においても…この枠から出ることはない…新中国成立以降一度も文学作品として読まれたことのない小説だと言ってよい。…一度はこの作品も『作品の自由にさせ』てみるべきではないか。…老舎はユートピア小説の形で諷刺小説を描くという中国にはなかった文学領域へ新しい要素を注入しようと試みたのである。…そのことだけでこの作品は中国文学史のなかでの存在価値を主張しうる。…『猫の国』は早く来すぎたのである。[35]

この日下恒夫氏の論文を受けて、二〇〇〇年、嚇長海《シァチャンハイ》が「九十九老舎学術討論会」で次のような発言をした。

これまで要約した『猫城記』に関する文章の中から、私は一つの問題をみつけた。すなわち文学史家たちは、ほとんどみな政治問題から『猫城記』の評価を始めている。どれも同じで、みな一つの調子の思考方法で、八十年代の老舎研究者の文章において、特に外国の学者が『猫城記』を分析した文章と比べてみると、極めて単調なのが良く目立つ。硬直し、固定化し同じ批評のスタイルで、文学史家たちの学術思考を制約するだけでなく、後々の研究者の学術視野に影響を与える。『猫城記』はわざわざ政治問題を描写した小説では決してない。それの分析と評価に対してはただ一つであるはずはない。文学批評の観点から考えると、皆がひとつの論調では批評家の個性を失ってしまう。文学史家たちは外国の学者が問題を読み取り、作品を分析する価値の角度を学ぶべきであり、可能なかぎり異なった方面から読者を『猫城記』の認識と理解に導いていくべきである。(36)

以上みてきたように中国では、新中国成立以降『猫城記』は「政治的」な立場から、「反愛国」「反革命」的と否定されてきた。文化大革命時には、老舎の死後もなお、「反革命的」と糾弾された。しかし、老舎が名誉回復された一九八二年以降、肯定的にとらえられるようになっても、小説としての分析よりも、「国を憂い、民を憂いた愛国的作品だ」と政治的な評価する論評が多い。しかし一九九九年、老舎学術研究会において「政治問題から評価を始めては単調になる」「『猫城記』は政治問題だけを描写したものではない」「一つの論調で批評するのでなく、外国の学者から分析の角度を学び、多方面から『猫城記』を認識、理解しなければならない」という認識がでてきたことは画期的なことであり、今後の論評に期待したい。また「老舎を研究する上で『猫城記』を無視することはできない」という見解は定着してきたようである。

一般的にも社会の本質的な問題を抉り出した作品は、往々にして、その同時代には受け入れられにくいものである。時代を先取りする芸術家には、このような宿命は避けられない。それは作家の観察眼、洞察力などが優れていたことの証左に他ならないともいえる。まして中国は、列強諸国に蹂躙され、抗日戦を戦い勝利し、共産党が政権をとった、世界で数少ない国家である。その社会主義国家建設の過程で「文学は政治に従属する」という命題のもとで、一九五〇年以前に描いた作品までが、批判の俎上に載せられた。さらに「文化大革命」という名のもとで、多くの作品が糾弾された。『猫城記』は、時代の現実を公平に抉りだしていたがために、真っ先に糾弾の対象となったのである。この不幸な歴史を経て、いまこそ『猫城記』を文学作品として評価しようという機が熟しつつあるのではないかと期待したい。

第二節　『離婚』に描かれた北京への愛憎

（一）「生粋の北京人」の瀟洒と限界―張大哥の場合―

老舎は『猫城記』を雑誌『現代』に連載し、終了後良友文学叢書のひとつとして出版することになっていたが、現代書局からの強い要望で現代書局から単行本として出版することになる。すると良友出版側から『猫城記』のかわりを描いてくれと言われた。

私は汗が噴出し、えいと思いきって引き受けた。…なにを描くかも決めないうちに、まず決めていたことがある。今度はユーモアに帰ろう。『大明湖』と『猫城記』がともども失敗したのだから、どうしてもユーモアに帰るしかない。ついでに決めていたことがある。今回はやはり北平に救いを求めねばならない。北平は私の故郷である。この二つの文字を想い起こすと、何百尺もの「故郷の像」が心の中に映し出された。(37)

『離婚』はこのような情況で書かれた。したがってこれは書き下ろしである。初版本は良友文学叢書の第八種として、良友図書印刷公司から一九三三年八月に出版された。四種類のテキストがある。[38]

日下恒夫氏は「イギリスから中国に帰って後の、実質的な意味で長編小説としては初めての成功作であり、同時に自信作である」[39]と述べている。白楊《バイヤン》は「『離婚』は老舎が熟達した創作へ向かったこと示したものである」[40]と述べて評価している。藤井栄三郎氏は「疎外と孤独と絶望の問題を最初に提出したのは魯迅であるが、老舎はある点でその問題を一層進化させた言えはしないだろうか。たとえば『離婚』にはその精緻な臨床報告があると思う」[41]と述べ、高橋由利子氏は「現実を冷静に見つめ、現実に絶望しながらも、決して自分からも社会からも目をそらさず、自分のできる働きかけを少しずつ実行していき、そこに幸せをかんじるといった描写は、前作に比べると、より現実的であり、バランスとふくらみを持ったものであるということができる。…『離婚』のなかの登場人物を、前作の同じタイプの人物と比較すると、どれも、より現実的に、より客観的に、より人間としてのふくらみを持って多面的に表現されていることがわかる」[42]と評価している。

『離婚』がこれまで発表された作品なかでは、一番高く評価されているのは衆目の一致するところである。それをふまえて筆者は、この作品は老舎の北京への深い哀惜の情から生まれたものと考える。老舎は北京を深く愛し、誇りに思うがゆえに、北京の美しさを存分に描いた。またそれゆえに、北京とそこに住む人々を損なうものは許せないと、深い憤りを持って描いた。それを北京の財政局に勤務する人々の公私の生活をきめ細かく描くことで成功した。『離婚』は一九二七年以降から、執筆時の一九三三年ぐらいまでの時期の北京が描かれている。[43]中心は張大哥《チャンダークォー》と老李《ラオリー》という新旧両世代の人物である。

張大哥は財政局庶務課勤務で、北京生まれの北京育ちで、世界の中心は北京であるから、北京に生まれなかった者は田舎ものだと思っている。一生の念願であり、「神聖な使命」とするところは結婚の仲人をすることと、離婚に反対することである。妻と大学生の息子「天真《ティィエンチエン》」と高級中学の娘「秀真《シュウチェン》」がいる。彼は「生粋の北京人」としての誇りと瀟洒を具現している。

結婚の媒介は創造であり、離婚を消滅することは藝術批評である。…この小さな鈽は天賦の珍宝である。張大哥は持って生まれた自分の優越に対し、ひそかに誇りを感じている。が、彼は謙虚と親愛の化身である。全ての事はひとたびこの鈽を通ると、決して極端に走らない。極端に走ることは生命の平衡を失ない、平地にもんどりうって転ぶことになるのだ。張大哥はつまずいて転ぶのを最も嫌うのだ。彼の衣服、帽子、手袋、煙管、ステッキなどは皆モダンボーイが半年余り前に用いだしたものであり、頑固な老人はなお三、四ヶ月考えた後でないと用いないような様式と風格がある。ちょうど社会の道しるべのようなものであって、張大哥の服装は、すれ違う車夫にちょっと足を緩めて見られるが、完全に足をとめるほどではない。〝張大哥の言うことを聞いていれば間違いない〟(44)

張大哥は、つまり古臭くもなく、突飛でもない。家庭の調度や置物も適当に流行を取り入れ、洒落ている。代表的な北京人なのだ。

同じ財政所で机を並べている老李は、北京生まれでない。張大哥からみれば田舎者である。北京の大学で銀行学と財政学を学んだ。老李の学問と資格は公平にみて、張大哥より一枚上である。「仕事をやらせると彼は非常に細心にやる。このため骨の折れる仕事は彼がやることになる。上司に会ったり、わいろの分配をしたり、昇進したりすることは、すべて彼には縁のないことである。公務以外には本を買ったり、本を読んだりすることが彼の娯楽である」[45]という人物である。しかも、外見は張大哥は外交官に見え、老李は貧相な一小書記という感じである。田舎に妻と二人の子供がいる。この老李が何か悩んでいるようだ。張大哥は老李を家に食事によんで、彼の話を聞き出す。

僕は恋愛の美味を味わうと思っているわけではない。ただ僕が追求しょうとしているのは、―詩だ！家庭、社会、国家、世界…これらはみな現実に足をつけているもので、みな詩意がない。大部分の女―既婚未婚を問わず―皆平凡で、あるいは男たちよりなお平凡だ。―まだ実社会の悪に染まっていない、熱情は詩のようで、朗らかなことは音楽のようで、貞淑で純潔なること天使のような…。僕は少し気が狂っているのかもしれない。この狂気はもし僕が自分を認識できるとすれば、ロマンチックでなく夢想的であり、社会の暗黒を見てただちに太平を希望し、人生の宿命を知って永遠の楽園を想像する。自己の迷信でなくいくらかの神秘を願うものだ。僕の狂気は、こうしたちょっと形容できないもので合成されているんだ。あなたは、あるいは愚にもつかないことだと思うでしょうが？[46]

老李の悩みを聞いた張大哥の答えは単純明瞭だった。「老李のいう『詩意』は女だ。郷里へ帰って奥さんと子供を連れてきて一緒に暮らせば万事解決」と老李を説得してしまう。そして借家を探してくれ、家具は彼の家のものを貸してくれた。洗練されていて、常識家であり「常識の結晶であり、活きた物価表である」(47)張大哥に押し切られ老李は妻子を北京につれてきて一緒に暮らすことになった。

張大哥は生粋の北京人であり、伝統ある北京と一体化した存在であり、現状を肯定し、生活を謳歌してきた。張大哥の服装、持ち物、家具、調度、食事などの描写は、一九三〇年代の北京の知識人の生活の瀟洒さを、余す所なく描いている。なにもかも全て張大哥夫婦の世話になって、家族四人の北京での生活を軌道にのせた老李だが、張大哥の大学生の息子天真が共産党の嫌疑で逮捕された事件で、立場が逆転する。

天真の小学校、中学校、大学入学に際しては、張大哥が多額の運動費を使いやっと入学させた息子である。そうでもしなければ大学生になるなどということはありえなかった。その天真が家に帰ってきた。学校でストライキが行われ、やむをえず帰ってきていたのだ。彼はなぜストが行われたかを全く知らず、いかなる団体行動にも参加していなかった。そんな息子が共産党の嫌疑をかけられたということで、張大哥は役所をくびになる。また役所のものは、自分の立場を守るのに汲汲として、彼にかかわる者は誰もいない。老李ひとりが天真を釈放させようと奔走する。張大哥は「僕も年をとったよ。この新しい機関についてはまったく知らない。もし天真が公安局に捕らわれたのなら、とっくに保釈できた。ぼくは今まで大抵何事でもやろうと思えばできないことはなかったんだが、老いぼれの態になっちゃったよ。こんな新しい機関には歯がたたないんだから」(48)と、なすすべもなく老李に慨嘆する。老李は海千山千の小趙《シャオチャオ》と取引する。

張大哥はもう眠れなかった。…少年時代から今までに、幾度の大変乱、革命にあったことだろう。そのたびに自分はつまずかず、財産も損害をうけることなく、北京が北平に変わったあのような大変動のときですら、自分に影響はなかった。ところが今は？北京が北平と改められた時には、世の終りだと思ったが、個人的生活の上にはなんの変動もなかった。今！分らない。なんにも分らない！小趙は自分より二十歳も若い。小趙は飛行機で、張大哥は驢馬馬車だ。驢馬馬車は飛行機を追いかけようとは思わない。しかし飛行機が落とす爆弾には眼がないのだ。驢馬は木っ端微塵にされてしまう。彼は二年前順治門内で、一台の自動車が驢馬に衝突して、殺したのを思いだした。自動車が来る前方に年老いた驢馬は足を折って膝まづき、よたよたと倒れこんだ。二つの大きな眼は自動車の車輪が自分の頭にぶつかるのを見ていた。血が噴出し、びくとも動かず、眼はなおも開いていた。(49)

張大哥も自覚せざるをえなくなった。つまり国内の政変を乗り切り、皆の信頼を勝利を得て、役人としての甘い汁も吸ってやってこられた。しかし、この時代―北京が北平に変わった（一九二八年）以降、日本軍と国民党政府軍が済南で衝突（一九二八年、済南事件）、関東軍が柳条湖付近で満鉄の線路を爆破し、これを中国軍の仕業として日本軍は攻撃を開始した（一九三一年柳条湖事件）、この事件をきっかけとし九・一八事変（満州事変、一九三一年）、上海事変（一九三二年、一月）、満州国の建国宣言（一九三二年、三月）―は、もはや、張大哥のように轍の跡を歩いていく生活は続けられない情勢となったこと、そして彼はこれに対応していけないことをうすうす悟る。これが彼のような旧世代の限界であった。

(二)「北京出身でない知識人」の苦悩と知性―老李の場合―

妻と二人の子供を田舎に迎えに行き、北京で生活を始めた老李は、子供は可愛いが、鬱々として心が晴れない。それは「結婚した。元来父母に反抗して、田舎に帰って結婚などするまいと思っていたのだが、父母が承知しなかった。だが大学生の力は偉大であり、すべてを改革できる。ひとりの田舎娘が自分のところに来たら、少なくとも仙女に変わり、一緒に天上にいける」(50)と、自分を納得させ、自分の意思に反して結婚したのだった。その妻を次のように思う。

李太太《リータイタイ》は醜い女ではない。顔はいつも綺麗に洗って、髪はきちんとしている。眉も眼も端正である。口はよくあけていて、呼吸は雑音を伴い、門歯が大きい。身体は幅が広く、綿入れはダブダブで、少し馬鹿のように見える。つま先に綿をつめた纏足の「改造足」は、路を歩くとき手ばかり振動して、身体は前に進んでいるようには見えない。時には急に半歩後退する。おそらくかかとの下の綿に異常を生じ、調整をしているのだろう。腰かけているときは、たしかに堂堂としている。最近新しいお辞儀を覚えた。腰と背をピンと伸ばして、両手はぴたっと下げ、さっと上体を前にかがめる。とても丁寧であるが、危なっかしい。(51)

老李は、妻の足は自分で好んでしたものではないから、彼女を憎む理由はないこともよく分っている。妻が母親として、よくやっていることも認めている。しかし、北京で一緒に暮してみても、「彼女はただ子供の母としてのみの存在」[52]であり「彼女はあばずれ女ではないが、彼女を愛することができない」[53]のであった。この親が取り決めた結婚は、この時代の近代的思想を持った中国の知識人を悩ませたことであった。老舎も一九二二年、北京北郊勧学区の勧学員に抜擢された二十二歳のとき、母親が縁談を取り決め結納を送った。

老舎は頑として承知せず、最後通牒を発した。「お母さんが今後このことを持ち出すのなら、僕はもう面倒をみないよ！」…結納を贈ってしまってからこれを取り返すとなると、あの娘は、一体どうして人に合わせる顔があるだろうか？母親は困ってしまい三日間泣き通した。…結納はどうやら取り戻すことができたが、老舎の胸の中には、大きなしこりが残った。母の心を傷つけ、その傷は心にしみこんだ。それからというもの、年老いた母は余り口をきかなくなり、いつも一人ぼんやりと放心したような目つきで、長いこと何かを見つめていた。…老舎は、内心では、母の衰弱した原因が、自分にあることはわかっていた。だから、心中とてもたまらない気持ちだった。[54]

老舎の場合は、親の取り決めた結婚を拒否できたのは父親が亡くなり、彼が母親の生活の面倒をみていたからである。拒否された母親の側からみると、夫亡き後、身を粉にして働いて育てた息子は、身を粉にした理由—夫がいない—によって、世間どおりの結婚をしてくれなかったということになり、二重に傷ついた。老舎もまた、「生活の面倒」をみることを盾にしてまでも、意に染まない結婚はしたくなかったのである。老舎自身は親の勧める結婚は拒否できた。しかし、この問題は老舎にとってないがしろにできない問題だったようである。両親がそろっていて、親の勧める結婚を拒否できず、結婚した場合はどうなったかを、何度も小説に描いている。

第二章第二節で取り上げた『趙子曰』では、趙子曰は十五歳のとき、田舎で纏足の美人と結婚した。北京に来て大学生になり、彼はこの妻を恥じる。何とかして近代的美人と結婚したいと願う。彼は王女士を追いかけているが、しかし趙子曰にもはっきり分っている。「自分は結婚しているということを彼自身知っている。彼の妻は離婚しては生きていけないし、彼の両親も離婚を認めないことは、彼自身がわきまえている」(55)のである。しかし、その妻との具体的な関わりについては、触れていない。

それが『離婚』で初めて具体的に取り上げられた。老舎自身も一九三一年、自分が選んだ、北京師範大学卒業の胡女士と結婚した。『離婚』執筆が終わった一九三三年八月、夫人は臨月だった。九月長女が生まれている。老舎は生まれくる初の子供を待ちながら、二人の子どもの可愛さや、親が選んだ妻と生活する老李を描いた。しかも瀟洒な張大哥がいる北京においてである。老舎は、老李や、李太太を具体的に生き生きと描いている。李太太はみるみる北京になじみ、老李の同僚夫人と付き合い、役人夫人として適応していく。家計の問題、子供の描写、当時の北京での買物、正月の風景など、一九三〇年前後の都市、北京の成熟振りがよくうかがわれる描写である。また老李は妻に歩み寄ろうと、彼女に夜、本を読んできかせる。しかし妻には内容がわからず、それより繕い物が気になるのだった。老李は家主の嫁で、夫が別の女と逃げて四合院の東部屋に住んでいる馬の若嫁に憧れをいだく。しかし、老李が病気になったとき妻が献身的な看病してくれたことに感謝して次のように思う。

最も近くにいて、最も会いにくく、しかも老李が一番会いたがっているのは─彼女だった。が彼女は容易に姿を現わさず、彼も彼女を呼びにやるわけにもいかない。彼は病気がよくなるかどうかどうでもよいようだった。また考えると彼はよくならなければならない。太太のために彼は生きなければならない。責任を果たすために彼は生きねばならない。たとえ楽しく生きられないとしても、彼は太太の情けに対する借りがある。彼は妻の夫に対する情愛は報酬を必要としないということにまったく気づかなかった。もしかしたら彼が利己的でないからかもしれないし、あるいは気力がなくなっているから、こう考えざるを得ないのかもしれない。彼は理知的な夫婦間においては、互いに恩情の軽重に応じてそれにむくゆる義務があると考えざるをえなかった。(56)

老李は「詩意」をもとめ、夫に出奔された馬の若嫁に思慕をよせるのであるが、妻が夫の世話をしたり、病気のとき看病したりするのをあたり前とは考えない。一九三〇年代の中国においては、非常に新しい、近代的な考え方である。このように老李は、妻との不一致に苦悩し、彼女と理解しあおうとするが、妻がついてこれないことを、妻だけのせいではないこともよく承知している。老舎は老李を、大変知性的な人物として描いている。これは画期的なことと思われる。これは老舎が、家によってさせられる結婚を拒否したらこそ、描けたものではないか。さらに英国に五年間滞在し、近代ヨーロッパの生活、習慣にふれたことも影響していると思われる。だがやはり老李も趙子曰と同じように「離婚なんか到底できないことだ、彼は自分に言い聞かせた。どうして年老いた父母の心を傷つけるようなことができよう」(57)と思い、さらに「自分も二人の子供を手放なせない」(58)と思うのである。

老舎自身は親の勧める結婚を拒否できたが、それは母親をいたく傷つけた。当時の中国では老李のような結婚を強いられる知識人は多かったのである。近代的な思想と知性を持った老李が、そのようなしがらみの中で、誠実に生きたらどうなるかを、生き生きと描いた。そして最終的にはこの家庭をこわしはしない。離婚はしないのである。

さらに老李は「彼はすでに北平に縛られていることを知っていて、なんとかして羽を広げて大空に飛び立たつべきだった。北平には幾多の愛すべき点があるが、北平が文化の中心だということを絶対に否定した」(59)と思いつつも、北京への愛憎を次のように描くのである。

雨後の北平は人をしてただ北平あるを思わしめ、人馬の雑踏や、ゴミゴミした住宅や、その他一切の無聊を考えさせず、北平は全く抽象的—人類美の建設と、美の鑑賞能力—のものと化してしまい、過去の人々の審美力と現在の心の中の快適さとだけを思わしめ、その他一切何も考えなくなる。自分は一枚の絵—途方もない大きな色鉛筆画に向かって立っている。その絵は楼閣と蓮の花であって、一筆といえども粗略にせず、精魂を打ち込んで書き上げた絵であり、楼外には一刷毛で描いた青山があり、蓮の花弁には、一匹の蜻蛉が止っている。田舎の美は写実的で、力がこもっているけれど、人工に乏しく、歴史の推移も見られない。御河橋は北京の象徴で、橋の両側には一面蓮の花が咲き、その間を人馬が往来し、人工と自然が渾然一体となり、しかも人工はあくせくして見えず、自然もまた荒涼な感を微塵もあたえない。一枚の古い名画、しかも今描き上げたばかりのようなみずみずしい色彩。それは北平であり、特に雨後の北平である。老李は暫くの間田舎を忘れた。彼は完全に北平に降伏したのだ。だが一旦役所の門を入ると、彼の心境は忽ち変化した。なぜ北平にはこのような怪物役所がなければならないのだろう?もし北京ホテルの中が、南京虫と汚水桶だらけだったとしても、中山公園の大殿堂が共同便所だったとしても、老李はこの役所ほどに不快を感じないだろう。彼は北平が彼の生命を灰色のものにすることを怨む気にはなれなかったが、この役所と、役所の中に巣くっている一群の無聊の徒輩とが、彼を半死半生の活ける屍にしてしまうことがうらめしかった。—そのくせ小趙の頬っぺた一つ殴りつけることができず、彼らにご馳走する回数を少しも減らすことさえできない。憐れなヤツだ！(60)

田舎出身で北京をこよなく愛する知識人老李が憎むものは、怪物役所である。妻子に縛られて下級官吏に甘んじたくない。妻を愛する気になれないが離婚は出来ない。

彼の心の奥底には、第二の張大哥になり、平々凡々たる「科員」として一生を酔生夢死の間に送ることを恐れる気持ちがあった。科員—それは上役に対しては、どんな人格下劣な奴にむかってもただ平身低頭し、自分のことに対しては何等の主張もすることができず、ちょうど籠の中に住みなれた小鳥のように、一旦危険にであうと、一声もたてることができず、おとなしく目をつぶって死んでしまう。平素よい声をあげて鳴くのは人の歓心をかうためだ。彼はこれを恐れた。[61]

張大哥がくびになった後、役人生活を続けて、第二の張のようになることを恐れていた老李だったが、ここで事態が変わる。張大哥の息子が共産党の嫌疑がはれ、釈放される。さらに張大哥も元の財政局に復帰できたのである。

「息子が戻ってきて、張は死から復活した。世の中は楽しき世界であり、人間はやはり万物の霊長だった。なぜなら客を招待できるから…北平はまた彼の宝になった」[62]と、張大哥は有頂天になる。何も懲りていないのである。また客を招待して大騒ぎする。それをみて老李は「役所はますます怪物化した。彼は逃げ出したかったが、逃げ出すわけにもいかない。むちゃくちゃだ！みんなごまかしている。しかし他の者は大喜びでごまかしている。老李は孤独で寂しいごまかしだ」[63]と思い悩むのである。役所や張大哥に失望した老李を、北京に繋ぎとめているのは、同じ胡同の東部屋に住んでいる「詩意」、つまり馬の若嫁にひとめでも会う機会があるからだった。さらに彼は次のように夢想する。

彼女の夫の馬が帰ってきて、彼女とけんかし、老李が彼女と一緒に逃げてもいい。この憂鬱な家庭を逃げ出し、あの怪物役所を逃げ出したい！色濃く、香り高い南洋に逃げ、裸で赤道直下の密林の中で熟睡し、色さまざまの熱い夢をみていたい。[64]

この夢想のために彼は、北京にふみとどまっていた。しかし彼女の夫馬が帰ってきて、二人はもとのさやに収まってしまった。

「老李の希望は完全に消え、この世界は暗黒の世界となり、一点の光明もなくなった。彼はここに住み続けられなくなった。この家はあの怪物や役所と同様つまらないもので、無意義なものになった」(65)と、老李は家族を連れ、田舎に帰ってしまった。役所では大騒ぎとなる。一等科員の職を投げ出して田舎に帰るなど、役人にとって考えられないことだったのである。特に張大哥は老李を惜しがって言った。

それにしても老李は惜しかったな。だが老李はそのうち帰ってくるよ。見ていたまえ。彼が北平と役所を忘れることができるものか？(66)

右記のことばで『離婚』は締めくくられる。この最後の言葉に老舎は多くの意味をこめたと思われる。ここには瀟洒で役人の世界にどっぷりつかっている張大哥の時代は終りつつある事を暗示している。時代は老李の世代に向かいつつある。田舎出身のインテリで、北京を愛して、それゆえにその北京をそこなう役所の腐敗を愁う老李の世代に向かいつつあることを、張もどこかで理解し、期待している。

老李が故郷に帰ったことに対して渡辺武秀氏は「老李の行動を絶望、逃避というものではなく、むしろ『現実』に対する妥協を拒否する態度の表れであるととりたい」(67)と述べている。

当時、役人になりたいものが非常に多く、あらゆるコネをつかい、賄賂を払って待機しているものが多いことが、この作品にも描かれている。そのなかで田舎に帰るということは「逃避」ではなく、「拒否」の勇気ある行為だと思う。それゆえ、老舎は張大哥に「彼が北平と役所を忘れることができるものか」と言わせたものと思われる。では、もし老李のような人物で、帰る田舎のない知識人はどうすべきか。この問題は、第五章で取り上げる『四世同堂』で、老舎は充分に描ききっている。

第三節　『駱駝祥子』にみる「生き続けること」の意味

(一)　祥子の自尊心

『駱駝祥子《ロートシアンズ》』は、老舎が山東大学の教職を辞し、作家生活に入って執筆した最初の作品である。雑誌『宇宙風』に一九三六年九月の第二五期から一九三七年四八期まで一年間連載された。[68]

日下恒夫氏は「この作品は老舎自身も非常に満足のいくものであり、自信作であった。他の人にものちに自分の作品中ではこの作品を読むように勧めており、重慶にいた頃、幾重にも紙に包んで大切にしまっていたのも『駱駝祥子』であったという…老舎の全小説の中でも最も著名な作品であり、三十年代の代表作と称せられるばかりでなく、現代中国文学中の傑作のひとつに数えられている。しかも世界各国の言葉に翻訳されて、広く外国にも愛読者を有する作品である」[69]と述べている。

藤井栄三郎氏は「『駱駝祥子』は老舎の小説の代表作であるとともに、中国近代文学を代表する作品の一つである。そして魯迅の『阿Q世伝』ともちがう意味で、日本の近代文学がついに生むことのなかった種類の作品である。もし作家というものがその創作生活の中で、最も充実した能力と澄み切った眼と、汪溢する感情を併せて絶頂をきわめるような時期を一度はもつものだとすれば『駱駝祥子』を描いたときの老舎は、まさにその時期に在ったといえよう」[70]と絶賛している。

谷川毅氏は「この作品の文学作品としての定まった評価をいくつかみてみたい。……この小説は旧中国の三十年代の現実生活を背景とし、車夫祥子の悲劇的運命に対する描写を通して、罪深い旧社会を深く掘り下げて暴露・批判し、個人の努力で自分の運命の道を変えるという幻想を否定している。（『中国作家辞典』、四川人民出版社、）……大恐慌で破産して都会に流れこみ社会の最底辺でもがく農村青年の典型的な運命を克明に追って、社会の基本的矛盾に迫った名作である。（『中国現代文学辞典』東京堂出版）これらの評価をみると、祥子自身の生き方・考え方というよりも、それをとりまく社会状況をよく描いたという点に重点がある。小論では、この評価の上にたって、祥子自身の生き方、考え方というもうひとつの側面に、もっと光をあてて考えてみたい」[71]と述べている。筆者もこの観点にたち、この従来の定説を踏まえた上で、祥子の性格に焦点をあててみていきたい。

老舎は祥子を満州人と設定していると思われる。太田辰夫は「名の第一字に『子』をつけて呼ぶことは、満州人の間で広く行われた。『正紅旗下』に双厚坪《シュワンホウピン》という講釈師が見える。この人は説書大王と称されたほど有名な人で、双子と呼ばれていた。双はおそらく名の第一字、厚坪は号であろう。……祥は名の第一字。これに子という親愛の意をふくんだ軽い敬称をつけたものである。名の第二文字めはわからない。知る人ぞ知る、老舎はこの命名によって、彼が満州（ことによると蒙古）旗人であることを、示したのである」[72]と描いている。

日下恒夫氏は「清末の北京の旗人の世界を描いたものに小説『小額』というのがある。その冒頭部分に、旗人たちが役所の前で俸給をもらうために列を作って並んでいる場面があり、そこに『徳子、仕事はあるかい？』という会話がある。この徳子も祥子と同じような呼称である。これは満州旗人の間で行われた満州語のもとの名を漢字で示し、その第一字を漢人の姓のようにして用いたものに『子』という接尾辞を付したものである。したがって『〜子』という呼称は単に下層階級の言い方というにとどまらない。かって満州（あるいは蒙古）旗人であった人々が落ちぶれて底辺にいる。そこで行われた呼称と考えるべきであろう。されば、老舎が『祥子』という名を用いたとき、それがかって自分と同じような旗人であった人間の零落した姿を描いたものだと、暗黙裡に示したものであろう。『駱駝祥子』の四文字は決して無意味に選ばれたものではない」[73]と述べている。

以上のことからも『駱駝祥子』の祥子は、満州（あるいは蒙古）旗人である。老舎自身も貧しい旗人として北京で育ったのである。彼が熟知している旗人の風習、彼がともに経験した貧しい旗人の生活、その旗人の祥子が、彼が愛する北京の路を、車夫祥子が駆け抜ける。これは老舎にとって最も得意な、自らの郷愁をそそぎ込める作業ではなかったかと思われる。その車夫はいなせでなければならない。車夫の中の車夫でなければならない。老舎はそのような思いを込めて祥子を描出したと思われる。そこで当然、祥子はどこにでもいる車夫ではない。優秀な、強い意志の持ち主で個性的な車夫として形象化されている。

彼は苦難を恐れなかった。また車夫に通用なあまりとがめだてはできないが覚えなくてもよい悪習はなにひとつ持っていなかった。彼の賢さと努力はともにその望みを実現化するに充分であった。もし彼がもう少し良い環境に育つか、またはもう少し教育を受けていたら、決して車夫などに身を落とさなかったにちがいない。何をやらしてもその機会を無駄にしなかったはずだ。不幸なことに、彼は車をひかねばならなかった。彼はこの職業に従事してさえもなおかつ能力と聡明さを発揮したではないか。[74]

足も長く歩幅も広く、腰つきも非常に安定していて、走りだしてもほとんど音もない。一歩一歩が非常に弾力があって、車の梶棒はまるで動かない。足も長く歩幅も広く、腰つきもいいので、お客に安全で乗り心地よく感じさせる。「止れ」と言えば、どんなに速く走っているときでも足を地に一、二歩軽く足ずりするだけで車は音もなく止る。彼の力が車の各部分にいきわたっているかのようである。背中をちょっと前かがみにし、両手で軽く梶棒を持ち、活気があり、すっきりしていてしかも確実である。別に息せき切っているのではないが、速力は非常に速く、しかも安全である。[75]

旗人祥子は、とても聡明で、もし教育を受けられる環境にあったら、「車夫」などに身を落とさなくとも良かった。何をやっても、やってのけられる賢さと努力家だったと設定している。だから車夫になっても祥子は、車夫の中の車夫なのである。彼は自分の車を買う決心をする。彼は爪に火をともすように倹約し「雨の中風のなか歯を食いしばって、食事のとき、茶を飲むときにも苦しい思いをして」[76]「丸三年かかって百円ためた」[77]こうして彼は車を買い「祥子は駱駝というあだ名と関係のなかった時分には、比較的自由な洋車夫であった。すなわち彼は青年気鋭組で、しかも自分の車をもっている組、すなわち自前の車、自分の生活、すべてが自分の思うようになる、いわゆる高等車夫のひとりであった」[78]と老舎は祥子を描写する。自分の車で北京の街道を軽快に走りまわり、自分の車をもった高等車夫はかくあらねばならないと、祥子の自尊心と誇りが、彼に次のように思わせる。

こんな大柄な男がこんな綺麗な車を引き、しかもそれが自分の車で〝ばね〟はやわらかく軽く弾み、梶棒さえもすこしずつ弾み、車体はこんなにも光っており、座布団は純白、喇叭はものすごく響く。のろのろ走って、何で自分に申しわけが立とうか、何として車に対して申し開きができようか。これは決して虚栄心ではない。むしろ一種の責任みたいなもので、飛ぶように走らなければ、自分の力量と車の美しさを十分に発揮できないではないか。車にもまた実にかわいいところがあった。半年も使っていると各部分に知覚と感情でもあるかのように、祥子がちょっと腰をひねり、膝をちょっと屈め、または背中をちょっと伸ばすと車も即座にこれに応じ、実に素直に祥子に従うのである。祥子と車は一心同体で、この間には一点のわだかまりもなければちょっとした気まずさもない。…車は彼の生命で、かれはどういう具合に注意すればよいかということは良く知っていた。注意と大胆とを両方握り締めて彼の自信は次第に増していった。彼は自分も車も共に金属製だとだんだん信じ込んでいった。[79]

祥子は体格よく、技術よく、自分の車をもっている高等車夫であるという自尊心に満ちていた。「調子にのると気も大きくなる。車を手に入れてからは、祥子もいっそう早く走るようになった。自分の車だからもちろん特に注意したが、自分を顧み、また車を眺めると速く走らないと義理が悪いような気がした」[80]と思うようになる。ちょうどこのころに長辛店でまた戦争がはじまったとか、西直門外で人夫がさらわれたとか噂が流れ、路上に武装警官がいっぱいになったりした。戦争が始まるらしいという噂が流れる。流言は既に十日以上も乱れ飛んでいた。西直門で車夫がさらわれた。大八、手押車、人力、馬車ともかく車は全て徴発されるという事を聞いた。どの車夫ももう城外に行こうとしない。祥子も危険が身近にせまっていることを感じる。彼は相当度胸はよかったが、なにも好んで死出の路をいくことはないと思った。しかし、祥子の自尊心と美学をくすぐるできごとが起きる。

ちょうどこのとき、南の方から二台の洋車が走ってきた。お客は学生風で、車夫は走りながら大声で「清華まで行かないか！おい、清華まで」と叫んだ。車の溜まり場にいた数人の車夫は誰も口を利かなかった。…「二円ならいくよ」坊主頭のちびの若者が、みんな黙っているのをみて、からかい半分に言った。「引いてきな。さあ後一台」走ってきた車はぴたりと止まった。…彼は祥子が眼にはいった。「のっぽの兄ちゃん。どうだね」「のっぽの兄ちゃん」の「のっぽ」という三文字が祥子の心をくすぐった。これは一種の褒め言葉である。彼はふと気が変わった。このような賛美に対して、どうしてもこの大胆なちびの坊主頭の顔をたててやらなければなるまい。それに二円はなんといっても二円だ。こんなことは滅多にあることではない。危険だといっても、まさかまともにぶつかるなんてことはそうあるものではない。まして二、三日前に天壇は兵隊でいっぱいだという話だったのに、行って見れば、兵隊の毛さえ落ちていなかった。こう考えて彼は車を引いて彼らの方へ歩いていった。…西直門を出てみると、それこそ一台の車さえ見当たらなかった。…裏道まで出ないうちに祥子とちびの坊主は車もろとも十数人の兵士に捕まってしまった。(81)

あれほどど苦労して買った車だったし、十分に用心深い祥子であったが、先ずこの「自尊心をくすぐられ」たことが、危険と重々分っていた場所に足を踏み入れることになった。祥子が車を買う原動力となった、みずからに対する誇りと、そこから生み出される金銭への欲が、皮肉なことにその車を失わせる原因となった。これは、人間であれば誰もが陥りやすい一面である。老舎はこの人間の本質を、満州人祥子の刻苦勉励と失敗を描出する事で見事に描いた。

この作品に描かれた時代は陳《チエン》永志《イヨンジ》によると一九二八年「第二次北閥」時期から一九三一年の四年間のことであろうとされる。時代は祥子のような底辺に生きる者にとって受難の時代ではある。しかし、このとき多くの車夫は西直門から出なかったのである。祥子もそのような選択をすれば、車をとられるということからは免れた。しかし、彼をここまで支えてきた、車を手に入れた自尊心、克己心が、彼をして失敗、絶望の淵に追いやる原因ともなるのである。人間のもつ誇りは時には人をして、このような方向に進ませるのである。自尊心は両刃の剣となって以後祥子の一生を貫くのである。

（二）祥子の克己と絶望

祥子は拉致された兵隊にこき使われながら山の中を行軍したあげく、平地が見えてきたとき、三匹の駱駝を連れて逃げ出した。途中で駱駝を売り、北京に戻った。以前いた「人和車廠《レンフォーチョーチャン》」で、再び賃貸しの車を引き始める。これから祥子に「駱駝」というあだ名がつく。祥子はまた車を買おうと働く。彼は車を掠奪されたことが、いまいましくてならなかった。一生懸命働いたところでなんになると、やけにもなりそうになった。時には人が酒を飲んだり、煙草を吸ったり、悪所通いをするのを羨ましいとさえ思った。しかし祥子はそのような絶望を克己して次のように思うのである。

彼はどうしてもこれらに手が出せなかった。たとえ一銭でも残るだけ残していかなければ、いつまでたっても新しい車は買えそうになかったからだ。たとえ今日買って、明日なくしてしまったとしても、彼はどうしても買わなくてはならない。これが彼の願いであり、希望であり、信仰でさえあったのだ。自分の車をひかないならば、まるで無意味に生きているようなものだ。彼には役人になる望みも金儲けするつもりも、土地や家を買う予定も何もない。彼の能力はただ車を引くことのみである。最も確かな希望は車を買うことで、車の買えぬくらい自分に対して申し訳ない話はないのである。彼は朝から晩までこう考えて、金の計算をした。この考えがなくなれば彼自身も存在しないのも同然で、自分はただ走ることのできる動物で、頭角を現すだの人間らしさだのという観念は毛頭ないと思った。どんな立派な車でも、賃借りしたものはどうしても本気で引けない。なんとなしに石でも背負って走っているような気持ちになる。賃借りの車だとて、けっして怠けるのではない。いつも他人のために綺麗に掃除し、けっして無理な扱いをしてぶつけたりしない。しかし、これはいささかの慎重と注意深さというものであって、一種の快楽とはいえないのだ。そうなんだ。自分の車の手入れとなると自分の金を数えるときと同様、それこそ実に楽しい限りである。こういうわけで彼はやはり煙草も吸えず酒も飲めなかったのであった。たった一袋の茶でさえ上等なものは飲む気になれなかったのであった。(82)

祥子は時には絶望したりしながらも、やはり車を買うことをあきらめられないのだった。この後彼は、克己と絶望を繰り返す。彼は住み込みの車夫になるが、あまりにも雇い先が人使いが荒く、汚く、けちなので四日でやめ、また「人和車廠」に帰ってきて、親方の娘虎妞《フーニュー》の誘惑にのってしまい、妊娠したと騙されて、彼女と結婚せざるをえなくなる。この虎妞との結婚は、確かに祥子は望んでいなかった。従来「祥子と虎妞の結婚は強制されたのであり、罠にはめられた。…たとえ故意でなかったとしても、虎妞も祥子を悲劇に突き落とす社会に名を連ねている。さらに彼に与えた傷は深かった」(83)と、この結婚が祥子のこれ以後の不幸のもとになったようにいわれているが果してそうだろうか。

途方に暮れた現在では、かれは物をいいほうに考えようとした。あっさり彼女をもらっても何か不都合なことがあるだろうか。しかし、どう考えてみても不愉快だ。彼女のご面相を思い出しただけでも、彼はただ頭を振るばかりだった。器量なんかどうでもいいとしても、彼女の行状を考えるとぞっとする。自分ほど努力する男が、こんなれっきとした男が、あんな売れ残りをもらうなんてどうしても人に合わす顔がない。死んでからだって父母に言い訳が立たない。彼女のお腹の子どもが、本当に自分の子だかどうだか分ったもんじゃない。(84)

祥子は一度は虎妞と結婚しょうかともおもうが、自分ほどの男が、自らの誇りにかけて彼女と結婚できないと考えるのだった。しかし、ふたりのことが父親の劉四爺にばれて、父が娘に自分をとるか、祥子をとるかを迫ったとき祥子は「今さしあたっては、彼女は父親と喧嘩してまで自分と一緒に来るといっているのだ。裏の事情は誰も知らず、表向き彼女が祥子のために犠牲になったように見える。となるとみんなの手前彼も男らしくかまえないわけにはいかなくなった。彼はなんともいうべき言葉がなく、ただそこにたったままで決着のつくのをまっていたのだった。この苦しみに耐えられてこそ好漢といえるのだ」(85)と思うのである。祥子は自分が誘惑に乗ってしまったのである。これは一見男らしいようであるが、彼女のためではない、自分の男としてのプライドを守っているという側面が強い。

虎妞と結婚して、妊娠がうそだとわかった祥子は家を飛び出し、天橋で熱い風呂を浴びる。そのとき祥子は「こんな格好では出て行くことも出来ず、大タオルをぐるぐる巻きに巻いてみたが、それでも身体をみられるのが恐ろしかった。汗は滝のように流れおちたが、それでもまだどうも身が完全に清まったとは思えなかった。—心の中に刻み込まれた汚点は、こんな子どもだましくらいのことで永久にぬぐい去れるものではない。劉四爺の目にもまた彼を知るすべての人々の目にも、彼は永遠に人の娘を盗んだ男と映るのだったからだ」(86)と、虎妞に騙されたことを憤るよりも、その陥穽にはまった自分自身が周りにどう映るかを考え、弁解の余地はないと、自己のプライドを慮るのである。しかしそれとともに、新婚の部屋が眼前に浮んでくると次のようにも思うのである。

たった一日過ごしただけなのになんとなしにこの上もなく懐かしみを感じ、赤い着物の娘さえそうやすやすと捨てるに忍びないような気になってきたのだった。天橋の真ん中に立っているが、彼には何もないし、何もかもむなしかった。あの二間の小部屋の中だけに彼の全てがあるように思われてきたのだった。帰ろう、帰らなければ。ほかには何も手はないのだ。明日の一切はすべてこの小部屋の中にある。羞恥も恐れも辛さもこんな贅沢なものは何も役にはたたない。生きていくつもりなら、とにかく何とか手立てのある所へ行くほかないのだ。彼はひと思いに家まで帰ってきたのだ。門を入ったのはもうかれこれ十一時ごろだったろうか。虎妞は昼ごはんの支度を終わっていた。蒸し返し饅頭、肉団子を入れた白菜の汁、豚の皮のにこごり、大根の味噌漬だった。白菜の汁はまだ火にかけていて、なんともいえぬ甘そうな香りを発していた。…彼女は新婚の花嫁という様子ではなかったが、それでいてなんとなしに一種の新鮮味は失っていなかった。彼女はすぐに食卓を用意し、部屋をかたづけたが、部屋中にただよう香りと暖かみとは彼には初めての経験だった。彼女がどうであろうと、祥子はとにかく自分の家があるのだと信じざるを得なくなった。家というものはいいものだという思いに、自分でもどうしてよいか分らなかった。(87)

ここには自尊心を別にしても、とにかく生きていかなければならないという、自尊心をも押さえ込むほどの、「生きていく」ことへの原初的な欲求がある。さらに初めてもった家庭の温かさ、居心地のよさに祥子自身がとまどうのである。虎妞がただただ憎いだけではない。この広い北京で彼を待っていてくれるただひとりの人ではあるのだった。しかし、食事をしたあと、また彼女をみればみるほど嫌にもなってくる。この祥子の心理を老舎は巧みに描いている。そして祥子は彼女のお金で買った車をひくのである。やがて虎妞が本当に妊娠した。祥子は「父」になることを次のように思う。

生命が引き継がれることがすなわち出産なのだ。祥子は心中何とはなしに嬉しかった。子供なんかちっとも欲しいとは思わなくとも、将来自分の呼称となる「父」という玄妙な言葉を思いだすと、鉄のように冷たい心の持ち主だって目を閉じてもう一度考えてみるに決まっている。どう考えたところで、この字には心を動かされるのだ。祥子は手も足もぶきっちょで、長所なんか何もなく、人に誇るに足る点があるとは思っていなかったが、この奇妙な字を考えるに及んで突然自分の威厳を知覚したのだった。「無一文だって構わない。子供さえあれば生命は決して空なものじゃない」と。これと同時に虎妞にはできるだけのことをしてやりたいと思った。彼女は現在もう一人ではないのだから。彼女は実にうるさいが、このことに関する限り彼女にも百パーセントの功績がある。(88)

祥子は子供がうまれるのを心待ちにし、虎妞にもできるだけのことはしてやりたいと、生まれてくるこどもの母親としての情愛すらもつにいたっている。さらにお金はなくとも、こどもさえいればいいとまで思っている。祥子はこどもが生まれるのを心待ちにするのである。ここからもわかるように、望まない結婚ではあったが、虎妞が祥子のすべての不幸のもとではない。

しかし、虎妞は三日間苦しんだあげく、お腹の赤ん坊と一緒に死んだ。湯水のように使ったお金を払うために、祥子は車を売ってしまった。

この町にきてもう何年になるだろう。これが彼の努力の総結果なのだ、これが、これが。泣くにも声さえでない。車、車、車が彼の飯のたねなのだ。買ったとおもったら取られ、また買ったら売りとばさなければならず、いくらやったってものにならない。蜃気楼の様で永遠に把握できない。苦労と屈辱がのこるだけだ。なくなってしまった。何もかもなくなってしまった。女房までが。虎妞はひどい女だったが、彼女がいなければ家なぞ持っていけない。[89]

祥子は虎妞が死んだことに呆然とするのである。さらに祥子の最大の不幸は生まれるのを心待ちにしていた、赤ん坊が「死んだ」ということである。さらに車も売らざるをえなかった。全てをなくした。これが祥子を打ちのめしたのだ。妻と子の「死」が、今後の祥子のすべてを左右するのである。したがって虎妞だけのせいではない。祥子のせいでもない。妻と子が「死んだ」のが、今後の祥子の不幸の始まりなのだ。あれほど赤ん坊の誕生を心待ちにしていたのだ。だが、それでも彼は生きていかなければならない。祥子のような「老百姓」は、だから死のうなどとは考えないのである。その彼を手伝った同じ院子の小福子《シャオフーズ》に「待っとくれ、ね、仕事に目鼻がつたら来るからね、きっと来るからね」(90)といって出ていった。

（三）生き続けることの意味

祥子は一度目は、軍に車をとられ、二度目は難産で妻子もろとも死んだことで、金を使い車を売り、今度は身近なものの死により、家なく、車なく、家族を無くしてしまったのだった。これ以後、祥子は車はひいたが、以前のように精をださなくなった。「体を大事にしなけりゃならんということがわかっていた。車夫のくせに命がけになる―以前のように―なんて命を失うだけで何ひとついいことがあるわけじゃない。人は苦い経験によって初めてどういう具合に要領よく立ちまわらなければならんかということをしるのだ。命はふたつとないのだから」(91)と、彼はお金よりも命を大切に思うようになる。しかし、これは今までの祥子には考えられないことだ。彼は自分を甘やかし、自堕落な生活を送るようになっていった。小福子のことも忘れていった。そして雇い主の妾の誘惑にのり悪い病気をうつされる。

病気が治った後、今後酒と煙草はやめ、歯を食いしばり金を残そうと思い、小福子にも申しわけないともうのであった。しかし「おれは前にはうんと頑張った。なにかいいことがあったかね?このことばに誰ひとり反駁できるものはいないだろう。また誰ひとり説明できるものもいなかっただろう。だから誰ひとり祥子がだんだん堕落していくのを止めることは出来なかった」(92)のである。

祥子は克己と絶望をくりかえしていたのだった。「経験は生活の肥料である。経験によって人はどんなにでも変わってくる。砂漠で牡丹は育たない。祥子は完全に型にはまった車夫になった。外の車夫に比べて好くもなければ悪くもない。車夫らしい車夫になったのである。こうなってみると以前よりはるかに気楽だったし、他の車夫も彼を別扱いしなくなった。烏は黒いものだ。彼はもう白鳥になろうと思わなかった」(93)と、かってのいなせなプライドに満ちた祥子ではなくなった。しかしその彼が最後の克己心を起こす出来事にぶつかる。

車の客として虎妞の父親の劉四爺《リュースーイエ》を乗せたのだった。「おれの娘は？」と聞く彼に、祥子は「死んだよ」と答えて埋めた場所も教えず、劉四爺をそこに下ろして、頭を上げて両手で梶棒を握り、目からは光を発し、大またでどんどん進んで行った。

胡同の真ん中に突っ立っている黒い影法師、あの老人を思い出すともう何も言う必要もないような気になった。劉四爺に勝ったのならもう一切に勝ったも同じことなのだ。この老いぼれを一撃の下に打ち伏せ、あるいはひとけりで蹴飛ばしてしまいはしなかったが、彼はもうただ一人の肉親を失ってしまっていた。そして、祥子はどこ吹く風と涼しい顔なのだ。これが因果応報でないと誰が言えよう。老人が立腹のあまり悶死しないとしても、これこそ悶死と大差はない。劉四爺は一切のものを享有しており、祥子は無一物だ。それが今では鼻歌まじりで車を引いているのに、老人は娘の墓さえ捜せないのだ。「ざまみろ。おとっつあんは山ほど金があり、人を人とも思わぬ向こう意気があってもだ、お前はその日その日の風来坊をさえ何ともすることができなかったじゃないか」考えれば考えるほど愉快だ。彼は本気で何か大声に歌ってみんなにこの凱歌を聞かせてやりたいと思った。―祥子はまた生き返ったのだ、祥子は勝ったのだと。…「ね祥子、お前だけはこれから力を尽くしてやっていくんだよ」彼は自分に言いきかせた。「頑張らんでいいものか。おれには気力と体力と若さがあるんだもの」彼は自分で返事した。こうして心に光明がさせば、誰だって祥子の成功を阻止できる者はない。過去の事柄を誰かの身の上におけば、誰でも面白くないし、誰でも堕落してしまうんだ。しかし、こんなことはみんな昔のことだ。明日からは祥子も生まれかわるのだ。以前の彼より遥かに上等な祥子に。(94)

祥子は立ち直る決心をする。この決意のもとになったのは、虎妞の父劉四爺に勝った。それはどんなに金があり、車夫風情に娘をやれないと言った劉四爺ですら、娘の「死」には、なすすべがない。この世に金より大切なもの、金の力でもどうにもならないものが「命」だと祥子が気づいたことに他ならない。祥子はまだ若く、元気な自分を思い、やり直そうと、以前お抱え車夫として勤めていた曹先生に相談にいく。また曹家のお抱え車夫をすることになり、小福子《シャオフーズ》も一緒に住まわせてもらうことになり、彼女を迎えにいく。

彼女は元の雑院にいなかった。祥子は「貧乏人はたやすく死ぬものだ。死ねば簡単に忘れ去られてしまうものだ。小福子はもうこの世にいないのかもしれない。一歩退いて、生きていたとしても父親がまた彼女を売り飛ばしたのではなかろうか。しかも遠い所に。これはあり得ることだ。こうなれば死んだよりもっと悪い」(95)とまた絶望的になるのだった。しかし、女郎屋に捜しに行った。小福子は祥子の心配どおりこの世にいなかった。小福子は首吊り自殺していたのであった。何回もの克己と絶望の果てに、赤ん坊の死、小福子の死で、祥子はもう立ち直れなくなった。これからの祥子の意地は、生き続けることと、自分をこのようにした周りへの復讐となって牙をむく。

何もかもなくなった。小福子さえ土に帰ってしまったのだ。彼は辛抱強い男だった。小福子も辛抱強い女だった。彼はもう役にたたない涙を流しているだけなのだ。彼女はもう首を吊ってしまったのだ。一枚の筵でくるっと巻かれ、誰かに担がれて無縁墓地に捨てられたに決まっている。これが一生を努力で通したものの末路なのだ。車宿に帰って彼は悶々として二日寝込んでしまった。もう曹家には行くまい。行かんという知らせさえ出す必要もない。曹先生も、もう祥子を救うことは出来ないのだ。二日寝て、彼は車を引いて出かけた。心はまったく空虚で、何を考えるのも面倒臭く、何を望む気もなかった。ただただ、腹のすいたのを補うために苦しみ、腹いっぱいになれば眠るだけだ。これ以上なにを考える必要があるか。ぎすぎすに痩せた犬が焼き芋屋の側で皮や筋を待っているのを見て、自分もこの畜生と同じで、一日の労働もこの芋の皮や筋を拾うだけのことだと悟った。どうにかこうにか生きていくだけがすべてだ。何も頭を使う必要はないんだ。(96)

祥子はどうにかこうにかとにかく生き続けていくのがすべてなのだ、と開き直るのだ。そして「今では、うまいことがあればなんでもやる。人の煙草すら一本でも余計吸おうとするし、物を買うにも贋金を使うし、豆汁を飲むにも側の漬物を余計に食べ、車をひくにしても金は一銭でも多く取るかわり、力のほうは出し惜しみする。このようなことをしたとき、彼は満足感を味わうのだった。彼が得をすれば他人が損をする。そうこれは一種の復讐なのだ」(97)と、祥子はなにか得をしようと動物的嗅覚で行動し、最低限、飢え死にしないで生きるために働くのである。

心地良い初夏の北京で、街中引き回されて銃殺される阮明《ロアンミン》を見ようと街はごった返していた。祥子が密告したのだ。阮明は役人で、派手な暮らしをしていたが、打つ、買う、阿片を飲むとお金に困っていた。

そうこうしているうちに、彼もだんだん金に困るようになってきた。こうなると彼はまたしても例の過激思想を思い起こしたのだった。思いだしたといったところで、これを実践に移して大いに世を改めてやろうというのではなくて、これを利用して金をこしらえようと考えただけだった。思想を金に換える。これは学生のときに、教授との交際をもってまんまと及第点を獲得する手段としたのと同じことだったのだ。なんでも人を利用しょうっていう考えは人格と両立するものじゃない。金銭に換えられるものは結局いつかは一切合切売られてしまうのだ。彼もこうして某団体から運動資金をもらった。革命の宣伝を急ぎ過ぎたこの機関は、慎重に戦士を選択するいとまもなく、投合してくる者はみんな同志だと認めたのだった。しかし、運動費をもらった人はとにかく、多少の成績をあげなければならなかった。手段なんか選ぶものじゃない、とにかく機関の要求するのは成績なのだった。阮明だって、金だけもらっておいて何もしないというわけにはいかなかった。で、彼は洋車夫を組織に加える運動に参加したのだった。祥子はといえば、もうとっくに旗や幟を押し立てて行列に加わる専門家だったので、阮明も彼をよく知っていたのだった。阮明は金のために思想を売ろうとし、祥子も金のためにこの思想を受け取ったのだった。阮明はもし必要な場合には祥子を犠牲にすればいいと考えていた。祥子は別にそう先のことまで考えていなかったのだが、時期が到来したとき彼は反対に阮明を売ってしまったのだ。[98]

祥子は阮明を密告して六十元受け取った。阮明は市内引き回しの上銃殺された。祥子は阮明と同じ穴のむじなになることによって、かって阮明が曹先生を密告した事件に巻き込まれて、孫刑事に四十元奪われたことの仕返しを、それとはしらずにやってのけたことになる。[99]また阮明に売られることを未然に防いだ。祥子は生き続けていることにより意識的、無意識的に、自分が被ってきたことに対して復讐していることになる。祥子は気づいていない。読者だけが気づくことである。これは老舎が考え尽くして設定したことではないだろうか。

さらに祥子は今までの経験―駱駝を連れて逃げて来たとき「悪夢からさめたように、ああ、命とはなんと愛しいものであるか」[100]と思い、小福子を探していたとき、「貧乏人はたやすく死ぬものだ、貧乏人が死ねば簡単に忘れられるものだ」と思い、小福子を失うという辛い経験は、祥子をして「どうにかこうにか生きていくだけがすべてだ。なにも思いわずらうことがないんだ」と思わしめた。さらに次のように思うのである。

公民団とか、請願運動とか、とにかく誰かが金を出して何かするときには彼はいつもそこにいた。三十銭でも二十銭でも結構だ。喜んで一日旗をかついで群集と歩きまわった。この方がどう考えても車を引くより楽だ。金はすくなくとも汗水たらさんですむと考えた。…どんな仕事だって力を出すことはなかった。以前苦労したが何も得るところはなかったからだ。こうして旗を振り大声たて行列していく群集に混ざって歩いているうち、なにか身に危険を感ずると、彼はいの一番に逃げ出してしまうのだ。このときの速さは、またすごいほどだった。自分の命は自分で生かそうと殺そうと勝手、人のために犠牲になるのは真っ平だ。自分たちの利益のために、大勢人を駆り集めてどんちゃん騒がせている者は、どうすれば個人を罪に陥れられるかくらいのことは知っている。ただ祥子だけはこんな手には乗らなかったのだ。同じ個人主義でもここにいたれば両極端なのだ。(101)

祥子は「命はなんと愛しいものか」という経験をし、「貧乏人はたやすく死ぬものだ」ということにぶつかり、「どうにかこうにか生きていくだけがすべてだ」と悟った。「自分の命は自分でどうにかすべきもので、他人の犠牲にはなりたくない」と骨身にしみて感じた。であるから、祥子は生き続ける。なんとしてでも生き続ける。乞食と泥棒以外、どんなことをしてでも生き続ける。これが祥子が最後に捨てられなかった意地とおもわれる。それはまた『牛天賜伝』で「命のもっとも大きな意義は、なんといってもこの世の中に何十年か生きることである。もしそうでなかったら天下の〝ごくつぶし〟たる資格すらないことになる」(102)と述べている。この世に生をうけたら、とにかく生き続けることである。老舎はこれを祥子に具現させている。

さらに末尾の二行についてみていきたい。

あの颯爽とした、がんばりやの、希望に燃えた、わが身ひとつをいとおしんだ、個人的な、逞しかった、偉大な祥子は、今日までに何回他人の棺桶を野辺に送ったことか。そして、いつかどこかで自分自身を埋めることになるだろう。この堕落した、利己的な、不幸な、病める社会の子、個人主義のなれのはてを。(103)

ここで祥子を形容している語句は（一）「颯爽とした」、（二）「がんばりやの」、（三）「希望に燃えた」、（四）「わが身ひとつをいとおしんだ」、（五）「個人的な」、（六）「逞しかった」、（七）「偉大な」、（八）「堕落した」、（九）「利己的な」、（十）「不幸な」、（十一）「個人主義の成れの果て」である。これをみていくと祥子をはっきり貶している語句は、（八）「堕落した」、（九）「利己的な」の二点だけである。（二）「がんばりやの」、（三）「希望に燃えた」、（六）「逞しかった」、（七）「偉大な」は最大級の褒めことばである。貶している言葉より褒めている言葉の方が多い。さらに最後の「個人主義」については、二種類ある。

請願運動などを指導する者の個人主義は「団体行動を煽動している者は、いざとなったら責任はとらず、デモをしている個人を罪に陥れる」である。

祥子の個人主義は「旗をかついで二十、三十銭でもお金をもらえたら喜んで旗をかつぐ。しかしお金をくれる者が、自分たち個人を罪に陥れるようなときは、絶対にその手にはのらない。わが身ひとつだけを守る」である。ここからこの最後の四行に込められた老舎の意図は次のようだと思われる。

底辺に生きる人間を「冷徹に描き出した」ら、ひとつの典型としてこのような姿となる。つまり、これでもか、これでもかというように悲惨な目にあい「自尊心」を保ち続けられなくなり、犬のようにその日その日を生きるようになった。そこで初めて命を守るという動物的本能から、見えてきたものがある。団体運動を煽動している者の「個人主義」である。彼らはいざとなったら責任は取らず、お金をもらってデモをしている底辺の人間を罪に陥れるのだ。そのような「個人主義」に「してやられない」祥子の「個人主義」を描いたのではないか。この最後の一文の表現のあくどさは「祥子は団体運動の欺瞞を本能的に見破った」と評価している老舎特有の諧謔的表現ではないか、と思われる。さらに「貧乏人はたやすく死ぬ」のであるから、祥子だけにはその轍を踏ませない。老舎は満州人「祥子」を、とにかく「たやすくは死なせず」生き続けさせたかった。藤井栄三郎氏が「物語の絶望的な暗さにもかかわらず『駱駝祥子』の読後には、重い運命感とともに、運命の重さと暗い絶望をつきぬけて動きだそうとする希望の如きもの、生命力の如きものが残る。…祥子は力の限り生きて滅びる。その運命は絶望的でも、その生命感は残り、無数の祥子の再生を予感させるものさえある。滅亡を通じて生命感を与えるところに祥子の英雄たる所以がある。」(104)と述べている。それは「祥子を生き続けさせる」という老舎の意志により、「生き続ける祥子」の姿によるものと思われる。祥子は何度も絶望的なことに出会いながらも、自殺せず、飢え死にせず、悪い病気をうつされ、足をひきずってでも、生き続けることに意味があるのである。そこに読者は、前述の藤井氏のように感じのである。またそれゆえに祥子がヒーローであり続けるのである。

それではこの時代には、どのように頑張っても、祥子のような最後しかないのであろうか。老舎は別の人物を設定している。

祥子が住み込んでいた曹家の召使「高媽《カオマー》」は、祥子に親身になって色々助言する。中山高志氏は文中に使われている語句から「訳者の考えでは、高媽を旗人扱いしたものではないかと思われる。…北京で旗人といえば土地の人は召使にだってなかなか使おうとしないくらい嫌っているのである。この旗人は爾来特有な言葉を使い」(105)と、彼女を満州人としている。祥子は「祥子は高媽に大いに敬服していた。彼女は普通の男より頭の働きも能力もあるように思われた。話がすべて根本をついている」(106)と思い、彼女の話に耳を傾けた。彼女は夫に死にわかれていらい、月々ごくわずかな金を召使たちや、下級警官や小売り商人に貸して利殖していた。「彼女は夫が生きていたとき、この毒をなめつくしたのだった。酔っ払ってやって来て一円なければてこでも帰ろうとせず、金が手にはいらない間は主家の門の前で酔いにまかせて騒ぎちらした。彼女は途方に暮れ利息など考える閑もなく、借りてこなければならなかった。金貸しから金を借りざるをえなかったこの経験から、金貸しの方法を覚えてしまったので、金貸しをすることに、復讐のつもりはなかった。合理的な救急慈善でもする気持ちになった」(107)のである。さらに次のように彼女を描く。

現代が資本主義社会である以上、資本の大小ということはあっても、主義にはちがいない。ふるいの目に大小色々あるのと同様、その目をくぐって落ちてくる金は下になればなるほど小さなものになる。しかし、ふるいおとすという主義自身は無形のものだから、上層でも下層でもかわるはずはない。どんな小さな穴でも通ってくるのだ。みんなは高媽はひどいと言い、彼女自身もこの点は否定していなかった。彼女が苛酷なのは困苦の中、やりくりの中から鍛え出された性質で過去の苦痛を思い出し、自分の亭主さえあんな無理無体を言ったことを思い、歯をくいしばるのだった。こうしなければどんなにしてもこの世の中の生存競争には勝てないことを知っていたのだった。(108)

夫亡き後、酷い経験から、彼女は利殖の方法を学び実践する。それは資本主義の原理にしたがって自分も毒に手を染める。それはけっして復讐ではないと断っている。そして祥子にも、ただお金をためるだけではなく、頼母子講をしたらどうかなどと勧めるのである。しかし、祥子は車夫として自分の身体を使って走る以外には、そのようなことはできないのである。

老舎は高媽と祥子を対比させることにより、同じ満州人でも、別の生き方があると描いた。そしてひたすら真面目一徹に働き、高媽ような計算はしない、できない祥子の滅びにいたる生き方を描いた。それが、前述したように一種すがすがしさを感じさせるのである。

(三)　苦界からの脱出―魂は売れなかった女たちの自殺―

老舎は『離婚』、『駱駝祥子』などこの時期の小説で「自殺」をどのように描いているかをみていきたい。『離婚』で役人の妻たちは、結婚生活のなかで、自分の意志だけではどうにもならない現状を嘆くときのもっとも重い表現として多用している。呉《ウー》夫人は「私はもう誰も恨みません。私があの妖婦を家に置いたことを恨みます。あの女さえいなかったら、こんな酷い目には遭わなかった！こんな目には！…まだ終わっていません、わたしは家に帰って死んでみせます。私は誰も恨みません」(109)と嘆く。このように「自殺」ということばで自我を表出しているのであって、実際に自殺するわけではない。『駱駝祥子』でも、結婚した祥子が一日中車を引いて、夕方食事をして遅く帰った時、虎妞が「私を怒らせたらためにならないよ。わたしの親爺はやもめ暮らしをしとったんだ。娘のあたしはなんだってやってのけられるんだ。明日もしあんたがまた出かけたら、わたしは首を吊ってみせてやる。わたしはいいだしたら何でもやってのけるんだ」(110)と祥子に食い下がる場面がある。これは生活に困らない女の最強の「自我表出」の言葉なのである。

これとは反対に食べていくのにことかく女の場合は、より深刻であり、老舎がよく描くパターンである。『離婚』で、老李は城壁の下で出会った娼婦を思い出して次のように思う。

あわれな娘だ、いや奥さんかもしれない。彼女はなぜ川に身を投げて死なないのだろう?いやだれにでもできることではない。老李、おまえだって命をあの怪物の役所に売っている。なぜ彼女が身体を売ることが悪いのだ?彼女は年老いた母親を養うために、あるいは弟を勉強させるためにしているかも知れない。やさしい心と暗黒がぶつかるとそこに悲劇が生まれる。(111)

女は家族のために身体を売ることは許され、男は家族のために心を売ることが許される。それ以外なら死んだ方が良いのではないかと老李は感じているのである。

老舎は『離婚』完成後、同じ年に『微神』で女の自殺を描いた。五四運動前の男女の初恋の物語である。

主人公の「私」が、南洋から帰ってきたら、父親の破産で、彼女は娼婦になっていた。「私」は「初恋は少年の日の宝物であって、それは永遠に蜜のように甘く、たとえ宝物が縫いぐるみ人形でもあるいは小石だったとしても…彼女は私の愛の扉を開いてくれたのだから、私はどこまでも彼女とともに歩いて行かなければならない。憐れみは愛より味わいが薄いけれど、人情は一層深くなるのである」(112)と思い、彼女に結婚を申しこむ。彼女の返事は「自殺」であった。

「私」は「花かごに盛ったバラの花びらに私の心の涙を添えて彼女の霊前に供えた。私の初恋は終りを告げて、終生の虚しさが幕を開けた。なぜ彼女はこのような生活状態におちぶれたのか？私はもう聞きたくなかった。いずれにせよ、彼女は私の心の中で永遠に生き続ける」(113)と、「私」は思うのである。ここでは「私」は一途である。その一途さは、娼婦となっていた初恋の女性に結婚を申し込む。だがこの小説が甘美な初恋の物語として終わるためには、彼女を自殺させるしかない。老舎はあらかじめそのように設定していたと思われる。身体がぼろぼろになった娼婦との結婚生活が、初恋の成就となりえるはずもない。そのことを誰よりも知っている彼女だからこそ「私」の求婚に対して、自殺という形で答える。それによって、彼女は自殺してこそ、「私」の初恋の対象たりえるのである。これはまた『離婚』で、老李が、家族のために身体を売るのでなければ自殺したほうがましだと思うのと一致する。

老舎は家族を養うために身体を売る女を、それだけでは軽蔑しない。しかし自分ひとりの生活のために身体を売るぐらいなら、自殺したほうがより人間らしいと描いている。これは老舎の根底にある倫理観ではあるまいか。

『微神』の彼女の場合は、最初は豊かだったが、家が破産したインテリ女性が身体を売った場合だった。次は『駱駝祥子』の小福子の場合を見ていく。

祥子と虎妞が暮していた雑院に住んでいた小福子は、最初は軍人に売られ、軍人が駐屯地を離れ、家に帰って来た。父親の二強子《アルチアンズ》が母親を殴り殺して、十三歳と十一歳の弟の面倒をみるため、また身体を売らざるを得なかった。祥子が彼女を女郎屋で探しあてたときのことを次のように描写している。

彼女はどの部屋にいるのかね?」祥子の目がぱっと開いて殺気だってきた。「その娘?とっくに行っちゃったよ」彼女は外を指差して「林の中で首を吊った!」「何だって」「あの娘はここにきてからお客受けは本当に良かった。だが堪えきれなかったんだね。身体も痩せていたから。ある夕暮れに、まだ目に見えるようだ。私らは二、三人で門口に坐っていた。ちょうどこうしている頃お客がきたんだ。…食事をするくらいの時間だったろうかね、お客は帰っていった。真っ直ぐあの林のほうへ。私らはなにも見なかったし、あの娘の部屋に見に行くものもいなかった。旦那があの娘のところに勘定を取りに行ったら、部屋の中に男が真っ裸で、ぐうぐう寝てるきりなんだ。もともと酔ってたんだね。あの娘はお客の着物を剥がして、自分が着て逃げたんだ。頭のいい娘だよ。明るい時なら絶対逃げ出せなかった。暗かったし、男の格好だし、みんなをまんまと騙したんだね。すぐ旦那は人をだして方々探させた、すると林に入るとすぐ娘はそこで首を吊っていた。(114)

小福子の場合は、家族を養うために身体を売り続けざるを得なかったが、最後に、自分の意志で死を選んだのである。死ぬ自由もない女が、知恵を絞って周りを騙し、最後に得た解放は「自殺」だった。さらに祥子が迎えに来たとき、小福子は自殺していてこそ、彼にふさわしい女になるのである。ここまで克己と絶望を繰り返してきた祥子を、もう幸せにしてやってもよいではないかと読者は思う。しかし『離婚』『微神』でみてきたように、老舎は小福子を生かしてはおけないのだ。小福子に心があるなら、彼女は自殺していてこそ祥子と向き合える。作家の筆とはこういうものではないか。老舎の筆はひとりでに走ったと思われる。身体は売っても、心が荒廃しきらない女は、最早生き続けさせられないのだ。死を選んでこそ、彼女は無垢にもなれるのだ。ここにも老舎の「人間がよりよく生き続ける」ために「死」を選ばざるをえないという「生」と「死」の二律背反の思考がみてとれる。

注

第一節

（1）老舎「我怎様寫『大明湖』」、『老舎全集』第一六巻、一八四頁。（初出『宇宙風』五期、一九三五年）
（2）日下恒夫「小説家老舎—『猫の国』から」、『季刊中国研究』第一六号、中国研究所、一九八九年、一〇三頁。
（3）老舎『猫城記』、『老舎全集』第二巻、一五三頁。口語訳は日下恒夫訳『猫の国』（学習研究社『老舎小説全集四』を引用した。
（4）同右、二二三頁。
（5）同右、一六九頁。
（6）同右、一六九頁。

（7）同右、二九八頁。
（8）同右、二〇八頁。
（9）同右、二二六頁。
（10）同右、二三二頁。
（11）同右、二九六頁。
（12）同右、二九六頁。
（13）同右、二九七、二九八頁。
（14）同右、一五〇頁。
（15）同右、一六八頁。
（16）同右、一七七頁。
（17）同右、二六九、二七〇頁。
（18）同右、二七〇頁。
（19）同右、二七一頁。
（20）同右、二七一頁。
（21）同右、二七二頁。
（22）同右、二七二頁。
（23）同右、二九〇頁。
（24）同右、二九二、二九三頁。
（25）同右、二九三頁。
（26）老舎「『猫城記』自序」、『老舎全集』第二巻、一五四頁。
（27）王淑明「『猫城記（書評）』」、『老舎研究資料』下、七四五頁。（初出『現代』第四巻三期、一九三四年一月）
（28）老舎「我怎様寫『猫城記』」、『老舎全集』第一六巻、一八五、一八六頁。（初出一九三五年『宇宙風』六期）

(29) 老舎「『猫城記』新序」、『老舎全集』第一七巻一四〇頁。(初出『猫城記』年、上海晨光出版公司)
(30) 老舎「『老舎全集』自序」、『老舎全集』第一七巻、二〇三頁。(初出一九五〇年八月二〇日『人民日報』)
(31) 老舎・中国文学芸術研究会訳「毛主席は私に新しい文芸思想を与えた」、『毛沢東思想と創作方法』ハト書房、一九五三年三月、六六、六七頁。
(32) 宮森常子訳・北京師範大学革命大批判組「老舎『猫城記』批判」、『朝日アジアレビュー』第四号・季刊、一九七〇年一二〇―一二八頁。
(33) 陳震文「應該怎樣評介老舎的『猫城記』」、『遼寧大学学報』、第一期、一九八二年、六二頁。
(34) 王行之「我論老舎」、『文芸報』一九八九年一月二一日。(「千里駱駝の会」の口語訳を引用した。)
(35) 日下恒夫「小説家老舎 ―『猫の国』から― 」、『季刊中国研究』第一六号、一九八九年九月、九九、一〇三、一〇四頁。
(36) 郝長海「関与『猫城記』之研究」、『老舎与二十世紀』、天津人民出版社、二〇〇〇年、二八六頁。

第二節

(37) 老舎「我怎様寫『離婚』」、『老舎全集』第一六巻、一八九頁。(初出『宇宙風』一九三五年第七期)
(38)・初版…一九三三年八月、「良友文学叢書」として出版。上海良友復興図書印刷公司印行。序文なし。(一) 北京を「北平」と表記。(二) 不買運動に関して、「日本製品」と表記。(三) 政府の検挙について「共産党」と明記。(四) 第二十章は六節あり、張の最後の言葉は「見ていたまえ!彼が北平を忘れられるものか?」
・二番目…一九四七年九月、「晨光文学叢書」として、上海晨光出版公司発行。老舎はニューヨークから「新序」を付す。初版本の紙型をつかっていない。新たに活字を起こしたもので、誤字も多く活字も見にくい。(一)「北平」と表記。(二) 日本製品を「外国製品」と表記しなおす。(三)「共産党」はそのまま表記。(四) 第二十章は六節あり、張の最後の言葉は一番目と同じ。
・三番目…一九五三年九月、上海晨光出版公司出版。「修正本」と付され、一九五一年初冬の「新序」をおく。老舎自身により改正、削除。(一)「北京」と表記。(二)「外国製品」と表記 (三) 共産党は「乱党」と表記。(四) 第二十章のほぼ八割を削除して、全部で四節とする。最後の張の言葉は一番目と同じ。
・四番目…一九六三年四月、人民文学出版社から三万四千冊、簡体字で出版。序文なし。（一）北京は「北平」と表記。（二）「外国製品」と表記。（三）「共産党」と表記。（四）削除された箇所がよみがえり、二十章六節に戻った。張の最後の言葉にひとこと付け加える。「見ていたまえ！彼が北平と役所忘れられるものものか？」
・一九八一年五月『老舎文集』（第二巻）が人民文学出版社から発行。四番目の版が収められた。
・一九九九年『老舎全集』（第二巻）が人民文学出版社から発行。（一）「北平」と表記。（二）「日本製品」と表記。（三）「共産党」と表記（四）初版と同じ二十章六節で、「役所」も消える。
参考文献…日下恒夫「『離婚』について」、『老舎小説全集二』、学習研究社、一九八二年。

この異同を作成するにあたって、日下恒夫氏所蔵の、『離婚』の一番目から四番目までの原本を提供していただいた。御厚意に感謝します。

(39) 日下恒夫「『離婚』について」、『老舎小説全集二』、学習研究社、一九八二年、四九七頁。
(40) 白楊「『離婚』重讀」、『中国現代文学研究』叢刊、作家出版社、一九九九年第二期、二五七頁。
(41) 藤井栄三郎「老舎とディケンズ」、『老舎小説全集』月報七、学習研究社、一九八二年、四頁。
(42) 高橋由利子「老舎の文学と文学観—初期三部作と『離婚』について」、『藝文研究』、第五四号、一九八九年、二二四、二二七頁。斎藤匡史氏も「ここに至り作家自身が民衆や作中人物と共に『敷衍』するという処世術を棄て止揚し、基本的問題への積極的関与に至らずとも、それを回避し、斜視する姿勢から、存在に眼をむけ認識しょうとする方向に変化してきていることは確かである。『離婚』はまさにその節目にあり前者短編群（『大悲寺外』『歪毛児』『微神』『柳家大院』『鉄牛与病鴨』『黒白李』等、筆者注）の成熟した完成体とも言うべき成功作であった。」と述べている。（「抗戦以前の老舎文学の分類について」、『中国文學論集』第一三号、九州大学中国文学会、一九八四年、一九八頁。）
(43) 老舎『離婚』、『老舎全集』第二巻、四七二頁に「北京が北平と改められたときには、もう世の終りと思ったが、それでも個人の生活には何の変化もなかった」とあるので、北京が北平に改められた一九二八年以降から、この作品の描かれた一九三三年頃までの事を描いたと思われる。

(44) 老舍『離婚』、『老舍全集』第二巻、三〇二、三〇三頁。口語訳は竹中伸訳（学習研究社『老舍小説全集一』）を引用した。
(45) 同右、三〇五頁。
(46) 同右、三一六頁。
(47) 同右、三〇九頁。
(48) 同右、四四一頁。
(49) 同右、四七二頁。
(50) 同右、四六六頁。
(51) 同右、三三七頁、
(52) 同右、三二五頁。
(53) 同右、三九五頁。
(54) 舒乙、中島晋訳『北京の父老舍』、作品社、一九八八年、四五、四六頁。
(55) 老舍『趙子曰』、『老舍全集』第一巻、三五五頁。
(56) 老舍『離婚』、『老舍全集』第二巻、四一二頁。
(57) 同右、三二四頁。
(58) 同右、三二五頁。
(59) 同右、四六八頁。
(60) 同右、四八六、四八七頁。
(61) 同右、四六八頁。
(62) 同右、四八八頁。
(63) 同右、五〇一頁。
(64) 同右、五〇二頁。
(65) 同右、五一一頁。

（66）老舎『離婚』、『老舎文集』二巻、人民文学出版社、一九八一年、三六七頁。
（67）渡辺武秀「老舎『離婚』試論」、『八戸工業大学紀要』第一四巻、一九九五年、二月、一九七頁。

第三節

（68）「現在知られている版本は人間書屋本（一九三九年三月）があり初版本ともいえる。さらに文化生活出版本（一九四一年一一月）が現代長編小説叢書之十として発行された。解放後晨光出版公司が、一九五〇年五月晨光出版文学叢書三二として出版。以上は同じ紙型によるもので、旧版と呼ぶ。次に晨光出版が一九五一年第一次の改訂版をだした。二十四章の最後の部分のみを残し、大部分を削除した。次に一九五五年一月の人民文学出版社本では、二十四章のすべてと、二十三章の後半部分が削除された。ここでは二七革命学生阮明を描いた箇所も削除された。あともうひとつは一九五一年八月出版の開明書店の文学選集第二輯『老舎選集』に収められたもので、一種のダイジェスト版である。」（日下恒夫「『駱駝祥子』について」、『老舎小説全集五』、学習研究社、一九八一年一一月、四三九、四四〇頁。）その後一九八二年人民文学出版社出版『老舎文集』第三巻、一九九三年長江文芸出版社版『老舎小説全集』四巻、一九九九年人民文学出版社出版『老舎全集』第三巻では、二十三章、二十四章すべて復活した。阮明も十二章、二十二章、二十四章ですべて復活した。
（69）日下恒夫「『駱駝祥子』について」、『老舎小説全集五』、学習研究社、一九八一年、四三五、四三六、四三八頁。
（70）藤井栄三郎「『牛天賜伝』から『駱駝祥子』へ―中短編の性格と関連して―」『入矢教授小川教授退休記念中国文学語学論集』、筑摩書房、一九七四年十月、七四五頁。
（71）谷川毅「はずせない仮面の悲劇―祥子の自尊心―」（『野草』、中国文学研究会、一九八七年四二頁）で、心理学の「ペルソナ」といわれる概念で、祥子の一生を分析している。心理学的な規定のみで祥子の一生を分析するのには無理があるように思われる。これはノンフィクションではなく、小説なので、作品中にあらわれる祥子の言動の裏には作者がいるわけである。この点がかけているように思われた。しかし、筆者は谷川毅の「祥子の生き方、考え方にもっと光をあてる」という発想に大きな示唆を得た。

(72) 太田辰夫「旗人漫筆」、『老舎小説全集』月報一、学習研究社、一九八一年一〇月、四頁。
(73) 日下恒夫「解説『駱駝祥子』について」、『老舎小説全集五』、一九八一年一一月四三九頁。
(74) 老舎『駱駝祥子』、『老舎全集』第三巻、六頁。口語訳は監修中山時子・訳中山高志『駱駝祥子』(白帝社一九九一年)を引用し、一部変更した。
(75) 同右、九頁。
(76) 同右、五頁。
(77) 同右、十頁。
(78) 同右、五頁。
(79) 同右、一三、一四頁。
(80) 同右、一三頁。
(81) 同右、一五—一七頁。
(82) 同右、四〇頁。
(83) 閻煥東編著『老舎自述—一個凡人的平凡生活報告』、山西教育出版社、二〇〇〇年、二四三、二四四頁。
(84) 老舎『駱駝祥子』、『老舎全集』第三巻、八五頁。
(85) 同右、一二九頁。
(86) 同右、一三二、一三三頁。
(87) 同右、一三三、一三四頁。
(88) 同右、一七三頁。
(89) 同右、一七八、一七九頁。
(90) 同右、一八三頁。
(91) 同右、一八四頁。
(92) 同右、一九三頁。

(93)　同右、一九五頁。
(94)　同右、一九七、一九八頁。
(95)　同右、二〇五頁。
(96)　同右、二一〇頁。
(97)　同右、二一二頁。
(98)　同右、二一九、二二〇頁。
(99)　祥子をお抱え車夫として雇っていた曹先生は大学で教えていた。その学生だった阮明が、及第点をもらうため、曹先生と親しくした。しかし、先生は公平に採点し、彼に及第点をあたえなかった。阮明はそれを恨み、先生を過激思想と当局に密告した。そのため、祥子の引く車に乗っていた先生が刑事につけられた。祥子は先生を有力者の左先生の家に送り、先生の家に帰り、奥さんや子供に連絡した。そのときつけてきた刑事に貯めていた三十元余りを奪われたことがあった。祥子は阮明がこの件にからんでいるとは知らない。
(100)　老舎『駱駝祥子』、『老舎全集』第三巻、二六頁。
(101)　同右、二一三頁。
(102)　老舎『牛天賜伝』、『老舎全集』第二巻、五三五頁。口語訳は竹中伸訳『牛天賜物語』（学習研究社『老舎小説全集四』）を引用した。
(103)　老舎『駱駝祥子』、『老舎全集』第三巻、二二二頁。
(104)　藤井栄三郎「『牛天賜傳』から『駱駝祥子』へ――中短編の性格と関連して――」、『入矢教授小川教授退休記念中国文学語学論集』、筑摩書房、一九七五年、七四六、七四九―七五〇頁。
(105)　老舎　中山高志訳『駱駝祥子』、白帝社、一九九一年三月、四〇六、四〇七頁。
(106)　老舎『駱駝祥子』、『老舎全集』第三巻、六七頁。
(107)　同右、六八頁。
(108)　同右、六八頁。
(109)　老舎『離婚』、『老舎全集』第二巻、四七四頁。

(110) 老舎『駱駝祥子』、『老舎全集』第三巻、一四四頁。
(111) 老舎『離婚』、『老舎全集』第二巻、四六九頁。
(112) 老舎『微神』、『老舎全集』第七巻、五九頁。
(113) 同右、五九頁。
(114) 老舎『駱駝祥子』、『老舎全集』第三巻、二〇九頁。

第四章　「中華民族」独立の悲願

第一節　抗日戦争と老舎

（一）済南脱出から中華全国文藝界抗敵協会の成立

老舎は一九三六年山東大学を辞職し、作家生活にはいった。三十七歳だった。そのまま青島に住み、代表作『駱駝祥子』を完成した。一九三七年も著作生活に没頭し、七月『我這一輩子』を発表した。七月七日蘆溝橋事件が勃発し、日中全面戦争が始まった。

八月、再び斉魯大学より招請を受け、文学院主任教授として済南に赴任する。十月済南爆撃、大学は閉鎖状態となる。老舎は日本に帰順するか、脱出するかに悩んだ。当時の状況を夫人の胡絜青は「この間ずっと老舎は、毎日新聞を読み、ニュースを聞いていた。……ゆきつもどりつ、ときには窓からはるか空をみあげてそっと涙を流している。私には彼の思いが分かった。国のために身を捨てる決心を、彼はすでにしていると。ただ家と国ふたつともに良い方法が思いつかないのだ。わたしたちを連れて一緒に流浪するか。それとも苦痛を忍んで別れ別れになるか？……当然最も良いのは一家全部大人も子供も一緒に行くことだ。中国人として生まれたからには、中国人として死に、侵略者の魔物の手に落ちて死ぬことは決してできない。しかし、わたしたちの体はこんなにも痩せて弱々しい。三人の子供のうち、大きい子で四歳になっておらず、一番下の子は生まれたばかりで、我々母子が彼といっしょについて行くと、四本の縄が彼を縛り、彼は何事もなし得ないのではないか？さらに彼は母に孝行する責任がある。我々一家がもし江南にいくと、彼は、北京に住んでいる老いた母の生活の糧を絶つことになり、この八十歳をすぎた老婦人にどうさせるのか？あれこれ考え、わたしも決心した。彼の国に尽力する大志を果たさせるには、重い責任を私が引き受ける。たとえ私が彼とどんなに別れ難かろうとも。……私は言った。『あなたは安心して行ってちょうだい。済南が陥落したとしても、私は爆死されない。私はきっと強く活き続ける。私は教師ができる。働いてお金を得て、子どもたちを育て、お姑さんの死に水をとる。たいしたことではない。逆に私は学生に私たちの国の言葉を教えられる。あなたに面目をつぶさせるようなことはできない。』老舎はただ『青、青……』というだけだった」(1)

と、このように話は決まった。

一一月一五日の夕方、国民党の軍隊が津浦線路の伯口鉄橋（済南から十数キロもない）を爆破した。三度大きな爆音がして、振動で市内の家は揺れ動いた。市民たちは日本兵が攻撃に来たと思って混乱した。夫人は老舎に小さいトランクを渡して、早く行くようにせきたてた。老舎は「小済《シャオチー》と小乙《シャオイー》を片手にひとりずつ抱き、私と三ヶ月の小雨《シャオイー》を見つめて、何も言えなかった。彼はこどもたちをおいて、顔を背け出て行って、門の外まで行って、また引き返してきて言った。『もし駅に列車がなかったら、すぐひきかえしてくるよ！』」(2)

このようにして老舎は家を出た。ここで注目すべきは、老舎は最後の決定は妻に委ねていることだ。妻に自分から母親とこどもを頼むとは、とても言えないのだ。これが老舎の性格である。さらに老舎は良き伴侶を得たのだ。満州族である夫人も、老舎の気持ちが痛いほど分かったのではないか。清朝は腐敗堕落して、国を列強諸国に分割された挙句滅びた。満州族は中華民国で、肩身の狭い思いをしてきたのだ。それゆえ「侵略者の手におちて死ぬことはできない」という夫人の思いは、老舎と同じ満州族として、共有した信念であろう。さらに作家として世に出ている老舎にだけは、満州族として、国の存亡にかかわる危急のとき、面子を失う行動はとらせられないと、ひとりで生かせることを決意したのだ。

老舎はこの出立ときのことを「途中友人に会って、私といっしょに駅へいくように頼んだ。もし私が行くことが出来たら、家族に伝えてもらえる。駅ではなんとまだ乗車券を売っていた。……私は徐州行きの乗車券を買った。八時、列車が駅に入ってきた。車両の上まで、人がいっぱい坐っていた。私は切符を持っていたが、乗れなかった。……私は友人に言った。『やめとこう。明日にしよう』友人は『ちょっと待て』と言った。行ったり来たりして、十一時近くになっていた。列車はまだ出発していないし、私も乗れていない。私は家に帰ろうとした。友人は私に言った。『もしいけるものなら、君はやはり行った方がいい！』と。彼は端の車両の窓を敲いた。窓が開いて、給仕が聞いた。『どうした？』友人は彼に二元渡して『ひとりと小さなトランクだけだ』給仕はうなずいて、まずトランクを受け取り、その後私の肩を引っ張った。友人は私を押し上げ、私は列車に潜り込んだ」(3)のである。ここでも友人の才覚が老舎を行かせたのである。

一一月一八日漢口到着。武昌に住むこととする。老舎は三十八歳だった。これが一九四六年まで続く流亡生活の始まりである。一二月国民党の馮玉祥《フォンユィシアン》と出会う。以後事あるごとに彼の援助を受ける。

一九三八年、二月老舎は「中華全国文藝界抗敵協会」（略称「文協」以後文協と表示）の準備会に胡風《フーフォン》、王平陵《ワンピンリン》らとともに参加する。さらに一四日は周恩来と王明《ワンミン》が馮玉祥と会見して文協への支持を要請し、老舎を文協の柱とする方向になる。文協発起趣旨には、武漢に在住する文化人が、国民党、共産党、無党派の別なく名を連ねた。

三月二七日、武漢で文協の成立大会が挙行された。途中日本軍による空襲にあいながら、中断せず挙行した。老舎は郁達夫《ユーターフ》、郭沫若《コーモーロー》とは初対面だった。日本の作家鹿地亘を、胡風が皆に紹介した。老舎は四十五名の理事の一人に選出される。周恩来は名誉理事のひとりだった。

四月四日、「文協」第一回理事会が開かれ、常務理事（十五人）のひとりに選ばれ、同時に総務部主任に推される。このときのことを老舎は「私は常務理事に推され、しかも総務部長を担当しなければならない。私は常務理事は引き受けるが、総務部長は懸命に辞退した。文協の組織では、会長あるいは理事長はいない。規則を制定するとき、みんなは民主的精神をあきらかにするために、常務理事が各組長を分担し、理事長はおかないことにした。だから、総務部長とは、事実上対外的な代表で、理事長と同じなのだ。わたしはこんな重大な責任は負いたくない。私には自分が文芸界における資格と人望が足りない上に、仕事をする能力もない。しかし、皆はどうしても私の辞退を許さない。ひいてはある人は、もし私が総務を辞めたら、彼もやらないという。事態が行き詰まるのを恐れて、私は承諾するしかなかった」(4)

これには事情がある。文協には国民党、共産党を背景にもつ作家と、無党派の作家が集まっている。老舎は無党派の作家である。党派的背景を持たないことは、統一戦線組織運営のためには重要な要素であった。また三十八歳で得たこの経験は「幼少より貧乏で、ひとりよがりで、人見知りがはげしく、いつまでも幼児のようだった。十数年来、ずっと駄文を描いてきたけれども、文芸界に知己はすくなかった……。武漢にきて多くの文芸界の友人と知り合い、恥ずかしかったけれど、嬉しかった。……文協の準備会を開いた。いままで見た事もない、思いがけない多くの作家と同じ所に坐り、未知の顔ぶれに不安を感じたが、彼らの名前を聞いて落ち着いた。なんだ作品を読んだことがある知り合いではないか。なんとおもしろいことか。知らない顔、よく知っている心、心と顔が今日ひとつにつながった。……私は愉快になってきた。この快活さは他の心情を綺麗に取り除いた。ただ民族復興に関する名づけようもない感動のみを残した。……日ごろはひとりで思い通りにしてきたが、今日から虚心に団結のために変わるのだ。……抗日救国が我々の旗印だ、団結と互助がスローガンだ……わたしはこの陣営の中で、一兵卒となり、君たちが私に何をさせようとも、命令通り服従する。私の力は微々たるもので、哀れむべきだが、君たちの命令で仕事をすることに、偉大なる充実を感じる。今日の中国において抗日救国より偉大で神聖なことはない。私たちの団結は、このもっとも偉大で神聖な戦争において、各自力をつくすことである。これがすべてで、他になにもない。友よ、私は君たちと手を取り合い、きみたちの指導を多く聞き、わたしのような一兵卒がもし手柄を立てられたら、それは私個人の力ではなく、団結の熱い誠を通して得た新しい自信と能力を得たからにほかならない」(5)と述べている。この新たな出発は、老舎に第二の文学界デビューを果たさせた感がある。作家として、中華民族の一員として、自分がやっていけるというのは、老舎に大きな自己変革をもたらしたのではないかと思われる。

同年七月日本軍の攻撃空襲が激しくなり、文協の印鑑をもって重慶に移転する。しかし、重慶も難民であふれていた。一夜の宿をとるのにも難渋した。

一九三九年、六月戦地作家訪問団を組織し、老舎も北路慰問団に参加した。文協からは老舎ひとりだった。重慶から成都、西安、延安、蘭州、青海、寧夏……四川、成都とまわり一二月八日重慶に帰ってきた。六ヶ月間二百五十キロに及ぶ大旅行で、延安では毛沢東にも面会した。この長旅の様子は、のちに『剣北篇』として発表した。

この年の総務部報告で、老舎は一切の収入は銀行に預金し、支払いは領収書を貼付保存し、閲覧可能とした。一切の家財は、全て受け取りがあり、帳簿に貼付保存し、順番をつけ、不正を防止した。抗日戦という火急のときに、空襲にあいながら、このような几帳面さは驚嘆に値する。老舎の不正をきらい、何事もきちんとしたい性格を物語っている。

一九四〇年、戦争の長期化と連日の空襲で、物価騰貴し、作家の生活も緊迫してきた。文協は〝作家の生活保障〟運動を提唱し、老舎も文章を発表し取り組んだ。老舎は貧血、眩暈、マラリアの発作で苦しんだ。

一九四一年皖南事変（国民党軍が安徽省で共産党の指導下にあった新四軍部隊九千人を包囲し、八千人を殲滅した）がおこり、抗日民族戦線の破壊工作で、その後国共関係に始終軋轢を生じた。重慶の文芸界も暗い沈滞ムードに包まれた。このような中で老舎は引き続き常務理事兼総務部長を担当した。苦労の多い仕事の連続で、体調を崩し、仕事ができない日々が続いた。老舎は四十二歳になっていた。

老舎はこの四年間を振り返って、七月七日の『大公報』に「抗戦当初の秋、私は五十元を持って、済南から漢口にやってきた。あっという間に四年たった。妻は賢明で、大義がよく分かっていた。ふだん彼女は肝っ玉が大きいほうではない。しかし、私が出発したあの日、店は閉まり、飛行機は一日中うなりをあげ、人心は極度にパニック状態だった。彼女は逆に涙をこらえ、落ち着いて私に荷物の用意をしてくれた。彼女は私が行かなければならないことがわかっていたので、もうなにも言わなかった。四年間妻の声を聞いていない。落ちついた静けさが、永久に私を支えてくれる。子供たちは幼くて、離別の辛さが分かっていなかった。小乙は父親の荷物を用意する母親を手伝おうと、かえって母親の邪魔をした。私は息子を叱った。息子は口をへの字に曲げたが、泣き出さなかった。いまなお、私は息子に申し訳ないと思っている。今はもう沢山の字を学んだろうな。四年間、暇になると必ず済南を離れたときの妻の冷静さと、息子の叱られて泣きそうなのを思い出すと、涙があふれそうになる。しかし、抗戦期間は、個人の苦しみはこらえるべきなので、顔を涙でいっぱいにするのはよくないので、決して泣かない。同時に私はいつもなんとか自分を忙しくさせて、暇をつくらず、暇で悲しむこともなくなった。この忙しかった四年間を全て描くのは簡単でないのでかいつまんで話そう」(6)と家族への想いを語っている、「四年間妻の声を聞いてない」には、夫婦の哀切な恋情がにじんでいる。また子供たちに対して、連綿とした思いをつづっている。

だが、同じ日付で『新蜀報』に発表した「自譴」では「病気でもあり、新年でもあるので、流離の侘しさにひたる。しかしこれはただ一時的な感慨である。体がよくなり、病苦とホームシックを忘れて、気持ちを奮い立足せて、仕事をしようと思う。……しかし、今日に到るまで体はまだ完全に好くならない。話したり、描いたりすると眩暈がする。とても焦るが、焦ればあせるほど眩暈がする。病は私の最大の敵だ。医者は豚のレバーやほうれん草や、豆腐を食べろと言う。しかし、他人の家で、あつかましく指図などどうしてできるものか。時には結婚したことを後悔する。もし、私が独身であれば、だいたい、暇なときに、娘や息子を懐かしく思い、眉が曇ることもない。愁いがないと、あるいはもっと沢山描けるかもしれない。……更に家族がこちらにくることを切望したりもする。人生とは大なり小なり矛盾があり、まあこんなものだろう！」(7)と描いている。家族を想い涙している文章を発表した同時期に「結婚しなければよかった」、それなら想い憂えることもないとは、非常に逆説的な、断崖絶壁にたたされたような表白ではある。家族への想いは真実である。だが一面で、もし「結婚」してなければ別の「愛」もありえるということではなかろうか。「抗戦」という非常時であっても「人の心に戸は閉てられない」のである。家を出て四年たっている。勝利の見通しもたたない困難な状態のなか、文協の精神を維持しようと奮闘している壮年期の老舎を援け、支える人が現われても不思議ではない。作家は文章では嘘はつけないのだ。そのぎりぎりの表現が「結婚してなければよかった」となったと推測される。このようなことも含めて、老舎が精神的にも、健康上も切羽詰った状態に置かれていることが分かる壮絶な記述である。

さらに「自述」ではこの四年のことを総括している。「一　私の苦悩―幼少から貧しく、苦しみに耐えるのは慣れている。しかし、私は綺麗好きで、病気のときも手や顔を洗わないではいられない。衣服はみすぼらしくても耐えられるが、汚いのは耐えられない。抗戦中で、綺麗好きの習慣をたもつことができないのはとても辛い。清潔好きであるからには、当然規則正しいことが好きである。食事や就寝、起床も時間通りで、すべてのものは同じところにある。この決まりが乱れると、私は頭がくらくらし、描けない。抗戦の四年間、多くの文章が描けず、描いたものもまずいのは、おそらく秩序がないのが、重要な原因だ。清潔で秩序が好きなものは、往々にして静かにしているのが好きだ。私もそうなのだ。にぎやかなのはあまり好きではない。知らない人にあうのは嫌いだ。しかし、抗戦中、こっそりかくれていることはできず、どこにでも行き、どんな初対面のひととも会わねばならない。会いたい、会いたくないにかかわらず。……しかし、あちこちに流浪していて少しでも抗戦に有益なことをするために、どうして引っ込んでいられようか？……道理からいえば、上記のような小さな悩みはたいしたことはない。抗戦の戦士が受ける苦しみに比べたら、これは微々たるものだ。……私という人間は環境にこうも難しいとは？私は戦地の文学者や新聞記者を尊敬するし、羨ましい。彼らはたとえ土壕のなかを這っても、記事、報告を描ける。私もこんな能力を持ちたい！戦時中の文人は、わたしには私生活はないといっていい。文芸上の修行だけでなく、体質上の備えをしなければならない。……この四年来、わたしには私が思うには、私生活はないといっていい。家族はそばにいないし、住むところも決まってない。起床就寝もきまっていない。ひとが私にこうしろといったら、わたしはすぐにそうする。どんな日も私自身の意志で動いてない。つまり自分の仕事は、ときには自分の意思で決められない。私生活は団体の中にあり、私の創作も往々にして、人に頼まれたものを引き受ける。他人がテーマを出し、私が描く。このように私生活がない生活は、私に多くの苦痛をあたえた。しかし次第になれてきた。抗戦のため、多くの作家はこのように生活している。みんなが耐え忍んでいるからには、私も耐え忍ばねばならない。……

二、私の喜び

抗戦以前は青島にも住んでおらず、済南に住み、北平にすらあまり行かなかった。そこで、北平、上海の文学者をあまり知らない。抗戦後会う機会があって、多くの友人と交際した。前にもいったように、私は未知の人は苦手で、文人でも知らない人が多かったが、私は彼らに会うことを恐れなくなり、友人として交際するようになった。……我々は語り合い、お互いに批評しあい、しだいに大胆になった。脚本が描けなければ、いって教えてもらう。描いたものがどうか、みんなに批評してもらう。このような友情のなかで、私は詩歌や脚本をかくことを練習し始めた。……こんな良い気風が続けば、文芸は限りない進歩を保証できる。この喜びがあって、一切の小さい煩悩を克服した。私は文芸にたずさわるもの、文芸の上で得るものがあれば死んでも悔いはない。もう二十年生きて、この二十年の間にしかるべき作品を十数本描かねばならない。これらの作品を描きあげたら、文学の友人に頼んで批評してもらい、その後描き直して、再び批評を頼み、みんなと自分が満足したら印刷する。このような喜びは、将来夢ではなく、必ず来ると信じている」(8)と述べている。この予言通り、老舎は一九六六年まで二十年以上生きて、十篇以上の作品をかいた。確かに描き上げたら、文芸界の友人だけでなく、共産党の指導部からも「批評」された。この点については第五章で詳述する。

次に今後の自分の態度として「家を飛び出してきて、抗戦の仕事を少し手伝ってきた。……この気持ちが変わらないことをのぞみ、どれほど役にたったかは問題ではない。四年来私生活はない。これは私を苦しめたが、努力して仕事をしてきた。私は無才無能といわれるのは恐れないが、いい加減にごまかしていると思われるのを恐れる。……私は永久に英雄にはなれないが、ただ英雄の気概を求める。少なくとも消極的には、苦痛を受けるのを当然とみなし、その後事実にもとづいて積極的に向上の気持ちを表そう。このような態度であれば、私が何をなすべきか、容易に決まる。私がするべきことは、わたしができることだ。私は小説の類を描くことができる。それなら創作は猶予できない仕事である。同時に描くことを妨げることは避けねばならない。編集の仕事は……しない。教師は……しない。……幸い私の家族は一緒にいない。もし家族が身近にいたら、生活のために時間や気を使う。生活のために編集者や、教員や小役人をするかもしれない。私は妻に感謝する。抗戦前、抗戦後もしばらく、私の願いは余り大きくなかった――できることを少しできればよかった。……抗戦前の生活は規則正しく、抗戦後の生活はわりとルーズだ。生活にきちんとした秩序がないのは、私の仕事に影響した。しかし、生活の単純さが、私にはっきりさせたことがある。微々たる苦悩を感じたけれど、私に悲観と落胆させるほどではない。……一面では牛のようにこつこつ田を耕し、また一面では気のむくままに腹をたてなくなった。もし罵られたら、先ず自分を検討し、罵りが正しければ受け入れなければならない。正しくなければ軽くあしらう。なにがなんでも言い返したりしない。罵りには罵りで返すのは、時には必要なことだ。しかし、私はそうはしたくない。私が出来ることは、小説や脚本のたぐいを描くことが出来るので、さらに人を罵ることは小説脚本と同列におけないので、だからたとえ私は罵られても言い返したくない。……この苦悩、この喜びは苦楽のなかで決めた態度で、四年来の生活の実録で、空想ではない」[9]と結んでいる。この年の総括であり。老舎の本音である。ここには家族をおいて無私に抗戦に関わっていることの自負、苦しみをのべている。さらに文協という寄り合い所帯での様々な圧力、困難を総務部長として取り仕切る困難さや、罵られても、罵り返さないことにも触れている。これは老舎の作家としてのプライドであり、性格でもある。

抗戦にペンで参加して四年、この年月が老舎にとって、相当な自己変革を強いるものであり、容易でなかったことが読み取れる。さらに自分を卑小に描きながらも、やって来たことへの矜持も仄見える。しかし、自分の創作内容に、決して満足もしていない無念さもある。老舎は精神的にも肉体的も疲れ果て、しかしぎりぎりのところで、前に進むもうともがいているのが感じとれる。筆者は読んでいて、背筋が思わず知らず伸び、戦慄を覚えた。

一九四一年、小学校以来の友人羅常培《ラチャンペイ》が、友人と重慶にきた。彼は老舎を「抗戦以前にまして非常に痩せていた。表情は生き生きとして風格があり、対応の話し声も滑らかだった。着ている灰色の手織り木綿の中山服のためではなく、いささか冴えなかった……。私たちは彼の独立不羈の人柄に感服し、文協の精神をなんとか維持しょうとしているのに同情した。しかし、暑くて蒸し暑い気候のなかで、ひどく憂鬱になっているのではと心配した。彼が昆明に来て風にあたり、風通しをよくするように招きたいと想った。たとえ一、二月の短い間であっても、この苦しい夏を避けることができないか？……梅《メイ》先生が『我々が舒先生を案内していこう。彼のためだけにとどまらず、文芸界のためにもよい』ということになり、知己が呼びかけたので、老舎もあっさりと昆明に来ることを承諾した。しかし、彼はあらかじめ言明した。『交通手段と得がたい友情以外、いかなる報酬も受け取らない』」(10)と羅常培は描いている。老舎は八月から一一月まで、昆明に滞在した。また気晴らしの暇つぶしをしてのち、老舎のおしゃべりはゆとりができた。講演をこなしながら、静かな宿舎で『大地龍蛇』を描き上げた。

このように抗戦四年目の老舎の精神的、健康上の危機は、友人羅常培らの援助によってきり抜けられた。老舎は困難に陥ったとき、その場でがむしゃらに事を切り開いていくのではなく、ひとまずその場を離れて自分を建て直し、また復帰してことに当たる。これが、老舎に合ったやりかたのようである。しかもそのとき、自分から何もかも投げ捨てては動けないのだ。ここでも老舎は、自分からは動けず、羅常培が手を差し伸べている。老舎の仕事への責任感、熱意と、老舎の人柄が周りにほうっておけないものを感じさせるのだろう。

一一月昆明を離れ、重慶に戻る。以後老舎は抗日戦勝利まで、総務部長の任務を全うした。杉本達夫氏は「抗戦文学に果たした老舎の役割は大きいが、作品以上に評価されるべきは、文芸界の統一戦線たる文協の維持運営に最大の貢献をしたという、文芸活動であると同時に社会活動でもある分野における功績である」(11)と描き、さらに「老舎は文協の中心に位置することによって、国共両党の作家たちと日常的に接触し、協力し、親交を深めた。ことに共産党系の作家との関係が深まり、周恩来との絆ができた。そもそも文協の代表に老舎を推す発案者は周恩来であり、周恩来が直接乗り出して実現をはかった経緯があった。周恩来との関係は、人民共和国になっても続く。日中戦期の老舎が共産党員作家に与えた印象が、人民共和国における老舎の地位と役割を決めたといえるだろう」(12)と述べている。

まさにその通りだと思う。しかし、一九五〇年以後の老舎の歩みを考える上で、後もうひとつ重要な要素があると思われる。抗日戦期の老舎の抗日救国のための作品と、その理論の持つ意味である。中華人民共和国成立以降の作品は、一九五〇年以前と比べて、まるで老舎は別人になったという論がある。これは認識不足とおもわれる。このように論じる作品の根拠は、一九三七年以前の『駱駝祥子』などの作品とくらべているのである。老舎が抗日戦にペンで参加した一九三八年以降の作品を視野に入れていない結果と思われる。一九三八年から一九四五年の間、抗日のために描いた老舎の作品と、文学理論を読むと、五十年以降の老舎は、この延長上にあることが分かる。前線の兵士、農民たちとの交流を通じて、彼らを鼓舞し、励ます戯曲、大衆文芸を、抗日のために描いた。これが、一九五〇年以降の老舎の創作活動のエネルギーのもとになった。この抗戦期間に培われた信念による創作と、経験による理論がなければ、五十年以降あのようにスムーズに創作を進められなかったと思われる。つぎに抗戦時の大衆文芸と戯曲の創作についてみていく。

(二)　反戦戯曲と大衆文芸の創作

一　大衆文芸の創作

一九三八年文協への「入会誓詞」に老舎は「私は文芸界の一兵卒である。十数年来毎日机と椅子の間で演習を行い、筆を銃として、熱血を紙に撒き散らしてきた。しかし、自慢できるのは、苦労に耐えて努力しただけである。一兵卒のこころには大将の策略はないが、兵卒がなすべきことのすべてはやった。以前も現在もそうであり、将来もそうありたいものだ。私が墓に入る日、だれかが私に短い句碑を贈って欲しい。いわく『文芸界の責務を果たした一兵卒、ここに眠る』[13]と、決意を述べている。

また一九三八年七月七日『大公報』に「漢口にきてから私のペンはさらに忙しくなった。人に頼まれたら、なんでも描いた。……もし大鼓書詞が役にたつなら､よし､大鼓書詞を描こう。芸術とは?自分の名声とは?全て二の次だ。抗戦第一だ。わたしの能力はすべて一本の筆にあり、この筆は抗戦の命令に服従すべきなのだ。……無名の英雄たちが私の作品を読んで、かれらにわずかの慰めを与えられたらいい、すこしでも感動させられたらいい」[14]とのべている。

一九四一年、老舎はこの三年間を、三分の一は慰問などの旅行に使われ、三分の二のうち、半分が文協の仕事で、半分が創作であると振り返った。創作の内容について「戦前大学の教師をしながら描いていたときは、毎年必ず夏、冬休みを利用して、十数万字描いた。一年だけプロ作家になったときは、三十万字描けた。抗戦三年間には合計三十万字だけで、例年に比べると、量の上でかなり退歩している。しかし、この三年間を一年とみなすと、それほどみすぼらしくない」(15)とし、小説、通俗文芸、話劇、詩歌、散文と具体的に字数をあげている。抗戦という危急のときにあっても、このように総括し、具体的に数字をあげているのには驚嘆する。勤勉で描くことにすべてを賭けている、老舎の熱意が読み取れる。

さらに抗戦以前は描かなかった「通俗読み物を描き始めた。……私は旧形式で新内容の芝居、鼓書、河南墜子（河南の民間歌物語）を描いた。数来宝（鈴をつけた二枚の板を打ち鳴らしながら、早口で即興の歌を歌う）まで描いた。……私の学んだ経験から言うと、これらのものは、決して楽ではない。第一に正確でなければならず、正確であるためには学習しなければならない。古いものをまず会得して、それから古いもののよさを新しいものに生かす。旧劇でも鼓詞でも古いものであるが、それらはまだ活きている。我々が描こうとしているのは、これらのまだ活きているものに、新しい血液を与え、前進させ、抗戦に効果を発揮してもらおうとしているのだ」(16)と主張している。

またこのような大衆文芸を描いたことについて、最終的には「抗戦中、大砲は役にたつ、銃剣も役にたつ。同様に抗戦中、小説や戯曲を描くのも役にたち、鼓詞や小曲を描くのも役にたつ。私の筆は大砲や銃剣でなければならない。どんな著名な作家であれ、無名の作家であれ、実際の働きと効果がありさえすればと、私はすすんで学習し、試作した。抗戦中にあっては、わたしは作家としてだけではなく、ひとりの国民として抗敵に尽力しなければならない。私は銃をとることはできない。よし、銃にかわって筆を使おう。銃の代わりに筆を持ったからには、何を描いてもいい。鼓詞や小曲を描いたからといって、こけんにかかわると思うべきではない」(17)と自分を納得させている。やはり最初から何の抵抗もなく大衆文芸を描いたわけではないことがわかる。抗日救国のために、筆でできることはなんでもやる。そのための流浪生活なのだという、老舎の決意がみえる。

二　反戦戯曲の創作

老舎は抗戦期間中、七つの戯曲を描いている。まず一九三九年『残霧』（四幕話劇）、一九四〇年『国家至上』（四幕話劇）、『面子問題』（三幕話劇）、一九四一年『張自忠』（四幕話劇）、『大地龍蛇』（三幕話劇歌舞混合劇）、一九四二年『帰去来兮』（五幕話劇）、『誰先到了重慶』（四幕話劇）である。

この間の事情を老舎は「私は鼓詞がわからないように、新劇もわからなかった。鼓書を学んだように新劇も学んだ。……文協が演劇をすることになり、脚本を描くのに私を推薦した。これは偶然である。私は大胆にもやるとこたえて、学習するのみで、なにも自信はなかった。たった半月で『残霧』を描きあげた。……描きあげた日がちょうど〝五四〟の日で、凶暴な敵が重慶を激しく爆破した。上演はできず、草稿はほったままになっていた。わたしは西北の軍隊慰問についていき、原稿を友人に渡した。半年後重慶に帰ると、友人は私にかわって発表し、出版し、かつ上演していた。これは脚本とはいえず、たとえ既に本になっていたとしても、一種の対話を描いたものにすぎない。演出の成功と失敗については、それはすべて演出者と俳優がこの対話をどのように生かしたかにより、私はかかわりない。重慶に戻って多くの『残霧』に関する批評を読んだが、十中六七はひどいものだった。……私は演劇の玄人に聞きに行った。……彼らによると、私の欠点は、舞台上の知識がなく、わたしはただ対話を描いているだけで、しぐさを忘れているというものだった。彼らの指摘のあと、私は注意して新劇をみるようになった。……新劇をいくつか見た後も、しぐさとは何か、完全にはかわからなかった。しかし、この一点ははっきり分かった。つまり私の対話はまずくはない。……私の対話の中には人情と世故がある。しかし、この人情と世故が一般的で、劇の雰囲気を引き締めることができていない。……劇を一本描いて、多くの非難にあって、わたしはこの点が少しずつ分かってきた。もし『残霧』に、めちゃくちゃな中にもたまに才気が見えるとしたら、『国家至上』を描いたとき、多少こつがわかってきた。きちんと習作した。宋之的《ソンチィダ》は劇を描いた経験があるので、私に多くの秘訣を教えてくれた。同時に馬彦祥《マヤンシアン》や陽翰笙《ヤンハンション》も熱心に援けてくれたから、今回の習作は立派な成績とはいえないまでも、私個人の収穫は相当大きなものだった」[18]と述べている。既に名の売れた作家でありながら、新しいものに挑戦する志と、専門家に教えこう謙虚な姿勢が皆をして、老舎を援けさせるのでないだろうか。

　二作目の『国家至上』の創作のいきさつについて作品の「後記」で「私たちは回教救国協会の委託を受けて、じっくりと構想し始めたものである。回族と漢族の団結のため、国民の回族の生活および回教文化への注意を引き起こすため、回教協会が宋之的と私に脚本作って、宣伝するように依頼した。私たちは承諾した。私は幼いころから北方でみた回族の生活習慣を利用し、抗戦中の事実と想像を混ぜ合わせ、長いあいだ相談し、私が筆を取って物語を作った。物語ができ、宋之的に渡し、彼が場面を分けた。場面分けが終わり、私が一、二幕を描き、彼が三、四幕を描いた。四幕を描きおわり、回教協会にもって行き、一度朗読した。協会の友人が内容と台詞が適切でないところを、一つ一つ指摘し、我々は最初から一度修正して、脚本を渡した」(19)とある。

これは老舎にとって引き受けやすい依頼だったと思われる。老舎は満州族として、漢族に関わってきたいきさつがあり、少数民族の立場はよく分かっていたと思われる。さらにこの脚本は、回教協会が、中国万歳劇団に演出してもらい、上演した。序で「この劇は重慶でも上演され、とても成功した。内容は回族漢族が手を携えて抗日を行うものだったので、回族の均楽観《チュンロォクワン》が演出した。香港、西安、蘭州、成都、昆明、大理、恩施などで上演したとき、どこでも回族同胞の熱烈な賛助を得た」(20)とかいている。

「少数民族と漢族が団結して抗日に向かうという内容を、戯曲として描き、それが上演されて少数民族の支持をえた」という事実は、老舎にとって、みずからの存在意義を感じさせる経験だったと思われる。この経験と実感が、新中国成立後も戯曲を創作していく原動力になったのではないか。

さらに文協を結成して、三年来の総括を「私は学習し、あまり成功してないが、失敗したからといって、学習を中断しない。私の手が筆を持てなくなるその日まで、私は学習を続けていく。あいまいな批評理論は、私には無用の長物だ。ただ熱心な試み、勤勉な仕事だけが、私を進歩させる。三年来の成績は見るべきものはないが、一貫して怠けない熱意が、私に多くのこつを与えてくれた。ただこの一点だけが、いささか私を慰めてくれる」(21)と、成果は謙遜しながら、刻苦勉励して、描いてきたことを自負している。これが老舎をいつも支えている矜持である。描くことが彼にとって生きるということであり、彼を支えているのである。

一九四一年三作目の戯曲『張自忠』も「張自忠将軍が国に殉じた後、軍界の友人に頼まれて描いた。今回は非常に力を入れて描いた。全体で五回描き直した」(22)ものであると、述べている。張自忠《チャンツーチョン》は、国民党の将軍である。日本軍との戦いで、張の率いる軍隊が勝利を得た。しかし、張自忠将軍は戦死している。老舎は一九四〇年八月六日の『新蜀報』で「脚本の内容は張自忠将軍率いる殉国のいきさつである。事実は将軍の親友と部下が話してくれた。……執筆中は呉組緗《ウーツウシアン》さんが顧問となり、一幕毎に読んで、直ぐ改修した。改めること三回、手は腫れあがり、更に先ほど蚊に足をさされて、腫れあがってしまった。材料は的確であり、描きかたは仔細である。本来ならば好いはずだが、おそらく失敗だ！主要な原因はドラマがない！抗戦中、我々は多くの問題を抱えている。この時代の英雄は困難を克服し、問題を解決したひとだ。……彼もきっと多くの困難と、多くの問題を克服してきたはずだ。もし、私がこれらの困難と問題の中から彼を表現できたら、なんといいだろう？しかし、できない。困難と問題について語ると、多くのことに影響を及ぼす。我々の社会では人々の賢明さは言えても、欠点に触れることは許されない。私の手は自由でなく、だから多くのことを放棄した」(23)と述べている。抗戦目的の戯曲であるから、戦局に不利なことはかけず、更に張は国民党の将軍であるから、統一戦線を組んでいる以上、描けない問題も多いと推察する。

一九四〇年発表の『面子問題』は、依頼されたものではない、自分の意思で筆をとった。「喜劇タッチで『面子』の問題点があらゆる角度から暴かれ……『面子』が諷刺されている。……この面子の諷刺は、最終的には『抗戦』の呼びかけへ繋がっていく」(24)と渡辺武秀氏ものべている。

一九四一年、昆明で描き上げた『大地龍蛇』も、東方文化協会から依頼された作品であった。老舎は序で「当然抗戦の物語である。抗戦の目的は、文化の生存と自由を保持することである。文化の自由な生存があってこそ、歴史の繁栄と延長継続がある。— 人があっても文化が滅びると、奴隷になる。抗戦期に文化を検討するのは、まさに好機である。というのは我々は最大の犠牲を惜しまず文化を守ってきたのだから、文化の力とは如何なるものか、その長所と短所を全て検討しなかればならない。我々は過去、現在、未来を見ていかなければならない」(25)と述べている。

以上みてきた戯曲のうち『面子問題』以外はすべて依頼された描いたものである。抗日救国という目的のために、依頼された戯曲を描くというスタイルは、この抗戦時に確立されたものである。中華人民共和国成立以後、老舎が依頼されて戯曲を描いたのは、当然の流れであった。しかも、五十年以降は、抗日戦に勝利し、中華民族が独立を勝ちとった。その中華民族の独立の維持、発展のためである。抗戦時は敵と戦うという、受身であったが、五十年以降は、自分たちが、国の主人公になり、その国の発展のためという、昂揚した状態であった。中華民族の国家の発展のために、多くの知識人が心から参画し、協力したいと思ったであろう。行く末に不幸な事態が待ち受けているとは、誰も予想できなかった。それは老舎も例外ではなかったのである。

(三) 妻子の重慶到着

老舎夫人胡絜青《フージエチン》は、一九三八年秋、北平に戻り、師範大学付属女子中学で教員をし、子供たちは本名を伏せて胡姓をなのり、暮らしていた。一九四二年老舎の母親が北平で死去した。夫人は、母親の葬儀をすませた。夫人は子供も十歳、八歳、六歳と成長し、長旅にも耐えられるだろうと重慶の老舎のもとにいくことを決意した。金策は実家の母の家を抵当にして借りた。一家は河南省商丘へ帰省する商人の家族になりすまし、一九四三年九月八日、前門外の宿にとまり、九日北平駅を発ち、開封で乗り換えて十日夕刻商邱に到着し、紹介状を頼りに七日滞在した。ここから車夫の引く荷車に乗り換えて亳州（安徽省）まで行く。また荷車で日中軍の支配の境界線を通過して二一日界首（安徽省）に到着した。ここからさらに荷車で洛陽に向う。途中雨のため三日間足止めをくった。一〇月四日洛陽についた。洛陽から列車で霊宝と華蔭で乗り換えて、一一日夜宝鶏に到着した。一一日、やっとバスに乗って出発する。広元で三日間足止めをくった後、乗り換えて二五日に出発し、二八日夕刻ついに重慶に着いた。北平を出発してからなんと五十日かかったのである。(26)十歳に満たない三人の子供を抱えて、大量の荷物を持ち、ひとりもかけることなく、重慶にたどりついたのである。北平は日に日に食糧難となり、「ここで餓死するぐらいなら、家族が一緒になり、青天白日旗のもとで死にたい」と、夫人は決意したのだという。凄まじい胆力であり、決意であり、実行力である。

老舎が抗日救国のため、文協で日夜骨身をけずっているとき、夫人は夫人で、夫が出立したあと、教師をして、子どもたちを育て、姑の葬式をだして、北平でするべきことはしたと、重慶行きを決行したのである。

家族が五年ぶりに一緒になったときのことを夫人は「わたしたちが重慶に着いたとき、彼は病気で退院したところだった。五年ぶりの老舎は、さらに老い、さらに痩せていて、いかにも病人らしい顔で、貧しく苦しく、尾羽打ち枯らしたようだった。しかし、彼の人柄がさらに意志が固く、五年前と比べても思想上の変化は、体の変化を上回っていた……

陥落した北京で、私は四年あまり中学の教師をしていた。国が滅亡するときの苦しみを十分に味わった。

陸放翁《リュウファン》のいう『遺民は涙を砂塵の中に残し、南の方王師を望んでまた一年』は、わたしの当時の毎日の苦痛の心情をよく表している。子供たちも苦難にあった。学校では日本人の子供に侮られ、家に帰れば、呑み込めない〝共和粉〟を食べた。こどもたちは自分が老舎の子供だとは言えず、皆姓を変えて、私とおなじ胡姓にしていた。北京の都は生きているひとが災難にあう、百鬼夜行の生き地獄となった」(27)と述べている。

老舎は妻子との生活が始まったとき「妻の絜青は編集館で、一月一石の米をもらう仕事を見つけた。私はいつも通り描いている。いずれにしてもどうにかこうにかやっていける。道理から言えば、家計のために私が職探しをすべきだ。しかし暇に慣れている文人に何ができるのか？……私はお金のために、描きたい意志を犠牲にできない。公務員をするか？駄目だ！公務員は戦争中のごたごたに乗じて金を儲けるし、しかも私は事務室座りに慣れてない。教師は気がすすまない。私はペンをおいて、チョークを持つのは、心底いやだ。転職するぐらいなら、むしろ苦しみを受けたほうがいい。よく言えば、これは自分の持ち場を堅く守るということで、悪く言えば、文人はとりもなおさずろくでなしだ。どういおうとも、私のもとからの信念である」(28)と述べている。五十日かけて北平から三人の子供をつれてやって来た夫人が働くことに、内心の呵責を感じてはいる。しかし「描くことを犠牲にしたくないから、仕事をしない」とは、老舎の描くことへの我執、妄執を超えた固い信念であり、描くことに魅入られた業ともいえる。それに命を賭けているのだ。しかし、やはり親として夫としてみればエゴである。老舎もそれをよくわきまえている。だが「我的老主意」（私の強い思い）というしかないのだ。更に一九四五年老舎は『抗戦文芸』に「文芸を志すには、まず犠牲を覚悟すべきである。個人の利益と幸福を忘れてこそ、一生文人となり、文芸のために生き、文芸のために死ぬことが出来る。……文芸は他人にとっては〝大智〟であり、自分にとっては〝大愚〟である」[29]と述べている。いずれも山東時代にはいわなかったことであり、この抗戦で文協に関わったことが、彼の文芸への思いに、腹がすわり、さらに今回妻子がきて、苦労をかけていることとあわせて、このような発言が出てきたと思われる。いかなる犠牲を払っても創作に生きると宣言しているわけである。

　また、夫人は「重慶に着いて、後方の友人たちが、我が家に来て、私が話す日本侵略者が中国人を殺害する獣行を聞いた。彼らはあれこれ質問し、非常に詳しく尋ねた。このような度ごとに、老舎は煙草に火をつけて、眉に皺を寄せて、静かに片隅に坐って、一緒に聞いていた。二、三月の間、私は四、五年の間、見たこと、聞いたこと、および私の感想と、憤りを、来訪する友人ひとり、ひとりに反復して何べんも話した。しだいに友人たちはこの種の話をあまりしなくなった。老舎は逆にせわしなくなった。彼は日本の侵略者が北京ですること、なすことを仔細に聞いた。市民の反応はどうか、引き続き、私がはなした北京の親類や友人すべての知り合いの詳しい状況を聞いた。私は、ある家に死人が出たら、みんながどうやって熱心に援けたかを話したら、彼はその家の葬式の一切細部まで、絵にかいたように補則した。私がある人は漢奸になったといったら、彼はその人が、何を食べ、何を着てどんな風に見えて、どんな顔つきか話した。いちいち私に演じて見せ、まるで淪陥区北京に四、五年住んでいたようだった。私は彼が北京と北京の人への理解が、こんなにも深く、こんなにも詳しく、こんなにも真実であることに敬服した。このようにはてのない雑談、また長い間話して、ついにある日、彼は私に言った。「ありがとう。このたび君は九死に一生を得て、北京から私に長編小説を持ってきてくれた。私はこれまで長編は描いたことがない……これが百万字近い三部作『四世同堂』である」[30]と述べている。老舎が重慶でペンを持って抗日戦に参加できたのも、『四世同堂』が出来たのも、良き伴侶を得たからなのだ。

（四）抗日戦勝利後の老舎

一九四五年八月一五日、老舎は日本降伏を北培の自宅で迎えた。老舎は「抗戦勝利後すぐ重慶へ行った。私のつもりでは、文協は、抗敵協会であるからには、当然抗戦に始まり、勝利で終わる。重慶に行って会の仕事を終わらせ、解散を宣言したい。友人たちは、しかし一致して解散を承知しなかった。彼らはみな抗敵をはずして永久的な文芸協会にしたいと思っていた。そこで皆は改組の準備を始め、間もなく社会部の許可を得て許可証がおりた」[31]と述べている。

一〇月、文協は「中華全国文芸家協会」となり、老舎も八年間勤めた総務部長の役を降りた。一〇月二一日、「中華全国文芸家協会」の懇親会が開催された。郭沫若《クオーモールオー》、葉聖陶《イエションタオ》、巴金《パーチン》、傅彬然《フーピンラン》、趙家璧《チャオジアーピー》、胡風《フーフォン》、馮《フォン》雪峰《シュエフォン》など五、六〇人が一堂に会した。周恩来も挨拶した。

老舎は帰郷について「私は焦らなかった。商売をするのではなく、官を求めるのでもないので、慌てる必要はない。八年の流浪はいたるところが家である。逆に郷里に帰っても、私はやはり創作をするので、どうして満員の列車や、船に難儀することがあろうか？私は故郷は懐かしい、これは当然だ。しかしヤミの切符を買うお金はないし、故郷に錦を飾る光栄もない」[32]と述べている。ひきつづき体調はすぐれなかったが、『四世同堂』第二部『偷生』を執筆し、四五年末完成した。

『四世同堂』第二部を発表した後、一九四六年米国国務院の招請をうけて、老舎と劇作家曹禺は渡米した。老舎は「出国して休息したい。この八年間の生活は実際疲労の爆撃を受けたようなものだった。さらに米国人に中国について新しい認識をもってもらいたい。中国文芸がどのような成果をあげたかを知ってもらう」[33]といっている。曹禺は一九四七年一月帰国したが、老舎は自費で後二年滞在した。

　この間老舎夫人胡絜青と、四人のこどもたちは北培に残った。一九四五年二月、北培で生まれた三女は一歳になったところだった。抗戦期間五年の別離をへて、五十日かけて夫人と子供たちが重慶にやってきて、ともに暮らし始めて三年足らずで、また別れ別れの生活となった。休息したいのは老舎だけではない。夫人も同じである。抗戦に関わった人はみな同じような状況だったはずだ。しかし、老舎は自分から逃げ出すわけではない。〝招請〟されたからには〝文芸〟のためには行かねばならない、と思ったはずだ。これを誰も責めはしない。だが「出国して休息したい」とは、言葉通りだと、家族に対してあまりにも無神経ではないか。老舎がそのような無神経な言葉を吐くとは思えない。ここには別の意味が込められているのではないか。抗日戦争に勝ったとはいえ、国内の国民党と共産党の間は不穏であり、七月全面的に内戦となる。老舎の「休息」したいは、この政治の渦から離れたいという意味も含まれていると思われる。老舎は抗戦中、国民党からは、共産党に取り込まれたといわれ、国民党の尾行もついたと、夫人はこの間のことを「国民党もいわゆる無党無派の人が、だんだん共産党にちかづくのを見抜いた。彼が外出すると必ず特務が尾行するようになった。彼はいつ国民党の特務機関に逮捕されてもいいように準備をした。仕事で外出するとき、まだ十歳になってない息子の舒乙《シューイー》に遠くから後についてこさせ、ひとたび逮捕されれば、家に帰って知らせるようにした」[34]と述べている。

老舎の抗日戦への参加は、中華民族の独立を勝ち取りたいというものだった。同国人同士の内戦には関わりたくないのだ。国民党と共産党との内紛に関わるより、創作を優先したという、老舎の創作への深い愛執を垣間見た思いがする。

夫人はこの後四年間、この地で教師をして子供たちを育てた。北京に帰ったのは一九五〇年の春である、老舎が米国から北京に帰って四ヶ月後だった。

老舎はこの間に紐育で『四世同堂』第三部『飢荒』を描いていた。

一九四八年秋、米国に滞在していた王崑崙《ワンクンロン》が共産党の指示で東北の解放区へ帰るに際して、老舎に三回会い、同行を説得した。老舎は必ず帰国すること、解放区へ行きたいことを表明したが、一緒には帰国しなかった。[35]当時多くの無党派作家が陸続と帰国する中、老舎はあえて帰国のチャンスを見送った。

なぜ老舎は帰国しなかったのか。一つは一九四六年に描いた「我説」に「内戦が始まったが、たとえどのような理由があろうとも、私はそれを信じることが出来ない。平和は活きる道であり、内戦は死の道である。その他は皆詭弁だ。…武力によって他人を征服できるが、しかし自分を破滅することも出来る。我々を戦争に行かせるものは、たとえ誰であれ皆征服だけを見て、壊滅を見ない。我々はいかなる人に代わっても内戦をしに行くことは出来ない。というのは征服と壊滅はどちらも我々が先に馬鹿をみるのだから」[36]と主張している。抗日戦には妻子、母親をおいて遅れることなく果敢に参加した。中華民族の危機には戦いを辞さなかったが、同国人同士の戦いには関わりたくなかったのだ。

二つめは米国で自分の作品を出版したいということがあったのではないか。『四世同堂』第三部『飢荒』は一九四八年頃、アメリカで執筆し始め、一九四九年の八月の半ば以前に完成した。これと平行して一九四八年、アイダ＝プルイット女史とともに『四世同堂』の英語訳も開始していた。(37)

老舎にとっては、新中国の成立に間に合わせて帰国するという、政治的判断は問題外だった。作家として自らの作品を米国でも出版したいという思いが強かった。結局老舎はアメリカで『離婚』、『四世同堂』、『鼓書芸人』を出版した。

一九四九年中華人民共和国が成立した。七月中華全国文学芸術界聯合会が成立し、会上で周恩来が講演した。その中で老舎の帰国を訴えた。周恩来の意を受けて曹禺らが帰国を促す手紙を老舎に描く。またアメリカ在住の老舎を政府文化教育委員会委員に任命し、郭沫若を通じても帰国を要請した。それらの要請により老舎は帰国を決心した。

一九四九年一二月、老舎は北京に到着した。五十歳だった。

第二節　『四世同堂』の世界

（一）淪陥区北京に住む知識人の苦悩

『四世同堂』第一部『惶惑』は、重慶『掃蕩報』の「副刊」に、一九四四年一一月一〇日から一九四五年九月二日まで連載された。作品に描かれた時期は一九三七年七月の蘆溝橋事件からである。

第二部『偷生』は『世界日報』副刊『明珠』に一九四五年五月一日から一二月一五日まで連載された。作品に描かれた時期は一九三八年春からである。

『四世同堂』第三部『飢荒』を『小説』月刊に、一九五〇年五月一日から、一九五一年一月一日まで連載した。この時点で第三部は二十章であった。しかし「『（文学双月間）十月』（一九八二年第二期、総二十期、北京出版社）誌上に、老舎の長編『四世同堂』の失われていた結末部分がはじめて馬小彌によって英語から重訳され、「『四世同堂』（佚篇）第三部『飢荒』として発表された。…それによって長い間八七段で中途半端なままで終了したと考えられていた『四世同堂』がアメリカ滞在中に老舎自身の手によって全百段すべてが完結されていたこと、知られざる『四世同堂』の「真の結末部分」である末尾十三段が『四世同堂』の英語版である〝The Yellow Storm〟の中に抄訳とはいえ残っていたこと、そしてアメリカから帰国後『四世同堂』

の第三部『飢荒』を発表するに際し、その末尾の十三段は捨てられた事などが明らかにされた。この失われていた結末部分が英語版から中国語に重訳されたことによって、『四世同堂』は祖国においてよみがえったということになったのである」(38)

この作品は蘆溝橋事件の勃発した一九三七年から日本が降伏する一九四五年までの八年間、日本軍占領下の北京で、市井の人々がどのように生き、どのように死んでいったかを描いたものである。また言い換えるなら、どのように生きざるをえなかったか、どのように死なざるをえなかったかを描いた長編小説である。

山口守氏は「老舎の『四世同堂』は、抗戦期の中国の人々の生と死や夢を描きながら、同時に伝統的中国と近代中国の連続性、非連続性に対する認識を提示し得ている点で、抗戦期を描いた他の作家の作品にない、ある種の連続性を表出させている」(39)と述べている。

杉本達夫氏は「国統区で生まれた文学作品は多い。代表的作品となれば、発表順に茅盾《マオトゥン》『腐蝕』、郭沫若『屈原』、沙汀《シャーティン》『淘金記』、老舎『四世同堂』、巴金『寒夜』を挙げたいが、『腐蝕』は特務組織の内部から政権の腐敗を暴き、非人間性を告発する。『屈原』は古代史に託して蒋介石に政策転換を迫る。『淘金記』は辺鄙な農村の前近代的世界を描く。『寒夜』は戦時下に滅びゆく知識人の呻きを伝える。以上の四作はいずれも日本との戦いや抵抗を描いてはいない。『四世同堂』だけが、占領下の北平を舞台にして、自分の目で見た市民生活を描き、少数市民による抵抗を描いている。抵抗とは侵略者に対する市民の武力行使である。『四世同堂』は、市民の生活と心理の中に中国文化とは何かを探る、という大きなテーマを持つ小説である。その探求の一環に抵抗すなわち戦いを設定しているのである。前述のごとく老舎の他の作品は、小説であれ戯曲であれ、戦闘そのものを描いたり、戦場へ行き日本と戦えと叫んだり、まさしく『抗日』という目標を生々しく作品にこめた。抗日宣伝の武器として筆を使った。これは老舎の際立った特徴である」[40]と述べている。

主な登場人物だけでも三十人を超える。小説は護国寺近くの「小羊圏」という胡同に住む祁一家を中心に展開する。祁《チー》老人、息子の天佑《ティエンユウ》、孫の長男瑞宣《ルイシュワン》、次男瑞豊《ルイフォン》、三男瑞全《ルイチュワン》、ひ孫の小順児《シャオシュンアル》、小妞子《シャオニューズ》の十人、四世代が同じ四合院に住んでいる。祁老人は、自分が買ったこの家に、誇りを持っていた。今は四世代一緒に住んでいるのだ。理想の暮らしだった。五十過ぎの天佑は、服地を取り扱う店の支配人で、店に泊り込んで常時は家におらず、天佑の妻は病気がちで寝ているので、中学の英語教師の瑞宣が実質的な当主であり、妻の韻梅《ユンメイ》と祁老人が家事を取り仕切っていた。

祁老人は「老人は幼い頃から北平で育ち、眼と耳で旗人（満州人）に多くのきまりや礼儀、たとえば息子の嫁が舅にあうときには手をきちんと下げて立っていなければならないなどを学んだ」[41]とあるように、この小説で描かれる人々の生活の規範は旗人にあり、四季折々の行事なども旗人の習慣に倣って描かれることが暗示されている。これは老舎の最も得意とするところである。さらにこの作品は北京を離れて「国統区」で文協の仕事をしている時に執筆された。北京への想いを、老舎は自分が育った旗人の生活習慣を基本に存分に描いたのである。

この小説は、祁家の新しい教育を受けた瑞宣の目から、占領下の北京に起こる様々なことが語られる。まず瑞宣が日本軍に占領された北京でどのように生きるか、悩みぬく点をみていきたい。彼はおだやかで素直な性格であった。その例として次のように描いている。

結婚すべき年齢になった時、彼は恋愛の神聖、結婚の自由といったことはとうに知っていた。しかし彼は父が決めていた「韻梅」と結婚した。彼は生涯を、愛していない女性にしばりつけるべきではないことは分っていた、が、祖父や父母の涙や愁いをみるのはさらに忍びなかった。彼らのために考え、結婚してない妻のために考えた。考えてからみんなの困難を納得し、全体の了解に思いいたった。彼は韻梅と結婚するしかなかった。自分の弱さを笑った。同時に、祖父や父母の愁い顔が明るくなるのをみて少し誇りに思った。――自己犠牲の誇りを感じたのである。(42)

瑞宣は新しい学問は身につけているが、父母への孝行をないがしろにできない。第三章第一節で述べた『離婚』の老李のようである。さらに老李は北京の役所に嫌気がさして、田舎に帰ったが、もし帰るべき田舎がなければどうしたか。瑞宣は老李の延長上にある人物である。北京が日本軍に占領されるという、国家の存亡がかかっているときに、帰るべき田舎はなく、親を大切にし、親の意をくんで心に染まぬ結婚をした知識人が、全てに誠実に立ち向かおうとしたらどうなるか？老舎は当時北京で多くの知識人の置かれた立場を典型化した。

今日北平は滅亡した。どうすべきか？いつも彼は家の責任者だ。彼の責任と困難は今日、何倍にもなろうとしている。また、彼は市民であり、いくらかの知識と能力のある公民であり、この国の危急に、何かしなければならないのは当然である。いっぽう、年寄りも子供もそれなりに彼をたよりにしており今はより彼を必要としている。放り出していけるだろうか？それは出来ない、しかし行かなければ敵の足もとで亡国の民になる、それは堪えきれない。(43)

瑞宣は知識人として、国家に危急のときには、抗日に参加しなければと思う。しかし、自分をたよりにしている家族をおいてはいけないと、悩むのである。そして「お前は国のため、おれは親のため」と、三男の瑞全を戦いに送り出した。

山口守氏は「『四世同堂』において老舎が表出させているのは「大衆にとって『家』は時代の転換期にあっては改良されなければならない対象であるが、根底から否定されるべき対象ではないという考えである。直裁にいえばこの作品は『家』が象徴する古き良き中国の伝統への愛着を基調に、戦争による危機の中で歴史や文化を含めた『民族』に対する自省と自尊心を表現したものとみるべきである。瑞宣は世代としては新世代に属するが、弟の瑞全と違ってその維持に努めることで、新旧世代の接点に立っていると言える。そしてその位置が自省と自尊心の表現に効果的に働いている」(44)と描いている。たしかに彼は自省と自尊心ゆえに悩むのである。

瑞宣は勤務先の学校へ行きたくないが、収入のために行かざるを得ない。が堪えきれない。彼は学校が引き続き開校すると決まったとき、気が狂いそうになり「彼は屈原が髪を乱し、詩を吟じたことを思いだした。だが彼に屈原に比べ得るものがあるだろうか？屈原は少なくとも自殺する勇気があった。お前はあるか？彼は自分に聞いた。彼は答えようとしなかった」[45]と思い惑うのである。ここでは「自殺」は、時流に抗する勇気と同意義にとらえられている。老舎はどのように生きるのがいいかと悩み苦しむとき、あたたかもその延長上にあるかのように「自殺」という選択肢を、登場人物に考えさせる。

実際に生徒の前にでた瑞宣は「彼は亡国の二世に会うことが怖かった。彼自身が北平にいて頭を下げ、辱めを受けていることを許そうする沢山の理由と事実はある。彼はしかし自分を許すことはできない。もし彼があつかましく教壇に立ったとしたら、それは、自分の無恥を認めていることをはっきりと学生に告げるようなもので、青年たちに自分を手本にさせるようなものだ」[46]と思い、学生たちには何も言えず教壇を降りた。瑞宣は頭が空っぽになって帰宅した。そしてベッドに倒れこんで思うのである。「これが国を愛することだろうか？彼は自問した。聞き終わって低い声で笑い出した。頭の中の花はまた変わった。愛国とは熱情で激発された崇高な行動だ。考えるだけ、言うだけで、何の役にたとう」[47]ここには老舎の厳しい倫理感がうかがえる。

真の知識人とはこうあるべきなのだと、筆者も常々思っている。自分を取り巻く状況がどうあろうとも、そのときどのような行動を選択したかは、全て自己の責任である。そうせざるを得ない事情は重々あることに、他者は深い同情と理解を寄せるものである。その様な選択を誰が責められようか。しかし、その選択をした本人は、決して自己弁護しない。それが真の知性というものだと思うのである。老舎自身はそれを貫き、母親と子供を夫人に託して抗日のために出発できた。しかし、そうはできない多くの人がいたであろう。老舎はそのような知識人の苦しみに深い同情を持って描いたと思われる。しかし、そのように出発できない人々に決して自己を正当化させなかった。これが『四世同堂』の第一の特色である。この点を高く評価する。まさに老舎の真骨頂だと思う。さらに瑞宣は思い悩む。

日本は陸海空軍が連合して攻撃するのに、我々は陸軍だけで応戦して、勝てるのだろうか。同時に、彼はすぐ家をすて闘争に参加すべきだと感じた。人があってこそ歴史と地理があるのだ。自分だけ腕組みして傍観していてよいはずがない。しかし、彼は動けない。「家」が彼の命を北平に埋め、北平はもう歴史を失ってしまい地理上の一つの名詞になってしまった。…亡国の民は身のおきどころがなく、心のおきどころもないのだ。彼はもう自分の家が嫌いになった。彼はおりおり考える。自分ひとりだけだったら、どんないいいだろうと。四世同堂の足かせがなかったら、きっと自分の少ししかない血でもこの偉大な時代にそそぐことができ、どんなにか名誉だったろう。しかし、この世のことは想像の産物ではない。骨肉の情とは最も無情な鎖であって人々を固く同じ運命につなぎとめているのだ。彼はもう学校へ行きたくなかった。それはもう学校ではなく、青年の収容所だ。やがて日本人が来てモルヒネと毒薬を学生たちの純潔な脳裏にふきこみ、彼らを二流の「満州人」に変えてしまうのだ。(48)

瑞宣は教師としての仕事と家庭のしがらみに喘ぎ苦しむが、しかしその絆を否定していない。だからこそ苦しみ、この北平にいて自分にできることを模索するのである。生徒を二流の「満州人」にしたくないと悩むのである。この作品の冒頭でも祁一家は満州人の礼儀を学び、生活しているとあった。祁家が満州人であるかどうかは明記してない。しかし老舎のなかでは北平の生活といえば自らの出自である満州人の生活であり、実際当時城内で生活していた者の多くは満州人であったであろう。したがって中学に通う生徒も満州人が多かったことと思う。ここであえて老舎が、瑞宣をして二流の「満州人」をつくりたくないといわせた真意は、満州人には、亡国の徒になって欲しくない、という思いがあったものと思われる。

正月休みがあけ、学校へいくと、五人の同僚がいなくなっていた。危険を冒して戦うために脱出していったのだ。彼は自分がまだ北平にいることを恥じたけれど、同時に北平にいる奴は人間の屑だという考え方も改めた。残っている彼の同僚やその他の人々は決して屑ではなかったからである。しかし、彼の勤務する学校に日本人の秘書がやってきて監視するようになった。それに対し瑞宣は次のように思うのである。

　彼は日本人の教育上、経済上、思想上の侵略を、みんな自分のような直接困難におもむくことの出来なかった人間にたいする懲罰だと考えるようになった。彼は自分が国家に対して忠誠を尽くすことが出来なかった罪を認めるべきであり、したがって自ら進んで刑罰に服すべきであると思った。同時にたといかなる苦しみを受けようとも、投降を拒否し、節操を守ろうと固く決心した。…人間は互いに殺しあってはならない。だが中国の抗戦は絶対に武力を乱用し、殺戮を好むものではなくて、抵抗をもって世界のために平和で、優雅で、人道的な文化を保持しょうとするものである。これは極めて大きな使命である。多少なりとも知識のある人は、皆胸を張ってこの大きな使命を担っていくべきである。平和を愛するひとにして勇敢でなかったら、平和は変じて屈辱となり、保身は変じて偸生となるだろう！(49)

瑞宣は勝利を確信するようになり、この抗日戦から始まり、戦争の世界的意味に言及し、視野が広がり、反日を超えて、反戦争へと思考している。

瑞宣の勤務する中学に来た日本人山木は動物学者であり、物静かな人で、校務については余り口をださなかった。彼はこの山木を戦争に反対している立派な学者だと思っていた。その山木が生徒を講堂に集め訓話した。

私の息子の山木少尉が河南で戦死しました。これは私の最大の、最大の光栄であります。中国と日本は兄弟の国であり、日本が中国と闘っているのは、中国を滅ぼすためではなく中国を救うためなのであります。中国人には理解されないかもしれませんが、日本人には見識があり、勇気があり、中国を救うために命を犠牲にすることもいといません。私の息子、たった一人の息子が、中国で戦死したことは、最も光栄なことであります！私が皆さんにこのことを報告するのは、私の息子が皆さんのために死んだことを分っていただきたいからであります。(50)

瑞宣は、山木のこの話を聞くに及んで、彼のような学者まであれほど狂っているのだから、他の日本人は推して知るべしだと思う。このようなことが話されている学校で、授業以外になにも有益なことをしていないのだから、辞めるべきだと決心する。日本人とは関係の無い仕事をしょうと、北平が陥落したときから「困ったことがあったらたずねてください」と手紙をくれていたイギリス大使館のグッドリッチをたずねた。彼はイギリス大使館で働くことになった。
瑞宣の家から一軒おいた四合院の銭黙吟《チェンムーイン》は次男が車の運転手をしていて、日本軍を車ごと爆破させた。それを隣の元官吏で今は漢奸になっている冠暁荷《コワンシャオホー》に密告され、逮捕された。銭が半死半生で戻ってきたのを、瑞宣らは懸命に看病した。銭老人は身体が治ると抗日のため家をでていった。瑞宣は銭老人と茶館で話しをする。かれはその後、銭老人を思い出して思うのだ。

銭先生は苦しみをなめ尽くしているのに、とても健康で、快活でもある。なぜか？老人は信念と決意を持っているからだ。信念は彼に、絶対日本人は倒せる、と信じさせ、決意は、なんの心配も、少しのためらいもなく、日本人をやっつける工作をさせているのだ。信念と決意が、ひとりの老詩人に、よみがえりと永遠の生とを与えたのだ。この点がはっきりすると、瑞宣は自分の行動が、抗日にうまく合っているかどうかは別として、意志を強固に持つことで銭老人を見習うべきだと感じた。彼は命をかけて敵を殺すことはしてないが、彼も敵に屈服しない決意をした。以前、彼はいつも消極的なのは、抵抗しないことになり、逃げであって、恥ずべきことだと思っていた。恥べきだと思っていたから、彼はいつも朝から晩までうつむいてまっすぐ人を見られず、鏡の中の自分さえ見る勇気がなかった。いま彼は銭先生を見習う決意をした。銭先生と行動の上で違っても、銭先生のように、しっかりとし、快活になろう。…彼は節操と苦難のため、元気を出して生きなければならない。かたつむりみたいに、カラに入り、頭をかくし生き続けてはいけないのだ。そうだ、彼は生きなければならない。自分のため、家庭のため、節操のために、生きなければならない。それも、正々堂々と、生き生きと生きなければならない。(51)

銭先生は苦しみをなめつくしているのに、とても健康で快活である。瑞宣は彼を見習おうと思う。北平を離れて戦いに行けない自分を責め、自殺する勇気すらないとも考えていた瑞宣だが、自分の立場をしっかりつかんだ上で、日本軍が北平でしていることをしっかり見届けようとし、街に出ていく。

老舎は生きることが困難な占領下で、節操を守り、生きていくことに大きな意義を見つけだして、瑞宣に具現した。しかし尊敬に値すると思っていた日本の作家井田が、日本軍閥の手先になって演説するのを聞き、絶望する。日本軍は中国人を殺しただけだが、井田は真理と正義を締め殺したと。彼は井田を殴ることすらできない。

さらに北平では石炭も手に入らなくなる。彼は年寄りが寒くてこごえているのに放っておくことはできない。「彼は恐れ惑い、悶々とし、ときには自殺さえ考えずにはいられなかった」(52)のである。どのように自分を鼓舞しても、この時代の制約のなかで人間らしく生きられないとき、より良く生きたいという、選択肢のひとつにやはり「自殺」という思考をしてしまうのである。これは「自殺」を思うほど、つまり自分がこの世にあるという存在を否定したくなるほど、思い詰める。それほど厳しく自己を問い直しているというキーワードとして用いられている。具体的に自殺しょうということではない。家族があり、北平を離れて抗日に参加できないとき、淪陥区に住む知識人はこれほど苦悩しているのである。家族を北平に残して、国統区でペンを持って自身は抗日に参加している老舎が、抗日に参加できず苦悩する知識人を、これほど詳細に描いたことを高く評価したい。

(二)　抗日に生き、抗日に死す

一九四二年老舎は『宇宙風』に「志を述べる」として次のように述べている。

一九三〇年国外から北平に帰って、プロ作家になりたいと思った。この願望は、抗戦の前年にやっと実現した。『駱駝祥子』はプロ作家としての最初の作品である。次の年「七七」戦の年、長編小説を二部……それぞれ四、五万字書き、原稿を渡そうとしていた時、蘆溝橋の砲声がすべてを打ち砕いた。この尻きれとんぼの原稿は、私の書籍書画全部と共に盗まれた。「一二八」上海の大火は、私の『大明湖』—十万字以上の小説を焼失させた……。敵の砲弾は今日まで私の身体を傷つけてはいないが、私の魂に何度も命中した！…日本人がわが家に入り込み、私の大切な書物と私自身が心血を注いだ原稿を奪い焼き捨てたことを確実に知っている。私は復讐しなければならない。私は鉄砲も打てないし、軍隊も率いられない。復讐したければ、ペンをしっかりと持つしかない。「七七」抗戦から以後、私は抗戦と無関係の文章はほとんど描いたことがない。私は個人の仇を打つと同時に、全民族のために復讐したいと思っている。だから私の描くものが好いか悪いかに関係なく、私の文章が抗戦の宣伝に役立てばと期待している。……たとえ敵と私個人の間に仇と恨みがないとしても、敵が奪うのは中華の国土であり、殺すのは我が同胞である。このような恨み、憎しみが、私の心を揺さぶらないとしたら、私は人間とは言えないし、ましてや文芸に関係をもてようか？……このペンは私に代わって話をし、人に話を聞かせることができる。それは私の命である。(53)

老舎が右記のように決意していた時期に描かれた『四世同堂』であるから、当然のことながら様々な「抗日」が描かれる。

護国寺近くの「小羊圏」の西から　数えて第一番の表札の家は銭一家が住んでいる。冠家をはさんで祁家は東側、銭家は西側だった。五十代の銭默吟は仕事はなく、書画や詩を書いていた。彼と祁老人が親友だった。長男の銭孟石《チェンモンシー》は学校で教えていた。次男の銭仲石《チエンチョンシー》は車の運転手だった。この次男が南口近くで一台のトラックを谷間に落とし、三十余名の日本兵とともに自爆したという噂がたつ。日本軍が聞きつけてくると思い、瑞宣は銭老人に身を隠すようにいう。

老人は「わしはそれは考えない。わしは鶏をしばる力もない。敵を殺し、恥をさらすこともできん。わしにできることは危険に臨んで、うろたえないことだ。息子がどうやって死んだか、わしもそのように死にたい。日本人は、あれがわしの息子だと聞きだすだろう。わしもあれが息子じゃないとはいえない。そうなのだ、奴等に連れていかれるしかない。わしは大声で彼らに言ってやる。お前たちを殺したのは銭仲石だ、わしの息子だ」(54)と、泰然としている。

隣家の冠暁荷は元官吏で、日本軍が侵略してきたのを地位をくれるチャンス到来と喜んでいた。妻の大赤包《ターチーコワ》も夫を助けるべきと思い、夫に銭老人のことを密告させた。銭老人は逮捕された。この小羊圏胡同に住む人々――冠家、銭家、祁家以外は皆、一軒の家に何家族も住む雑院であり、その日その日をどうにか暮らしている――は、銭老人の逮捕をみて次のように思う。

横丁じゅうの人は、北平が陥落するとき、みな戸惑いと苦しみを感じた。上海作戦のニュースを聞くと、みな興奮と喜びを感じた。現在に到るまで、彼らは終始、敵はどんな顔をしているのか見たこともなく、結局、自分たちがどんな苦しみを受けるのか考えられなかった。今日、彼らは血なまぐさい臭いを嗅ぎ取り、いつでも自分たちの身の上にふりかかってくることのある害悪を見た。彼らは誰も銭先生とあまり親しくなかったが、彼が野良犬にも悪いことをしない人だということは誰もが知っていた。銭先生が殴られ、逮捕されたことは、敵の酷さを彼らに知らせた。彼らの心の中の「チビ日本」はもう形を変えた。チビ日本たちは、ひとつの街を占領しただけでなく、皆の命を取りにきたのだ。同時に彼らは横目で冠家の門を眺め、彼らは細心の注意をはらわなければならず、「チビ日本」はいうまでもなく、彼らの隣人の中に喜んで日本の犬になる人がいることを知ったのだ。彼らは日本人を恨む以上に冠暁荷を恨んだが、彼らと事をかまえるために団結することはできなかった。団体の保証が無い以上、一人一人が怒っても口にだすわけにはいかなかったのだ。(55)

小羊圏に住む人々は冠家が漢奸であり、日本軍が自分たちの命をも脅かす存在であることがはっきりわかったのだ。市井に生きる人々がそれぞれの生活の中で、それぞれのやり方で抗日を意識して生きていかざるをえなくなるのだ。じわじわと戦争が人々の生活に影響を及ぼしてくる様子を、老舎は見事に描きだしている。また戦争とは、戦場でなくとも、敵も味方も、多くの人が命を失うのだ。それをみていきたい。

銭黙吟の長男孟石が病死した。瑞宣や担ぎ屋李四爺《リースウイエ》などが中心になって葬式を出してやる。銭夫人は墓地で息子の棺に頭をうって自殺した。後に残されたのは銭孟石の妻ひとりだった。妻の父親の援助でまた葬式を出す。その夜、銭老人が血だらけ、泥だらけで帰ってきた。銭老人は瀕死の力をふり絞って自分を売った冠家にいき、冠暁荷にたずねた。「君はこわがらなくていい、わしは詩人で、腕力は使えない！わしが来たのは君に会うためでもあり、君にわしを見せたいからでもある。わしはまだ死なない！日本人は人を殴るのがとてもうまい。が彼らはわしの体をこわし、わしの骨を折っても、心を打ち直すことができんかった。わしの心は永遠に中国人の心だ！君は？わしは君に聞きたい。君の心はどの国のかね？どうか答えてくれ！」(56)と倒れかかった。これはまさに、このときの老舎の心境ではなかったかと思われる。老舎は「作品に取り上げる対象は『他人』であるが、それを描くときの心境や感情は私自身であり、『私は私の書の中にいる』」(57)と描いている。さらに一九四三年には冒頭に引用した「志を述べる」を描いている。この老舎の思いが『四世同堂』を貫いている。

逮捕されて拷問を受けたが銭老人は降伏しなかった。足は鎖に繋がれ、歯はもう何本もぐらつき身体は死を作りだす小部屋に閉じ込められている。しかし「彼の心はかってなかったほど充実しているのだ。身は囚われて小部屋にあるが、心は歴史の中へ飛び、中国の全ての戦場に飛ぶ。何の武器も持たないが、この意地が残っている。…彼は生きねばならない。生きてここを出てこそ、死ぬことができるのだ」(58)と決意して釈放されてきて、身体の傷が治ると、妊娠している長男の妻を、彼女の実父に頼んで、抗日のため家を出ていく。

老舎はここで用意周到に人物を設定した。家族のしがらみで家を出ることが出来ない瑞宣の苦悩と、家族のしがらみがなくなった銭老人という二人の知識人がどのように抗日に対するか？当時の淪陥区に住む、良心的な知識人は大きく分けてこのいずれかであったろう。ここで老舎は家族のために抗日に出ていけない知識人を否定、非難はしてはいない。このような家族制度そのものをも否定していない。むしろ戦争が、このささやかな祁老人の四世同堂の夢を壊すものとして、細やかな日常生活を描出することで抗議しているように思われる。

抗日の戦いに行っていた瑞宣の弟の瑞全が戦いの任務をおびて北平に戻ってきた。冠暁荷の長女高弟《カオティ》に会う。彼女は特務をしているが、銭老人に協力して抗日のために働いているという。さらに昔瑞全が好きだった妹の招弟《チャオティ》は、日本軍のために本当に特務をしていることを知った。高弟の手引きで瑞全は銭老人にあった。銭老人は自分のしてきたことには三つの段階があったと、瑞全に話した。

わしのやってきたことには、三つの段階があった。第一の段階は、わしが拷問を受けて監獄から出てきた直後だ。あの時は、計画をたてもせず、ただ仇打ちをしたかっただけだった。自分の胸の中に腹立ちの気持ちがあって、その怒りと恨みだけで静かな生活を捨てさせ、まるで気でも狂ったように宣伝活動をやらせ、暗殺に走った。その当時、わしは焦って、怒っていた。だから人の意見を聞き入れることができんかった。…そのうちゆっくりと第二の段階に進んだ。自分が進んでやろうとする勇気と、思い切ってやる勇気が仲間を集めた。そうとも、わしにははっきりと分った。仲間を持つべきなのだ。力を合わせて行動する仲間だよ。…もし第一段階を個人的英雄主義、あるいは報復主義であるとすれば、第二段階は協力的愛国主義ということになる。初めわしは妻と子と自分のあだ討ちだけだったが、のちに私怨を忘れ、国を取り返し、恥をすすぐために抗敵工作に加わった。いまわしは第三段階にきている。今しがた君はあの和尚をみかけただろう。老人は前の仏殿を指差した。あの人は明月和尚といって、わしの一番の親友だ。…彼はこのたびの侵略も、戦争も、仏教でいう避けられない災難であり、あらゆる人間世界における獣性が抜けていないから起こるので、いかなる個人の罪とがでもないと思っている。…ところが、わしは、和尚の信仰を受け入れるつもりはなかったのに、いくらか和尚の影響もうけた。彼のおかげで一歩遠くを見ること―あだ討ちとか救国というものから、戦争そのものの絶滅ということに目を向けるようになった。つまりこういうことだ。わしらが抗戦しているのは、目には目を、歯には歯を、という復讐のためだけではなくて、兵力の限りを尽くす相手を打ち破り、将来の平和建設に役立てる。(59)

抗日から出発した戦いであるが、戦いの勝利の展望がみえてきている。ただ殺しあうのではなく、すでに将来の建設を話題に載せ、さらに、抗日から、全ての戦争反対へと進んでいる。これは老舎の到達した心境であると思われる。この作品は抗日から出発したのであるが、やがてそれは全人類の反戦へと、視野が広がっていく。すでに抗日戦に勝利していることもあり、さらにアメリカで、その後の世界を見て執筆していたこともあり、「抗日」を描くことで描きはじめた『四世同堂』を、すべての戦争に反対する「反戦」へと止揚させた。さらに老舎は日本に投下された原子爆弾についても記述する。

科学は、人間がそれまで持っていた思考のあらゆる範囲をはるかに越え、そして原子爆弾を発明したのだ。世界はいかにあるべきかということを一度も考えたことのない日本人と全く同じように、ばかで愚かな、そして藍東陽《ラントンヤン》（作中にでてくる漢奸の中国人—筆者注）のもつ野蛮な狡猾さや残忍さと、ちょうど同じように、ばかで愚かなことは、世界はいかにあるべきかも考えた経験をもたない人間どもによる原子爆弾の発明である。原子力が先ず最初に戦争のために利用されたことは、人類最大の恥だった。藍東陽が自分より狡猾で残忍な死の兵器に出会ったのは、人類にとってのこの恥辱の中でのことだった。(60)

抗日から出発した老舎の小説は、侵略した日本人はいうに及ばず、侵略された中国人もファッシズムに抗したはずのアメリカもばかで愚かな側面をもつことを明らかにした。老舎の筆は、抗日から世界の反戦へと描き進んだ。

次に一九三七年七月七日の蘆溝橋事件から一九四五年抗日戦勝利まで、小羊圏胡同の人々がどのように生き、どのように死んでいったか、戦争が市井の人々の生活をどのように変えていったかをみていきたい。

すでに（二）で述べたように、一番の門の銭家では長男が病死、銭夫人が長男の棺に頭をぶつけて自殺した。次男は抗日のため死んだ。長男の妻は実家に帰り元気な男の子を産んだ。銭老人は前述のように抗日のため家を出た。空家になったこの家は二番の冠家が買い、日本人に貸していた。

三番の祁家の瑞宣の次の弟瑞豊は、瑞宣の反対を押し切って教育局の科長を引き受け家を出ていた。彼のお抱え車夫に四番の部屋の小崔《シャオツァイ》がなっていた。日本の天皇が二人の特使を派遣して科長以上の役人を接見するというので、瑞豊は小崔の引く車で出かけた。おりしもその特使の一人が南海の正面で殺された。特使の仇をとるため、日本軍は二千人以上逮捕した。小崔も無実の罪で逮捕された。日本の憲兵司令官は様々な拷問を加えた後、見せしめのため、小崔と自動車の運転手を選び、市中引き回しのうえ、首を切って前門外の五牌楼にさらした。引き回されている間中、かれは銭先生や瑞宣のいうように、戦場に行かなかったことを後悔していた。「小羊圏」の住人皆で葬式をだし、狂乱している彼の妻の面倒をみた。

六番の部屋には小文《シャオウエン》と若霞《ルウシャ》夫婦が住んでいた。小文は中華民国元年正月一日に生まれた。

文侯爵の家は満州旗人ではなかった。だが爵位の関係で、彼はほとんど自然に満州旗人の文化を受け継いだ。もし民国元年に生まれなかったら、彼は宮中や王府に出入りする最も羽振りのいい人物になれていたかもしれない。そのうえ、弾いたり歌ったり闘鶏、闘犬などができるため、最も実入りのいい人物になれていたかもしれない。不幸にも彼は民国建国の第一日目に生まれていたのだ。――もし彼に思想があるなら──趣味や生活習慣や腕前は完全に前の時代に属し、ただ両足が民国の土地に立っているだけだ。民国の国民はもう奴隷にはならなかった。北平の楠を柱に、瑠璃瓦を屋根にした多くの王府は、録米と銀が無くなって、数年たたず売り物になり、あるいは軍閥の私宅となり、学校となり、壊されて、瓦をばら売りにし、米塩に換えられたものもある。(61)

没落した清朝の貴族文侯爵は、大きな建物、東屋、金魚や白鳩などは皆手ばなしてしまった。彼に残されたものは胡弓だけだった。小文が胡弓を弾き、妻の若霞が歌って、金を得ていた。慈善芸能大会で文・若霞夫婦が演じた。前列は日本の軍人たちが坐っていた。一人の酔った軍人が舞台の美しい若霞を見て、眼で追っていた。しかし若霞はずっと彼の方を見なかった。軍人は中腰になり、怒鳴ったが、彼女はやはり相手にしなかった。軍人はピストルを出して、若霞を撃った。会場は大騒ぎとなり、日本の軍人は皆ピストルを出した。

冠暁荷の第二夫人の尤桐芳《ユートンファン》は銭老人と相談して、日本人めがけて手榴弾を投げ自殺するつもりでいた。しかし若霞が撃たれて、彼女は全てを忘れて若霞のもとに駆け寄った。弾丸が彼女に撃たれた。

小文は笛を放りだして、その手に触れた椅子を持ち上げた。なにか魔物が乗り移ったように、彼は一飛びして、観客席にとびおり、椅子とともにピストルを撃った酔っ払いの頭にぶつかり、酔っ払いのまだ醒めない脳みそが飛び散って、小文の襟にかかった。小文はもう動けず、いくつかのピストルが体につきつけられた。彼は笑った。振り返って若霞を見「霞！先にいってくれ大丈夫だよ！」といった。彼は自発的に手を後ろにまわし、彼らがしばるにまかせた。(62)

こうして特に思想というものもなかった小文、若霞夫婦だったが、満州王朝の貴族だった二人は、身についた貴族の矜持が、日本軍の思いのままにはさせなかった。小文、若霞夫婦は日本軍に殺されてしまった。老舎は彼らの出自に多くの筆をさいている。満州人の文化を受け継いだ二人が、漢奸にはならず、このように誇りを持って死んでいったことを特筆したかったのではないかと思われる。

日本人が空襲警戒令をだし、小羊圏の住民に窓を黒い布で覆うように言ってきた。だが誰も黒い布を買うだけの余裕はない。隣組の組長の一番に住む李四爺は、黒く塗った新聞紙を窓に貼る算段をして、糊を作って配った。李は物を運ぶ便利屋で、仕事以外、この横丁の住人の災難のときにはいつも皆のために働いた。日本に占領されてからこの横丁での葬式は、みな彼の力でできたものだった。日本人の憲兵と李四爺と白《バイ》巡査が見回りに行くと、三軒の家が窓に黒い新聞紙を貼ってなかった。子供が糊を食べたという。

日本人の憲兵はほとんど中国語が判らないので、その女の言ったことは理解できなかった。黒と白の区別もつけないまま、憲兵は李四爺に二度ばかりビンタをくらわした。李四爺は肝をつぶした。彼は生活のために、街まちを歩いたり、さまざまな人びとのあいだに立ったりしてきたが、暴力に訴えようと思ったことは決してなかった。それどころか相手が刃物を持っていようと棒をもっていようと、彼はそんなことにはかまわず、危険を承知で中に割って入ろうとするのだ。怒りがいきなり老人の全身を襲った。老人は自分の平和主義も分別も忘れてしまった。判っているのは、自分の眼の前に、白いひげをはやした老人すら打ちすえるような、二匹のけだものが立っていることだけだった。冷静に予告もなしに、彼は腕をあげ、その日本人の顔を殴った。老人は胸がすっとして満足だった。彼は何も言葉を発しなかったけれど、自分の腕に満身の力をこめていたのだ。その憲兵の長靴が、すごい勢いで李老人の両足を蹴り、老人は倒れた。…その二人の憲兵は、蹴ったり殴ったりするのをやめると、窓に紙を貼っていなかった家族全員を牢獄にほうりこむように、白巡査部長に命じた。…李四爺はそれから三日間というもの、意識を失ったままだった。そのあと、彼は眼を開いて自分の妻と家族を見つめた。そして、ゆっくりと眼を閉じると、もう二度と眼を開けることはなかった。(63)

生涯一度も中国人には手を上げたことのなかった李四爺は日本人に殴られて、殴りかえして、日本軍の憲兵に殴り殺された。皆の葬式をだしていた李四爺は、みなに立派な葬式をしてもらった。横丁の皆や、友人たちには李老人の仇を討つすべはなかったのだ。彼らにできることは立派な野辺送りをして、安らかに眠ることのできる墓まで運んでやることだった。古き、良き北京の「老百姓」の見本のような、おだやで、良識的なお年寄りの李四爺だった。その彼も日本軍の横暴さに、冷静に、いわば報復を覚悟して、生涯最初にして最後の暴力に訴えたのだ。

祁家の末の女の子小妞子は、日本軍から支給される「共和粉」をどうしても食べなかった。「共和粉を食べるのを拒むとき、小妞子の小さなふたつの瞳は、自分の小さな生命の尊厳と、犬や豚もたべようとしないものは自分も食べたくないという気持ちを、家族に訴えているように見えた。小妞子の決心はゆるがない。だれひとり無理じいできない。それに、共和粉を食べたがらないといって、だれも小妞子を叱る気にならなかった。幼い少女の瞳の中の怒りは、家族全員になり代わって、戦争への憎悪を主張しているようだった」(64)

ロシア、アメリカ、イギリスがポツダム宣言を採択した。人類最初の原子爆弾が広島に投下された。瑞宣は胸のうちで祈っていた。勝利は眼の前だ。小妞子死なないでおくれと。しかし小妞子は死んだ。祁老人はひ孫を抱いて中庭に入っていった。老人は「三番地の家にいる日本人の鬼どもにこの子を見せてやるのじゃ。あの連中はわしらの米や粉を盗みおった。あの連中のがきどもには食いものがあるというのに、わしのひ孫はずっとひもじい思いをしておったんじゃ。わしはあいつらに見せてやる。そこをどけ！」(65)と言った。

おりしも日本が降伏した。一番地の老日本婦人は、観音開きの扉を開けた。彼女は瑞宣に英語で言った。「あなたのおじいさまに、日本が降伏したことを言ってあげてください。」と。漫才師の方六《ファンリゥ》が大声をはりあげて隣人たちに向かっていった。「町内の衆、おれたちは今日こそ仇討ちせんといかんぞ？」と、いう彼の目は、そこにいる日本人の老夫人に向けられていた。

自分たちは敵に対して追い討ちをかけるまでもあるまい。日本人が、どれほど酷いものだったか—それでも日本は降伏してしまったではないか。—

八年間にわたる占領、それはどれほど長かったことか！しかし、六百年、七百年にわたる北平の歴史と比べれば、八年くらい、ものの数ではあるまい。だれ一人動かなかった。(66)

「八年ぐらいものの数ではあるまい」に、長い歴史を持つ中華民族の誇りがみてとれる。街には青天白日旗が翻り、人々に安らぎを与えた。小羊圏でもこの八年間に様々な生と死があった。銭家の長男は病死、その妻は夫の死後、男の子を産んだ。次男は抗日の志を貫き、日本兵もろとも谷間に墜死した。銭夫人は長男の棺に頭を打ち自殺した。銭老人は拷問にも耐え、生き抜き、抗日運動に徹して、また小羊圏に帰ってきた。祁瑞宣の父天佑は自殺した。次男の瑞豊は漢奸になり、最後は日本軍に殺された。抗日のため出て行った三男の瑞全は、北京に戻ってきた。瑞宣の子供小妞子は日本軍から配給される共和粉を食べず、弱った体で急性盲腸炎になり、死んだ。小崔は特使暗殺の冤罪で日本軍に殺された。小文、若霞夫婦は、日本軍に媚びず、殺された。冠の第二夫人尤桐芳はこの時、銭老人と打ち合わせて日本軍に、手榴弾を投げ込んで自分も死ぬつもりだった。しかし、小文夫婦の騒ぎに巻き込まれて、撃たれて死んだ。李四爺は日本軍の余りの酷さに、生涯初めて暴力をふるい、殴り殺された。

漢奸の冠暁荷は家を日本軍に没収され、最後に日本軍に穴に埋められて死んだ。妻の大赤瓜《ダーチーコワ》は妓女検査所長として、暴利をむさぼったが、獄死した。冠の長女高弟は抗日の活動をしていて、瑞全といっしょに祁家に戻ってきた。次女の招弟は日本の特務をしていて、瑞全が殺した。

祁老人はじっと目を閉じてひ孫の手を握っていた。戦争によって殺されることのなかった、最も年老いたものと最も年若いものなのだ。老人はひ孫にこんことを言ってやりたいようだ。

おまえとわしは四世同堂の頭としっぽなんじゃから、ふたりとも生きておらんといかんのじゃ。わしら二人がいきとるかぎり、戦争などなんともない。それに、わしがたとえ死んだとしても、おまえはわしの年まで生きねばならん。そうして、おまえ自身が四世同堂の頭にならねばいかんのじゃ。…小羊圏では、槐樹のこの葉が揺れている。さわやかな風が起こった。(67)

(三)　奸商の汚名をすすぐ──入水自殺による昇華

『四世同堂』の中で自殺、および自殺行為をした人々についてみていく。

祁家の墓地を守って城外に住む常二爺が、城内に入ろうとして日本軍に土下座させられた。家に帰ってから彼は三日三晩寝たきりで「わしになんの落ち度がある？日本人はわしを膝まづかせていいもんか？…息を引き取るとき、わしたち皆を呼んでみんなにあった。彼は息子の大牛児《ダーニュアル》にお前骨があるのか？骨はあるのか？わしの仇をとってくれ！あだ討ちだ…と死ぬまで言い続けた」(68)のである。息子は嫁や子供を実家に帰して、自分たちの収穫物を皆持っていった日本人を家によんで、酒を飲ませた。そして家に火をつけた。皆焼け死んだ。こうして息子は父の仇を取った。これも覚悟の上の死である。

前節で述べた李四爺も、自分が殴れればさらにやられる事を承知の上で、手を挙げた。これも一種の自殺行為である。ここから北京の気骨のある老人の誇りがどれほど大きいものであるか分る。

次に祁老人の長男の自殺をみていく。

呉服屋の支配人をしている、五十すぎの瑞宣の父の天佑はどうしていいかまったく分らなかった。日本軍がきてから商品は来なくなり、休業届をだすことは許されない。税金は高い。さらに日本軍が公定価格を決めてきた。その上、一度に一丈しか売ってはいけないというのだ。売れば売るだけ損をする値段である。「一年三百六十五日、彼はほとんどいつも店にいて、自分の生活や商品をうとましく思ったことなどはなかった。彼には野心がなく、やたらにくだらぬことを考えたりはせず、あたかも小魚がきれいな水と緑の藻さえあれば小さな湖の中であろうと、金魚鉢の中であろうと、喜んで泳いでいるようなものだった」(69)のである。しかし時勢は、彼の真面目さや礼儀はもう役にたたなくさせてしまった。彼の店には店員も二人しか残っていなかった。

そのうち日本軍はゴム靴と古びた日本製のおもちゃを持ってきた。絹物を一丈買ったらゴム靴も一足、木綿を買ったらおもちゃ一個買わなければならないというのだ。同じ日の午後、日本軍のトラックがまたやってきた。日本人一人と中国人三人が飛び降りてきた。彼らはこの店に長靴を十足多く置いていったのだ。自分たちのミスを天佑におしつけて、インチキ商人だと日本人が天佑にビンタをはった。

天佑の眼から火花が出た。このびんたで、彼はなにもわからなくなってしまった。突然、なにも考えられず、なにも感じられず、動くこともできないでくのぼうになり、そこに立ちすくんだ。彼は生涯喧嘩をしたことも、暴力をふるったこともなかった。いつか自分も殴られる時がくるなどとは夢にも思っていなかった。誠実であること、礼儀を守ること、面子を重んじること、これらは彼にとって鉄兜や鎧であり、永久に侮辱や殴打から、彼を守ってくれるものだと思っていた。いま彼は殴られた。彼はなにものでもなく、ただ立ちすくんでいる肉塊だった。…彼らは天佑を引っ張り出した。車の中から用意してあった一枚の白いゼッケン—前にも後ろにも大きな赤い字で「奸商」と書いてある—を取り出した。彼らはゼッケンを天佑に放り投げ、自分でそれを着るように命じた。この時、店の外はすでに人でうまっていた。体中をぶるぶる震わせて、天佑はゼッケンを着た。彼はもう半分死にかけた人間のようだったが、眼の前の人たちを見ると、何人か知っている人がいるようであり、また知らない人のようでもあった。ほとんど恥、怒りを忘れてしまったかのように、人のいいなりになっていた。日本人は車に乗った。三人の中国人は、天佑の後についてゆっくりと歩き、その後から車がついてきた。大通りにでると三人が彼に教えた。

「おまえは自分で、わたしは奸商ですと言うんだ。わたしは悪徳商人です！品物を余計にとりました！定価通りに売りませんでした！わたしは悪徳商人です！言え！」

天佑は一言も声を出さなかった。三丁のピストルが彼の背につきつけられた。「言うんだ！」

「私は悪徳商人です！」天佑は低い声で言った。ふだんから、彼の声は高くなく、大きな声を出して荒々しく叫んだりする事はできなかった。

「もっと大きな声を出すんだ！」

「私は悪徳商人です！」彼は声を高くした。

「もっと大きな声を出すんだ！」

「私は悪徳商人です！天佑は大声で叫び始めた。…天佑の眼は涙でぼんやりしていた。道はよく知ったところなのに、まるで見た事も無いような所だった。ただ広いと思っただけだった。人も多かったが、初めて見る人のようだった。彼は自分が何をしているのかもわからない。機械的に一言一言叫び、ただ叫ぶだけ、何を叫んでいるのかわからなかった。ゆっくりと頭の汗と眼の中の涙が一つになって、道や人やすべての物がはっきり見えなくなった。頭が垂れてきたがそれでもまだ叫び続けていた。ことばがかってに口から飛び出してくるようで、彼は何も考える必要がなかった。…どのくらい経ったかわからない。眼を開けると、自分が東牌楼付近に横たわっているのがやっとわかった。トラックはなくなり、三人のピストルを持った男も見えず、ただ子供たちに囲まれているだけだった。…一歩歩いては止まり、また一歩歩いて、西へ向かった。彼の心の中はまったく空っぽだった。年老いた父、長わずらいの妻、三人の息子、息子の嫁、孫たち、そして自分の店、どれもみなもう存在していないかのようだった。ただお濠と、その愛すべき水が見えた。水は道路の上を流れているように見えた。水は彼に手招きをしているような気がした。彼はうなずいた。彼の世界はもう滅びてしまい、別の世界にいかなくてはならないのだ。別の世界でこそ彼の恥辱は洗い流される。生きていれば、彼は恥辱そのものにすぎない。いましがた着ていた、白地に赤い字を書いたゼッケンは、永久に体に着せられ、ぴったりと貼りつき、体に印を押され、祁家と店の大きな大きな黒点となり、その黒点は、永久に太陽の光を暗くし、美しく咲いた花をくさらせ、公正を悪徳に変え、やさしさを凶暴に変えてしまうのだ。

彼は人力車を雇って平則門までいった。城壁につかまりながら、足を引いていった。太陽は落ちてしまい、静かに彼を待っていた。空にはかすかに紅く夕焼けして、彼に向かってほほえみかけているようだった。流れはとても速く、もう彼をまちきれないかのようだった。水は微かな声をだし、なんだか低い声で彼を呼んでいる様な気がした。

さっと彼は自分の生涯のことを思い浮かべ、たちまちのうちに一切を忘れた。ふわふわと漂い、彼はやがて大海の中へ漂っていく。自由になり、清らかになり、さっぱりとし、愉快になり、そして胸の前の赤い文字はきれいに洗い落とされてしまった。(70)


日本軍はあらかじめゼッケンを用意していたのだから、誰か見せしめの生贄を探していたのだ。天佑ははめられたのだ。誰も彼を責める事はできない。しかし、一生を真面目に実直に生きてきた彼には「奸商」の二文字の刻印は自分自身何も疚しいところがなかったにしても、ただもうそれだけで死を意味したのだ。天佑は自分の「奸商」の刻印を洗い流さずにはおれなかった。だから彼は入水した。入水でなければならなかった。天佑は水に流され、漂い、「奸商」の刻印から自由になった。入水により天佑は昇華されたのだ。

老舎は『老張的哲学』以来、登場人物を自殺させることで、場面を質的に転換させてきた。ここでも非常に成功している。日本軍に凌辱された天佑の心理を余すところなく描ききった。天佑の入水の描写は深く心に残る。戦争とは人の命を奪うだけでなく、人の魂をも踏みにじるものだということを。

冒頭で述べた常二爺は日本人に土下座させられて病気になって死んだ。二節でのべた李四爺は、突然日本人の憲兵に殴られ、生涯挙げたことの無かった手を挙げて日本人を殴った。その結果、さらに殴られて死んだ。天佑はビンタをはられて、でくの坊のようになってしまい、言われるがままに動いてしまった。そして自ら命を断った。良識的な北京のお年寄りにとって、不条理に殴られるということが、どれほど面子をつぶされることであるか。みずからの全存在を否定されることであるのだ。そのような立場におかれた三人三様の生き方を描くことが、必然的に死に方を描くことにつながった。これが、老舎が愛してやまない「老北京人」の気骨だと。そしてこのような気骨を、老舎は誰にも負けないほど、強く持っていたのだと思われる。

第三節　一九五〇年までの長編小説にみる老舍の死生観

老舍が一九二六年、二十七歳のとき描いた処女作『老張的哲学』から、一九四四年連載を開始し、一九五〇年、五十一歳のとき第三部を発表し終えた『四世同堂』までの作品をみてきた。すでに述べたように、この時代は激動の時代であった。それはとりもなおさず、人々が生きるのに容易ではない時代でもある。老舍はこれらの作品の中で様々な「生」と「死」を描いた。とりわけ戦争の時代は死と隣あわせである。無辜の市井の人々が尋常でない「死」に巻き込まれた。その「死」のなかに少なくない自殺も描かれた。そこに老舍はどのようなメッセージをこめているのだろうか。またここから浮びあがる老舍像についてみていきたい。

先ず自殺を三種類に描き分けている。男性と女性、さらに男性では知識人（字の読める層もふくむ）と「老百姓」である。

男性の知識人について述べる。『趙子曰』で老李は厭世的になって自殺したかったが人間で一番不名誉な事と思い、人民の敵を暗殺する計画をたてて、逮捕され銃殺される。いわば自殺行為である。『猫城記』では、国が滅亡するとき、良心は命よりも重いと自殺した。『四世同堂』では奸商の汚名をきせられて、自らの汚れを洗い流したいと入水自殺した。また『四世同堂』の瑞宣は、家族のしがらみのなかで、抗日のために出発できないことを嘆き、厳しく自分を問い詰めるときのキーワードとして自殺という表現をする。

次に男性の「老百姓」の場合は、『老張的哲学』の趙四爺は死にたいなどと考えない。生と死の間を勇敢に歩いていくだけである。『駱駝祥子』の祥子も、とにかく生き続ける。『四世同堂』の常二爺は日本人に土下座させられ、それを気に病み、息子に仇をとってくれと言い残して病死する。息子は自分もろとも日本人のいる家に火をつけ死んだ。また小羊圏の李四爺も、日本人の憲兵に殴られ、殴りかえして、更に殴られ死んだ。

女性の場合はどうか。『離婚』の役人の妻や虎妞など生活に困らない女性は、夫が自分の思いのままにならないとき「自殺」するという。それは強い自我の表出である。実際に自殺するわけではない。これに反して『駱駝祥子』の小福子の場合は、体を売り、自殺する自由もない境遇である。彼女が自殺するのは、最後に得た解放である。

以上のように老舎は、さまざまな状況の自殺を描いた。まず知識人の男性の場合は、国事に関わる事件による自殺であり、もしくは自殺行為である。戦争がなければ、外国の侵略がなければ、軍閥の割拠がなければ―歴史にもしも…はないのであるが―それが無ければ、このような事態は起こらなかったと、そう考えざるをえない。

高田昭二氏が『中国近代文学論争史』で、当時の文学の使命が「祖国の窮状に対する危機感と救国への使命感とであることは梁啓超《リアンチーチャオ》及び胡適《フーシー》の文章ですでに見た通りである。いまこれを一言に要約して『反帝愛国』の思想と呼ぶ。この『反帝愛国』の思想は、当時の先進的な中国知識人にとって、それぞれの個人差こそあれ、極く日常的な次元のものであった。彼らは日常生活の中で、それを育てはぐくんで行かざるをえない状況下にあった。…中国の近代文学がその誕生の時点において『反帝愛国』という時代のニーズに応えるべく運命づけられていたということである。」(71)と述べているように、老舎も、国家存亡の危機を『趙子曰』、『二馬』、『猫城記』、『四世同堂』で描いた。そのような状況下での、やむにやまれぬ「自殺」を描いたのだった。中国が半封建、反植民地的状態にあり、軍閥が割拠し、さらに日本の侵略による危機的状況でなければ、このような自殺の描写は成立しなかったのである。

「老百姓」は、自殺など考えず、ひたすらその日、その日を生きていく。老舎は、車を取られ、妻と子供を亡くし、最後のささえの小福子に自殺され、それでも生き続ける祥子を描いて成功した。祥子はどんな困難に立ち至っても、死のうなどとは考えないのである。ただ彼らが命を賭けても守り抜くのは、自らの面子である。その面子をたたきつぶされたとき、常二爺やその息子、李四爺のように命をもかえりみず行動にでる。これが中国人の気骨である。

女性の場合は生きる選択肢が少ない。女性が生きるのは嫁にいくか、身体をうるか、この両極端を老舎は描いた。『老張的哲学』の李静は、どちらをも拒否して「花は美しいいまま」折れたのである。そして後者においては、彼女たちは自殺することにより救われ、浄化されるのである。

このようにみてくると、老舎が自殺に付加している独特のメッセージを読み取ることができる。一般的な社会通念としては、自殺は悪である。自殺など考えないのが前向きな、「良い」生き方なのである。さらに老舎が青年のころ洗礼を受けたキリスト教では、自殺は罪である。にもかかわらず老舎は「自殺」に肯定的な点を見出した。よりよく生きたいと思えば思うほど、「自殺」という結論に導かれる。この「生」と「死」

の二律背反に陥る。自殺を思うことは、真摯な思考の証なのである。その結果、李静は美しいまま自殺した。瑞宣は北京を離れて抗日戦に行けないことを、自殺したいと思うほど悩み苦しみ、北京で自分にできることをしょうと生き続ける。天佑はただただ身についた奸商の汚れを洗い流したかった。

これらは、最終的に自殺するという行為にだけ焦点が当たっているわけではない。自殺しょうと思うほど、苦悩し、解決を見出そうとするその姿勢にあるといえる。老舎は他に解決の方法はあるのに、自殺に逃避する、あるいは破滅的につきすすむという思考をしていない。老舎自身の中にペシミストの面影がないとはいえない。それをユーモアや諷刺で表現することで相対化できた。さらにバランス感覚はある。[72]「反帝愛国」という「時代のニーズ」にこたえ、家族やまわりの人間関係を大事にする。そして自分自身に対しては、悲壮なまでの厳しい倫理感をもっている。そのような老舎が描く「自殺」であるから、作品のなかで小手先のトリックではない、小説の質的転換の場面を作り上げる効果をもたらしている。このような小説の手法として「自殺」を用いたと思われる。

さらに本論で見てきた小説『老張的哲学』から『駱駝祥子』までと、最後の『四世同堂』とでは、老舎の意識、置かれていた立場が異なる。

先ず前者では「元来文学というものは、何らかの意味で、自己の存在を正当化させようという欲望によって成立しているものといえます。特殊な自己を、表現によって普遍化させる。世に容れられない自己を、作品によって普遍化させる。—これが文学です。」[73]という立場にたって、老舎は何にも縛られず描けた。

しかし後者の『四世同堂』は、あきらかに抗日のために描いた。一九三七年七月七日蘆溝橋事件以来、抗戦と無関係の文章は描いたことがないと断言する老舎である。さらに「抗戦は簡単なことではない。政治、経済、生産、軍事…みな一脈あい通ずる関係で結ばれている。なにもかも知った上でないと小説は描けない。…抗戦の初期、誰も抗戦の全局が把握できず、二、三年戦ったころになって……生活が戦争と切っても切れなくなった上で筆をとれば、……実生活の体験から戦争を描くことが出来るようになる。」(74)と意識して描き出した作品である。さらに抗日戦の「困難と問題」や「欠点」に触れることはできないという制約を自らに課して執筆したのである。しかし、そのような制約のなかでも、老舎が伸び伸びと筆を運べたのは、美しい北京の四季折々の描写であり、瑞宣が悩む苦しみ、自殺を思うところ、天佑の自殺の場面である。

つまり老舎の思考の中で自殺は、どのように生きたら良いか、どう生きるべきかを考える思索のなかのひとつながりの自然な発想なのである。そして、小説の重要な箇所に、その発想を生かし、「自殺」を描くことで、作品を重厚にしている。

以上の作品をみてきた限りでは、老舎自身のなかに現実の困難から逃れるために自殺を指向したり、何事も厭世的、破滅的な方向に流れやすい、とは考えられない。これが、一九五〇年までの老舎の長編小説から帰納された筆者の結論である。

注

第一節

（1）王行之「老舎夫人談老舎」、胡絜青編『老舎写作生涯』、百花文芸出版社、一九八一年、三一八、三一九頁。（初出『老舎生活

与創造自述』）一九八〇年四月、三聯書店香港分店第一版）
(2) 同右、三一九頁。
(3) 老舎「八方風雨」、『老舎全集』第一四巻、三七六頁。（初出一九三八年九月一八日『新蜀報』）
(4) 同右、三八四頁。
(5) 老舎「我們携起手来」、『老舎全集』第一四巻、一二四、一二五頁。（初出一九三八年三月一五日『弾花』創刊号）
(6) 老舎「自述」、『老舎文集』第一四巻、人民文学出版社、一九八九年、一八〇頁。（初出一九四一年七月七日『大公報』）
(7) 老舎「自譴」、『老舎全集』第一四巻、二五九頁。（初出一九四一年七月七日『新蜀報』）
(8) 老舎「自述」、『老舎文集』第一四巻、一八〇―一八五頁。
(9) 同右、一八三―一八五頁。
(10) 羅常培「老舎在雲南」、胡絜青編『老舎写作生涯』、百花文芸出版社、一九八一年、二八〇―二八六頁。
(11) 杉本達夫『日中戦期　老舎と文藝界統一戦線　大後方の政治の渦の中の非政治』、東方書店、二〇〇四年、二七五頁。
(12) 同右、一三頁。
(13) 老舎「入会誓詞」、胡絜青編『老舎写作生涯』、百花文芸出版社、一九八一年、一四九頁。（初出『文芸月刊戦時特刊』第九期、一九三八年四月）
(14) 老舎「這一年的筆」、『老舎文集』第一四巻、一三五頁。（初出一九三八年七月七日『大公報』）
(15) 老舎「三年写作自述」、『老舎文集』第一五巻、四二八頁。（初出一九四一年一月一日『抗戦文芸』第七巻第一期）
(16) 同右、四三一頁。
(17) 老舎「八方風雨」、『老舎全集』第一四巻、三八一頁。
(18) 老舎「三年写作自述」、『老舎文集』第一五巻、四三二―四三五頁。
(19) 老舎「国家至上後記」、『老舎全集』第九巻、二〇〇頁。
(20) 同右、一〇九頁。
(21) 老舎「三年写作自述」、『老舎文集』第一五巻、四三八頁。

(22) 老舎「閑活話我的七個活劇」、曾広燦他編『老舎研究資料』上、北京十月文芸出版社、一九八一年、五九五頁。(初出一九四二年一一月一五日『抗戦文芸』第八巻第一、二期合巻)
(23) 老舎「没有〝劇〟」、『老舎文集』第一五巻、四二六頁。(初出一九四〇年八月六日『新蜀報』)
(24) 渡辺武秀「老舎『面子問題』試論」、『八戸工業大学紀要』二八号、二〇〇九年、一九〇頁。
(25) 老舎『大地龍蛇序』、『老舎全集』第九巻、三七六頁。
(26) この項は、日下恒夫氏編の「老舎年譜　老舎著作書目録」(『老舎小説全集一〇』、学習研究社、一九八三年)と、柴垣芳太郎「老舎の家族―重慶行き中心にして」(『龍谷紀要』第五巻第二号、一九八三年)と、杉本達夫氏『日中戦期　老舎と文藝界統一戦線』(東方書店、二〇〇四年)と、柴垣芳太郎『老舎と日中戦争』(東方書店、一九九五年)を参照した。
(27) 王行之「老舎夫人談老舎」、胡絜青編『老舎写作生涯』、三三〇―三三一頁。
(28) 老舎「八方風雨」、『老舎全集』第一四巻、四〇一頁。
(29) 老舎「大智大愚」、『老舎文集』第一四巻、二七〇頁。(初出一九四九年三月『抗戦文芸』第一〇巻第一期)
(30) 王行之「老舎夫人談老舎」、胡絜青編『老舎写作生涯』、三三一―三三二頁。
(31) 老舎「八方風雨」、『老舎全集』第十四巻、四〇三頁。
(32) 同右、四〇三頁。
(33) 黎舫「中國民間文化人第一次出國(重慶通迅)―『文協歓送老舎曹禺』」、『文聯』第一巻、第三期、上海文祥印書館、一九四六年二月、五頁。
(34) 王行之「老舎夫人談老舎」、胡絜青編『老舎写作生涯』、三三一頁。
(35) 範亦豪「遅到的老舎」、「二〇〇六年、第四回国際老舎学術研究討論会資料」一頁。
(36) 老舎「我説」、『老舎全集』第一四巻、三六九頁。(初出一九四六年一月『中原・文芸雑誌・希望・文哨聯合特刊』第一巻第一期)
(37) 日下恒夫「老舎『四世同堂』と〝The Yellow Storm〟への覚書」、『文化事象としての中国』、関西大学出版部、二〇〇二年、二九六頁。

第二節

(38) 日下恒夫「老舎『四世同堂』と〝The Yellow Storm〟への覚書」、二九三、二九四頁。
(39) 山口守「老舎『四世同堂』英訳本とIda Pruitt」、『沼尻博士退休記念中国論集』、汲古書院、一九九〇年五八頁。
(40) 杉本達夫『日中戦期 老舎と文芸界統一戦線 大後方の政治の渦の中の非政治』、東方書店、二〇〇四年一一月、一三頁。
(41) 老舎『四世同堂上』、『老舎全集』第四巻、四頁。口語訳は蘆田孝昭訳(『老舎小説全集六』学習研究社)を引用した。
(42) 同右、三三頁。
(43) 同右、三五頁。
(44) 山口守「老舎『四世同堂』英訳本とIda Pruitt」、『沼尻博士退休記念中国論集』、汲古書院、一九九〇年、六〇頁。
(45) 老舎『四世同堂上』、『老舎全集』第四巻、一一九頁。
(46) 同右、二二八頁。
(47) 同右、二三二頁。
(48) 同右、二三三頁。
(49) 同右、四四〇、四四一頁。
(50) 同右、四六八頁。
(51) 老舎『四世同堂下』、『老舎全集』第五巻、六六一頁。
(52) 同右、六七一頁。
(53) 老舎「述志」『老舎写作生涯』、百花文芸出版社、一九八一年、一八〇、一八一頁。(初出『宇宙風』第一二九期、一九四二年一二月一五日)
(54) 老舎『四世同堂』、『老舎全集』第四巻、一〇七頁。
(55) 同右、一二五頁。
(56) 同右、二一一、二一二頁。
(57) 老舎「我呢?」、『老舎全集』第一四巻、二九四頁。(初出『文壇』創刊号、一九四二年、三月二〇日)

(58) 老舎『四世同堂上』、『老舎全集』第四巻、四〇一、四〇二頁。
(59) 老舎『四世同堂下』、『老舎全集』第五巻、一〇四六、一〇四七頁。
(60) 老舎、日下恒夫訳『四世同堂』(下)第三部「飢荒」佚篇、学習研究社、一九八三年三二二頁。第三部の最後の一三章に関しては、老舎の原文は残っておらず、英語からの重訳である。さらに中国語訳をしたとき極端な改訳、削除と加工がなされている。そのため全集にある中国文を参考としない。日下恒夫氏の日本語訳のみ引用する。詳しくは、日下恒夫氏の「破鏡『尚未』重圓―老舎“The yellow Storm„末尾の重訳された中国語への覚え書―」、(『関西大学中国文学会紀要』、二〇〇三年第二四号)を参照されたい。
(61) 老舎『四世同堂上』、『老舎全集』第四巻、二五四頁。
(62) 老舎『四世同堂下』、『老舎全集』第五巻、八四〇頁。
(63) 老舎、日下恒夫訳『四世同堂』(下)『老舎小説全集十』、学習研究社、一九八三年、二八一―二八三頁。
(64) 同右、三二二―三二三頁。
(65) 同右、三三〇頁。
(66) 同右、三三六頁。
(67) 同右、三三九、三五一頁。
(68) 老舎『四世同堂下』、『老舎全集』第五巻、八一九頁。
(69) 同右、七八六頁。
(70) 同右、七九五―七九八頁。

第三節

(71) 高田昭二『中国近代文学論争史』、風間書房、一九九〇年、二一、二三頁。
(72) 『老張的哲学』、『趙子曰』、『二馬』に表現されている。
(73) 奥野健男『太宰治論』、春秋社、一九六八年一九頁。(初出一九五二年『大岡山文学』第八八号、東京工業大学文芸部雑誌)

(74)　老舎「三年写作自述」『老舎文集』第一五巻、四三〇頁。(初出一九四一年一月一日『抗戦文芸』第七期、第一期)

第五章　中華人民共和国成立直後の老舎

第一節　文芸政策への困惑　―『方珍珠』

（一）解放後最初の戯曲『方珍珠』

老舎は一九五〇年八月二一日『光明日報』に、解放後初の五幕話劇『方珍珠』[1]を九月一四日まで掲載した。

先ず梗概を述べる。小太鼓とカスタネットを打ちながら歌う芸人方老板《ファンラオバン》と、養女の方珍珠《ファンチンジュ》は鼓を打ちながら唄を歌い、人気がある。この一家は抗戦時重慶、昆明などを歌って漂泊していたが、一九四八年北京にもどった。方老板は北京で一座を組んでまた興行しょうとするが、同業者の嫌がらせにあう。方珍珠を国民党の将軍の妾にしたら金が手に入ると向三元《シアンサンユァン》にそそのかされ、方老板の妻はその気になるが、方老板は承知しない。抗戦時から付き合いのあった作家の王力《ワンリー》も、今どき、人身売買はできないと方老板の妻をいさめる。

新中国になり、方珍珠は仕事の合間に学校に行く。今までは芸人と人に蔑まれていたが、今では人並みに扱われるようになったと、希望に燃えている。方老板は社会活動に走り回り、民間曲芸社を組織する。皆新政府に感謝し、さらに労働者の中へ、農民の中へ、文化の低いところへ歌いに行こうというところでおわる。

この発表にさきがけ老舎は、八月一日『人民戯劇』に「暑中写劇記」(2)と題して、この作品を描いたいきさつを発表した。「演劇界の友人たちに、脚本を描くように何度も勧められ」て「脚本は描けないと思ったが、あまりにも強く勧められて、描く決心をした。自分が良く知っている事柄でないとうまく描くのは難しい。それで十年以上の友達づきあいをしている芸人の生活を描くことにした。全四幕にし、前三幕は解放前を描く」ことにした。演劇界の友人たちは「解放後の光明を多く描くために五幕にすべきだ」といったので、五幕にした。

曲芸界の提言は「方夫人は進歩的な思想を受け付けない頑固一徹な人として描かれている。この様な婦人は現在多いが、彼女も変わりうる可能性があるようにして欲しい」と言われ「劇の最後で、彼女を変えて、良くした」。さらに「芸人たちの利害の衝突は、劇のように表面には出ない。陰で行われる」と言われたが、舞台上の効果が損なわれると思い、変えなかった。

演劇界の友人たちは「特務の向三元は、舞台上で厳重に処罰すべきだ」と言われ、言われるとおりにした。さらに「思想上の指導者が明確でない。補充すべきだ。党員か、曲芸界に関係のある行政機関の人員を描き加えたらいい」と言われたが「そんなことはしたくない。どうやって党員を描くのか?私は党員をはっきりとわかってない。行政の人員を描き加えるのも、いきさつがお役所仕事なのが明らかで、あまり民主的でない。ただ、芸人たちの現在の地位は指導者の業績である。この誰でも知っていることを、必ずしも説明するに及ばない。ただ、指導者が全部が全部立派だとは……まあ、ひとつにはこれを入れると、劇全体を変えなければならない。良くなるか、悪くなるか分からない。私は敢えて変えなかった。ただ対話の中に、思想的指導者に関することを増やして、芸人たちが指導者の言葉に強く動かされるようにした」と述べている。

このように四幕を五幕にするとか、登場人物の性格を良くしたりすることには、首肯しているが、舞台上の効果が損なわれることは、変えていない。また「共産党員を描け」という提言を「党員をはっきりとわかっていない」と、断っている。

ここでは「友人たちの助言」という表現をしているが、党の強力な「指導」があったことがうかがえる。第四章第一節で述べたように、老舎は抗日救国のために、依頼されて戯曲を描いている。したがって描くように勧められて戯曲を描くことは、さほど抵抗はなかったと思われる。しかも今回は、民族の独立を勝ち取って、その維持発展のために描くのである。なによりもそれを望んできた自分が描くのである。しかしこれほど細かい内容まで指示されるのは予想外だったのではないか。しかも老舎は党員ではなく、さらに一九四六年から四九年までは米国にいたのだ。この四年間の国共内戦をその目で見てもいない。自分の作品発表前にこのような文章を発表したのは、これほど細かく作品の内容に口を出す党の文芸政策への困惑があったと思われる。

この後、この作品は『文芸』九、十月号に転載された。一九五一年一月一日、中国青年芸術劇院が北京で初演した。この初演後の一月一一日、老舎は「『方珍珠』的弱点」を『新民報』に発表した。「私は創作する上で、一つの欠点がある。あまりにも簡単に人の意見を信じすぎる。これは、私に自信がないからではなく、逆に自信があるからである。私は出来る限り他からの意見を吸収し、題材となった事実に基づき、それらの意見を組み立てれば、少しも矛盾のない一つの物語となると信じていた。『方珍珠』は、私のこの欠点で損をした。……四幕にするはずだった。しかし、解放後の希望にみちた様子を多く表現するために、五幕にするのが最も良いと、私は言われた。私はその通りにした。その結果は茶葉が少なくて、お湯が多すぎ、お茶は薄くなった。五幕を持ちこたえる材料を収集するときに、まだ念入りに選ぶことが出来なかったので、最後の一幕は明らかに煩雑で力のないものにならざるをえなかった。……主役の方珍珠は前三幕で多くの出番があり、後の三幕ではさらに当然多く演じ、劇中、名実ともに欠けたところのない完璧な女芸人として描きだすべきである。しかし、友人たちは私にいった。『真実を描かねばならない！北京にはまだ典型的な女芸人はいない。慎重でなければならない。無理につくってはならない！』私はこの言葉通りにした。ロマンチックな創造を引っ込めて、眼と筆を北京の芸人たちの真実の情況に正確に照準を合わせた。そこで、この劇の後半の二幕は、方珍珠個人の描写から北京の一般的な芸人の情況のルポルタージュに変わった。したがって上演するとき、後半の二幕は、前半の三幕が内容は充実して、真に迫っているのに及ばない。これは友人たちを恨めない。彼らは善意で意見をくれたのだ。間違いは、私があまり自信を持ちすぎてこの意見を受け入れ、しっかりと舵を取らなかったことだ。私はそれらの意見を考慮して批判すべきであり、それから何を捨て、何を取り入れるか決めるべきであった。作品を描くには謙虚に人の意見を受け入れなければならない。しかし軽々しく人のいうことを信じるべきではなく、自分が創作するのだということを忘れてはいけない。作家は決して『意見箱』ではない。

　このような経験を描いたのは、ひとつには動揺しない自己のためであり、二つには文芸創作者にいささかの役にたつ意見を与えるためである。私はこのことで人を恨んだり、自分の責任を逃れようとは決してしていない。私はやはり私に意見を提供してくれた友人たちに感謝しているのであるが、私がそれらの意見を考慮して正しく使える詳細かつ綿密さが本当になかった」[3]と、「助言」により、四幕を五幕にした。方珍珠を、自己変革して新社会に生きていく、完璧な女主人公にしたかったのに、現実に「そんな女芸人はいない」といわれて、引っ込めたと、老舎は言っているのである。これは文学創作の根本的問題である。「現実にいないから描いてはいけない」なら、まさに老舎が右記で描いているように、ルポルタージュではないか。この当時の文学の大勢を感じさせる「助言」ではある。人物造形をする作家の主体はどこにあるか。しかし、老舎は従わざるをえなかったのだ。「自信がないから言うとおりにしたのではない。自信を持ちすぎてうけいれたと」とは語るにおちる表現である。それには三年以上祖国を離れていて、実情が分からないと一歩ひいたのではないか。しかし、上演された『方珍珠』を観て、「助言」に従ってしまった自分に、やはり無念な思いがしたのだろう。すべて自分の責任にして、言うとおりにした自分を責めることで、このような〝助言〟に辟易した老舎の様子が、巧妙に語られている。

また一月一一日の『新民報』に趙樹理《チャオシューリー》が「『方珍珠』脚本読後感」[4]を、また廖承志《リアオチョンチー》が「無題―談『方珍珠』」[5]を発表した。つまり上記の老舎の文章と同じ紙面に掲載されたのである。趙樹理も廖承志も、この作品が上演されたのを祝って、「老舎は、旧社会で圧迫されていた人々が、解放されたことを描いた」とお祝儀的に褒めているだけである。この同じ紙面に、自らの作品の欠点、更にそれのよってきた「助言」に対して、自己を戒めたのは、老舎の気骨と、新中国で「創作」していく決意を述べたものとして注目に値する。

さらに一月二五日『文芸報』に「談『方珍珠』劇本」と題して、『方珍珠』の脚本の長所と欠点を箇条書きにしてのべた。先ず長所として「なぜ、私はこれらの人物を描きだすことができたか?……私は彼らの言葉、振る舞い、人間像を知っているだけでなく、かつ彼らの暮らし向き、本音を知っている。彼らが困難にぶつかったとき、私は友達としてそれをのりきるのをたすけてきたし、さらに私自身が困難にぶつかったとき、彼らに助けを求めた。……かれらはわずか一年やそこらではなく、長い間私の心の中で生きていた。……人物を創造するには、ただ外見がわかるだけではだめで、心の中が分からなければ、できないのである。これは、劇中の人物と出来事が、全て真実であるということでは決してない。絶対にそんなことはない。物語はフィクションであり、人物も虚構である。しかし、この想像の人物と出来事が、かえって本当のことから育まれるのである。真実の下地があって、その後、想像することができるのである。つまり、空想だけにたよってては作品を描きあげられないのだ。……この脚本の中の対話は、かなり流暢である。私は北京人なので、北京語を使うべきで、何も目新しくはないのである。大切なことは、現代劇が出来て以来みなが使い慣れている『舞台語』を真似したくない。このような『舞台語』は、作家たちの特別な言語で、うちに地方訛りのある北京語、西洋化した文法、新しい名詞、外国語の翻訳から来た単語…を含んでいる。このような言葉は思想を伝達できるが、感情が乏しい。……ここで、現代劇はどのような言語を使うべきか検討しなければならない。私に言えることは、舞台語を避けて、私がよく知っている北京語を使うということだ。……この劇中の人物は生き生きしているので、ある面で言葉の助けで生き生きとするのに向いている。更に言うと、生き生きとした言語は耳に心地良く、言語の美によって、大勢のひとに聞かせ、その話をする人を好きにさせる。……私はスローガンを極力使わないようにした。……劇とは具体的な表現をするものである。ほんのささいなこともスローガンを叫ぶより力がある。……『方珍珠』の欠点について述べる。この劇は前三幕は整然としていて、後二幕はまとまっていない。……劇全体の統一から言えば、私は方珍珠の役柄を見守り続け、最後の二幕で、彼女に光明を見出させ、典型的人物とするべきであった。しかし、友人たちが私にこのように描くべきでないと命じた。北京解放から今日に到るまで、北京の女芸人は多数が学習をし、進歩もあったが、北京ではまだ典型的な女芸人は出現していない。私はこの忠告を受け入れた。その結果、方珍珠は後二幕がたちどころに目立たなくなり、そこで劇の中心人物を失ってしまった。これは、私が写実と浪漫の書き方をどうやって使うか分からなかった結果である。私は大胆にロマンチックになるべきで、実際に北京の曲芸界に典型的な女芸人がいる、いないにかかわらず、強硬にこのよう人物を創造すべきであった。今日の芸術作品は写実に忠誠を尽くして、浪漫を描きたがらない。もし浪漫が作品に十分あったなら、より有力な宣伝効果があるだろう。……写実はよいことであり、思想教育もよいことである。しかしうまく運用し、選び、写実が平板にならないようにしないと、思想を宣伝することにより、芸術効果を失ってしまう。……この劇は最初四幕に決まっていた。その後、友人が私にすすめて、解放後の光明を多く書かねばならないと言うので、そこで五幕に改めた。これはまた、後二幕が手薄で力がなくなる一つの原因であった。もし本来の計画に基づき、必然的に力を集中して、解放後の芸人たちの驚喜を力を込めて描けば……効果もまたよかった。私は本来の計画を維持できなかったことをとても後悔している―　当然私は友人たちがあれこれいったことのせいには決してしない。彼らの提案は善意であり、わたしたちが思想教育に気をくばるようにと教えるためなのだ。この劇の欠点は上述の二つにとどまるわけではない。しかし、この二点が最大のものであった。『方

『珍珠』の脚本は良い点も悪い点も上述のようであり、しかし、これは自己批判にすぎず、やはり不適切な箇所をまぬがれない。私は多くの人の批判を聞きたい」(6)と述べている。

「四幕を五幕にさせられた」は、「暑中写劇記」と「『方珍珠』的弱点」で述べ、これで三度目である。自分の作品を客観的に見て、冷静に批判している。筆者の読後感を言い尽くしている。四幕以後、主人公であるはずの「方珍珠」はどうしたのか？彼女が健気で、魅力的に描かれていただけに、残念である。老舎ともあろうものがこのようなミスを犯すだろうか？と疑問に想いながら読みすすんでいた。上記の記述を読んで、得心がいった。これを何度も描かざるを得なかった老舎の心情が、よくわかる。更に老舎としてはくどいぐらいに何度も同じことを描いたのは、党の文芸に対する指導に揺さぶりをかけているのではないか？どこまで作家の主体性が通るのか？党および文芸界の反応をみてみようというつもりがあったのではないか？

また「方珍珠の人物造形を思うように出来なかった」とは、一月一一日『新民報』発表の「『方珍珠』的弱点」では「友人たちは私に言った（告訴我）。『真実を描かねばならない。北京にはまだ典型的な女芸人はいない。注意しなければならない。無理に作ってはならない！』私はこの言葉を聞き入れた」(7)と、述べている。しかし、一月二五日『文芸報』発表の「談『方珍珠』劇本」では「友人たちは私にこのように描くべきでないと命じた（嘱告）。というのは北京解放から今日まで、北京の女芸人は多くの学習を通じて進歩はあったが、北京にはまだ典型的な女芸人はでていないと。私はこの忠告を受け入れた（勧告）」(8)と表現している、〝友人たち〟の老舎に対する説得が、「告訴（言う）」から「嘱告（頼む、命ずる）」となり「勧告（忠告する）」と強い表現に変わっていたことが見て取れる。このことが単なる「助言」ではなかったことがうかがえる。さらに「このように描くべきではない」とは、老舎が方珍珠を、先進的な女芸人の典型として既に具体的に描いていたと思われる。それを変更させられたということになる。老舎はよほど腹にすえかねたようである。ここには、帰国後初の作品にかける老舎の意気込みの強さと、それでもなお断念せざるをえなかった「助言」の強さも響いてくる。さらに『方珍珠』の造形の問題は、老舎のみならず、他の作家たちにとっても、喫緊の課題だったと思われる。これは文学創作の根本に触れる問題である。この点について、一九五一年二月に行われた老舎もふくめた座談会「『方珍珠』座談会記略」(9)で、作家たちは一定の結論をだしている。

この座談会は「市の文芸処は、この脚本を分析、研究し、文芸創作をする同志たちが学習するための参考にする必要があると判断した。そこで一月二日午後二時、文芸処は原作者、文芸批評家、作家、文芸工作者、芸人を招き、《方珍珠》についての座談会を開催した。出席者は老舎、趙樹理等三十余人である」と述べている。先ず「この脚本は基本的に成功であることを認めた。言葉の上で、それは独特の風格を持ち、演出後一定の教育的意義があった。この脚本のなかで、旧社会の芸人がどんなに軽蔑され、蹂躙、苦痛、いじめを受けつくし、いつも頭をあげられなかったかを、人々にはっきりと見せた」とし、「今日、彼らはもう生活のために芸をうらない。かれらは曲芸という形式で人民大衆のために服務する。これは今までになかった大転換である。『方珍珠』という脚本は、舞台という形象を通して、精密に念をいれ、生き生きと、物事や問題の本質に触れて、この二つの時代の根本的な違いを大衆の面前で表現した」のである。さらに「方珍珠という人物は、劇の中でかなり重要な地位を占める。作者は前三幕で、彼女を確かにとても愛らしく描いた。彼女は天真爛漫で、純潔で、かつ進歩を追求していると見てとれる。しかし、四、五幕のなかの方珍珠は、緩んで無気力なのが明らかである。老舎氏自身のことばによると、方珍珠が解放後、彼はひとりの典型的な進歩的芸人として、発展させたかった。ある人が彼に意見をだして、現実にこのような人物が現れていないのに、描くのはいかがなものか?と言った。これは創作方法にまで及ぶ問題である。ほとんどの同志は、文芸作品は現実を反映すべきと認識している。このような人物が、もし現実にまだ現れていないが、われわれが、可能性があり、かつ確かに出現するはずだと認識するなら、文芸作品の中に現実に存在する人物を根拠にして、イメージを加えそれを典型化させるのを妨げない。文芸作品をとおして感動させられて、そのような気分にむかわされて、必然的に現実を推し進め、こんなふうに本物の現実に働きかけるといえる。」と、老舎は方珍珠を典型的な先進的人物として描いてもよかったと、老舎の意見に賛成している。ということは「そのような女芸人は未だ現実にいないから、描くな」と命じた「友人たち」とは、この座談会に出席していた文芸工作者でないということになる。

この人物造形の問題については、いわずもがなである。作家は現実を先取りしてもいいのである。いや現実を先取りするからこそ、作品は人々の心を打つのである。この当然のことを、老舎が持ち出すのは三度目である。それをこの座談会に出席している文芸に携わる人々も同意したことで、老舎もひとまず安堵はしたであろう。老舎の帰国後初の戯曲は、このような「助言」をへて、発表された。老舎はこれを看過できなかったのではないか。

このように人物造詣の点では譲らざるをえなかったが、「党員をいれたらいい」については「かけない」ときっぱりと断り、自分の方針を貫いている。

ここには老舎の誤算もあったと思われる。第四章第一節（二）でのべたように、老舎はかって抗日のために戯曲を描いた。描いたものをもちより、意見を出し合い描き直しもした。その時点では「抗日」のために「不利」なことさえ描かなければ、作品の内容について、特定の党派からあれこれ言われることはなかった。老舎は文協の総務部長という「要」として、抗日をペンで戦い抜き、尊敬もされてきたのだ。老舎は「自分は新中国を支持し、その発展を願って描いているのだ」から、細部まで指図されるとは思っていなかっただろう。しかし一九四九年成立した新中国は、寄り合い所帯ではないのだ。共産党が政権党なのである。毛沢東の「文芸講話」を文芸の指針としているのである。共産党の政権下で、党や党員を称揚しない作品は必要ないのである。その作品が、老舎にとって自信があるかどうかは関係ないのだ。党の指導は受け入れなければならないのである。「方珍珠を典型的な人物に描く」点については、老舎は命令的に変えさせられたと描いている。この点について老舎の認識と党の方針には齟齬があった。だが国共内戦時は自国におらず、米国から帰国したばかりで、党員ではない老舎に、党員を描けというのは無理である。党の指導部は、その点も勘案して『方珍珠』については、「党員を描け」とはごり押ししなかった。しかし、この作品を高く評価はしなかった。

第二節　新中国における葛藤

一九四九年十月一日、中華人民共和国が成立した。米国で『駱駝祥子』がベストセラーとなり、ある意味で功なり遂げた五十歳の作家老舎は、新中国の文学の担い手として、出発を約束されていた。だがそれには「高級知識分子の間においては、共産党および人民政府を積極的に擁護し、社会主義を積極的に擁護し、積極的に人民に服務する知識分子」[10]として評価され、その期待に応えて「行動し発言」することによってのみ可能だったのである。それ以外の選択肢はないのである。老舎もこの事情を承知しており、帰国した彼は新中国に適応しょうと努力した。『駱駝祥子』の印税で、一九四六年上海に設立した晨光出版社の経営をまかせていた趙家璧と、今後について相談した。老舎は「解放後、私営企業は国家と民間資本の共同経営になるという。党の政策通りに一日も早く終わらせよう」[11]と述べ、来訪した記者にも「どんな仕事に参加するかまだ決まってない」と話し、自分が何をしたいかよりも、新中国が自分に何を与えてくれるかを待つ姿勢である。

一九五〇年一月、中華全国文学芸術連合会の新年会において老舎を歓迎、席上周揚《チョーヤン》が「老舎の帰国は中国文学の大衆化運動に必ずや進展をもたらすだろう」[12]と述べ、老舎も北京についてすぐに描いた太平歌詞

『過新年』をうたってみせた。これで老舎の新中国での方向は決まった。彼は大衆のために分かりやすい作品を描く劇作家として出発することになったのである。

さらに一月一〇日に「アメリカ人の苦悶」(13)を発表し、米国を批判、否定し、二月一日に「サンフランシスコから天津」(14)で、天津の港に着いたとき、税関吏が賄賂を取らないばかりでなく、一杯の茶さえ飲まなかった。中国は確かに新しく変わったのだと描いた。続けて二月二五日には「中ソ同盟万歳」(15)を発表し「スターリンと毛沢東に感謝しよう！我々は高らかに叫ぶ中ソ同盟万歳と！」と結ぶのである。このように帰国して先ず発表したのは、新中国を無条件に支持するという、自らの立場を鮮明にする政治的な文章であった。政治的な立場などこだわらず、新中国の創立に間に合わせて帰国したら有利かなど、考えもしなかった老舎であった。しかし帰国したら、先ずこのような文章を発表せざるをえなかったのである。抗日戦にはペンを持って遅れることなく参加したが、続く国共内戦の時期は米国に滞在していた老舎としては、先ずしなければならないことであった。

また四月一九日、中国共産党中央委員会は「新聞刊行物上で、批判と自己批判の展開に関する決定」(16)を発布し、批判と自己批判を促した。

五月二五日『文芸報』は二巻五期に、四月一九日の党中央の指示に従って「文学芸術従事者の批判と自己批判を強めよう」と社論を発表した。その中で「文学に従事するものは、積極的に党中央の呼びかけに応えて、正しく真剣な批判と自己批判を打ちたてよう」(17)と呼びかけた。

五月二八日、北京市文学芸術工作者代表大会が開催され、老舎は主席に選ばれ、彼の「死」までこの職にあった。その席で老舎は「北京文連の成立は、各方面の状況を鑑みるに、必要なことである。また北京人民政府からみると、政府は人民のためのものなので、大衆的な文学芸術家の団体は、政府と党を当然援助すべきであり、文学で人民に奉仕する。…北京の二百万人民は解放されて日が浅い。しかし、私たちは国家の新しい主人である老人、労働者たちがそれぞれの生産において、良い成績を示したことを、すでに目の当りにした。そのうえ彼らが仕事の余暇に文学作品を生みだしたのを見た。これらは本当に私たちを興奮させ、一つの新しい時代がこの古い歴史をもつ都に、確実に到来したと感じた。…毛主席は文学従事者の方向にたいする指示として、文学が労働者、農民、兵士、大衆に奉仕しなければならないと、いっているではないか」[18]と結んだ。

さらに六月、一九三〇年代に描いた小説『黒白李』、『断魂槍』、『上任』、『月牙児』、『駱駝祥子』を出版し、この五編の小説の解説という形で「『老舎選集』自序」[19]を描き、自らの思想の変遷と自己批判をした。「五・四運動のとき耳にしたロシア大革命のニュースとマルクス主義は、幼いころから貧しい生活をしていたので心動かされた。……一九二四年ロンドンの東方学院に中国語を教えにいき、そこで描いた『老張的哲学』では反帝反封建の意図を描き出した。…私は系統的に革命理論の本を読む時間はなかったので、革命の実際の方法については、はっきりわからない。……一九三〇年国に帰ってきて、文学論戦はもう文学の革命を放棄して、革命の文学が進んでいた。私は容易に理論を論じられなかったので、やはり創作をし続け、論戦には参加しなかった。」「『月牙児』の中の女や『上任』のなかの英雄たちに活路を見出した。彼らに代わって彼らがなめた苦難を訴え、彼らの好い性質も描写した。しかし、彼らがどんな革命をすべきであるか言えなかった。なぜか？第一に当時の革命文学の作品の中に、しばしば内容が充実していない、人物が生き生きしていない、さらに激しいスローガンが少なからずあった。人物像としては、何人かの石炭がらをえり分ける子供が突然叫びだす『僕たちは革命しなければならない』という作風は、受け入れられない。……私は物語を描くのが上手であって、一流の小説家ではない。…最も悪いのは、私は当時の政治の暗黒に失望して、『猫城記』を描いたことである。その中で軍閥を批判しただけでなく、政治ブローカーや支配者や先進的人物まで風刺した。彼らが本当のことを何もせず、空論を言っている。これは私が革命に参加してなかったためであり、ある種の革命家には中身がなく、過激であると感じただけで彼らの熱意ある誠実さと、理想を分からなかった。私はこのような諷刺を描いたことを非常に後悔し、その本を再び出版しないことに決めた」[20]と言い切った。

また『駱駝祥子』では「検閲を恐れて、革命を声高にさけぶ勇気はなかった。…『この堕落した、利己的な、不幸な、病める社会の子、個人主義のなれのはてを！』」は、大幅な削除をしたとし、「私が彼を『個人主義のなれのはて』と呼ぶのは、実際のところ、自分がなぜ造反しないかをはっきり言う勇気がないことを責めているのである」とまで描いている。

「以上この本を発行する機会に簡単な自己批判した。人間は完全に自分を理解することは難しい。私の言うことが正しいか否か、やはり解決を要する問題である」と述べている。

政治的発言では、もろ手をあげて新中国を支持したが、こと小説のことになると坊主懺悔はしていない。長年小説を描いてきた矜持と自信が見え隠れする。自らの思想の不勉強さをあげながら「一流の小説家でない」と自分をこきおろして、老舎特有の自己韜晦で読むものに目くらましをなげて、しかし「物語を描くのが上手だと」実作者の誇りをみせる。

また最後の言葉「私の言うことが正しいか否か、やはり解決を要する問題である」とは、「自分の自己批判がまだ不十分かもしれない」という意味にも取れるが、しかしまた反面では「人間は完全に自分を理解することは難しい」とあるのは、すべての人間にあてはまることで、何が正しいかは、誰にも決められないともとれる。しかし、最後に「もし人民革命の勝利がなければ、毛主席の文芸工作の明確な指示がなければ、この序はできようがなかった。というのは、私は自己批判とは何か根本的に理解できなかったからである」と描くのである。これは毛沢東を讃えていると読めると同時に、毛沢東の言うとおりにしただけで、自己の内面の奥深いところから出てきてないということでもあり、いわば語るに落ちるということではないか。老舎もその危険性に気づいたのであろうか。最後に「私は今後怠けないで毛主席が指示した創作方法に照らして学習し、創作を続けていきたい」と結ぶのである。

老舎の中に実作者としての矜持と、新政府に合わせていかねばならないという思いが交錯したはずである。また逆に言うと、新政府の要請に応じながらも、その隙間を縫って、どれだけ自らの信念に基づいて描きたいことを描き、発表していくかということでもあった。

第三節　共産党との蜜月時代　―『龍鬚溝』

（一）お膳立てされた執筆『龍鬚溝』

『方珍珠』を発表して一ヵ月後の九月一〇日、老舎は三幕話劇『龍鬚溝』(21)を『北京文芸』創刊号に連載を開始した。（一一月号で完結）この戯曲は北京城外の大衆娯楽場として知られる天橋の一角の貧民街が舞台となっている。龍鬚溝とは幅三《メートル》、長さ百五十《メートル》の不潔な溝で、その両側に貧乏長屋が立て込んでいる。雨が降ると、汚水があふれ、長屋は水びたしになり、貧困と疾病に満ちた地区であった。

一九五〇年、政府はこの汚い溝を改修した。党と北京芸術劇院が老舎に執筆を依頼して、その工事の進捗状況を老舎につぶさに観察してもらい、工事と同時進行で描きあげた作品である。

執筆までの経緯について撲思温《ブゥスゥウエン》は次のように述べている。

> 一九五〇年盛夏、李伯釗《リーポーチャオ》（北京芸術劇院）院長が、私にひとつの任務を任せられた。院長は「北京市党委員会は龍鬚溝の修復を決定した。この件は非常に重要な出来事である。老舎氏に依頼してこれを脚本にかいてもらうことにした。老舎氏は坐骨神経痛で、思うように動き回れないので、若者が彼を助

けて、参考となる事実を集めねばならない。君にやってもらう事に決めた」と言われた。天から降って沸いたような喜びで、嬉しくてその夜は、よく眠れなかった。次の日、老舎氏、伯釗同志、さらに共産党市委員会のもうひとりの指導者と私は、一緒に龍鬚溝に向かった。龍鬚溝は本当に汚くて、悪臭がプンプンと鼻をつき、ベトベトの泥が地面をおおっていた。さらに夏の強烈な日差しのせいで火のようで、いたるところ、ほこりが生臭いにおいをともなって蒸気のように立ち上って、窒息させられそうだった。しかし老舎氏は歩きながら談笑して、興味津々だった。このとき、龍鬚溝はすでに工事を始めていた。……老舎氏は興味深げに、多くのところで、多くの人に質問した。……先生は足の病気が重いので、このとき以後、私が毎日午前に龍鬚溝にいき、実際に見聞したことをすべて先生に報告した。午後はいつも、先生の構想と方法を聞いた。(22)

さらに、ここに見学に行く前日の「七月一四日周恩来総理が老舎を昼食に招待した。総理は老舎に人民のために創作し、彼自身が良く知っている北京を、北京の変化を多く描く様に激励した。周総理は老舎がどんな創作の計画があるか関心を持ってたずねた。……新旧の社会を対比して、毛主席と共産党と新政府を褒め称える、龍鬚溝の変遷を題材にした話劇をまもなく描き始めるつもりで……幸い既に翌日金魚池、龍鬚溝に行って、実地に取材する約束をしていると言ったとき、総理は続けて言った。『そう、そう。必ずいくべきだ、あなたの新しい劇を見るのを待っていますよ』と。このたびの接見とこの情熱にあふれた激励は、さっと春風が吹いたようで、老舎に無限の温かみと喜びをもたらした。彼は興奮し、感謝し、毛主席が創立した新中国のために自己の才能を発揮し、無限の美しい未来図を提供したいと思った。彼は新しい芸術の生命を獲得したのである」(23)と、夫人の胡絜青は、描いている。

龍鬚溝を見学に行く前日の昼食に、周恩来が老舎を招待し、老舎自らの口から、龍鬚溝を描くと言わせた。お膳立ては出来ており、これは党が老舎を激励するために取り計らったことであろう。『方珍珠』では「党員はかけない」と言明した老舎に、ごりおしはしなかった。しかし今回は「共産党」の功績を見せて、「共産党」の偉大さを実感させ、それを描かせたい。そうでなければ、国家に有用な作家として活躍してほしいと、礼を尽くして呼び戻した意味はないのである。

『龍鬚溝』は翌一九五一年二月二日、北京芸術劇院で初演された。

老舎は自作について、二月四日の人民日報に「私の二十余年の創作経験のうちで、『龍鬚溝』を描いたことは、一番の冒険だった。…一九五〇年人民政府は、人民のためにどぶの改修を決定した。政府の熱意と誠意に対する私の感激を、どうしても描きあらわしたかった。……この劇は描くのにずいぶん骨を折った。人民芸術院の指導者や工作者が多くの激励と援助をしてくれたおかげで、やっと完成した」(24)と述べた。

また二月二五日の『文芸報』に老舎は「北京人民劇場で上演している『龍鬚溝』は、私の脚本のままではない。焦菊隠《チャオジーイン》氏が原作の欠点をみつけ、セリフを加減したり、場面を入れ替えるなどして、舞台に穴があかないように引き締め、効果を強めている。焦氏のご苦労に感激している。……劇中の人物の性格については、作者の創作を尊重され、まったく改変していない。だから人物の性格や劇そのものの情緒は一致している。……もし『龍鬚溝』の脚本に多少のとりえがあるとすれば、それはそこに創造された幾人かの人物のせいだと思う。……私は小説を描き慣れている。どういうふうに人物を描写するかということを知っている。小説家が劇作家に転業したとき、この点は都合がよい。舞台の技巧はよく分からないにしても、なんということなしに人物を描き出すことはできる」(25)とのべた。

上演までにこぎつけた皆の尽力に感謝し、脚本としては不十分で、焦菊隠が手を加えたことも率直に感謝している。しかしそこに創造した人物は、小説を描きなれた自分だからこそ出来たと自信のほどをみせている。

先ず作品をみていく。

北京が解放される前の天橋の東にある汚い龍鬚溝の両側にブリキの内職をする寡婦王大媽《ワンターマ》、王の次女二春《アルチュン》、リンタク屋の丁四《ディンスー》、その妻、丁の十二歳の息子、九歳の娘、芸人の程瘋子《チョンフォンズ》、その妻、左官職人の趙《チャオ》老人等が住んでいる。大雨が降り、丁の娘が溺れて死ぬ。

北京が解放された。王の娘が溺死してから一年たつが、溝は未だ改修されてない。趙は政府が必ず、改修してくれるという。趙は「わしらの政府は立派な政府だ、絶対わしらの事を忘れない。きっとわしらのためにどぶの工事をしてくれるぞ」(26)と言っていた。しかし実際に測量が始まったが、王大媽は「まだお金を集めてもいない、何も言ってこないうちに工事をするなんて?!そんなうまい話はないよ!」(27)と信じない。大雨が降り、交番が避難する場所までさがしてくれて皆は無事だった。全体の世話の陣頭にたつのが趙である。王の次女も積極的に協力する。

溝の改修がおわった。大通りが出来、水道が引かれ、ゆくゆくは手工業地区になる。みんなの仕事もできる。皆は新しい服に着替えて会に参加する。

芸人の程瘋子が創作した歌を歌った。

人民政府は素晴らしい！すばらしい、臭いどぶを掃除した。真っ先に貧乏人のために工事をした。みなさんよく考えよう。東単、西四、鼓楼前、まだありますよ、先農壇、五つの壇に八つの廟、頤和園も。工事をするなら、どれひとつかかすことはできませぬ、なぜ真っ先に龍鬚溝をしてくれた？はてさてそりゃね、ここは汚い、ここは臭い、見るに見かねた政府の思いやり！立派な政府は、貧乏人を大事にし、わたしらをどん底から立ち上がらせる。どぶを直し、道をつくり、わたしらに胸を張って歩かせてくれる、にこにこ顔で、働く人民はいっしょうけんめい心もひとつ、揃ってがんばり仕事にはげむ、国泰く、民安らかに、たたえん平和！(28)

この唄に呼応するように、遠くで、近くで「毛主席万歳！」が歓呼する声でおわるのである。

この作品は、共産党の運動の進め方の鉄則を踏襲している。先ずひどい現状がある。それに対して、先進的分子の党員が指導的立場にたち、問題点を明らかにする。つぎに中間分子に協力するように働きかける。中間分子はさらに遅れた分子、弱い分子（事態に反感をもったり、現状が変わるはずないと信じない、何事も自堕落でやる気もない）を少しずつ事実によって変えていく。ここでは人民政府から治安委員を任命されている趙が先進分子として、皆に働きかけ、中間分子の王二春が人民政府のやり方に共感し、趙に協力する。これらを見聞して、変わっていく現状をみて、遅れた部分の王大媽も変わっていく。最後に皆が人民政府を認めて「毛主席万歳」と唱和するところでおわる。みごとに運動の発展法則を捉えている。

老舎は実際の工事の進捗状況を見聞しながら、自分がよく知っている芸人を加えたりして、毛沢東の書物も読みながら、党の指導もうけて、党の期待通りに完成させたものと思われる。『方珍珠』では描かなかった党員も登場させた。共産党が率いる北京人民政府が、下層の人々が住む地区を、他の地区よりさきに改修しているのだ。共産党員を描かずにストーリーを進めるわけにはいかない。またこれは素晴らしいことだと、老舎も心から納得できたからこそ出来たことだろうと思われる。建国後まもない一九五〇年の北京で、まだ新政府の具体的成果は少ないなかで、ひとつの典型的な政策を実施し、人民の支持を得る。さらにそれを戯曲に描かせ、文芸創作の典型にする。毛沢東の『文芸講話』にある「芸術の価値基準は政治的課題が第一、芸術的基準は第二位」[29]を、実践したものとして評価された作品と考える。

では発表当時の評価はどうだったか?次の周揚の文章がすべてを語っている。

一九五一年三月四日、『人民日報』で周揚は次のように述べた。

『龍鬚溝』は北京で上演されているが、好評である。これは良い脚本である。老舎氏が得意とする写実的手法と独特のユーモアの才能が、彼の社会に対する高度な政治的情熱と結びつき、彼をして芸術創作上の新境地にすすめさせた。『方珍珠』も成功だったが、引き続き『龍鬚溝』でさらに『方珍珠』をうわまわった。……老舎氏は高度な政治的情熱で人民政府を擁護した……彼はこのようなすばらしい政府を讃えるのは芸術家の責任だと感じた……人民は政策の条文からではなく、彼らの切実な利益から我々の政策を判断し理解する。作家は政策を正確に表現し、人民の日常生活についても関心と理解を持つべきである。……『龍鬚溝』はこのような方面から人民政府の政策を表現した……龍鬚溝を修理せず、龍鬚溝の大衆はこのように熱烈に政府を支持できない。老舎氏は龍鬚溝とそこの人々の変化を描写して、人民政府とそれの政策の天地をひっくり返す力量を証明した。(30)

この周揚の文章が、この作品の価値と、党が老舎に執筆を依頼した目的を如実に語っている。『龍鬚溝』は共産党ひきいる新中国の具体的政策を、宣伝・賞賛するためのプロパガンダ戯曲として、非常に有用であり、価値があった。共産党の政策の典型を、演劇にして具体的に人民に知らしめるのだ。周恩来はこの劇を何度も観て、毛沢東に推薦した。夫人の胡絜青は「一九五一年の春の夜、『龍鬚溝』は中南海の懐仁堂で上演された。わたしたち一家はみなこの劇を見に来るように招待された。……その晩、周総理夫妻は早々と懐仁堂にやって来た。毛主席が入ってくると、総理は老舎を毛主席の前に連れて行って、主席に紹介した。主席は喜んで彼と握手した」(31)とある。周恩来が老舎を重用し、老舎にこの方向で創作していくようにしむけていることがわかる。さらに老舎を称揚することにより、新社会における作家の典型をも知らしめた。老舎はこの作品によって、新中国に有用な作家として認知され、重用されていく。一九五一年十二月には、この作品によって北京人民政府から「人民芸術家」の称号をうけた。老舎の前には、進むべきレールが敷設されたのだ。しかし、この作品を、今日読んでみると、芸人の形象に老舎独特なものがあり、芸人の置かれた惨状は窺える。だがそれだけである。文学作品としての分析には耐え得ないと思われる。

この後、老舎の中に実作者としての矜持と、新政府に合わせていかねばならないという思いが交錯したはずである。また逆に言うと、新政府の要請に応じながらも、その隙間を縫って、どれだけ自らの信念に基づいて描きたいことを描き、発表していくかということでもあった。

老舎は一九五一年一月一日の『北京新民報日刊』に、この一年間を振り返り、つぎのように述べている。

北京に帰って丸一年たった。一年？否、否、否！私にとって、これは一年ではなく、一生だった。思うに、私の一生のうちで、一年でこんなに多くの経験と知識、新しい学問、新しい人生観と世界観を学んだことがあったろうか？……この一年以前、私は既に文芸工作者と称されていた。しかし、私はこの呼び名に申し訳がたっていたか？とてもそうは言えない。……すすんで人民に学び、それから描いてこそ、私は自分に申し訳がたち、文芸に申し訳がたち、文芸工作者という呼び名に申し訳がたつ。……これから、もし誰かが中国人民と人民政府を軽視あるいは敵視したら、すぐに私のペンで、私の思想で、ひいては私の歯で、そいつを攻撃し、かみ殺す！(32)

このとき、老舎は五十一歳である。作家として出発してからでも、二十四年たっている。この間英国で五年暮らし、抗日戦争に九年参加し、米国で三年暮らしたのだ。その老舎をして、この一年間は、五十年の人生に匹敵するほどの、驚天動地の大事件だったといわしめているわけである。老舎の衝撃の大きさがどれほどのものだったか、十分うかがえる。しかしこの道を行くしかない。それなら思い切り威勢よく新年の抱負はかかねばならない。どれほど威勢よく描いても、描きすぎることはないのだ。

米国からの帰国は、新中国の成立には間に合わなかった老舎だった。しかし、一九五〇年の一年間で新中国における役回りを確実にこなし、共産党期待の劇作家として、二年目に踏み出したのである。

注

第一節

（1）『方珍珠』、一九五〇年八月二一日から九月一四日まで『光明日報』掲載。現収『老舎全集』第一〇巻。
（2）老舎「暑中写劇記」、『老舎全集』第一七巻、一九二―一九七頁。（初出一九五〇年八月一日『人民戯劇』第一巻第五期）
（3）老舎「『方珍珠』的弱点」、『老舎全集』第一七巻、二三四、二三五頁。（初出一九五一年一月一一日『新民報』）
（4）趙樹理「『方珍珠』劇本読後感」、『老舎的話劇芸術』、文化芸術出版社、一九八二年、三三一、三三二頁。（初出一九五一年一月一一日『新民報』）
（5）廖承志「無題一談『方珍珠』」、同右、三二九、三三〇頁。（初出同右）
（6）老舎「談『方珍珠』的劇本」、『老舎全集』第一七巻、二三八―二四一頁。（初出一九五一年一月二五日『文芸報』第三巻第七期）
（7）老舎「『方珍珠』的弱点」、『老舎全集』第一七巻、二三四頁。
（8）老舎「談『方珍珠』的劇本」、『老舎全集』第一七巻、二四〇頁。
（9）毓珉 黄真「『方珍珠』座談会記略」、『老舎的話劇芸術』、文化芸術出版社、一九八二年、三二三―三二八頁。（初出一九五一年『北京文芸』第一巻第六期）

第二節

（10）「知識分子問題に関する中共中央書記周恩来の報告一九五六年一月一四日」、『新中国資料集成』第五巻（日本国際問題研究

所一九七一年）三四頁。（初出『新華半月刊』一九五六年第五号、一―一〇頁）

(11) 趙家璧「老舎和我」、『新文学史料』、一九八六年三月、人民文学出版社、一〇六頁。

(12) 張桂興『老舎年譜』下、上海文芸出版社、一九九七年、五一二頁。（初出一九五〇年一月五日『人民日報』）

(13) 老舎「美国人的苦悶」、『老舎全集』第一四巻、四〇六―四一〇頁。（初出一九五〇年『文芸報』第一巻第八期）

(14) 老舎「由三藩市到天津」、『老舎全集』第一四巻、四一一―四一六頁。（初出一九五〇年『人民文学』第四期）

(15) 老舎「中蘇同盟万歳」、『老舎全集』第一四巻、四一七頁。（初出一九五〇年『文芸報』第一巻第一一期）

(16) 『六十年文芸大事記』、第四次文代会籌備組起草組　文化部文学芸術研究院理論政策研究室、一九七九年、一二六頁。

(17) 同右、一二七頁。

(18) 老舎「在北京文学芸術工作者聯合会成立大会的開幕詞」、『老舎全集』第一八巻、三〇九―三一二頁。（初出一九五〇年五月二九日『人民日報』）

(19) 老舎「『老舎選集』自序」、『老舎全集』第一七巻、一九八―二〇三頁。（初出一九五〇年八月二〇日『人民日報』）

(20) 『猫城記』はこのように描いて以来、出版されていなかったが、一九八四年出版の『老舎文集』第七巻で出版を再開した。一九九九年出版の『老舎全集』では第二巻に収録。

第三節

(21) 『龍鬚溝』一九五〇年九月十日から十一月十日、『北京文芸』第一期から三期間で掲載。現収『老舎全集』第十巻。

(22) 濮思温「老舎先生和他的『龍鬚溝』」、『老舎研究資料』下、北京十月文芸出版社、一九八五年、九六一―九六七頁。（初出一九八〇年『戯劇芸術論叢』第二期。

(23) 胡絜青「周総理対老舎関懐和教誨」、一九七八年『人民戯劇』第二期、一一―一四頁。

(24) 老舎「『龍鬚溝』写作経過」、『老舎全集』第一七巻、二四六、二四七頁。（初出一九五一年二月四日、『人民日報』）

(25) 老舎「『龍鬚溝』的人物」、『老舎全集』第一七巻、二四八―二五二頁。（初出一九五一年二月二五日『文芸報』第三巻第九期）

(26) 老舎『龍鬚溝』、『老舎全集』第十巻、四六七頁。口語訳は黎波訳『老舎珠玉　茶館　龍鬚溝　西望長安』（大修館書店一九八二年）

を引用した。

(27) 同右、四七八頁。

(28) 同右、五〇五頁。

(29) 中華人民共和国建国前夜の一九四九年七月、全国文学芸術工作者代表会議が開催され、「国統区」「解放区」などに分かれて活動していた文学者、芸術家が一堂に会して大同団結すると同時に、共産党の指導を受け入れ、「文芸講話」を指針とすることを承認した。全国文学芸術連合会（文連）を頂点としてその翼下に、中国作家協会等の各専門別協会を従えたギルド的行政組織が作られ、全ての文学者、芸術家がそれに所属することになった。各協会は機関紙をもち、会員には給料も払った。これは創作者にとって有利な側面ではあるが、同時に不断に創作内容に対する規制を受けることも意味した。このとき、老舎は米国にいて、出席していない。この席上、周恩来が海外在住の作家にも帰国を呼びかけ、老舎の帰国も呼びかけた。それを受けて、曹禺、郭沫若が老舎に帰国を要請し、老舎は十二月帰国した。

(30) 周揚「従『龍鬚溝』学習甚麼?」、『老舎研究資料』下、北京十月文芸出版社、一九八五年、九一五―九二一頁。（初出一九五一年三月四日『人民日報』）

(31) 胡絜青「周総理対老舎的関懐和教誨」、注23、一一一頁。

(32) 老舎「元旦」、『老舎全集』第一四巻、四二七、四二八頁。（初出一九五一年一月一日『北京新民報日刊』）

第六章　政治・思想闘争渦中での執筆

第一節　「三反」・「五反」運動を描く　――『春華秋実』

中華人民共和国は、国民党を中心とする官僚資本の工場、鉱山、鉄道、銀行、船舶などを没収、国営化した。このような情勢の中で、私営商工業を国営化すべきという強硬論も出てきたが、これは民族ブルジョアジーとの統一戦線をそこなうことになる。

毛沢東や周恩来ら指導者も左翼強硬論と穏健路線の間で揺れたが、結果として国有化は急がないということになり、一九五三年「過渡期の総路線」で明確にされ、中国における社会主義の実現は、三つの五ヵ年計画期間（つまり一五年）を経る必要があるとされた。

一九五〇年十月八日、米韓軍が鴨緑江まで迫ってくる情勢の中で、中国は国境を越え参戦した。建国直後の困難ななかで、「抗米援朝戦争」は中国にとって大きな負担と犠牲を強いるものであった。これ以後延べ百万人近い中国軍が投入され、戦費は国家財政支出の五〇《パーセント》近くに達し、国民経済に多大な緊張をもたらした。

中国政府はこうした危機打開のため、さまざまな政治的、経済的キャンペーンによりそれの乗り切りを図った。五一年一二月には「三反」運動（汚職、浪費、官僚主義に反対する）、翌五二年一月からは「五反」運動（贈賄、脱税、国の財産の窃取・詐取、仕事の手抜き、原材料のごまかし、国の経済情報の窃取に反対する）が展開された。一九五三年『劇本』五月号に発表した『春華秋実』(1)（三幕七場話劇）は、「三反」運動(2)と、五二年一月から始まった「五反」運動(3)を題材としている。

まず梗概をのべる。

北京の栄昌鉄工所の社長丁翼平《ディンイーピン》は暴利を得るため、旱魃のため農村で水車が必要とするのに乗じて、職工長の馬師傅《マーシーフ》を買収して、原料を安いくず鉄に替えさせ、大量の劣悪な水車を作らせた。さらに行政の幹部于大璋《ユイダーチャン》に賄賂を贈り、注文を取った。

大量のくず鉄を使ったため、作業中に爆発して、労働者の姜《チアン》は目を負傷した。さらに食堂の食事もまずいので改善して欲しい、夜学に行きたいから、労働時間を短縮して欲しいと要求しても聞き入れてもらえない等から、労働者の不満は大きくなっていった。

五二年一月「五反」運動が開始される。丁社長は、攻撃を恐れて、春節の休暇を切り上げて労働者をいつもより早く帰郷させた。労働組合の劉《リュウ》は、郊外に住んでいる労働者を呼び戻すために自転車で走り回り、また周《チョー》は、帰郷した労働者に手紙を書いて呼び戻している。労働者たちは続々と戻ってきた。その一人で農村から戻ってきた呂《リュイ》は、自分たちが作った水車がすぐに壊れて役に立たなかったことを皆に報告する。みんなは丁社長が敵だとはっきり分かる。国の検査組が来て帳簿の調査を始める。偽の裏帳簿も発見されて、更に本当のことが全て書いてある手帳を丁の娘が母親を説得して持ってくる。丁社長も白状する。

この運動は資本家の違法行為を粛清することで、資本家を消滅させることではない。資本家を教育し、改造するためだ。エピローグでは労働者は改良した鋤を製造して、国家の経済建設に協力しようとはりきっている。労働者は資本家と合作するが、資本家のでたらめは許さない。このうえ資本家は「五つの毒」をやることは許さない。しかし、合理的な利益は取れるように気を配ってやらなければならない。彼らに困ることができたら、政府は援助までしてくれる。

このようなテーマで戯曲を描くことは、老舎にとって非常に困難だった。『龍鬚溝』を描いたときは、大衆の生活に直結した具体的政策の進捗状況をみながら描けた。それでも「非常な冒険」だったと言っているのだ。今回は現業の労働者の仕事、生活、労働組合の闘争などがテーマで、老舎には無縁の世界だった。さらに、現在共産党が進めている「三反」、「五反」運動は、百戦錬磨の党員にとっても、具体的なイメージの持てない初めての経験なのだ。それを党員でもない、労働者として戦いの経験もない老舎がどう描くか。執筆は難渋を極めた。描き上げるのに十ヶ月かかり、十回も書き換えて、それは五十万字に達した。

『春華秋実』は一九五三年『劇本』五月号に発表された。それに先立ち、四月一一日『光明日報』、『北京日報』に非常に長い文章を発表した。次に要約して記す。

この脚本は十回描き直した。

一回目…多くの友人が言った。「この偉大な運動を記念して、脚本を描くべきだ」と。一九五二年二月の後半、個人で理解出来る範囲で、ひとりで描いた。北京芸術劇院の友人たちに見せると内容が足りないといわれた。

二、三、四回目…私は別に、一回描き直し、皆に見せて討論した。その後二回描いた。人物面では、資本家を描写するのに力を集中し、その上生き生きと描けていた。四稿の欠点は、ただ資本家の凶暴さが分かるだけで、労働者階級が撃退攻撃する力量が分からないといわれた。この改変は相当大きいもので、第四稿を全体的に否定するに等しかった。しかし私は恐れなかった。情熱が恐れより大きかった。

五回目、六回目…夏も終わり北京の「五反」運動は終息の段階に入った。友人たちが私に言った。「五反」運動は基本的に終息した。さらに全面的に深く描かねばならないと。私は彼らの意見を受け入れて最初と最後を描き加えることに決めた。これは、また草稿全部を描き直すに等しかった。六回目の脚本はこうして、撤回した。

七、八、九回目…六稿を捨て三回描き直した。七回から九回までの三部の草稿は運動全体にしたのみならず、さらに多くの資料を取り入れなければならない。

十回目…九稿を描き終わったら、五幕十一場になっていた。恐ろしいほどの多さだ。そこでみなは第九稿に照らして、別の脚本を描き始め、不必要なプロットを削り始めた。彼らは脚本を持って、私と相談した。私はみんなの意見によって、脚本を描き直した。私は人物を一人ひとり改めて何度も考え直し、内心自信があった。(4)

以上がこの脚本を描いた経過であるとして、さらに、以下いくつかの問題点をのべている。「このように人の助けによって出来上がった作品は、あなた自身の創作に数えられるのか？これは数えられない。これは私の執筆による集団創作だ。私は人民芸術劇院の幹部の意見を広く求めた。彼らは言った。『いいじゃないですか。あなたが代表者になって発表したらいい』と。私は彼らの遠慮深いのに感謝した」(5)とあるのは、集団創作であり、私一人の創作ではない。したがって作品の出来不出来は、自分だけの責任ではないとも読み取れる。

「この脚本を描いてどんな収穫があったか？十回描いて、私は一つの道理を悟った。思い切って削ることは必要である。毎回描く毎に、かなり良い場面と、美しい対話があった。しかし、第十稿は以前の九稿にあった全ての良い場面と美しい話の積み重ねは全くなくなった。たとえ前の九稿の中でどれほど良い場面と対話であろうとも、第十稿の中で必要としないなら、少しも大目に見ないで全て捨て去った」(6)と描いているのは、「美しい対話もあったのですよ。しかし総意で削ったのですよ」と言いたかったのではないか。

さらに老舎は次のようにのべている。「北京市人民芸術劇院は、第十稿に基づいて稽古をした。脚本の内容に関わる問題はとても重要なので、全ての劇毎に稽古の時でさえ、劇場側は指導部と専門家を招いて批評を依頼した。彼らは随時、大は原則に関わる問題から、小は一言一字に修正意見を出しただけでなく、そのうえ、時には作者と演出家が関係する問題を詳しく話すように促した。これは私を感動させ、感激させた。民国統治のとき、私は脚本を描いたことがあり、私が遭遇したのは上演の禁止と攻撃だった。今日、私は至れり尽くせりの激励と援助を得た。ある高級幹部は、劇の稽古を見たあと、ある俳優に、演じているある一場面の劇について心地良いと感じたかどうかと聞いた。……幹部はさらに婉曲に私に言った。『この一場面は多分欠点がある』高級幹部たちはこのように作家の身になって思いやり、芸術を熱愛するのである！高級幹部たちは政策の意見を出すだけでなく、彼らが気をくばるのは、服装、セット、照明、造形上などの問題に及んだ。彼らは政策を掌握できるからといって、作品の芸術性をなおざりにしない。これは私にははっきり分かった。芸術性が高ければ高いほど、宣伝力が大きくなるのは自明の理である。このたび高級幹部の指導と激励を経て、以後私が物を描くとき、気を大きく持たねばならない。政策を説明して明らかにするので満足するだけでなく、芸術を窮屈な思いにさせるべきでない」[7]と、老舎は慇懃にのべている。これは、党の高級幹部は政策だけでなく、あらゆるところに干渉した。今回高級幹部の「指導」と「激励」を経て、窮屈な思いにさせられましたよと、言っているのに等しい。さらに「以後気を大きくもたねばならない」とは、創作した作品に対する「助言」という干渉に、くじけない、ひるまないともとれる。

十稿まで描き直した点について「さらに労働者の劇として強化し、労働者たちに一貫して資本家たちと同じ場で演じ、そのつど対比し、随時闘争させなければならい。第十稿の重点は資本家の描写を盛り込み、労働者の描写はあまり多くしない。労働者が「五反」運動をするのに、あれほどの意気込みを持つ原因と、彼らがどんな勝利を得たかを描き加えねばならない。以前なぜこのように描くことを思いつかなかったのか？主な原因は私の生活が経験不足で、またにわかに政策が変わったので、他人が『この老作家はだめだ。政策が分かってない』と言うことのみを恐れた。そこで、私はもともと生活の中から出てくる政策をおろそかにして、政策の尻尾ばかりをしっかりとつかみ、死んでも放さなかった。ひとこまの生活を描くのに、生活のなかの矛盾と闘争によって、人々に政策を体得させて、そこで初めて政策の背にまたがり、政策の尻尾を引っ張らない。このように描いてやっと作品に芸術性と思想性がそなわり、青白い生命力のない宣伝作品ではなくなる…

最後に、私はこの機会に幹部と専門家のみなさん、および私に意見をくれた多くの友人たちに心から感謝します。皆さんの援助がなかったらこのあまり良くない作品は、きっと描き上がる見込みもなかったでしょう！」[8]とは、「『老作家はだめだ、政策がわかってない』と言われるのを恐れた」と自己を貶めることで、機先を制し、このような面を克服すれば、「芸術性」と「思想性」が備わると、あえて「芸術」と「思想」の順序を逆に描いた。

この「思想性」と「芸術性」の順序を逆に表現するのは、とても勇気が必要である。当時は、必ず思想性（政治性）、芸術性と描き、両者は同等ではなく、思想性が最優先した時代である。

発表当時 光未然《クワンウェイラン》（本名張光年）は「評老舎作話劇『春華秋実』」と題して、詳しく論評した。

『春華秋実』は「五反」運動を題材にして、北京の私営鉄工所の労働者が、資本家の凶暴な攻撃に断固反撃して勝利したことを描いたものである。……当面の新旧勢力の闘争と社会改革運動に多大な関心を寄せて、一歩進んで表現した。このような政治的情熱、創作的情熱は非常に称賛すべきものである。……老舎氏は人民芸術劇院と密接な協力の下に十回以上描き直した。現在脚本の創作が不足している現状の中で、老舎氏の勤勉で謙虚で不屈の気魄は、作家たちが学ぶ価値があるものである。……資本家の不法行為を暴露し、人民の警戒心と労働者の自覚を高めるという観点から、この作品は教育的意義がある。……この脚本の中で描く資本家の姿は生き生きとしていて、人に深い印象を与える。老舎氏は「五反」運動という重要な題材と国家の政策を比較的しっかりと把握して処理した。このことから分かるように、作者が国家の政策の学習をし、意義を深く研究したことは、賞賛に値する……老舎氏の労働態度と、非常に謙虚で人の意見をよく聞き入れる精神は、さらに優れた作品を必ず創作することができるであろう。私は老舎氏の素晴らしい語り口に完全に同意するものである(9)

光未然は老舎が皆の意見をとりいれ、政策を学び、言われた通りに描き続ける情熱を高く評価し、老舎の語り口を賞賛している。

しかし批判点、疑問点として「資本家を描いた部分に欠点がある。それは丁翼平の変節していく過程で理屈が多すぎる。劇の後半部分の展開が重苦しくなっている。特に変節以後の丁翼平は適切な表現で描き出されていない。その結果、作品全体が政治上、芸術上不完全なものとなっている。老舎氏が描きだす資本家集団の人物の物の言い方、立ち居振る舞いは、昔の商工業者の風俗を正確に映し出し、北京の旧弊な商工業資本家の分散性、保守性、後進性を反映している。ただこの特徴は作者が描きだそうと意図している、独占鉄鋼資本家にはふさわしくない。作者自身も指摘しているように、脚本の主要な弱点は労働者についての表現である。劇中に描かれている労働者の思想と性格の描写は、資本家像と比べると明らかに単調で、生き生きとして人の心を打つ言行に欠け、不確かである。

労働組合の委員長は、劇の中では本来中心的人物のはずであり、活気にあふれ、全体の代表で、先進的分子の典型であるべきである。ところが今のところムードと吸引力に欠け、彼の重要度を表していない。『水車』事件に対する労働者の反応も弱い。労働者の大半は北京近郊の農村に住んでいるのだから、『五反』運動以前に丁社長が水車の発注をうけて、仕事の手を抜き材料をごまかしたとき、これは農民に多大な損失をあたえると、労働者たちは簡単に気づくものだ。人物の行動と言葉は、作者が故意に作り直した跡が明らかで、真実性を損なっているのを免れない」(10)と手厳しい。

光未然が言うところの「作品全体が政治上、芸術上不完全」とはいったいどういうことなのか?言葉が独り歩きしているように思えてならない。さらに「独占資本家の描き方もだめ、労働者の「思想と生活」もだめで、「組合の委員長」もだめで、「水車事件」の描写もだめで、「人物の行動と言葉」も「作者が故意に作り直した跡があきあらか」であるとはっきりいっているわけである。要はこの政治闘争を果敢に描いた老舎の意欲と、彼の文章力を評価しているだけである。さらに皆の提言により十回描きなおしたことが、結果的に不統一な作品になったことを、この批評は如実に語っている。だからこそ老舎は先に述べた様に、十回描き直したことを、この作品の四分の一に相当する、長い文章にして作品発表と同時に公表したと思われる。

現在進行中の政治闘争で、その先行を誰もわからないまま、「芸術上」、「政治上」すぐれた作品として描ける者がどこにいるだろうか。

既成の党員作家ですら手を出さないものを、なぜ老舎は描かざるをえなかったのか?

逆の点からいえば、党の指導部は、党員ではない、労働者でもない、工場での工作経験もない老舎になぜ執筆させたのか?

その理由は第一に、老舎は真の中国語を話す作家であり、要請に応じて描く能力があるからであろう。

蔦紅兵《ニィアオホンピン》は「老舎は真に中国語を話す中国作家である。その他の作家はいずれも、毛唐口調でなければ、もの知らずの田舎者ばかり」(11)といっている。さらに林語堂《リンユータン》が「我的話　語録体挙例」で「『紅楼夢』の白話が優れているというのは、それが確かに俗な話し方の口吻を伝えているからなのだが、一方、近時の文人の白話が劣っているのは、そのような俗な話し方の口吻を交えたがらないためである。それを果たしているのは、私が見る限り、老舎だけである」(12)と、老舎の表現力は一九五〇年以前から、高く評価されていたのである。抗日戦争時にも、依頼されたら反日の戯曲を描いて、要望に応えていた。抗日戦時は「中華民族」の独立のためと、使命感をもって描いた。今回は、独立を勝ち取った「中華民族」の地歩を固め、より磐石にするために、やはり使命感を持って描いたにちがいない。

第二に、老舎は『駱駝祥子』がアメリカでベストセラーになるなど、世界的に名の知れた作家である。資本主義国の米、英を熟知していて、共産党員でない老舎が、社会主義国中国を支持して、先頭にたって作品を描くことは、国の内外に大きな宣伝効果があった。

第三に、新中国は少数民族を大事にし、全ての民族は平等であることを標榜していた。老舎は満州族である。その老舎を評価し、厚遇することは、中国共産党の正当性を喧伝することになる。周恩来は「この人は作家の老舎で、満州族の優れた人物です。辛亥革命以後は、自分が満州族と分かったら差別視されるので、彼は真実を言いたくなかった。多くの有名な作品があります。『駱駝祥子』、『龍須溝』等です。……いまは皆平等です」(13)と言っている。

このようにみてくると、老舎のおかれた立場では、勧められたら「描く」しかなかったと思われる。失敗したら「老舎氏はよく学習し、情熱的に取り組んだ。しかし、思想的に不十分である」でよい。既成の党員作家ではこうはいかない。それは党の威信を傷つけることにもなりかねない。これが、一九五三年当時の老舎のおかれた立場だったと思われる。今日の中国では、この作品を話題にする人はいない。歴史の中に埋もれてしまった作品である。

そのような作品を取り上げた意味は、新中国で創作していくとはどういうことかを、老舎に思い知らせた作品だからである。このような政治闘争の渦中の問題をテーマにした作品は、だれが描いても得心の行く作品は生まれにくい。この作品の執筆はこのような難しい問題を投げかけた。老舎はその難題に真剣に取り組んだのだ。この熱意と勤勉さには驚嘆する。引き続き怯むことなく、さらに困難なテーマに取り組むのである。

第二節　創作内容の雪解け　――諷刺劇『西望長安』

一九五三年、第一次五ヵ年計画が始まった。朝鮮では停戦が実現し、中国共産党は、いよいよ本格的な新国家建設にとりかかった。翌五四年九月には憲法が制定され、国家体制も整備された。「社会主義的改造」への道が本格的にスタートした。これはまず農業や都市中小商工業者の集団化として着手されたが、思想や文学などの部門にも及んだ。

一九五四年『紅楼夢』批判、一九五五年には胡風批判が開始され、五月胡風は逮捕された。さらに「胡風集団」と目された人々が次々に逮捕された。この年、反革命粛清運動が全国的に展開される。

このような情況のなか、一九五六年中共中央が知識分子問題について会議をひらいた。周恩来は「知識分子問題についての報告」で「知識分子の力を十二分に動員し、発揮させるためには第一に、彼らに対する使い方と扱い方を改善し、……第二には使用する知識分子に対して十分な理解をもち、彼らに相応の信頼と支持を与え、かれらが積極的に仕事を行えるようにすべきである」[14]と発言した。知識分子が用心してものを言わないのを緩和する政策を取った。

このような情勢の下で、老舎は一九五六年一月八日『人民文学』一月号に、『西望長安』（五幕六場話劇）

を発表した。一九五五年七月、第一回全国人民代表者大会で、共産党公安部長羅瑞卿《ルオロイチン》部長が報告した西安で実際に起こった、李万銘《リワンミン》詐欺事件をもとに描いた諷刺劇である。

題名の由来について、老舎は『人民文学』五月号に描いている。

　旧詩の中にある一句『西に長安を見渡しても家は見えない』が、後に、茶目っ気を起こしたした知識人によって『西に長安を見渡しても良いことは見えない』と改められた。『家』と『佳』が同じ音だからである。もしあなたが知識人に訊ねるとする。「そのことは好いことですか?」彼は即座に『西望長安』の四文字で、よくない、つまり〝不佳〟のことを表します。これは『西望長安』が言葉遊びに変わったのである。李万銘の事件は西安で悪事がばれて逮捕された。西安は昔長安といった。だから私は『西望長安』の題名にして、彼が西安に行って悪い事をしたと暗示した。また、こうも解釈できる。もし誰かかが私に、あなたの新しい脚本はどうですか?と尋ねたら、私は『西望長安』と答えて、よくないことを表明し、また自分を諷刺したつもりである。題名を考えることは容易ではない。私が『西望長安』の四文字を使ったのは、既成のものを使っただけであり、なにも深い意味はないのである。[15]

一九五〇年以前の老舎を髣髴とさせる、ユーモアと諧謔にみちた言葉である。『春華秋実』では考えられない、余裕に満ちた文章でもある。この作品の創作時の雰囲気を良く伝えている。

まず梗概をのべる。

栗晩成《リーワンチョン》は、解放戦争（一九四六―一九五〇）に参加し、准海戦役（一九四八年共産軍と国民党軍が戦った）で、左足に傷を受けて足を引きずり、首に銃弾が残っているので、言葉がつまるふりをしている。一九五一年、連隊参謀長だったと自称し、共産党の「戦闘英雄」「模範党員」という触れ込みで、西安近くの農林学院に、講習を受けに来ている。この学院は省から派遣された幹部が来ているのである。栗晩成はさらに朝鮮戦争に志願したいから、訓練に行くことを申し込んだと、中南にいく。一九五二年、朝鮮戦争から帰ってきたと偽り、漢口の農業技術研究所秘書主任として収まっている。一九五四年、北京農林省の農務室で局長の待遇をうけ、健康がすぐれないとの理由で病院に入院している。朝鮮戦争に行ったかっての同僚荆友忠《チンユウチョン》が、ここに配属された。彼は栗晩成に疑いを抱く。荆は同僚にその疑いを話すが「私たちの社会では、英雄になりすます度胸のある人などいない」「何人かの古参幹部の目と、何年間かの観察でもって、本物か偽者かを見抜けないことがあるだろうか？」と誰も取り合わない。彼は直接上級機関に話した。公安庁の唐石青《タンシーチン》局長が、事実を調べに派遣されてきた。彼は事実に基づき調査して、栗晩成が偽者だと暴き逮捕する。栗は書類を全て自分で作り、判は印鑑屋に彫らせ、徽章などは天橋で買っていた。各地を渡り歩いて彼がしたことは、月給、医療費、飛行機代などの旅費を騙し取った。このような幼稚な騙され方をしたことに対して、唐公安局長は「我々の社会では、人々はお互いに信じ合い、お互いに尊敬しあっている。軍人には、とりわけ敬意を払っている。だから、こういう社会の中では、詐欺を働くのはさして難しいことではない」と結んでいる。

劉仲平《リュウチョンピン》は一九五六年五月一六日『文芸報』に「評『西望長安』」を発表した。

李万銘事件が発覚してから半年あまりの後に、この事件をもとに作品を発表するのは、異例の早さである。作者の情熱と勤勉さは尊敬に値する。この何年かにわたる複雑な事件を、作者は巧みに処理し、構成がまとまっていないと感じさせない。さらに我々の社会の正しい力の優勢さを描き出した。そのうえ、最初から最後まできびきびと描き出され、類を見ない風格をかもしだしている。しかし、読み終わった後、いささか後味はよくない。期待が十分に満たされなかったようだ。諷刺劇と見なし、その点から満足できない。作者は「詐欺師が馬鹿であればあるほど、騙されたものはもっと馬鹿であると表す」のが、諷刺の意味であると思っているようだ。問題はここにない。騙された者の弱点が深く尖鋭に指摘されていない。そのため、この劇の思想的意義は低くならざるを得なかった。この類の腐敗分子が国家人民に対して危害を加えることを十分に表現していない。(16)

劉仲平は「詐欺師が馬鹿であればあるほど、騙されたものはもっと馬鹿であると表す」のでは不十分で、「騙されたもの（つまり党の幹部）の弱点を先鋭に指摘」しろと、言っているわけである。しかし、騙したものが馬鹿であればあるほど、騙された者はもっと馬鹿であるのは自明の理である。ここで劉仲平が要求するように、騙されたものの弱点を先鋭に指摘したらどうなるか?党の幹部が偽の書類を見抜けなかった事務能力の低さ、危機管理の無能力さを追及、暴露しなければならなくなる。党員でない老舎にこの種の詳細なことができようはずはない。さらにたとえ党員でこの種の手続き上のことに熟知していたとしても、当時の情勢から、結果的に党の弱点をさらけだすようなことは出来ようはずがない。騙されたもの（党の幹部）の弱点を暴くのには、詐欺師がいかに巧妙に、常人では見抜けない策略を用いたかと描いた方がよい。しかし、それでは党の威信に傷がつく。あらゆる困難をくぐり抜け、不可能を可能にして、抗日戦を戦い、国共内戦を戦いぬいてきた党と自負しているのだ。たかだかひとりの詐欺師に幾つもの機関が翻弄されるとは承服しがたいことではないか。ではけちな詐欺師として描けば、そんなけちな詐欺師にしてやられた党は、さらに小物になる。したがって劉仲平の要求はないものねだりである。劉仲平もこのことは承知の上で、もっと騙された党の幹部の弱点を描いて欲しかったのですよと、言っているのに等しい。

次の王大虎《ワンダーフー》の一九五六年十月「談劇本『西望長安』」では、さらに一歩突っ込んでこの点に触れている。

《西望長安》は成果があった。先ず、それは政治上積極的意義がある。つまり、この劇は、化けの皮をかぶりこっそり隠れていた、我々の周りの反革命政治詐欺師を暴き出し、具体的に詐欺師を保護した不注意な官僚主義者をあざ笑った。

栗晩成という人物の形象のある面において（彼の騙す技術の幼稚さと内心の醜さと空虚さ）比較的十分に表現できた。

劇の中で、もうひとりわりと素晴らしく描かれている人物は、公安部長の唐石青である。これは、現在の文芸作品のなかで決して多くはみられない、性格明朗な人物の肯定的な形象のひとつである。

官僚主義者への諷刺は、大胆さにかけ、十分に本質にふれていない。老舎氏自身の談話から、彼が諷刺問題に対して憂慮していることがはっきり分かる。老舎氏は「我々の今日の幹部は、大体において信頼すべきひとである。ただある一点で誤って、騙された」そこで、老舎氏は「彼らを基本的には良い人」として描いた。

彼は不必要な憂慮をしている。作者は勇敢に、大胆に、誇張して官僚主義者たちを諷刺してないし、彼らの傲慢で自信にあふれて右傾的に麻痺した思想の本質を、深く暴き出せていないし、諷刺の烈火で彼らの思想上の古臭い腐りきった残滓を焼ききれていない。(17)

王大虎は、「党の幹部の官僚主義、傲慢で自信にあふれた」本質を暴露して欲しいといっている。これは、人々が演劇に求めるものの本質をついている。アリストテレスは悲劇の目的をパトス（苦しみの感情の）の浄化にあるとした。最も一般的な理解では、悲劇を見て涙を流したり恐怖を味わったりすることで、こころのなかのしこりを浄化する。ここでは喜劇的に描かれているが、こんな詐欺師に幹部が振り回され、騙される劇を読むこと、見ることで、たしかに大衆のなかにしこりとなった部分が浄化されると思われる。それほど当時の幹部の質には問題があったのだろう。幹部を批判できるのは〝官僚主義〟についてだけである。しかし、この詐欺師事件はそれだけにとどまらないものがあったのではないか。

老舎もその点は苦労したようである。読者の意見に答えると言うかたちで、一九五六年『人民文学』五月号に、「有関『西望長安』的両封信」を発表した。

この実際に起こった、李万銘の詐欺の事件を題材にして、諷刺劇を描いた。反革命を粛清する作品ではない。詐欺師の記録は諷刺劇の格好の材料である。

肯定的人物の唐部長には、真面目さが足りないという人がいるが、そんなことはない。彼のユーモアは機敏であり、諷刺劇の風格と一致する。彼が真面目であるかどうかは、彼が職責を果たすかどうかである。彼は職責を果たした。今日の諷刺劇には必ず肯定的な人物が必要だ。このような人物を創造するのは、私の新しい試みである。

反動分子の描き方がよくないといわれているが、私はこの意見を受け入れる。肯定的人物を描くのに多くの場面を使い、詐欺師のペテンを十分に表現できる場面が足りなかった。諷刺劇には、全体を通じて独自の風格をもたねばならない。

諷刺が不十分であるという意見があるが、この意見を受け入れる。諷刺劇はとても描きにくく、私の才能と経験では不十分である。古典の諷刺作品は、悪辣で笑うべき人物を通して、社会制度を否定するものだ。現在は、私はこの社会制度を支持しているので、騙された幹部たちを徹底的に悪人には描けない。あの幹部たちは基本的に立派であるが、いくらかの部分で欠点がある。その欠点を諷刺できるだけだ。私が友人たちに脚本の初稿を朗読して聞かせたとき、ある人は、騙された幹部たちを、もっと悪く描くように提案した。私は拒絶した。諷刺はおおげさなものであるが、でっち上げや、事実を無視してでまかせを言うことは出来ない。(18)

『春華秋実』についてのべた文章に比べると、老舎の筆は軽やかで、伸び伸びしている。これは、上記のように創作内容の雪解け現象ともいうべき雰囲気がでてきたことと、関係がある。さらに「詐欺師」を描くというのは、労働運動、政治運動を描くよりは、老舎にむいている。老舎得意の諷刺と諧謔を十二分に生かせる。羅瑞卿の報告を読んだとき、老舎は内心雀躍したのではなかろうか。「これは描ける、描きたい」と。しかし、党の不祥事ではある。老舎は「私は羅瑞卿の報告を学習したとき、羅部長は、誰かが詐欺師李万銘の事実を素材にして、諷刺劇を描くように望んでいると思ったので、私はすぐさまこの諷刺劇を描こうと、実現にむけて努力した」[19]と述べて、党の要求に忠実に従った、というスタンスをとっている。

また詐欺師の描写は生き生きとしている。さらにその描写から、なにかうさんくささが、にじみでている。その会話のなかから同僚の荊友忠が、彼の嘘を暴いていくくだりは、息もつかせない。

荊友忠　『あなたに感服しない人はいませんよ。戦闘英雄で、そうして模範党員だもの、感服しない奴がいるかってんだ！』

栗晩成　『（感激する）ありがとう、ありがとう……本当のことを話そう。ここ……（首を指す）この中にはまだ弾が入ってるんだ！』

荊友忠　『（びっくり仰天して）弾が？なぜ早く言わなかったんですか？病院に行かなくちゃいけないよ。こんなところで勉強してるなんて！』……

栗晩成　『こいつは自分で動けるんだよ！大きな雷が鳴るたびにね、こいつはおとなしくしてないんだ、たぶん電気の作用なんだろうな、中で肉に沿ってジジーっと音がするんだ！』[20]

右記のように若く、純真な荊友忠を驚かす。しかし、冷静に読めば弾が体の中で、「ジジーっと音がする」など、わざとらしく、噴飯ものである。さらに抗米援朝のため、朝鮮戦争に行くという栗晩成に、荊は感動して自分も志願を申請するという。これが第三幕の伏線になる。

第三幕は一九五四年栗晩成は北京の農林省総務室にいる。彼は健康がすぐれないという理由で、病院で療養していて、局長級の待遇を受けながら仕事はしてない。ここに荊友忠も配属されている。荊友忠は、彼の妻に「私が初めから話そう。昔、あの人とぼくは陝西省農業幹部訓練班で一緒に勉強していた。あの頃ぼくは若くて、とても幼稚で、ぼくは彼を崇拝していた」[21]「君はどう思う、この間、新聞に二百人あまりの戦闘英雄の名簿が発表されたけど、この中に栗晩成の名前はないんだよ」[22]と言い、続けて「ところがまだ解せないところがあるんだ。あの時、彼は抗米援朝に加わると言った。彼が行ったかどうかぼくは知らない。しかし、ぼくは行った。朝鮮でぼくは聞いたんだが彼を知っているひとはいなかった」[23]「こちらにきてから、あのひとが十二軍三十五師団百三連隊の参謀長をやっていたと聞いたんだな。あの連隊ならぼくらと合同作戦をしたことがあったから、連隊の長官たちをみたことがあるが、彼はいなかった！これを君はどう説明する」[24]と事実に基づいて疑問を抱く。

そして部長の林樹桐《リンシュートン》に「やはり例の英雄名簿の問題です。部長から軍事委員会へ問い合わせたら、真相が明らかになるのではないでしょうか？軍事委員会はこの北京にあるんです！」[25]と提案する。しかし部長は「安心してくだされよ、栗晩成は今に師団長になるんだ！きみは英雄を疑わなければならないかもしれないが、ぼくらは英雄を信頼するね！」[26]と、取り合わない。さらに局長の卜希霖《ブウシーリン》は「きみは未だ経験が浅い、全体的観点に立って問題を考えられないんだ！考えてもみたまえ、わしら何人かの古参幹部の目と、何年間もの観察でもって、本物か偽者かを見抜けないことがあるだろうか？」[27]と、笑い飛ばすのである。

ここに幹部の経験が第一という経験主義が横行しているのがみてとれる。青年が事実に即して、物事を判断しょうという態度をとりあわない。これは何よりの官僚主義への批判ではなかろうか。荊は納得できず、上に告発しに行き、公安局長の唐青石が、粟晩成が最初に偽の書類をだした西安の農業技術研究所に、荊も伴っていき、調査する。粟晩成の書類をきちんと見たかという質問に、「ざっとだけど！あの頃は、学院では三反運動の真っ最中で、べらぼうに忙しくて、平亦奇《ピンイーチー》は、たぶんちゃんと」[28]とこたえる。「三反」運動とは、汚職、浪費、官僚主義を無くす運動である。ここでは老舎の諷刺は際だっている。官僚主義を無くする「三反運動」が忙しくて、偽党員を見抜けなかったという「手抜き」をしたというのだ。さらにこの事件を暴いたのが、経験が少ない若者だったこと、彼の言うことを取りあげなかった古参幹部の官僚主義が、これでもかというように暴かれている。

『西望長安』は解放後描いた戯曲の中で、初めて作品分析に耐ええる作品である。さらに前述したようにこの作品には、読むもの、見るものにカタルシスを与える、つまり浄化作用がある。だがこの時代の諷刺には限界がある。老舎も前述の自己評価でのべている「古典の諷刺作品は、悪辣で笑うべき人物を通して、社会制度を否定するものだ。現在、私はこの社会制度を支持しているので、騙された幹部たちを徹底的に悪人に描けない。あの幹部たちは基本的に立派であるが、いくらかの部分で欠点がある。その欠点を諷刺できるだけだ」は、当時の中国の社会体制のありかたをよく洞察している。老舎は党に対して、超えてはいけない一線をよくわきまえている。胡風はこれを見誤った。胡風は自分の真摯な文学への思いを、党は、毛沢東は、分かってくれるはずだと、三十万語もかいた。結果は「反革命」として逮捕されたのだ。共産党の領袖と「文学論争」するのは対等ではない。相手は武力闘争を勝ち抜いて政権を獲得した「政党」なのである。「政党」の存在基盤に抵触するような文学は、「政党」に必要ではない。その理論が文学論として、どれほど正当なものであったとしてもである。この胡風事件から老舎は多くを学んだと思われる。しかし果敢に諷刺劇に挑んだのだ。それならどのように描くか。

詐欺師を生き生きと描写し、だまされた幹部は、基本的に立派であるが、欠点があると描いた。さらに肯定的人物の唐石青に「我々の社会では、人々はお互いに信じ合い、お互いに尊敬しあっている。軍人には、とりわけ敬意を払っている。だから、こういう社会の中では、詐欺を働くのはさして難しいことではない、ね、どうです？」[29]と結ぶしかなかったのである。

老舎は当時の状況のなかで、ぎりぎり描けるところまで描いた。やはり往年の老舎の筆は鈍ってはいなかった。さらに論者の批評も変わってきている。『春華秋実』までの批評と、この作品の批評では、論者の老舎にたいする態度に違いがみられる。劉仲平は「老舎同志は旺盛な政治的情熱と勤勉で誠実な筆致で、人民の期待に答えた。……老舎同志は我々が敬愛する作家であり、才能と経験のある作家でもある。このような作家に対して、人々の期待と要求が非常に高く、さらに必然的に高くなるであろう」と結んでいる。『春華秋実』では、老舎は「よく学習して、描いた」だったのである。この作品から、彼は同志として、文芸界の牽引者として認められたと思われる。「肯定的人物をのみ描く」のではなく、詐欺師を描き、それに対して様々な批評がでた。この作品の批評に託して、批評家たちも以前より自由に「もっと幹部の腐敗を描いて欲しい」と、発言しているように思われる。このような創作内容の雪解け現象が、『西望長安』を生み、建国後初めて諷刺劇が「お咎め」を受けなくなった。次の百花斉放、百家争鳴へのさきがけとなった作品と思われる。

注

第一節

（1）『春華秋実』、一九五三年五月『劇本』五月号、現収『老舍全集』第一〇巻。

（2）「三反」運動…　一九五一年一二月から始まった「汚職、浪費、官僚主義に反対する」運動。党員、国家幹部を対象とした整党運動であり、党指導部体制の強化の狙いから、この運動を通じて約三三万人の党員を排除し、新たに一〇七万人の新党員を吸収した。この結果、五三年六月時点で党員数は六三九万九九〇〇人に達した。

（3）「五反」運動…一九五二年一月から始まった「贈賄、脱税、国の資産の窃取、詐取、仕事の手抜き、原材料のごまかし、国の経済情報の窃取に反対する」運動。運動の対象は直接的には私営商工業者を狙いとし、建国後の労働者階級とブルジョア階級との間の一つの厳しい階級闘争と位置づけられた。私営商工業者は権力から「不当な経済行為、投機的取引」を追求されただけでなく、企業内において労働者、従業員からの摘発、糾弾をうけた。五二年一〇月まで続いたこの運動によって、多くの私営業者は存続の代償として多大な罰金や献金を支払わせられるか、さもなければ自粛、廃業を迫られ、企業内において労働組合との力関係の変化を受け入れさせられた。これを通じて私営商工業の社会主義改造への外堀が埋められた。（2）、（3）は姫田光義他編『中国二十世紀史』（東京大学出版会、一九九三年）を参照した。

（4）老舍「我怎麼寫的『春華秋實』戯本」、『老舍全集』第一七巻、三五二—三六六頁。（初出一九五三年『劇本』五月号）

（5）同右、三五九頁。

(6)同右、三六〇頁。
(7)同右、三六三頁。
(8)同右、三六四―三六六頁。
(9)光未然「評老舎作話劇『春華秋実』」、『老舎研究資料』下、北京十月文芸出版社、一九八五年、九二三―九二六頁。(初出一九五三年九月号『劇本』)
(10)同右、九二三―九二六頁。
(11)蔦紅兵「為二十世紀中国文学写一份悼詞」、『芙蓉』、一九九九年、第六期、一三六頁。
坂井洋史『懺悔と越境　中国現代文学史研究』、(汲古書院、二〇〇五年)の口語訳を使用した。
(12)林語堂「我的話　語錄體舉例」、『論語』、一九三四年、七五〇頁。
同右『懺悔と越境』から、口語訳を使用した。
(13)周恩来「接見嵯峨、溥傑、溥儀等人的談話」(一九六一年六月一〇日)、『周恩来選集』下巻、人民出版社、一九八四年、三一六―三二二頁。

第二節

(14)周恩来「資料八　知識分子に関する中共中央書記周恩来の報告」一九五六年一月四日、『新中国資料集成』第五巻、日本国際問題研究所、一九七一年、三一―五四頁。
(15)老舎「有関『西望長安』的両封信」、『老舎的話劇芸術』、文化芸術出版社、一九八二年、一五五頁。(初出一九五六年『人民文学』五月号)
(16)劉仲平「評『西望長安』」、『老舎的話劇芸術』、文化芸術出版社一九八二年、三六五―三七四頁。(初出一九五六年『文芸報』第一三期)
(17)王大虎「談劇本『西望長安』」、『老舎的話劇芸術』、文化芸術出版社、一九八二年、三七五―三八三頁。(初出一九五六年『草地』一〇号)

(18) 老舎「有関『西望長安』的両封信」、注15、一五二—一五五頁。
さらに老舎は『文芸報』第一四期「談諷刺」（一九五六年七月、現収『老舎全集』第一七巻四二三—四二四頁）で、「我々の社会では誰も批評を禁止する特権はない。諷刺の手法は情け容赦なく、おおげさでいい。しかし、社会制度そのものを諷刺できない」と述べている。
(19) 同右、一五二頁。
(20) 老舎『西望長安』、『老舎全集』第一一巻、八九、九〇頁。口語訳は黎波訳（『老舎珠玉戯曲　茶館　龍鬚溝　西望長安』、大修館書店、一九八二年）を引用した。
(21) 同右、一二〇頁。
(22) 同右、一二一頁。
(23) 同右、一二一頁。
(24) 同右、一二一頁。
(25) 同右、一三〇頁。
(26) 同右、一三〇頁。
(27) 同右、一三〇頁。
(28) 同右、一三八頁。
(29) 同右、一六七頁。

第七章　「百花斉放」から「反右派闘争」の中の老舎

第一節　「百花斉放」への頌歌

一九五七年は、中国の知識人にとって昂揚から受難へと目まぐるしく変転する一年間だった。一九五六年工商業の社会主義的改造が基本的に完成して、経済建設が共産党の基本中心になったことに伴い、知識人の協力が必要になった。

そのため一九五六年四月、毛沢東は「百花斉放・百家争鳴」（以下双百と表記）を党の方針としなければならないと主張した。続いて五月二六日陸定一が、双百の政策は「文学・芸術活動と科学研究活動の分野において、自分の頭で物を考える自由、弁論の自由、創作と批評の自由、自分の意見を発表し、自分の意見を固持し、自分の意見を保留する自由をもつことを提唱する」と講演した。(1)

知識人ははじめ警戒して自己の見解を語ろうとしなかった。引き続き毛沢東は「人民内部の矛盾を正しく処理する問題について」(2)を講演し、中共中央が「整風運動の指示」(3)を出して、党外人士が共産党の官僚主義を批判するよう要請した。(4)

老舎は党の双百の方針を受けて、一九五七年一月一六日『人民中国』英文版に「自由と作家」を発表した。そこで「私は文芸理論家でもなく、革命理論家でもない。私自身の体験を率直に語る」と詳しく述べている。以下要約して記す。

文学にはそれ自身の規律性がある。名前は文学でも、政治的専門用語ばかりでは誰も読みたがらない。ここ何年か文学の領域でも公式化と概念化の間違いがあった。

民主国家においては誰でも批評する権利を持っている。作家が描きたいと思う内容は、自由であるべきだ。人民に害のない作品なら何を描いてもいいし、発表してもよい。

創作方法は、社会主義リアリズムが公認の方法である。しかしその他の創作方法でも、人民の生活を反映できたらよい。

作家はいかなる党派、流派に属していようと鼓舞すべきであり、妨害すべきでない。

作家は自分の作品を、どの出版社にでも送って出版することが出来る。

作家協会に、作家の自由を干渉する権限はない。

唯物論でも、唯心論でも筋道が通ったものであれば発表して、公開で討論すべきである。これでこそ百家争鳴になる。

中国は多民族の国である。この数年間に少数民族の叙事詩、伝説、歌舞などを整理した過程で、翻訳上の困難や、原文の欠けた箇所を発見したと、意識的、無意識的に大漢民族主義の独断に陥いり、民族的な風格や雰囲気を損ねるようなことをしてきた。このように勝手に、粗暴に手を加えるようなことは避けなければならない。

わが国の文化は立ち遅れている。全ての国から謙虚に学ぶ必要がある。この面で外国の皆さんが助けてくださるよう希望する。(5)


このように老舎は、百花斉放とは「作家の描く内容・方法の自由、批判の自由、出版の自由、思想の自由」であると強調しているのである。これはいかなる体制であっても、作家が作家であるための基本的条件である。老舎にとっての一九五七年は、作家の自由を謳歌する文章から始まった。解放後多くの作品を積極的に発表し続けてきた老舎だからこそ描けた内容であり、老舎の夢と悲願がつまっていると思われる。しかしこれは英文で発表されたものである。中国国内では一九八六年まで発表されなかった事実(6)を合わせ見ると、あくまで西側諸国向けの論評であり、中国国内で発表される状況ではなかったようである。

続けて四月二一日『文芸報』に「百花斉放について話したい。…しかし今日にいたるまで百の花はまだ咲いていない。ある者は気候をまだ信じてないので、ちょっと試してみようとして、勢いよく咲かない。万一寒波が襲うと、霜の害にあうから。…百花斉放とは、『知っていることはなんでも話し、余すところなく語り尽くす』ようにみんなを鼓舞し、発言するだけの勇気と、真理を追究する民主的気風をつくりあげるものである」(7)と述べた。

さらに五月一三日には「百花斉放は非常に大きな問題である。…私たちの民主生活は歴史が浅い。…青年たちは努力し続け、民主社会を作るには、大胆に批評し、批評をうける勇気をもち、良い習慣をもつべきである」[8]と、青年たちに噛み砕いて説いている。「自由と作家」では革命理論家ではないと、わざわざ断っていたが、ここではあたかも老舎は、共産党の政策を文芸界に適用して説く、理論家のようである。

六月一四日発表した「三邪」[9]で、この点がさらに明確になる。「事実は証明している。中国共産党は本当に誠実な党である。そうでなければ、どうして党外の人に整党の援助をさせようとするか。党がこのように誠実であるからには、私たちは党の依頼と信頼に背くことができようか。…温和な態度で、公正で冷静に事実を話し、建設的な意見を出すべきである。…党内外の人士が社会主義の前進に向かって、手を携え前進する。これはなんと明るく美しい情景ではないか」と、党外人士も党の整風運動に誠実に協力しょうと、呼びかけた。これは四月二七日「整風運動に関する中国共産党中央委員会の指示」[10]、五月四日「中共中央　党外人士に共産党の整風支援を依頼することについての指示」[11]の呼びかけに応じて、共産党の機関紙『人民日報』に発表したものである。老舎の語り口には勢いがあり、自信をもって党の方針を支持している。ここから老舎は、党から「党外人士」として、スポークスマン的存在とみなされていることが分かる。上記の二つの「指示」は、これが実行されるならば、すばらしい党の方針となり得るはずであった。だからこそ老舎も、この役割を引き受けたのであろう。このように一九五七年は、老舎にとって昂揚した滑り出しとなった。

第二節　歴史に翻弄された『茶館』

(一)「悲劇」が創作可能になった経緯

解放後多くの既成作家が作品を発表しないなかで、老舎だけは多くの戯曲を描き上げた。だがその創作の過程で、描きたい素材を描きたいように描けたのではない。先ず一九五〇年に発表した『方珍珠』では「全四幕とし、前三幕は解放前を描き、後一幕は解放後を描こうとした」が「解放後の光明を描くために五幕にすべき」といわれて五幕にした。また「劇中で指導者が明確でない。…劇中に党員、あるいは曲芸界に関係のある行政機関の人員を書き加えるべき」と言われたが、老舎は「そんなことはしたくない。どうやって一人の党員を描けるのか?」[12]と拒否している。また党の官僚主義等を正す、三反・五反運動をテーマにした戯曲『春華秋実』では、党の指導をうけて十回書き直して、[13]党員を登場させ『方珍珠』で指摘された要件をすべて満たした。このように党の文芸方針と齟齬をきたしながらも、従ってきた。

上述のように歩んできた老舎にとって、「百花斉放」の方針は、「描きたいものを描く」待望のチャンスだった。

一九五七年三月八日毛沢東と文芸界との談話で、老舎は次のような質問をしている。「『悲劇』を書いてよいかどうか。たとえば、作家がひどく憎んでいるある人たちがいるとしたら、その人たちを（小説の上で）失敗させたり殺したりしてよいかどうか」と。これに対して毛沢東が「どんな人を憎むか」と聞くと、老舎が答える前に康生が「官僚主義をだ」と答えると、毛沢東は「もちろん官僚主義は批判すべきだ。…官僚主義に反対するのは徹底的であるべきだ」[14]と答えた。毛沢東は作品の中で人を殺すことを、駄目だとは断定しなかった。この質問により、五十年以降作品の中に自殺・殺人すら自由には描けなかったことを端的に示している。

この毛沢東との談話を受けるかのように、三月一八日老舎は『人民日報』に発表した「論悲劇」で「今日悲劇を描く人はいない。悲劇は二千年以来、文学の重要な形式だ。それは人々が生死の瀬戸際にあるときの矛盾と衝突を描き、それが人の運命に関係する。このように強力な文学形式が顧みられないのは、理解に苦しむ。とくに百花斉放を呼びかけている今日において。私たちの愛すべき社会でも依然として悲劇は起こっている。これは描く価値がある。…毛沢東主席は、私たちが人民内部の矛盾をいかに処理するかについて、教え諭された。作家は主席の教えに従って、作品の中に宣伝教育を尽くす責任がある」[15]と述べている。

ここから、新中国において「悲劇」は描くべきでないと見なされていて、またそれを描くにあたっては「毛沢東の教えに従う」のだと強調しなければならなかった状況が推察される。たとえ「双百」が提唱されているときであっても、老舎は好機到来と自分の文学論を率先して述べるのでなく、慎重に段階を踏んだ。このような経緯を経て『茶館』は、一九五七年七月二四日『収穫』[16]創刊号に発表された。

(二)　中国における評価の変遷

老舎は『茶館』について「ある人は、康順子《カンシュンズ》の不運と康大力《カンダーリー》の革命参加を中心にしてストーリーを発展させたら私が描いた劇よりさらに良くなるだろうと。私は採用できない。なぜなら、三つの時代を葬送するという目的が達成しづらくなる。私の描き方はいささか新しい試で、完全に古いしきたりに縛られていない」(17)と、自らのテーマを述べ、「革命参加を中心に描く」という「助言」をきっぱりと断っている。これも「百花斉放」の方針のもとだからこそ言えたことである。しかし『茶館』は発表されてから今日まで、中国で幾多の毀誉褒貶にさらされた。

これは三つの時期に分けられる。まず発表当時から一九六三年までである。一九五七年焦菊隠は「第一幕はよいが、第三幕は少し劣る。劇の背後に正しい政治路線があるべきで、どうやって脚本からこれを掘り起こすか。言葉もよい。人物も生きている。わずかの言葉で言い尽くしている。画竜点睛的手法だ」(18)と述べている。芸術的に評価はしているものの、社会主義国家を支持する方向性が稀薄な点を憂慮している。

一九六〇年、伊兵《イーピン》は「作者は新社会を熱愛し、それで彼はこのように旧社会を深刻に分析し否定することが出来た。しかし、この脚本には大きな欠陥がある。特に最後の一幕は…時代はすでに解放の時世に近づいているが、解放の響きは非常に弱く…旧時代に対して唾棄もしているが、かつ同情もするという矛盾した感情が多少とも表れていると感じさせる」(19)と述べている。しかし反右派闘争が拡大化してきた一九六三年になると、人々は「右派」にされまいと『茶館』を激しく攻撃した。

夏淳《シァチュン》は一九六三年の頃を振り返って「当時は一九五七年の反右派闘争が拡大化しているときで、人々は右傾的問題に神経を尖らせて警戒していて…だから人は《茶館》を批判、非難した。…作者は昔を懐かしみ、没落した封建貴族に多大な同情を寄せ、はなはだしい者に到っては、作者は資本家階級のために不平を述べて…社会主義の改造に反対している」[20]と言う人がいたと、述べている。このように発表直後は反右派闘争の波につれて「反革命」的だという方向に押し流された。以後文化大革命終了までの十六年間『茶館』は顧みられることはなかった。

この第一の時期は、「百花斉放」の方針は影が薄くなり、反右派闘争に入っている。しかし原則としては「双百」はまだ続いていることになっている。批評家たちは独自の論を展開できず、右顧左眄している。

第二の時期は、老舎が名誉回復された一九七八年から一九八四年ごろまでである。老舎は一九六六年八月二四日、北京徳勝門外の太平湖に入水自殺[21]した。一九七八年八宝山革命公墓で遺骨埋葬式[22]が挙行され、名誉回復された。ここでやっと老舎に、公に哀悼の意を表せることとなった。『茶館』についても論ずることができるようになり「中国の文化人たちは、続々と筆を執り、満腔の激情を込めて文章を描き、旧友の老舎を偲んだ」[23]のである。

一九七九年汪景寿《ワンチンショウ》は「老舎が『茶館』で表現しようとした意図は、旧社会を描くことで新時代の賛歌を用意した。『解放後の光明』を謳歌するために、どれだけの心血を注いだことか?西側諸国の人々は、老舎は自分の描きたいものを描かず、共産党の呼びかけにだけ応える〝イエスマン〟になったと中傷した。彼は鋭く対立していった。『イエスマン?党の声に答え、人民の声に答え、革命の声に答えるのが、どうしていけないのだ?』」[24]と、老舎の『茶館』は「解放後の光明を讃えるために心血をそそいだ」ものであり、老舎は一貫して「共産党を賛美した」と述べている。

比較的客観的な論調では中国当代文学史初稿で「百花斉放の方針を支持し、貢献するために情熱を注ぎ創作した。『茶館』は老舎の最も成功した作品であり…作者は、今日の観点にたち、過去の歴史と生活を描いたので、決して単純に旧社会の暗黒を暴露したのではない。…人民は中国社会の改造のために、歴史を発展させる巨大な力で推し進めたが、『茶館』の中の表現は、これに対して不十分である。」[25]と、社会主義への賛美が足りないと述べている。

このように、名誉回復直後の論評は、五十年以降六十六年までの老舎を追憶し、その言動を全て肯定し、党に忠誠を尽くしたと、その功績を讃えている。

第三の時期は一九八五年以降である。一九八九年王行之の「我論老舎」は、第一、第二の時期の流れを断ち切る画期的な内容だった。王は「老舎の黄金期は一九三二年から一九四九年までである。五十年以降の老舎は『茶館』以外は評価できない」とした。さらに当時を「日増しに硬直してゆく荒唐無稽な文芸政策によって、作家老舎は不正常な創作の道を歩むこととなった」[26]と述べるに到った。

これに対して李潤新《リルンシン》は反論した。「王行之同志の、老舎の新中国成立後の『芸術の下り坂』の論断は受け入れにくい。老舎の建国後の文芸創作は、建国前と同じように、依然として非常に豊富である。『茶館』は代表作で、それは高度な思想性と高度な芸術性が完全に結合した芸術作品である……『茶館』は旧社会のための葬送曲を歌うとき、老舎は共産党だけが中国を救える、社会主義だけが中国を救える真実だ」[27]と指摘していると述べている。

第三の時期の一九八五年は「方法論年」(28)と呼ばれ、従来の文学研究に対する見直しの動きが起こってきた。その流れのなかで、王論文が初めて『政治の眼鏡』をはずして作品を見ようと表現した。さらに王論文には『茶館』は、社会主義社会の光明を支持しているなどの言説がみられない。これに対して李論文は鋭く対立している。

この三つの時期全体に共通していることは、王行之以外は、『茶館』論評の最後に「老舎は社会主義中国を支持し、そのために奮闘した」という意味の言説が必ず付加されることである。

これは老舎の「名誉」のためというポーズを、論者が取っている。だがそれだけだろうか。このように注釈しなければ、論者自身の立場も危うくなる言葉なのではなかろうか。中国において、最終的に現体制を批判しているとみなした作品を論じ、肯定することは難しいと思われる。

さらに老舎の作品が現中国で出版され、彼が受け入れられているということは、老舎は基本的には「社会主義中国を支持していると」と、公認されていることだ。にもかかわらず、『茶館』を論ずるとき、わざわざ「支持している」と描き加えている。これの意味するところは、『茶館』を肯定、評価する際に、老舎は「社会主義体制を支持している」と、必ず描き加えなければならない危うさが、透けて見えるということである。つまり「諸刃の剣」の側面が存在するということではなかろうか。次節でこの点を見ていく。

(三)　老舎が描出したアイデンティティと失望感

旗人常四爺の矜持

『茶館』の第一幕は一八九八年戊戌政変が失敗した年。場所は北京城内の裕泰茶館。常連客に旗人松二爺《ソンアルイエ》と常四爺《チャンスーイエ》がいる。常四爺が「大清国はおしまいだ」と松二爺に言ったのを、特務に咎められた。常四爺は「大清国を愛しているから心配なのだ」というが、特務は彼を逮捕しょうとする。それに対して常四爺は「お前たちに言うが、わしは旗人だぞ」というが、連行される。

第二幕は一九一一年辛亥革命がおこり、翌年中華民国成立。袁世凱死後（一九一六年）以後の軍閥割拠内乱の時代。第一幕から十数年経っている。北京の大型の茶館の多くは店を閉じた。王利発《ワンリーファ》の裕泰茶館は模様替えをし、やり方を変えて残っている。

一年あまり牢に入っていて、出てきた常四爺が茶館にやって来て、松二爺に「あなたは読み、書き、算盤が出来るのだから、まさか仕事が見つからないことはないでしょう」と言う。松二爺は「誰が一体旗人を使ってくれるでしょう。大清国はよかったとは思えないが、民国になってから、私は飢えているんです」[29]と言う。さらに常四爺を逮捕した特務に声をかけられ「牢をでて…義和団に入り、毛唐と何度か戦ったんだ。…大清国は結局滅んだんだ。わしは旗人ではあるが、公正な事をいわねばならん。いまは自分の力でかせいで食っている。…もしいつか毛唐が戦争をしかけてくれば、この常は、またあいつらと戦うつもりでいる。わしは旗人だが、旗人も中国人だ。おまえさんたちおふたりはどうかな」[30]という。

第三幕は抗日戦争勝利後、国民党のスパイとアメリカ兵が北京で横行していた頃。裕泰茶館は前幕のように立派ではない。第二幕で登場した康大力はすでに、八路軍のいるゲリラ地区に入っている。康順子は大力の勧めで八路軍地区へ行くことになり息子の王大栓《ワンダーシュアン》が送っていく。王利発は康大力の身柄引き渡しを迫る特務の脅迫を受けて、嫁と孫娘を八路軍のいる地区に脱出させる。そこに常四爺と秦仲義が入って来る。常四爺は「誰もかれもみな道理を唱え、人を侮ったりしないように、願って、願って、ただ願い続けてきた。しかし、古い友人たちがみな目の前で、飢え死にしたり、人に殺されたりした。…わしは国を愛してきた。しかし、いったい誰がわしを愛してくれただろう」(31)と、三人は自分の生涯を振り返り、紙銭をまき自らを葬り、お茶を飲んで二人は帰る。王利発も去る。そこへ劉麻子《リュマーズ》の息子が国民党の高官をつれて、茶館を接収しにやって来る。劉が王を探しにいき、王が首吊り自殺をしていることを高官に告げたが「好！好！（よい、よい」と言い、幕が下りる。

老舎はこの作品で、常四爺と松二爺に「自分は旗人」だと言わせている。これは解放後の作品では初めてである。(32)なぜ何度も登場人物に「旗人（満州族）」と言わせたか。

常四爺の旗人についての台詞を続けると次のようになる。「あんたがたに言うが、私は旗人だよ！」（第一幕）、「私は旗人だが、旗人だって中国人だよ！」（第二幕）、最後に紙銭を撒きながら、「私は私の国を愛したよ、だが誰が私を愛してくれた？」（第三幕）と、自らを葬るのである。

ここには満州族である老舎の思いが込められているのではないか。それには先ず一九四九年米国から帰国した後の老舎のおかれた立場、役割をみていかねばならない。老舎は米国で『駱駝祥子』がベストセラーになり、西側諸国に名の知られた作家である。米国から帰国した後、共産党の期待をうけて、老舎もそれに積極的に応え、中華人民共和国を支持する作品を、精力的に発表している。中国共産党は、共産党党員ではない、このような知識人を高く評価し、漢民族以外の少数民族をも差別せず平等に扱っていることを内外に周知らせたい。この西側諸国にも名の知られた老舎を、党の政策の「典型」として、国内外に示すことにより、中国共産党の正当性を喧伝することになる。[33]老舎はこのような役割を担わされて一九五〇年以降ひたすら走ってきたのだ。

老舎は一八九九年戊戌の政変の翌年に生まれ、清国末期に幼少期を送り、中華民国の軍閥割拠の時期は青年期で、一九三七年からは抗日戦に参加し、一九五〇年から新中国のために精力的に創作した。いわば三つの時代を生き抜いてきた。『茶館』の常四爺も清国末期、中華民国の軍閥割拠の時期、抗日戦に勝利した国共内戦の時期を生きている。老舎は三つの時代を生き抜いてきた自らの思いを、同じく三つの時代を生き抜いてきた常四爺に仮託して描いたのではないか。また劇中で常、秦、王が紙銭をまいて自らを葬送させたのは、建国後七年間の現状を見て、老舎のなかにある種の失望感が宿ってきていることの証左ともいえる。「私は旗人だ……私は私の国を愛したよ、だが誰が私を愛してくれた？」は、老舎の心の底からの嘆息である。この台詞は、新中国成立後七年間担わされてきた満州人として、作家として果たしてきた「老舎の役割」に対する「旗人老舎かく在り」という自らの存在証明を、描出せずにはおれなかった結果ではなかろうか。

王利発の自殺

老舎は一九五〇年までの長編小説では、場面の質的転換を図るための装置として、自殺を多く描いている。『猫城記』では、国が滅亡するとき、死んでも自分の面目は失いたくないと、若いカップルがピストル自殺する。[34]『四世同堂』では、日本軍に奸商の汚名を着せられた店の主人が、自らの汚れを洗い流そうと入水自殺する。これらの作品の時代は、諸外国に侵略され、そのくびきから逃れられない、さらにその見通しのついていない時期である。自殺させることでしか、登場人物の真摯な思いを表現できなかったのである。このように作家が作品の中で「人を殺す」とは、その作品に質的転換をもたらすものである。

抗日戦に勝利し、新中国成立後状況は変わった。老舎も五十年以降の作品で自殺を一度も描かなかった。「解放された社会」にあっては、ただ前向きに生きるのが是とされた。さらに、自殺は一般に「自分を人民から切り離し、自分の生命を手段として党を脅かす行為である」[36]とされていたからである。しかし老舎は『茶館』を執筆する過程で毛沢東に、作中で人を殺してよいか質問している。[37]そこで毛沢東が肯定はしなかったが、否定しなかったのを受けて、王利発を作中で「殺した」。

王は茶館の主人として、五十年にわたる三つの時代を生き抜いてきた。「人間なにがなんでも生きていかなければならないでしょうが。私がとっかえ引きかえあらゆるやり方をしてきたのも、生き続けていくためにほかなりませんでした」[38]と言っている。彼は逞しく、積極的に生き続けてきたのだ。さらに王が置かれた状況は八方塞がりではない。店で働いていた康順子は息子大力のいる八路軍地区へ行くことになり、息子の王大栓に送っていかせる。さらに嫁と孫娘も八路軍のいる地区に脱出させる。茶館は没収されたが、王利発が拘束されているわけではないので、彼も脱出することは可能である。

時代は後二、三年で新中国が成立する時期である。さらに作者の老舎は、その「労働者、農民、兵士が解放された」一九五七年の社会に立っているのだ。「全ての虐げられていた」人々が解放されたはずの社会にである。老舎がそのような社会に立っていると真に確信していたなら、作家の筆は、王利発を死なせることは出来なかったと思われる。にもかかわらず老舎は、王の茶館が没収されたのと同時に、王利発を自殺させた。後二、三年で「新中国」がやって来るという時期にである。

これの意味するところは、解放後七年間新中国で生きてきた老舎が、王利発を「新中国」で生きていかせる確信がなかったのではないか。王を自殺に導いた作家の筆とは、その作家の潜在意識を裏切れなかった結果だと思うのである。つまり一九五七年「中華民族」が解放されたはずの新中国を、作家老舎の潜在意識では「ここでは生きていけない人もいる」と認識していた証左にほかならない。だからこそ「革命参加を中心にストーリーを発展させる」(39)という助言をきっぱりと断ったのも肯ける。老舎のモチーフはそこには無かったのである。またそのようには描かないことに意味があった。さらにいえばそのようには描けなかった。老舎の作家としての潜在意識が「労働者、農民、兵士が解放された」はずの新中国に、王利発を送り込むことは出来なかった。この潜在意識が「社会主義賛美」で終わることを拒否させたのではなかろうか。

このようにみてくると中国で『茶館』を論じるとき、ほとんどの論者が「老舎は新中国を支持していた」とあえて付加せざるを得ない意味も見えてくる。『茶館』は、現体制を脅かしかねない失望感が仄見える作品といえる。「新中国賛美」と「新中国への失望感」という「諸刃の剣」の側面を具備した作品なのである。それゆえ時代を越えて、読者に多様な読みをもたらすものと思われる。(40)

第三節　「反右派闘争」で果たした役割

一九五六年「双百」の方針が出ても一九五五年の胡風事件(41)で懲りている知識人は、すぐには応じなかった。毛沢東は一九五七年二月「人民内部の問題を正しく処理する問題について」(42)を演説した。さらに四月「整風運動に関する中国共産党の指示」(43)を発表し、五月「中共中央党外人士に共産党の整風支援を依頼することについての指示」(44)を矢継ぎ早に発表した。これにともない民主諸党派、知識人、大学生が中国共産党の急激な農業集団化政策と共産党の独裁化に反対する意見を表明した。(45)こうした状況に、毛沢東は右派分子が、共産党の指導権を奪うものだとして、六月から右派に対する徹底的な弾圧を展開した。いわゆる「反右派闘争」(46)である。これは文芸界でも例外ではなく党員、非党員を問わず、多くの人が党の会議や、党拡大会議で糾弾され「右派」とされた。作家協会の副主席をしている老舎は、丁玲《ディンリン》、呉祖光《ウーツークワン》等の「右派」と「闘争」する発言を求められた。

八月七日、「丁玲、陳企霞《チェンチー》集団」の「反党の陰謀」を暴き出すよう、発言を求められた老舎は「丁、陳の反党陰謀に関しては、何も知らないので暴きだせない。この大会で彼らの事を聞いてひどく苦しい！党員のなかに、このように精神の卑劣な人がいるとは思いもしなかった。私は無党無派だが、共産党を愛している…今日の会は作家の団結のためであり、暴きだすこともないので、心に思っていることを打ち明ける」と、抗日戦争時、重慶での経験を「重慶の文協が成立したときただ部長を置くだけで、会に関わる仕事を管理した。実際の責任を持ったのは私である。みなを団結させたのは私である…私は重慶で作家を団結させたことがあるので、作協の副主席になる資格があるのだ。私は上昇志向の人間ではない。私は高級幹部に自分を宣伝し、私を副主席にさせたのではない。…現在あなたは反党で、団結を破壊し、私はあなたを恨まざるをえない。」(47)と発言している。ここでは丁玲について、党の報告の内容を丸ごと支持、鸚鵡返しに彼女を糾弾していない。ただ党の原則に従い、抗日戦時の自身の経験に即して、団結の重要性を述べるにとどめている。また「高級幹部に自分を宣伝して、作協の副主席にさせたのではない」とは老舎にとって異例な発言である。これは、老舎の中に上記のような陰口に対する深い怒りがあったが、それを個人的に話して鬱憤を晴らしたりすると、揚げ足をとられて「右派」にされかねない状況であった。それゆえ、この際公的な場で胸に溜まっていた憤懣をぶちまけ、あわせて丁玲への批判の矛先をかわしたと思われる。

続いて八月一七日、『人民日報』に丁玲批判を発表する。「彼女のここ何日かの会議の発言の態度から思うに、彼女はやはり旧態依然として『我すなわち文壇』という態度で甘言を並べ、真面目に問題を申し開きせず、感情的な独白をし、美しい修辞で涙ながらに指摘し、皆の同情と了解を得ようと意図している。私たちは馬鹿ではない。もうだまされない。丁玲本当のことを言いなさい。丁玲は資産階級個人主義の権化である」(48)

老舎が丁玲を批判した最も過激な発言である。しかし、党が発表した丁玲の具体的罪状を上げて、批判したりしていない。このときの丁玲の発言の態度に反感を持って、その点についてのみ激しい言葉で調子をあ

わせているように見受けられる。(49)

さらに八月二〇日「呉祖光は何ゆえ激しく怒ったのか」(50)を『人民日報』に発表した。要訳して記す。

最初呉祖光のことを聞いたときは、内心同情した。しかし、彼の反党、反社会主義会に関する記録を見て非常に腹がたち、彼への認識を汚したと思った」として、呉への批判を三点述べている。ひとつは彼はこの社会の是非を見分けず、罵る…広和楼が新しく開幕した。現在広和楼は広くて、清潔である。このような劇場で劇をみるのは、なんと文明的なことか！しかし呉祖光は不満だ、さらに憤慨する。彼はあのような臭い匂いを懐かしく思う。呉祖光の心は、このように不潔で、彼の趣味もこのように低級なのだ。

二つめは呉祖光は旧社会の劇場の楽屋を懐かしく思っている。旧社会の楽屋とは、国民党の特務がピストルを持って来ている。彼らは楽屋で横暴に歩き、俳優を脅したり、淫らな話をしたりする。俳優たちは彼らの聞くにたえない話を、笑って聞いているふりをしなければならない。彼はこのような楽屋がいいと思っている。

三つめは、彼は抗戦の八年間は、多くの好い脚本を書いた。解放後一つの劇も描いてないのは、新社会が彼の創作を束縛しているからだという。私は彼より年をとっているし、根気は彼より劣り、彼より忙しい。しかし、解放後多くの劇を描いている。彼は自分が描けないのを共産党の指導がまちがっていると恨むよりほかない。彼と私は党の指導のもと、私が描けて彼が描けないのは、まさかこれが党の間違いというのではあるまい？……呉祖光の反党小集団は、一つの例だ。同志たちよ情をかけるな、警戒すべきだ！

老舎の批判文は『劇本』一九五七年八月号の呉の「呉祖光楽屋を語る」を受けて描いたものである。この中で呉祖光は「自分の作品が上演されたとき、楽屋に行った。芝居の楽屋は伝統的な親しみ、温かみが無くなり、完全に役所に変わってしまった。取り締まりが厳しいためだ。劇作家と劇場の関係がこのようだったら、俳優は楽屋で長期にわたりびくびくして、神経衰弱になってしまう。過去の思い出を継承すべきだ」(51)とある。老舎は呉が党の官僚的な支配を批判している点には触れず、呉への批判を悪趣味・低級なものと貶めることで、呉をかばい『右派』として追及されるのをそらそうとしている。さらにどのような状況でも、自分は描いてきたと自己肯定している。

後年呉祖光は、老舎について回想している。「一九五七年大小無数の批判闘争会で、多くの同志が舞台に上がって、私を批判した。老舎氏もその中のひとりだった。彼は過去にあまり見かけなかった激しい言葉と、使い慣れたユーモアと諷刺の混ざった言葉のなかに、ある種の普通と違う温かみを感じた。…さらに私が北大荒(52)に行った以後、生活が苦しく、妻は私の絵画のコレクションを売った。…私が帰ってきたとき、老舎が（妻が売った）白石《バイシー》老人の絵を画商の店から買っていて、持ってきてくれた。彼は『あなたに申し訳ないのは、鳳霞（祖光の妻）が売った画を全部は、あなたに買い戻してあげられなかったことです』と言った。なんと老舎は『私に申し訳ない』と言った」(53)

ここから読み取れるように、老舎の呉祖光への『右派』批判は本心からではなく、やむなくせざるを得なかったものと思われる。

老舎はさらに『人民日報』『文芸報』などに党の方針を支持して、民意を鼓舞する多くの論文を発表した。九月一二日『中国青年報』に「解放後、共産党は文芸に関心をもち、多くの青年作家を育てた。…できあがったものは直されて、すぐに発表できないし、描き直しても駄目なときがある。…特に青年作家は描き直すことを、創作の過程でやるべきで、鍛えられるべきである。これは創作の自由、不自由と関係ない。…党の指導に感謝し、指導が無かったら社会主義も成功しようがないし、作家も何も成就できない」[54]と、老舎は党の指導を肯定し「これ以外に方法がない」とまで言っている。ここで「党の指導」を前面にうちだしてきたのは注目に値する。この年の一月「自由と作家」で「国家に害を与えなければどんな作品でもよい」と述べた内容から、百八十度の方向転換を余儀なくされている。ここにいたって老舎は、文芸部門に党の方針を伝達する、重要な役割を担わされてきている。五十年以降精力的に作品を描き、何度も描き直して発表し続けてきた老舎の言説は、説得力がある。自らの実践を通してこのように描けるのは、老舎しかいないと思われる。老舎もこのように捉えなければ、五十年以降やってきた自らの創作活動を否定することにもなる。

続けて九月二〇日「論才子」[55]で、青年作家たちに「創作とは、永遠に自己と自己、自己と他人が競い合う仕事」であり「創造と競争は不可分である。…青年作家の立場から言えば、彼らはすでに党の恩恵を受けているからには、党が文芸を指導するべきでないとか指導が間違っている」等言えないし「党の指導は配慮と援助を含んでいるのだから、ぜひとも党の指導と援助がなければならない。これは私自身の経験である」

と自らの経験を披瀝した。さらに「社会主義建設は自然発生的」ではなく「共産党の指導があって初めて社会主義の建設ができるのだ」から「社会主義を熱愛する作家であり、また共産党を熱愛せざるをえなければ、党の指導部の言うことを聞く」べきだ。「共産党は中国人民の救い主」であり「共産党が我々に社会主義をもたらした」のだと述べている。

ここで、まず老舎は青年作家たちに、作家になれたのは「党のおかげ」であるから「党の恩恵を忘れるな」と説いている。これは五十年以降の自分自身にもあてはまることだと、老舎は自覚している。さらに右派分子とは「党の指導を拒否」するからだと、「右派」問題を故意に矮小化しているようにも思われる。今は黙って党の指導を受けておくようにと言いたげでもある。

十月二九日「戯曲と曲芸の芸人たちは旧社会では二重の圧迫をうけていた。が解放後自己改造し、卑屈にならず自分を認めることが出来た。…身を寄せている環境がよくなれば、自分もそれにつれてよくなる。この社会の恩義を忘れるな。右派分子に対しては戦わなければならない」[56]と、芸人たちが卑屈にならず生活も向上したのは、党のおかげであるから、党の恩義を忘れるな。その党が進めている「反右派闘争」であるから、なにはともあれその方針に従うようにと諭している。

一九五七年最後の論評は英文で『中国建設』[57]に掲載したものである。「百花斉放の積極的作用は火をみるより明らか」であり「風格はさらに個性をもち、内容は豊富で、奥深くなった」と述べ、さらに「現在我々は、政治と文化の領域で、反右派闘争の真っ只中にある。右派分子は党が開始した教条主義に反対する運動の機会に乗じて、解放以来労働者人民のすべての成果を中傷して捕まった」と党の方針[58]を鸚鵡返しに述べている。

六月以降百花斉放は望むべくもなく、右派分子と認定された知識人が次々に強制労働に送られ、家族も苦しい生活を強いられている。自ら描いたこの言説の空疎さを、老舎も気づかないはずは無いと思われる。しかし、そのような面にはあえて目を背け、現体制を守ろうとした発言の真意は次にある。「私は作家になって四十年になった。作家と芸術家が国民党統治下で、どのような生活をしていたか―進歩的作家は迫害、監禁、殺害され、一冊の本を出すのもどれほど困難だったか…今は作家は後顧の憂いなく、人民のために服務でき、さらに各方面から援助」もあり「作家の政治的地位もかってないほど高くなった。全国人民代表大会には四十六名の作家が代表になった。もし共産党の指導が無ければ、もし私たちの国家が社会主義の方向にすすまなかったら、これらのすべては不可能だったのだ」と述べている。最終的に、作家として歩んできた自らの歴史を、否定は出来なかったのだと思われる。

一九五七年の老舎の最大の成果は『茶館』を発表したことである。これは五六年百花斉放方針が出されたことにより可能になったものである。

五〇年以降五六年までの老舎の作品は、党の指導を受け、新社会を肯定的に描きだすことだけだった。しかし、老舎がこのような創作だけでは決して満足していなかったことが、この素早い対応ではっきりする。『茶館』は新中国を題材にとらず、清末から新中国成立の二、三年前までを描く中で、新中国に潜在する問題をも炙り出して、五十年以降老舎の最大の傑作となった。

しかし『茶館』が上梓されたときは、後に文化大革命への布石[59]となったともいわれる「反右派闘争」が始まった。この時党は、反右派闘争の文芸界の旗手として老舎を起用した。老舎もこの役割を積極的に引き受けたかに見える。それはなぜか。

老舎は、一九四九年米国から帰国後、多くの作品を描く過程で、党が援助し、口もだしてきた。しかし、その党の援助や後押しで、作家としてここまでやってこられたことも熟知している。その党の方針に反することは、自らの歩みを否定することになり、党の恩義に背くことになる。また老舎は「老百姓」の生活が、一九四九年以前より相対的に良くなっていることも実感している。さらに抗日戦に勝利し、中華民族の独立を勝ち取ったのは、現実として共産党である。したがってこの体制を守るしかないと決意したと思われる。さらに上述の役割を果たす以外に活路は無かった。「右派」と闘争しなければ、彼が「右派」とされる可能性があった。

この点について貴重な証言がある。二〇〇二年、傅光明の取材に対して、周述曾《チョウシュウホイ》が重い口を開いた。「一九六〇年市の教育文化部は、文化局、文聯所属の幹部、作家を集めて大々的な学集会を開いた。この会で作品を批判されたなかに老舎も含まれていた。……私は印刷所に行き、この原稿を校正したので覚えている。しかし後の学習会で、老舎は批判されなかった」と言った。傅が「この会はどこが主催したのかのか？」との問いに周述曾は「市委員会だ。当時老舎をつるしあげるのは、具合がよくないということになった。私は上級幹部が事前に辞めるよう取り計らったと推測している」[60]と述べている。

このように取りはかられたのは、一九六〇年にいたるまでの老舎の「右派」との闘争が功を奏したというべきだろう。

丁玲、呉祖光への批判も、自身の見聞したことや、マルクス・レーニン主義の理論にのっとって、原則的な発言をしているだけである。「右派」とされた人々への具体的な「罪状」や、そのときの指導者への支持など述べていない。しかし、「右派」と目された人々を、党の「敵」として声高に糾弾したのも事実である。この経験は、後の老舎の去就に大きな影響を与えたと思われる。

注

第一節

（1）陸定一「百花斉放・百家争鳴」、外交出版社、一九五六年。

（2）毛沢東「人民内部の矛盾を正しく処理する問題について」二月二七日講話、一九五七年六月一九日『人民日報』発表。現収『毛沢東の秘められた講話』上（ロデリック・マックファカー他編・徳田教之他訳、岩波書店、一九九二年）六一頁で「思想の問題にならない。乱暴な方法を用いて思想の問題を解決したり、精神世界の問題を解決したり、人民内部の問題を解決するというような方法は間違っている」と述べている。

（3）「整風運動に関する中国共産党中央委員会の指示」一九五七年四月二七日、『新中国資料集成』第五巻（日本国際問題研究所、一九七一年）三五四、三五五頁で「整風運動は厳粛真剣であるとともに、穏やかな、きめの細かい思想運動であるべきであり、適切な批判と自己批判の運動であるべきである…批判大会あるいはつるし上げの大会を開いてはならない。…『知っていることは何でもいい、洗いざらい言う。言うものにとがは無く、聞くものはそれをいましめとする。』…批判されるものに、彼が同意しない批判をうけいれるよう強要してはならない。…非党員が整風運動に参加を希望するときは歓迎すべきである。しかし完全に自発的意思から出たものでなければならず、強制してはならないばかりでなく、随時、自由に退出することを許さなければならない。」とある。

（4）「中共中央　党外人士に共産党の整風支援を依頼することについての指示」一九五七年五月四日、『建国以来毛沢東文稿』第六冊、四五四、四五六頁で「ここ二ヶ月来、党外人士が参加するさまざまの会議や新聞・雑誌で展開されている、人民内部の矛盾の分析、党が犯した誤りや欠点についての批判は、党と人民政府が誤りを改め威信をたかめるのにきわめて有益である。ひき続きくり広げ批判を深めるべきで、やめたり中断したりしてはならない。」とある。

(5) 老舎「自由和作家」、一九五七年一月一六日『人民中国』第一期、英文版から胡允桓による重訳。現収『老舎全集』第一四巻、六四一―六四七頁。また日本語版『人民中国』(一九五七年第二号、発行所極東書店)で発表されている。中国国内で要点が発表されたのは一九八六年である。(張桂興『老舎資料考釋』下冊、中国国際広播出版社、一九八八年、六二二頁)

(6) 同右、参照。

(7) 老舎「三言両語」、『老舎全集』第一四巻、六五二―六五四頁。(初出一九五七年四月二一日『文芸報』第二号)

(8) 老舎「有理講倒人」、『老舎全集』第一四巻、六五七、六五八頁。(初出一九五七年五月一三日『中国青年報』)

(9) 老舎「三邪」、『老舎全集』第一四巻、六六一―六六三頁。(初出一九五七年六月一四日『人民日報』)

(10) 注3、参照。

(11) 注4、参照。

第二節

(12) 第五章第一節 注2、参照。

(13) 第六章第一節 注4、参照。

(14) ロデリック・マックファカー他編・徳田教之他訳「原典七文芸界との談話」、『毛沢東の秘められた講話』上、岩波書店、一九九二年、一四一、一四二頁。

(15) 老舎「論悲劇」、『老舎全集』第一七巻、四六六―四六八頁。(初出一九五七年三月一八日『人民日報』)

(16) 老舎はこの雑誌について「祝賀『収穫』創刊」、(『老舎全集』第一四巻六八二頁で「全世界で《収穫》のような大型文学刊行物はみたことがない。そこで《収穫》の刊行は、私たちにとって誇りとすべきだ。…このように大型の刊行物の出現も、党の百花斉放・百家争鳴の方針と不可分のものである。私たちは再度党に感謝しなければならない」と述べている。(初出一九五七年九月八日『文芸報』第二〇号)

(17) 老舎「答復有関『茶館』的幾箇問題」、『老舎全集』第一七巻、五四一―五四三頁。(初出一九五八年『劇本』第五期)
(18) 焦菊隠「座談老舎的『茶館』」、呉懐斌・曾広燦編『老舎研究資料』下、北京十月文芸出版社、一九八五年、九二七―九四二頁。(初出一九五八年『文芸報』第一期)
(19) 伊兵「十年来中国話劇的発展」、「理想与現実」、中国戯劇出版社、一九六〇年、四五、四六頁。
(20) 夏淳「『茶館』尋演後記」、「『茶館』的舞台芸術」、中国戯劇出版社、一九八〇年、二一六―二一九頁。
(21) 張桂興『老舎年譜』下、上海文芸出版社、一九九七年、九三六頁。
(22) 舒乙・中島晋訳『北京の父老舎』(作品社、一九九八年、二三七、二三八頁)によると「遺体は忽々のうちに焼かれ、遺骨は返されなかった」ので「遺骨箱の中には万年筆、毛筆、眼鏡、ジャスミン茶の包みが入れられた」とある。
(23) 同右、二三九頁。さらに同頁に「全国の新聞や雑誌に老舎追悼特集が、二一篇に達した」とある。
(24) 汪景寿「試論老舎解放的戯劇創作」、『老舎的話劇芸術』、文化芸術出版社、一九八二年、五五六、五五七頁。(初出『北京大学学報』一九七九年三期)
(25) 郭志剛他編『中国当代文学史初稿』下冊、人民文学出版社、一九八一年、八七―九二頁。
(26) 王行之「我論老舎」、『老舎評説七十年』、張桂興編、中国華橋出版社、二〇〇五年、二〇五―二一七頁。(初出一九八九年一月二一日『文芸報』)
(27) 李潤新「是〝駝峰〟〝而非〟〝滑坡〟―評『我論老舎』」、『老舎研究論文集』、人民文学出版社、二〇〇〇年、四二四―四三七頁。(初出一九八九年一二月一六日『文芸報』)
(28) 孫歌・宇野木洋訳「中国における文学現況　私論―研究者の世代の問題に関わって」(一九八九年『野草』四三号、)五五頁で「中国において八十五年―〝方法論年〟と呼ばれる―をひとつの座標としながら、従来の文学研究のあり方に対する見直しの動きが想像を絶する規模と速度で展開されている。いわゆる『新方法論熱潮』の出現である」とある。
(29) 老舎『茶館』『老舎全集』第一一巻、二九五頁。日本語訳は、沢山春三郎訳『老舎茶館』(大学書林、一九八二年)を参照した。
(30) 同右、二九七頁。
(31) 同右、三三二頁。

（32）関紀新は「老舎創作個性中的満族素質」（『老舎評説七十年』、張桂興編、中国華橋出版社、二〇〇五年）三八二頁で「老舎が作品のなかで〝満州族〟とはっきり描いているのは四部である。『四世同堂』『茶館』『正紅旗下』と、未発表の満州族の農村における新生活を描いた話劇」だと述べている。さらに同書三八五頁で「老舎の作品は、事実上いつも満州族を描いている。…作品の中に満州族の身分と書いては無いが、内容からたどれる」として「『龍鬚溝』の程瘋子、『我這一輩子』の「我」、『四世同堂』の祁家をあげている。

また日下恒夫氏は『駱駝祥子』解説（『老舎小説全集』五巻、学習研究社、一九八一年）四三〇頁で〝祥子〟という名前の由来は、満州旗人の間で行われた満州語のもとの名を漢字で示し、その第一字を漢人の姓のように用いたものに〝子〟という接尾辞を付したもの」と述べている。

（33）それを如実に示す周恩来の言葉がある。周恩来は、清朝最後の皇帝だった愛親覚羅溥傑と弟の溥儀、日本から来た妻嵯峨浩一行を中南海の宴会に招待した。そこに老舎夫妻も招待された。周恩来は客に老舎夫妻を紹介していった。「この人は作家の老舎で、満州族の優れた人物です。辛亥革命以後は、自分が満州族と分かったら差別視されるので、彼は真実を言いたくなかった。有名な作品に『駱駝祥子』『龍鬚溝』がある。今はみな平等です」『周恩来選集』下巻三一八頁（人民出版社、一九八四年）

（34）老舎『猫城記』、『老舎全集』第二巻、二九〇、二九二頁。

（35）老舎『四世同堂下』、『老舎全集』第五巻、七九五―七九八頁。

（36）ユエ・ダイユン／C.ウェイクマン　丸山昇監訳『チャイナ・オデッセイ』上、岩波書店、一九九五年、五二一頁。

（37）注14、参照。

（38）老舎『茶館』、『老舎全集』第一一巻、二三二頁。

（39）注17、参照。

（40）石井康一氏も「老舎『茶館』論」（『未名』第九号、中文研究会、一九九一年）一一一頁で「共産党を絶対化して賛美する解放後の作品の定型から脱して、最後に解放を描いて大円団に終わるという方法を捨てたことにより、今日なお様々な新しい読みを喚起するこの『茶館』に、作家としての主体性を持って独自の世界を構築していった」と述べている。

（41）胡風は文芸評論家、詩人。一九五四年「三十万言の意見書」を提出し、文芸指導における党の官僚主義を鋭く批判した。またリアリズムの理解及び世界観と創作方法の関係をめぐって、マルクス主義的理解の正統を争う内容のものだった。これを受けた毛沢東は〝胡風反革命集団〟の頭目として、胡風を五五年五月逮捕、投獄する。これにより取り調べを受けた者二〇〇〇人、逮捕された者九三人に及ぶ。胡風は七九年出獄、再審査後、胡風反革命集団は存在しなかったとして、八〇年九月党中央により正式に名誉回復された。文芸思想を罪として裁いたこの事件は、毛沢東の知識人政策の最初のつまずきで、後の文革への伏線がしかれたとも言える。この項は『岩波現代中国語事典』一九九九年。『中国現代文学事典』東京堂出版、一九八五年を参照した。

（42）第七章　第一節　注2、参照。

（43）同右、注3、参照。

（44）同右、注4、参照。

（45）民主同盟副主席章伯鈞は学校内の党組織が独断専行している。民主同盟の新聞《光明日報》の編集長儲安平は〝党の天下〟という思想に問題があると発言。北京師範大学の林希翎は「胡風の見解は正しかった。党がだした〝百花斉放・百家争鳴〟の方針は本質的には胡風の提案と同じである」と演説した。学者は「学問的能力より政治的信頼性が大事であるとされ、訓練をつんでいない党役人が非党員を飛び越えて昇進した。老練な非党員の学者は〝ブルジョア思想〟と非難されることを恐れて意見を表明することをしなくなった」と述べた。この他農工会、新聞界、演劇界、美術界から意見が出された。この項は土屋英雄「中国『反右派闘争』研究序説」、『中国研究月報』一九八二年一二月号。R・マックファークァー／中俣富三郎訳『中国の知識人』、論争社、一九六三年を参照した。

（46）共産党が毛沢東の指導下に一九五七年から一九五八年前半に展開した〝ブルジョア右派〟に反対する闘争。双百方針に影響されて、五六年後半に民主諸党派及び知識人、学生たちが、中国共産党の急激な集団化政策と共産党の独裁化に反対する意見を表明した。これは当時毛沢東が整風運動の一環として、党外の人々にも自由に意見を表明することを要請したからでもあった。しかし、こうした状況に対し、五七年後半から、毛沢東はブルジョァ右派分子が、共産党の指導を奪おうとするものだとして、彼らに対する徹底的弾圧を展開した。さらに各職場や地域の党組織に、一定の割合の人を右派とすることを指示した。この結果五五万人が右派と認定された。その半数以上が職を失い、農村で強制労働を強いられた。文革終了後七〇年から八〇年にかけて右派分子の再審査がされて、九〇%の人が名誉回復された。「双百」「反右派闘争」について以下の書を参考にした。『現代中国事典』（岩波書店、一九九九年）。吉田富夫・萩野脩二編『原典中国現代史』第五巻思想・文学、岩波書店、一九九四年。丸山昇『文化大革命に到る道』、岩波書店、二〇〇一年。R・マックファークァー・中俣富三郎訳『中国の知識人』、論争社一九六三年。蕭乾・丸山昇他訳『地図を持たない旅人』上・下、花伝社、一九九二年。従維熙・柴田清継訳『ある「右派」作家の回想』、学生社、一九九二年。劉賓雁・鈴木博訳『劉賓雁自伝』、みすず書房、一九九一年。ユエ・ダイユン／C・ウェイクマン・丸山昇監訳『チャイナ・オデッセイ』上・下、岩波書店、一九九五年。戴煌・横沢泰夫訳『神格化と特権に抗して』、中国書房、二〇〇三年。章詒和・横沢泰夫訳『嵐を生きた中国知識人』、中国書店、二〇〇七年。横沢泰夫編著『中国　報道と言論の自由』、中国書店、二〇〇三年。

（47）老舎「為了団結一九五七年八月七日第一三次会議上的発言」、『老舎全集』、第一四巻、六七一―六七四頁。（初出一九五七年『文芸報』第二〇号）

（48）老舎「個人与集体」、『老舎全集』第一四巻、六六九、六七〇頁。（初出一九五七年八月一七日『人民日報』）

（49）老舎はこの後もう一度丁玲批判をしている。「樹立新風気　一九五七年九月十七日在中共中国作家協会党組拡大会議上的発言」、『老舎全集』第一四巻、六八九―六九三頁。（初出一九五七年九月二九日『文芸報』第二五期）二回目と同様の発言である。丁玲（一九〇四―一九八六）は五七年の反右派闘争で、『文芸報』の編集者陳企霞とともに反党集団と見なされ、北大荒の農場に追放される。文革期も迫害を受けて、約五年の獄中生活を送るなど、二〇年余りの放逐生活を余儀なくされた。七九年右派のレッテルははがされた。完全な名誉回復がなされたのは八四年である。その後全国文連委員、中国作家協会副主席。この項は丁玲・田畑佐和子訳『丁玲自伝』（東方書店二〇〇四年）、天児慧他編『岩波現代中国事典』（一九九九年）を参照した。

（50）老舎「呉祖光為甚麼怒気衝天」、『劇本』一九五七年九月号、七、八頁。（初出一九五七年八月二〇日『人民日報』）呉祖光（一九一七―二〇〇三）と老舎は抗日戦時から、行動をともにした。さらに一九五三年朝鮮戦争慰問団に呉とともに行き、慰問団が帰国した後、老舎に誘われて、軍隊生活を体験するため残った。呉は尊敬する先輩と生活できるのをとても喜んだとある。呉は一九四九年中国共産党に入党。五七年右派のレッテルを張られ北大荒で三年間労働改造を体験した。文革中も批判を受けたが、四人組打倒後復帰し、戯曲、京劇などのシナリオを描いた。胡耀邦の失脚後、検閲制度に反対したなどブルジョア思想の持ち主として離党勧告を受け、八七年に離党した。八九年中国共産党と全国人民代表大会に提出された「魏京生ら政治犯釈放要求」の連名公開状に署名した。人数合わせのために〝右派〟とされたのではなく、呉は一貫して党の官僚主義に反対していたことが分かる。この項は『岩波現代中国事典』、章詒和・横澤泰夫訳『嵐を生きた中国知識人』(中国書店二〇〇七年)、呉祖光『一輩子—呉祖光回憶録』(中国文聯名出版社二〇〇四年)を参照した。

(51) 呉祖光「呉祖光談後台」、『劇本』一九五七年八月号、一一—一三頁。

(52) 黒龍江省の三江平原あたりに位置する。以前は広大な荒地だったのでこう呼ばれた。〝右派〟とされた人がこの地に送り込まれて、労働に従事した。

(53) 呉祖光『一輩子—呉祖光回憶録』、中国文聯出版社、二〇〇四年、三八四—三九一頁。

(54) 老舎「応当感謝党的領尋」、『老舎全集』第一四巻、六八四—六八六頁。(初出一九五七年九月一二日『中国青年報』)

(55) 老舎「論才子」、『老舎全集』第一七巻、四八五—四九〇頁。(初出一九五七年九月二〇日、『北京文芸』九月号)

(56) 老舎「闘争右派、検査自己」、『老舎全集』第十四巻、七〇一、七〇二頁。(初出一九五七年一〇月二九日『曲芸』第五期)

(57) 老舎「作家談写作」、『老舎全集』第一四巻、七一〇—七一七頁。胡允桓による英文からの重訳。(初出一九五七年一一月『中国建設』第一一期)

(58) 鄧小平総書記『整風運動に関する報告』、一九五七年九月二三日、現収『新中国資料集成』第五巻、日本国際問題研究所、一九七一年、四九二—五一九頁。

(59) マール・ゴールドマンは「文学と知識分子の政治的役割についての毛沢東の執念」(『毛沢東の秘められた講話』下、岩波書店、一九九三年、二九—五二頁でこの点についてくわしく述べている。

(60) 王俊義・丁東主編『口述歴史』、第二輯、中国社会科学出版社、二〇〇四年、二六五頁。

第八章　出自への回帰

第一節　戯曲『義和団』から『神拳』への削除・改題

（一）創作の動機

老舎は一九六一年三月一〇日『劇本』二、三月合併号に戯曲『義和団』を発表した。それにさきがけ二月二一日『光明日報』に「吐了一口気」という文章を発表し、創作の動機を語っている。以下要約して記す。

一九六〇年は義和団事件から六十周年である。以前から義和団についての小説を描きたいと思っていた。老人たちから当時の体験を聞いて、描き留めていたが、抗日戦争の中で全てなくした。一九六〇年の六十周年に、義和団に関する資料と伝説を見かけた。これは私を奮い立たせ、何か描きたくなった。それでこの現代劇を描いた。脚本の良し悪しは言えないが、ただ私はなぜ義和団に関心があるか話す。

義和団事件のとき、私は一歳だった。当時の記憶はないが、母親から、八か国軍の罪状を聞いた。父はこの年連合軍との戦いで戦死した。父は毎月三両を貰う警護兵で、宮城を警護していた。母方の伯父の次男が知らせに来た。従弟も旗兵で、宮城内の使用人である。戦いに敗れて、彼が穀物販売店まで来て、水を飲みたいと入った。…店の使用人はとっくに逃げていて、私の父親だけがそこに横たわっていた。全身が焼けて腫れ上がり、もうものも言えなかった。父は足が腫れて脱いだ靴下を従弟に渡した、一言も言わなかった。父親がどれぐらい苦しんで亡くなったか、知っている人はいない。母親の当時の苦痛と困難は想像にあまりある。……父親は一家の主だった。父親が生きていてこそ、私たち一家はいつもわずかな食べ物があった。父が死んだら、私たちは自ら生計を立てなければならない。……母は昼も夜も仕事をし、わずかな報酬を得て、子供たちを死なせなかった。

連合軍が北京に入って来た。彼らは徹底的に略奪した。……彼らが来ると、まず鶏を探し、その後部屋に入って箱をひっくり返し、たんすを倒し、落ち着き払って、抜け目なく、あらゆるところに目をつける。……強盗が出て行った後、母親が入ってきたとき、私はまだ箱に押さえつけられていた。私はきっと熟睡していたのだ。もしそうでなければ、彼らは値打ちの物が見つけられず、さらに子供の泣き声をきいて、十中八九、私を刺し殺したはずだ。ひとりの中国人の命は、あの時、なにほどのものでもない。……もし私が当時記録できたら、私は連合軍の罪業を具体的に描いたはずだ。当然、私も義和団を好み、理解したはずだ。彼らが多少の欠点を持っていたにもかかわらず、彼らの愛国、反帝の情熱と度胸は非常に尊敬すべきだ。しかし、私が見た義和団に関する記録は（すべては当時の知識人の筆になる）十中八九義和団を非難していた。連合軍の焼き尽くし、殺しつくし、略奪しつくす記録は、比較的少ない。昨年発表された民間の義和団の伝説は、文人の描いたものではなく、私を鼓舞した。それでこの脚本をかくことに決めた。その伝説の中から私は義和団の本当の姿を取り出した。脚本の良し悪しに関わらず、わだかまっていた何十年の思いを一気に吐き出した。(1)

右記のように、義和団を描きたいという、老舎の内発的なモチーフが高まった。ここでいう内発的とは、夏目漱石が描いている「内発的とは内から自然に出て発展するという意味で、丁度花が開くようにおのづから蕾が破れて花弁が外に向かふのを云ひ、又外発的とは外からおっかぶさった他の力で已むを得ず一異種の形式をとる」(2)という意味で用いている。新中国にあって「何を描くべき」という、当時の政治的要請にかかわらない、作家の個人的な自然な思いで描きたいものを指す。老舎にとって義和団を描くということは、必然的に自分の父は旗兵であると、自らの出自を明らかにすることである。この意思は以前から持っていた。一九五七年の『茶館』で、常四爺に「義和団にはいり、毛唐と何度かたたかった…わしは旗人だが、旗人も中国人だ」(3)と言わせている。しかし、老舎自身の出自が旗人だとはいっていない。老舎は一九二六年小説を発表以来、この作品で初めて自らを旗人と明言して、創作したのである。また義和団運動は新中国では、反帝愛国運動として評価されていた。したがってこのテーマで描くことは是とされたのである。このように内発的モチーフと外発的テーマ(4)が一致したのである。

一九五九年九月三〇日、すなわち国慶節の前日、老舎は『北京日報』に「私は北京を熱愛する。私はここで生まれたからである。しかし、それだけではない。私が物心つかない頃、八カ国連合軍が北京に侵入した。そのとき、私の父は錆びた刀を腰に紫禁城を守った。父は砲火をあびて、再び帰ってこなかった。……私が住んでいる家のまわりは汚水やごみがあふれ、一年中悪臭を放っていた。人民政府になって、ここがきれいなところに変わった。…普通の北京の市民の生活も、次第によくなった。……つまりこの変化が私をして北京を愛させるのだ。……私は北京の新しい工場、建物、道路、公園、学校、市場を愛する、さらに北京の気風を愛し、新気風は党と毛沢東主席が、人々の心に深く入り込む教育の賜物であり、北京は間違いなくすばらしいところとなった！」(5)と、国慶節を意識して毛沢東を讃え、北京を賛美した。しかもその最初にさりげなく、自分の父はかって八カ国連合軍と戦ったとのべて、自己の出自も明らかにした。

次に一九六一年「吐了一口気」で前述のように、父の戦死の様子を詳しく描写したのである。戯曲『義和団』では、八カ国連合軍との具体的な戦いは描いてない。さらに作品の中では、歴史的事実にもとづいて、官兵としての「旗兵」への不信感、その脆弱ぶりも描いてる。しかし、その作品の発表前に、自らの父は戦って戦死したと描き、洋兵にはくみしなかった父への誇り、旗人としての誇りを表明し、戯曲『義和団』を発表したのである。

このようにみてくると老舎にとって、自らの出自を明らかにすることは、容易ではなかったと推察される。まず「宝地」で、北京が「宝地」となったのは党と毛沢東のおかげだと讃え、その地で、かって父は旗兵として国を守って戦死したと述べた。次に「吐了一口気」で、その状況を詳しく述べ、同じく八カ国連合軍とたたかった義和団を素材にした戯曲『義和団』を発表したのである。

（二）『義和団』と『神拳』の比較・検討

老舎は一九六一年『劇本』二、三月合刊号に戯曲『義和団』（四幕七場歴史話劇）を発表した。しかし一九六二年中国青年芸術劇院が上演したときは、『神拳』（四幕六場話劇）と改題し、七場が六場に縮小され、「歴史話劇」の「歴史」が削除されていた。さらに一九六三年単行本が出版されたが、底本として演出本『神拳』（四幕六場話劇）が採用され、その後の出版は全てこの単行本に依拠し、今日に到っている。したがって原作の『義和団』は『劇本』掲載の初出のみで、その後の老舎の著作として、痕跡をとどめていない。

本節では初出のとき『義和団』だった戯曲が、なぜ『神拳』と改題されたか。また四幕の二場が一場に縮小された際、何が削除され、どこが描き換えられたかをみていきたい。さらにこの改定が老舎にどのような意味をもたらしたかを検証し、あわせて五十年以降の老舎の戯曲の中での『義和団』（後改題『神拳』）の位置づけをしたい。以後『義和団』の表示は『劇本』掲載の四幕七場の初出本を指し、『神拳』の表示は、四幕六場に改定された演出本を指す。

第一幕は一九〇〇年の初め、京西某県城外、農民高家。

高菊香の婚約がきまり、父の高永福《カオイヨンフー》、母の高大嫂《ダーサオ》、叔父の高永義《カオイヨンイー》、仲人の高秀才《カオシュウツァイ》、姑の趙大娘《チァオダーニアン》が集まっているところに、地元のボスの弟、夜猫子《イエマオズ》がやってくる。嫁に死なれた兄が菊香《ジーシアン》を見かけて気にいったので、嫁として連れて行くという。父は弟の永義を裏から逃がす。菊香は外に飛び出し、碾き臼の上に飛び降りて自殺する。

『義和団』と『神拳』は、内容、語句は全く同じ。ト書きの改行が三か所あるのみである。

第二幕の場所は一幕と同じである。

ボスは菊香の父に、弟の永義が教会に未返済の借金があるから、土地を差し出せといわれ取り上げられる。県に訴えたが知事は教会のものと決定した。菊香の父永福は横死。死の間際に「弟を待て。永義に彼らを殺させろ」と言ったと、帰ってきた永義に告げる。永義は「わしらの金、わしらの土地、わしらの命、わしらの国、西洋人の手のうちに握られて、猫を避ける鼠のように、何もしないでおれるか？」といい義和団として決起を決意する。「扶清滅洋」を唱え、教会を焼き、ボスの砦を襲う決定する。金持ちの田富貴《テェンフークィ》、科挙に合格したが仕事のない、秀才高中道《カオチョンタオ》も署名し、ともに戦うことを誓う。

高大嫂は娘の仇を撃つため参加したいと言うが、義和団は男のみなので、寡婦の組織「青灯照」で戦うことになる。

『神拳』では、対話数を少なくし、簡潔にしてある部分が二箇所。高大嫂と永義の対話、永義と秀才の対話。他の内容は全く同じである。

第三幕、第一場：県城外教会前。

義和団は教会に火を放ち、ボスの張家塞を攻める。夜猫子は捕まえたが、兄のボスと、神父は見つからない。『義和団』ではト書きの名前が姓だけの部分が、『神拳』で二箇所姓名になっているだけである。他は変化がない。

三幕、第二場：県役所内、書斎。

田富貴と県知事と神父が相談している。田は最初から義和団とともにやる気のないことが明らかになる。

神父は賠償金三十万を要求し、更に立派な神殿を建てるという。さらに役所の小間使いを義和団にもぐりこませ、強姦や略奪をさせ、義和団の評判を落とさせるよう提案する。知事は神父様の言うことで、できないことはない、出来るだけのことはするという。知事は自分の保身を神父に頼む。『義和団』から『神拳』への変更で、先ずト書きで「遞給孫知縣一張」が「遞給孫一張」と「知縣」が抜けている。また「聖母」が「上帝」に変わっているだけである。

第三場：三義廟内。

知事がやって来て「西太后が一万両あたえる」からと、北京に来ることを頼んでいるという。そこへ知事の妾が「神父は役所にいる」といいに来る。神父は捕まり、殺される。「教会は焼いた、神父は殺した、北京に行って西洋人を討とう」と、皆は北京に行くことを決意する。語句の変更は全く無い。

以上見てきたように『義和団』と、改題された『神拳』の第三幕まで、内容は全く同じといえる。第四幕で『義和団』の二場から、『神拳』では一場となり、大幅な削除があり、結末も変更されている。

異同：第一幕から第三幕まで、ほぼ同じである。したがって『義和団』と『神拳』の異同は、第四幕に限定される。『義和団』の第二場が『神拳』では、ほとんど削除さている。

先ず結論が違う。『義和団』では城外に出て洋兵と戦い、勝利したことで終わる。『神拳』は城外に出て、洋兵と戦おうというところで終わる。

『義和団』では、第四幕第二場で官兵（旗兵）をどうとらえるか？かなりくわしく描写されている。『神拳』では削除された。

『義和団』では、娘の菊香なくして、その仇をとろうとする高大嫂は果敢に戦い、戦術なども提案し、団員に受け入れられる。さらに高大嫂は戦死した。この一家は中国を分割した諸外国の宣教師と地元のボスの圧制の被害をうけ、それに屈服せず、一家全滅した。この場面も『神拳』にはない。

このように『義和団』では第四幕が二場であるが、『神拳』では一場になっている。したがって『義和団』の第二場がほとんど削除され『神拳』では一場で終わっている。

先ず、『義和団』では、城外にでて戦い、その戦いは勝利したで終わる。ところが『神拳』は、北京で教会を襲撃したりするが、攻め落とせない。城外へ行こうというところでおわっている。さらに、この戦いは負けるだろうというニュアンスで、しかし、いつまでもこの状態は続かないだろうと含みをもたせる。たしかに『義和団』に描いたように部分的には勝ってもいる。しかし「義和団の乱」と位置づけられたこの戦いが負けたのは、歴史的事実である。歴史劇において創作であっても、歴史的事実を曲げることは出来ない。『神拳』の結末が妥当であると思われる。

第二に『義和団』では、第四幕第二場で官兵（旗兵）をどうとらえるか？かなりくわしく描写されている。実際の義和団事件の際にも、様々な様相があった。逃げ出したもの、洋兵に便宜をはかるもの、毅然と洋兵と戦うものなどがいた。また老舎の父は官兵（旗兵）なので、思い入れも深かった。これらを老舎は公平に描いた。したがって官兵の描写が一七回出てくる。しかし、この劇を演出するテーマは反帝愛国運動としての義和団事件なので、官兵はキーワードではない。『義和団』の脚本どおりの演出だと、心理劇のようになり、反帝愛国のテーマがぼやける。『神拳』では、官兵は五回でてくるのみである。ストーリー展開のために必要なだけでいいと、演出の際に判断したようである。

第三に『義和団』では、娘の菊香なくして、その仇をとろうとする高大嫂は果敢に戦い、戦術なども提案し、団員に受け入れられる。そして戦死する。この部分も『神拳』ではカットされている。

以後、老舎原作の戯曲『義和団』は、削除・改題された演出本『神拳』が今日まで出版されている。『義和団』は『劇本』に一度掲載されただけである。またなぜ『義和団』が『神拳』と改題されたのか？この改題について老舎は一九六三年出版した単行本『神拳』（四幕六場話劇）の末尾に、一九六一年発表の「吐了一口気」を「後記」として載せた。その冒頭で「一九六〇年は義和団事件がおこって六十周年である。それで私は『義和団』すなわち『神拳』と題して劇を描いた[(6)]」と記しているのみで、その理由は描いていない。改定された演出本は、義和団の戦いの様相の一部を描いたものであり、固有名詞の「義和団事件」の様相を代表するものでないと判断したのではなかろうか。

㈢『神拳』の評価

中国青年芸術劇院演出の『神拳』をみた李希凡《リーシーファン》は、「『神拳』には歴史闘争を描くに当たり、超現実的に誇張しているものはない。その闘争の様相は、人々の日常生活の矛盾ととけあい、非常に苦しい全国人民の災難と闘争生活を芸術的にまとめてある。……この劇の全体を貫くストーリーの中心人物（高永義）は、十分描写されていない。性格の発展も足踏みし、人を感動させる芸術的効果も不足している。……田富貴の悪辣な性格の創造は成功している。……高秀才はよく描けている。彼の性格は矛盾に満ちている。帝国主義に恨みを持ち、清朝に希望を持っている。彼の性格の発展と変化が『神拳』の愛国闘争の主題である」[7]と、述べている。

また馬鉄丁《マーティエディン》は一九六二年「第一幕は特に素晴らしい。作者は義和団に過大な革命思想をつけたしていない。義和団は主観的には反帝思想はなく、主要なのは愛国主義精神である。……人物の簡潔な描写に長けている。脚本の文章は洗練されていて、言葉は生活の息吹に富む。……作者の愛国主義の激情は十分満ち溢れているが、義和団が人を感動させ、涙に咽ばせるには、細やかさ深さが不十分である。……第一幕は特に素晴らしい。第四幕は描きかたがよくない。……第二幕、第三幕は多くの人物の場面は、比較的弱い。……上述のような弱点はあるけれども、優秀な脚本のうちにはいる。それの愛国主義の激情は、観衆を打ち、観衆に共感される」[8]と、戯曲としては好意的にとらえられ、受け入れられた。だがどの論者も、老舎がみずから「旗人」だということを、明確に表明して描いた初めての作品だという点に触れていない。やはりこの問題は中国で、簡単に触れられないことと思われる。

義和団が反帝愛国闘争として、観衆に感動を与えたと評価しているだけである。また上演された演出本『神拳』について述べているだけである。ただ李希凡だけが老舎原作の『義和団』を文学作品と表現して、『義和団』を評価している。

筆者は、削除・改題前の原作『義和団』について論じたい。この改定前の作品こそが老舎の神髄を表しているると思われるからである。

まず顕著なのは『茶館』との類似性である。

『茶館』（一九五七年）
戊戌政変（一八九八年）から六〇年後に執筆。解放後の中国を描いてない。
茶館は没収され、店主の王利発が自殺する描写でおわる。
一九五六年陸定一が「百花斉放・百家争鳴」について講演。ある程度自由に描ける時機がきた。

『義和団』（一九六一年）
義和団の乱（一九〇〇年）から六十年後に執筆。解放後の中国を描いてない。
婚約の決まった高菊香が、地元のボスに無理矢理嫁として、略奪されようとする。それ拒否して、彼女は自殺。この自殺を契機に彼女の叔父を中心に決起する。
一九六一年、作家協会副主席兼党書記邵荃麟《シャオツァンリン》が、小説の題材について多様性があってもいいとの述べた。解放後の中国や、優れた人物だけでない人々を描いても良い風潮になった。

老舎は百花斉放方針にすばやく対応して、一定の条件のもとで自由に『茶館』を執筆した。したがって解放後の中国を描かないストーリーも是とされた。しかしその後反右派闘争で多くの幹部・知識人が下放され、厳しい状況がつづいた。老舎も一九五八年一〇月、大躍進政策を推進するための戯曲『紅大院』を描き、一九五九年には『女店員』、『全家福』を発表して、党の方針を讃えた。これはプロパガンダ戯曲としかいいようがないものである。この時期、解放前の中国を舞台にした作品など描ける情勢ではなかった。その後、上述のように創作内容に「小説の題材に多様性があってもよい」という、雪解け状況がでてきた。老舎はこれを踏まえて、この方針にすばやく対応し、解放後の中国を描かない「義和団」事件を描いたのである。このことは、老舎のなかには、常時内発的なモチーフが渦巻いていた証左ではなかろうか。さらに自身六十歳を超えて、長年封印してきた満族であるという、自らの出自を明らかにして作品を描きたいという思いが強くなったのではなかろうか。それを描ける条件が到来するや、即描き始めるのである。筆者はこの点に、老舎の作家としての気概を感じる。

老舎は『茶館』で最後の場面で王利発を自殺させることで、場面を一挙に引き締め、質的転換に用いたと同じ手法を、『義和団』でも使った。婚約の決まった高菊香が、無理やり教会と結託したボスに拉致されようとして、自殺を図る。この死により、彼女の叔父を中心に義和団として決起する。この抗議の自殺が、屈従から抵抗へと立ち上がる契機となる。社会主義社会で自殺を描くには、最も正当性を得るものである。

第一幕は出色である。ボスの理不尽な要求を菊香が拒否するには自殺しか方法がない。これが以降の義和団の決起の伏線となる。

第二幕でさらに彼女の父親がボスに土地もとられ、弟の高永義がかならず復讐するだろうと言い残して横死する。高永義はじめ十名が祭壇の前で決起を決意し、高秀才に記名してもらうまで、息もつかせない。

第三幕では、北京に行く決意をするまでの高秀才の悩みは老舎にしか描けない。この脚本のバックボーンとなっている。また田富貴の裏切り、県知事の日和見など良く描けている。

また第四幕第二場の省略については、義和団事件を反帝愛国の劇として上演するためには、このような省略もやむをえないと老舎も判断したのではなかろうか。第二場の官兵（旗兵）の描写は、想いのたけを描いたとは思われない。もし二場の官兵の状況を生かすなら、さらに長くして心理劇としなければならない。老舎は舞台で演じる戯曲であるという点を勘案して、その想いを抑制して描いたと思われる。したがってその分不十分となったことも否めない。しかし、そのように抑制して描いても削除された。このような心理劇を上演する受け皿は、当時の中国にはなかったのである。上演の意図は反帝愛国でよいのである。したがって老舎も『神拳』のように改変することを納得せざるを得なかったと思われる。

『義和団』は、五十年以降の作品で『茶館』についで入魂の戯曲となった。内発的モチーフを、自分の使い慣れた手法―場面の質的な転換に「自殺」を使って、効果的に盛り上げる―で、描いて成功した。老舎も自ら「新しい題材を私は放棄したくない。題材問題を討論するために、このやり方を変えることは出来ない。新しいものも古い物もすべて描き、二本足で歩く。このように私は落ち着き払って描く。現代の題材にしたものを描かないからと、焦るほどのことは無い。……私は題材それ自体から、政治性が強いかどうかを考え、自分がその題材にどの程度対応できるか考えなかった。題材と自分の経験が一致してこそ良い作品を描き上げることができる…題材は自分が真に熟知した材料であるべきだ。……私が『義和団』を描いたときこれを体得した。本来この題材は様々な解釈が出来、各方面から材料を選べる。私の父親は外国兵に殺されたので、北京ではある人々は義和団を嫌う。私は別の思いがあった。だからこの脚本を描いた。私は中国の農民は勇敢で奴隷にされることに甘んじないと感じた、もし圧迫を受けたら、すぐに旗を掲げて立ち上がる。これがつまりこの脚本の主題である」(9)と述べている。

このように「『義和団』を描いたとき、体得した」とは、強い意思を表す表現である。ここに老舎の想いが込められている。にもかかわらず、削除・改題されたのである。この『義和団』から『神拳』への削除・改題は、老舎に戯曲（劇として演出され、俳優が演じて始めて完結する）と、小説の違いを痛感させたのではないか。これまでも、演出に立ち会った老舎は演出者や、俳優の意見に従って脚本を削除、改訂するのは、すでに見てきたようによくあることだった。今回もそのようにして稽古をし、上演にこぎつけたものと思われる。ある程度題材選択に自由な情勢になり、一気に描いても、やはり戯曲である以上、演出の壁は越えられない。もしこれが小説であるならば、このような削除・改題は、起こりえなかったのである。ここから自らの出自を、内発的モチーフにしたがって描くには、小説しかないと思ったのではないだろうか。『神拳』でほとんど省略された第二場こそ、老舎にとって喫緊のテーマだった。官兵とは、外国兵に撃たれて死んだ父親であり、娘と夫を失った高大嫂は老舎の母親そのものだったのである。何物にも犯されず、想いのたけを描くには、やはり小説を描きたいと思わせたのではなかろうか。『義和団』を執筆したこと、さらにそれが『神拳』と改題されて、大幅に削除をされたことが『正紅旗下』執筆への強い動機づけとなったと思われる。

第二節　遺作『正紅旗下』が語りかけるもの

（一）出版の来歴と中国における評価

戯曲『義和団』を描いて一年後の一九六二年四月、老舎は次のような発言をした。「私の語彙は単調になっていたようだ。…作品を描くのに忙しくて、読書の時間がない。…近年いつも脚本を描いていて、小説を描いてない。小説を描くと、全てを描写しないといけない。人の容貌、服装、室内の装飾品、山や川の景色など。いうまでもなく描写するのに必要な語彙は何でも使う。これに反して、脚本に必要なのは対話である。たとえば場所と人物との様子と服装を説明するのに、わずかな言葉ですむ。そこで、私の語彙はだんだん少なくなり、貧弱になった。近頃私は小説を描いている。苦しみは多いが、必要な文章は長い間考えなければならない」(10)と、述べている。

このとき描いていたのが『正紅旗下』である。発表の予定もあった。しかし、その後の政治情勢の激変のなかで、不可能となった。この作品は老舎の死後一四年目の一九七九年『人民文学』三月号から三回にわたって連載された、翌年単行本が出版され、夫人の胡絜青が、代序で、執筆から発表までのいきさつを次のように述べている。

六一年末から六二年に描いた。内容からみて、長編小説のあたまを描き始めただけで、描き終わってない、ひどく残念なことだ。……ひとりの英雄的人物もおらず、清末の満人を主として描いた。これには客観的な原因がある。周恩来と陳毅同志の鼓舞と推挙がある。……作家がある程度の大前提の下で、描くスタイルを自由に選択することを認め、作家が自分の風格と得意なもので、自分が最もよく知っている事柄、人物を描くことを認め、描く時間を与え、文芸工作者に心理を伸び伸びとさせ、意気込みを持って仕事を始めるよう提唱した。……一九六二年後半「双百方針」が抑えつけられ、次々と禁止令に追随した。『正紅旗下』のような作品は断筆するしかなく、棚上げになった。このように文芸政策の不正常な現象が『正紅旗下』を描き終えられず、また発表も出来なかった原因である。……一六四頁のきちんとした草稿は、老舎の机の引き出しに捨ておかれ、人がたずねることもなかった。……老舎が亡くなったあの日から、この原稿を守ろうと決心した。それが出版できなくとも、それは老舎の重要な遺稿だから、それの思想性、芸術性以外にも、後日老舎の身上を研究するのに価値がある、それは保存しておくべきだ。……これ以後（文化大革命中）『正紅旗下』は、あちこちに隠され、それは風呂桶、ボイラーの中、石炭の中、この家からあの家、市内から郊外と、捕捉される小さな鹿が、戦々恐々、びくびくと警戒し震えあがるようだった。しかし、私とこどもたちは固い信念を持っていた。つまり『正紅旗下』は、いつまでも鬼のように人を避けるはずはない。暗黒の世界を抜けだして光明にめぐりあうはずだ。もしかしたら老舎の生誕百年のときかもしれない。

光明がやってきたのは、わたしたちが想像したよりも早かった、非常に早かった。……『正紅旗下』は老舎の生誕八十年に発表した。……『正紅旗下』は自伝形式の小説であるが、わたしが強調したいのは、それは先ず小説であり、決して実在の人や、できごとではない。……しかしわたしは、最低何点か実際の状況と小説とは符号していると、思っている。

その一、老舎出身の給料三両の「旗兵」の家。二、老舎が生まれたのは戊戌の政変の陰暦一二月二三日、酉のとき。三、老舎が生まれた地は、北京西城護国寺一帯。四、作品のなかの父親、母親、父の姉、長女、次女、長女の夫、長女の舅、姑、実家の二哥福海は、みな実際のモデルがある。老舎の家には確かにそのような人がいて、そのうえ社会的地位も大体一致する。この点は、わたしの知るところ、確かに自伝的性質がある。[11]

この文章以後、『正紅旗下』は、老舎の自伝的な未完の遺作であるという根拠が定着し、中国ではその論拠に従い、論評された。同じく満族の関紀新《クワンチーシン》は次のように述べている。

正紅旗籍の満族作家老舎は中国近代、現代文学史上重要な位置を占めている。彼の一生の労作は、中国ないし世界文学の宝庫である。彼は無視されがちな少数民族なのである。……これまでの老舎の作品の人物は民族籍を表明していない。……辛亥革命で清政権が覆され、中国二千年の封建帝政はおわった。疑いもなく社会は大きな進歩を遂げた。国民党反動派の大漢族主義政策のもと、満族大衆は過酷な民族差別に耐えた。多くの人は生きるため、満族籍を隠さねばならず、甚だしいのに到っては、姓を換えた。このような社会で、満族の作家がありのままに話す機会はなかった。……

新中国になってから、満族を描くことは「禁句」ではなくなった。しかし、やはり描こうとする人はいなかった。これは科学的、論理的指導では出来ず、この問題を取り扱うのは難しい。満族を否定するのか、はたまた漢族を否定するのか？辛亥革命を低く評価するのか。満族を歪曲し、評価をさげるのか？……

解放後、唯一の長編小説である。思想的に奥深く、壮健でしっかりしている。そのうえ特殊な芸術的価値がある。…白話で豊かに表現した。……少数民族の数少ない風俗小説である。……満族文学の傑作で、現在文学界での研究はまだ不十分である。この局面を是正するのは、人々が当然するべきことであると、切なる願いを抱いている。(12)


これを受けたかのように、一九八五年、王恵雲《ワンホイユン》　蘇慶昌《スーチンチャン》は述べた。

清末の社会生活を、社会の背景の広大さに気を配り、社会生活の本質を深く、広く指摘し、小説に反映させ、高度な技術的概括力を具えている。……〝八旗の生計問題〟をとりあげたことにより、八旗制度の腐敗を明らかにした。またこれにより清朝封建統治の暗黒を暴露し、告発した。……旗人貴族の西洋人に対する態度を描くことで、帝国主義が中国に侵略と浸透をほしいままにしていく原因を暴露した。……人民大衆の反帝闘争の問題を提示した……王十成の形象を通じて、義和団運動の側面を表現した。……人物の描写、構成の配置、言語芸術の面にわたって、老舎の一貫した芸術的風格を保持し、老舎の小説芸術の最高峰に推挙する。老舎四〇年の文学創作の圧巻であり、力が非常に強く、わが国社会主義文学の最高傑作のひとつで、永久に中国文学の歴史に記される。(13)

このように、未完ではあるとした上で、完成された作品と同等の評価をし、「社会主義文学の最高傑作」と褒め讃えている。これは文化大革命の後、やっと発表出来るようになった当時の人々の感慨を合わせ考えると無理からぬことであるとは思われる。しかし発表後二十年以上経った二〇〇一年にも北京人民大学教授の閻煥東《イエンホアントン》が次のように述べている。

自伝体歴史小説の初めの部分であるということだ。それ自体かなり整っており、相対的に独立しており、おのずと形をなしている。作中の人物、性格を浮き彫りに描写しており、発展している。作品の主要な矛盾はまだ、はっきりしてないが、高度な芸術的品位と価値が十分現われており、老舎晩年の創作の風格の見事な美と、非凡な造形に到達している。作品で展開する清末社会の風情と民俗の一幅の、ひとを感動させる精緻な美しさがあり、心を込めて作り、正確で行き届き、すでに描いてある部分だけから見ても、中国近現代文学で、右にでるものはない。(14)

発表直後の熱狂的雰囲気はさめてもなお「最高傑作」という評価が定着している。これに対し、新たな観点からの論評も立ち上がってきた。二〇〇〇年、北京大学教授の孫玉石《スンユーシー》は、妻で民族大学教授の張菊玲《チャンジーリィン》との共著で、次のように述べた。

老舎が小説を描き始める一九二六年以前、旗籍のジャーナリストが、ペンネームで小説を発表していた。これらは北京語で、北京の普通の旗人の生活やしきたりを反映して描き、好い作品ではないが、清末から民国初めの旗人の急激に変化した生活の変化を描写した。……しかし、直接、旗人の生活、歴史を描くことが出来る、客観的条件はなかった。……

六十年代になって時機がきた。党の指導部が、満州族自体を認め、康熙帝の歴史的業績を評価した。さらに歴史家劉大年《リユウダーニィエン》が学術論文で、康熙帝の統治の時期を肯定すべきと論断した。さらに「清政権の統治」中、外国が中国を征服したと見なすのは、資本家階級の大漢族主義に符号すると論断した。このような時期老舎は『正紅旗下』を描きだした。……なぜ、四十四年の創作生活の中で、満族作家として、満族が興隆衰微した歴史の悲劇を描きだしたのか?それは、彼の心中にまとわりついた「満族のコンプレックス」である……一九六一年話劇『神拳』を創作した。この脚本は、人民大衆が帝国主義に反対を謳歌する英雄的精神の観点から、清末の民族のおおきな遺恨に正面からふれた。ここで「満族のコンプレックス」を解放し、さらにおおきな自由を得た。…

満族を科学評価し、清朝歴史の功罪の思想は、老舎の悲劇の意識の境地を昇華した。時代の政治的空気の短い伸びやかさは、満族全体の悲劇に対して、さらに掘り下げて詳細に検討する理性と、感情の心理的基礎を獲得した。(15)

右記のように孫玉石・張菊玲は老舎が『義和団』(後改題『神拳』)を創作したことで「満族のコンプレックス」を解放し、大きな自由をえた。さらに『正紅旗下』を創作することで、満族を科学評価し、清朝歴史の功罪を考察することで、悲劇の意識の境地を昇華したと断言している。

老舎の内面にあるものを「満族のコンプレックス」と表現したのは慧眼である。中国でこのような切り込み方をした論者はいままでいなかった。(16)確かに人は自らのコンプレックスを明記して表現できたとき、第一の関門は突破できたことになると思われる。しかし、それだけで、それから解放されることにはならないのではないか。「満族」であると明らかにすることは、コンプレックスからの解放の第一歩ではある。しかし、老舎の数多くの作品をみてくると、彼にとって満族であることはコンプレックだけではない。それはみずからのアイデンティティーのよってくるところでもあるのだ。この複雑な様相を老舎はどのように描いたか。この作品には王恵雲、閻煥東が指摘する「最高傑作」で「未完」というだけでは済まされないものがあるのではないか。『正紅旗下』には老舎の苦渋の決断が込められているのではないか。それをみていきたい。

(二)『正紅旗下』は未完か

この作品は一九六二年頃までに描き終わっている。したがって老舎の「死」により、物理的に描けなくなったのではない。また老舎自身が「未完」と描き残している訳でもない。だがなぜ「未完」といわれるのか？その根拠は、第一に一九七九年『人民文学』に掲載されたとき「遺稿は全部で一一章、八万字で、みたところではわずかに大著の冒頭部分である」[17]と編者が冒頭に描いたこと。

第二に一九八〇年出版の単行本で夫人の胡絜青が「長編小説のあたまを描きはじめただけで、描きおわっていない」と述べたこと。

第三に「自伝体」の小説であるからには、人生の最後まで描いてないので、当然未完であるはずだ。さらに老舎の死により、断筆せざるを得なかったという思い込みがあることである。では、この作品は果たして「未完」と断定できるかどうかを、まず検証したい。

作品の構成

この作品は全十一章からなっている。作品の構成上からみると、一章から七章と、八章から十一章の間に大きな違いがある。

この作品は戊戌の政変（一八九九年）の一二月二三日酉の刻にうまれた「わたし」の視点から、「わたし」が生まれるいきさつ、両親、姉、叔父、伯母従弟など、みな旗人の一族の出来事を描いている。「わたし」は縦横無尽に彼らの心理をも闊歩し、描写する。さらにこの出生のいきさつは、老舎がモデルになっている、ということは、嬰児のころのことは、当然記憶にないから、母や姉などからの伝聞をもとに推測していることになる。老舎はそのような描写にもどかしくなるのであろうか、突然「わたし」が成長して、「わたし」

の記憶にある事柄が挿入されてくる。

一章では「わたし」を生んだ母が人事不省に陥った原因をめぐり、同居している伯母と、嫁いでいる姉の姑の喧嘩の描写の続きに、突然「わたし」の視点は「私が幼いとき、彼は愛すべき人だと思っていた」[18]と姉の舅の描写になる。読者はその世界に引き込まれ、「わたし」のことなど忘れそうになったころ「なにはともあれ話を本題に戻して、やはり私の誕生日のことを話そう」[19]と、また「わたし」の視点で、わたしが生まれた日のことを語るのである。

二章は「わたし」の家、つまり貧乏旗兵のやりくりの方法、母親がどのように聡明にやりくりし、親戚付き合いをしているかのべられる。挿入部分はないが、旗兵である「わたし」の一家を「私たちの家について言うならば、一家の暮らしはすべて父の銀三両と、春と秋の季節に支給される扶持米とによって維持されていた。母の世帯のやりくりが上手だったおかげで、このわずかな収入でやっと私たちを乞食に身を落とさなくてもすむようにしてくれたのであった。二百年あまりも積み重なった歴史の垢は、一般の旗人をしてすでに、みずから励ますことを忘れさせてしまっていた。われわれは一種独特の風格をそなえた生活方式を創造してしまっていたのである。金持ちは金持ちなりに、貧乏人は貧乏人なりにそうした生活方式を重んじていた。われわれの生命はつまりそうした一種独特の生活方式の中に浮き沈みしていた」[20]と冷静に分析して、描写している。

下層の旗人も二百年積み重なった歴史の垢を、洗いおとすことはできなかった。真面目で実直な父も、やはり時代の流れに対応できずにいた。

三章では「わたし」が生まれて二日目、母の実家の叔母と次男の福海二哥《フーハイアルコー》が訪ねてくる。彼は理想的な旗兵として「わたし」の視点から描かれる。彼の言動はこの作品を貫く、なくてはならない主要な縦糸である。福海二哥の描写が終わったところでまた「わたしが生まれる何ヶ月か前、わたしの叔父と姉の舅と夫は、みんな本当に気が気でなかった。彼らはみな猛烈に変法に反対した」(21)と、変法になったら旗人は自力で食べていかなければならないと聞いて、内容は良く分からないまま反対している。ひとしきりその話をしたところで、また「それはさておき」と、「わたし」の「洗三」の儀式のやりくりの話にもどすのである。

四章は「わたし」の「洗三」の儀式は「まあまあ」うまくいったと「わたし」に語らせている。儀式の最後に白い長ネギを、父親の手で屋根の上に投げねばならないときに、おりよく父親が帰ってきて投げ上げた。その後父親はみなに「ありがとう」を連発し「わたし」をじっとみつめている。その父を「父の容貌はどのようであったか私はよく知らない。というのは、私がまだはっきりと父の容貌を憶えることができないうちに父は死んでしまったからである。が、このことについては後で述べることにして、多くを語ることはやめよう。ただ私が言えることは、父は『黄色い顔のひげなし』の旗兵であったということである。というのは私が八、九歳の頃、たまたま父が皇城に出入りするときに腰に下げていたあの一枚の鑑札に『面黄無鬚』の四つの大きな文字が焼きつけてあるのを発見したからである」(22)とある。「わたし」が、八、九歳になった視点でかかれる。更にここで、父は物心つかないうちに死んだこと、四章の時点では、いずれ父の死をも描くつもりだったことが分かる。

五章では、正月の準備をしている父の描写が続く中、又突然「わたし」の視点は変わる。「私は十歳くらいのとき、いつも根掘葉掘り母に訊ねたものだった。お父さんはどんなふうだったの?母がもし機嫌がいいと、父のいくつかの特徴を私に話してくれた。私がいつも父はとても奇妙な旗兵だと思っていた」(23)と、十歳くらいの私が父の旗兵だった頃の、母から聞いた思い出を語るのである。

六章では、「わたし」の満月（生まれて一ヶ月目）の日、金持の旗人定大爺《ディンターイエ》が銀貨を持ってきてくれた。その定大爺が「定の大旦那は、あのとき私を見て、わたしを覚えていたのであった。私が満七歳になっても、誰も私を学校に入れて勉強させようとしなかったが、どうした風の吹きまわしだったか、ある日定大爺が突然私の家を訪ねて来て、例の如くハハハ……アアア……を連発した後、私を『改良私塾』へ引っ張って行って、強制的に孔子像と老先生に向かって叩頭の礼をさせた。そして第一回分の学費を納めてくれた」(24)と、七歳の「わたし」の視点で語るのである。さらに大好きだった回族の金《チン》おじさんを「わたしが買い物にいけるようになると、わたしは彼の店にいって羊の肉や焼餅などを買うのが楽しみだった。彼の店はいつも清潔で気持ちがよく……彼はさらっとした性格で、することなすこと皆垢抜けがしていた。そうだ、わたしが子供のとき彼に会うと、よく彼に高い高いをしてくれとせがんだものだった。……清朝の皇族一族がなぜ回族のひとを分け隔てするのか不思議でならなかった」(25)と、思い起こし、子供心に満族が回族を差別しているのを不可解なものとうけとめていたことを語るのである。この物語の主人公の「わたし」の視点は、まだ生後一ヶ月を過ぎたところである。しかし、このように、「わたし」が成長した時点での話しを挿入することにより、物語が重層的になっている。さらに成長した「わたし」の視点で語られる内容は、旗人の男性の描写だけである。

　七章は母乳がたらず「空なき」する「わたし」が最初にでてくる。「わたし」の家に、肉屋の王と、息子十成が訪ねてくる。母が彼らを接待する様子は、「わたし」の視点で描かれている。そこへ「わたし」の従弟の二哥が入ってくる。十成は義和団に入っていて「山東にいてもだめだ。北京でやるんだ」と父親の王と喧嘩になる、驚く「わたし」の母の背中をおして、二哥は母を家の中に入れる。ここからは「わたし」は、登場せず、以後三人称の小説のスタイルのようになる。しかし、老舎はやはり「わたし」の視点から描いているようである。九章で、福海二哥が、自分の父親に相談にいく場面で、老舎は「雲亭《ユンティン》大舅《ダーチュウ》」と「わたし」から見た呼称を用いている。

　以後八章、九章、十章と「わたし」は表面には出てこない。八章では、旗兵でない文官の旗人兄弟を描く。旗人として、苦しくとも誇りをもち分に安んじて生きる弟　多二爺《トゥオーアルイエ》と、利用できるものは何でも利用する　多老大《トゥオーラオター》を描く。九章は多老大の無理な要求に怒った肉屋の王さんは二哥に相談に行く。十章で、二哥は定大爺に相談にいく。十一章は定大爺が神父を招待し、神父をコケにするところでおわる。

　このように見てくると、六章までは「わたし」の視点から周りを描き、ときおり未来を先取りして、成長した「わたし」の目で、周囲の人間を描写して、単調さに陥るのをまぬがれさせ、満族の重厚な文化にふれさせる。さらに「わたし」の視点で、少なくとも「わたし」の父の死までは描くつもりだったと思われる。しかし七章を分岐点にして、描き方が変わるのである。このあたりで、その意図を変えざるを得ない情勢、心理の変化があったのではないか？さきに夫人は「一九六二年後半……断筆するしかなく」と述べている。このような情勢に対応して、老舎は急遽八章以降、「わたし」の成長を中心に描く、伝記体の小説はあきらめた。社会情勢の変化が、描き続けても発表できるめどがなくなったからであろう。父親の死は以前に描いているので、描き残していることを、急遽描いたと思われる。『義和団』から『神拳』に改定したとき、削除した「旗兵が義和団をどう思うか」を、二哥福海に語らせた。さらに文官の堕落した多老大と、旗人の誇りを持った多二爺兄弟描く。最後に新しい旗人定大爺を登場させ、彼が神父を招待し、西洋人をコケにする描写で、この作品を終えた。

作品の構想

老舎は一九六六年四月に、王瑩《ワンイン》に作品の構想を次のように語っている。

　アメリカでかってあなたに言ったことがある。帰国後、北京の旧社会を背景にして、三部の歴史小説を描き始めようとしていた。第一部の小説は、八カ国連合軍が、北京をねこそぎ略奪した我が家の歴史を描く。

　第二部の小説は、旧社会の蘇州、揚州で娘が誘拐され、売り飛ばされて北京にきて、前門外の花街で、娼妓の泥沼にはまり、悲惨な結果となる。

　第三部の小説は、北京の王侯貴族を描き、清朝の遺臣がコオロギとコオロギを戦わせるのに秘策を凝らし、互いに争う。ならびに彼らは下層の平民を騙し、圧迫する物語である。惜しいことに、この三部作はすでに腹案の文はあるが、おそらく永久に描き始めることはできない。…この三部作は北京の旧社

会の変遷、善悪、悲観を反映する小説で、以後、永遠に描くことが出来る人はいない。(26)

この時点で老舎は、すでに現存の『正紅旗下』を描き終えていた。しかし政治情勢の変化で、発表できなくなっていた。この情勢を老舎はどう見ていたか。右記の文章につづいて「あなたの本は、目下の条件のもとでは、出版社は受け取るのは難しい。しかし、心配することはない。結局広範な読者と会う機会があると信じている」と。これは現在の情勢が永久に続くはずはないと見通している。いつの日か発表の機会は来ると信じている。そしてそれは自らの作品『正紅旗下』にも当てはまることだと、当然自覚していたはずである。しかし、情勢は日増しに不穏になり、発表するあてもなくなった。執筆継続のモチベーションは下がったと思われる。だが老舎はこの草稿を捨てるには忍びない。それでこの作品の構成を変えたと思われる。また第一部の構想は「八カ国連合軍が北京を根こそぎ略奪した。その時期の我が家の歴史を描く」とある。この点について老舎は次のような作品、文章を残している。

先ず一九五九年「宝地」(27)で「わたしが物心つかないころ、八カ国連合軍が北京にはいってきた。…そのときわたしの父親は錆びた刀を腰に紫禁城の護衛に行った。…わたしの父は再び戻らなかった。彼の遺骨がどこにあるか誰も知らない。

次に一九六一年「吐了一口気」で「義和団事件のとき、私は一歳だった。当時の記憶はないが、母親から、八か国軍の状況を聞いた。父はこの年連合軍との戦いで戦死した。父は毎月三両を貰う警護兵で宮城を警護していた」

さらに一九六一年戯曲『義和団』を発表した。これは前節で述べたように、旗兵が義和団にどう対応するかという四幕の第二場が削除されて『神拳』と改題されて発表された。

「宝地」、「吐了一口気」、『義和団』と『正紅旗下』とを合わせて読むと、第一部の構想「八カ国連合軍の北京略奪までの我が家の歴史を描く」は、一応描いたことになると思われる。

つまりこの作品は老舎の死によって、物理的に中断されたのではない。一九六二年ごろで描くのを中断している。いずれ発表出来る情勢が来るとは考えている。そのとき、発表してもよいように一応の決着をつけておいたのではないか。作家ならこのように考えるはずだ。この作品を廃棄せずにおいてあったということは、そのような日を想定して、何とかまとめて、筆をおいたのではないかと思われる。

また日下恒夫氏は「しかし、これだけで独立した作品と見做すことも可能である」[28]と述べている。また前記の闇煥東も「それ自体かなり整っており、相対的に独立しており、おのずと形をなしている」とある。

老舎は『四世同堂』のように三部作を構想していた。しかしそれはかなわぬ夢となった。そのため既に描き始めていた『正紅旗下』の八章以降の構成を変え、一でのべたように三部作の第一部として、描けることは一応描いたと、筆を擱いた。いつの日か発表される日を願いつつ、とにかく一応の決着をつけておいた。老舎はこのように苦渋の決断をしたのではないかと思われる。したがってこの作品は、本来構想していた三部作としては未完である。しかし『正紅旗下』は、その第一部に相当すると読めるのではないか。したがって、一つのまとまった作品として読むのが、老舎の遺志に沿っていると思われてならないのである。

その内容を見ていく。

（三）遺作『正紅旗下』が語りかけるもの

この作品は先にのべたように、三部作の第一部としてみていく。〝未完〟ではない、完結した作品として、その内容を見ていく。

旗人が差別されていた状況を効果的に描いた。

これまでの老舍の小説で、旗人が差別されている状況を明確に描いてあるものはない。人生最後の作品で初めて描いたのである。「太平天国、英仏連合、日清戦争等等波乱のあとは鼻の高い西洋人がますます高慢になり、皇帝と旗兵を侮るだけでなく、雑貨屋の山東人、両替店の山西人までもが、旗人のお得意さまたちに対してますます無遠慮になってきた。彼らは大胆にも包子ほどもある大きな目を見張って驚かし、品物を食っても銭を払わぬ旗人野郎と罵り、おまけにこれからはもう掛売りはしない、凍り豆腐一丁でも全部現金取引だ！とわめくのだった」(29)と、老舍が生まれた一八九九年は、すでに旗人の地位はおちていた。この状況を描くのに、わけ隔てなく接してくれる漢族を描くことで、効果的に表現した。

さらに「わたし」に「洗三《シーサン》」の祝いをくれた肉屋の王を「そう、私は一生涯そのことを忘れられない。それは決して彼が支配人であるからということでもなければ、また彼が一対の豚の蹄をおくってくれたからでもない。それは彼が漢人だからなのである。確かに当時、家屋敷を持っている漢人はむしろ家を空けておいても満人や回族には貸そうともしなかった」(30)と描くことで、逆に旗人が差別されていることを浮かびあがらせた。さらにこの王とのかかわりの中で、旗人の堕落した様相も描いた。また息子の十成《シーチョン》は義和団である。

王はこの作品の主要な流れのひとつとなっている。

旗人としての、体面と伝統意識を大いに守ろうとする矜持

父が生きていたときも、旗兵の生活は逼迫していた。しかし、旗人としての矜持が次のように体面を保とうと必死になるのである。「これらの婚礼や葬儀の式典がそのように重要である以上、親戚友人の家が式典を行うのに私たちが礼を欠くようなことでもあればそれこそ『大逆不道』ということになる。……かといって彼女は赤字を減らすために親戚の夫人たちの誕生祝に義理を欠くようなことはできなかったし、遠縁の親戚のお悔やみやらお祝いやらを欠くようなことはできなかった。親戚友人たちに礼を欠くということは、みずから親戚友人の縁を絶ってしまうことになり、もう世間を渡っていくことができなくなるし、死んでも死にきれないことになる」[31]そこで「こうした欠くことのできないお付き合いは親戚友人間における母の地位を高めた。みんなは母のことを金ばなれがいいとほめそやした。しかし、この金ばなれのよさは母をして給料が支給されても心配させ、支給されなければもっと心配させるのであった。私の生まれる前後のころ、私たちの家には相変わらず確実な収入はあったといってもそれはだんだんと幾らかずつ目減りをし、銀の目方も不足し、純度も低くなっていた。品物を掛買いすることは一種の制度となってしまっていた。焼餅売り、石炭売り、水売りたちはみな、私たちの家やその他多くの家の門口に、白墨で鶏の爪のような形をした五本の線の印をつけていった。それはまるでひづめのついた鶏の脚のようだった。私たちはまず生活を優先させ、俸給が入ると鶏の脚の多少に応じて借金を払った。母は家計の切り盛りが上手な人で、ただ焼餅売りと石炭

売りと水売りだけが私たちの家の壁柱に白い五線を描くのを許すだけで、酥糖《スータン》売りや糖葫芦《タンフール》売りには絶対に借金しなかった」(32)と述べている。

右のように「わたし」が生まれて、一ヶ月すぎまで、「わたし」の視点で、旗人の伝統的な「洗三」「満月」までは描いている。だんだんと給金が目減りしていくなかでの、下層旗人の家庭のやりくりの妙を描きながら、母の旗人としての矜持と、そのような生活を守り抜こうとする母を賛美している。このような描き方は、五〇年以降、初めて可能になったのである。老舎の筆は伸び伸びとしている。

満州族の文化と伝統が生み出した優雅な趣味

この作品は母が難産のすえ、生まれた「わたし」の視点で、その周りの人々や、事柄を描いているのであるが、その視点が突然成長した「わたし」の目線になり、思わず本音を吐露する。「私は幼いころ、姉の舅を非常に好ましい人だと思っていた。そう、彼はただ快活なだけではなく、なおかつ憎めない人である。彼には浪費癖があるほかにはこれといった欠点もない。私はまず彼の咳ばらいが印象的だった。あの一種透き通って抑揚のとれた咳ばらいは、ちょっと聞いただけでもう、彼が少なくとも四品の官であろうと推定することができるくらいであった。……冬であろうと夏であろうと、彼はいつも四つの鳥かごをぶら下げて歩いていたが、その中には二羽ののど紅と二羽ののど青が入っていた。彼はほかの鳥は飼わなかったが、のど紅、のど青は万人向きでよろしく、佐領の身分にはうってつけだった」(33)と、子供心に上品さを備えた人として描写している。さらに「冬になると彼は特に私の歓迎を受けた。彼のふところの中には少なくとも三つのコオロギを飼うひょうたんが隠されていて、そのひとつひとつはみな骨董品店に並べられるほどの値打ちのあるものだった。私を喜ばせたのはそのひょうたんの中に入っている青磁色のコオロギだった。ときどきか細く鳴こうものなら、まるでどこからか夏がたちまちにして北京へもどってきたかのようだった。……姉の嫁ぎ先の父は武官職で四品の帽子珠をつけた佐領ではあったが、どのように兵隊を率い、どのような戦争をするのかというようなことを話すのは好まなかった。私はかって彼に、馬に乗って矢を射ることができるかどうか訊ねたことがあったが、彼の答えはひとしきり咳ばらいをしたあとで、すぐまた小鳥を飼う技術について話をはじめるのだった。しかし、それはまた他人に話してきかせるだけの値打ちがあり、ひいてはまた一冊の本を著すに値するほどのものであった。……鳥かごのことは言うに及ばず、かごの中の小さな磁器の餌壺、水入れ、それに鳥の糞をはらう小さな竹べら、それらはすべて凝ったもので、誰もそれを芸術品でないなどと言うものはいない。まったく、彼はまるで自分がひとりの武官であることを忘れてしまっているようで、一生涯の精力をすべて、小さな壺、小さな竹べら、そして咳ばらいと笑いとにどのようにして高度の芸術性を持たせるかということに費やして、そのとき、そのときの小さな興奮と、小さな趣味のなかに沈酔していた」(34)と描いている。

この趣味の描写は美しい。ひととき人の心の鬱屈を忘れさせてくれる。月三両をもらう旗兵ではない、豊かな旗人から生まれ出た伝統と文化は、中層の旗人にも及んでいる。その瀟洒で繊細な世界は看過できないと思わせられる。「わたし」自らは下層の旗兵の家で、このような環境にあるわけではないが、この優雅で繊細な世界を、子供心に好ましくおもい、受け入れて享受している。しかし本来武官であるものが、それを忘れ、このような美意識にそまった趣味に明け暮れしている様は、満族の王朝が腐敗と堕落の坂道をも転げ落ちていることを、ひしひしと感じさせる。あらゆる支配階級が権力を確立し、それを磐石なものにし、文化も花開き、爛熟して、今まさに崩壊していきつつあるという、歴史の発展法則の妙を描いている。この爛熟した文化を子供の目から語るとき、それは自然な憧憬にあふれている。

老舎は一九二六年以来小説を発表してきて、実に三五年目にしてはじめて旗人である自らの世界をこのように描けた。小説の最初に描かずにはおれなかったと思われる。しかし、あくまで子供の目からのみ、描くことが可能だった。辛亥革命以後、満族は国を滅ぼした元凶であり、その文化を憧憬を持って描くことは出来なかった。

没落していく下層旗人が、分化していく現状をあますところなく描写した。

「わたし」の母の実家の福海二哥は、旗兵であるが、塗装職人として手に職をもち、公正な見方ができる。義和団に入っている十成に賛同し、金まで与える。彼の描写は精緻を極めている。「親戚友人の間で、二哥はいたるところで歓迎を受けた。彼は小作りで精悍で、逞しくもあり、上品でもあり、美しくもあり、またやさしかった。まるくて白い顔、二重瞼、大きな眼。彼がまだ口を開かないさきに人々はもう彼らにちょっとした耳ざわりのいい、気の利いた、しかもすこぶる道理にかなった言葉を期待するのだった。彼がいったん口を開くと、眼を輝かせ、満面に笑みを浮かべて話し、その言葉は適切でしゃれており、決して人を傷つけるようなことは言わず、しかもくどくはなかった。……彼はお辞儀をしても立派であり、坐っても、道をあるいても立派であり、馬に乗っても立派であった。また随意に子供たちに鶏が片脚でたったようなポーズをとって見せたり、あるいはまた両股でグッと馬の背中をしめつける乗馬のポーズをとって見せたりするときなどは格別に立派であった。彼は根っからの旗人で、二百年来の騎馬弓術の鍛錬を忘れないだけでなく、また漢族、蒙古族および回族の文化をも吸収していた。学習の面については満、漢両用何でも知っていた。彼はまた流鏑馬をやり、単弦に合わせて幾つか―ほんの幾つかであるが―俗謡を唱うことができ、汪派の京劇『文昭関』の幾句か―を唱うことができ、鳩や小鳥や騾馬や金魚の飼いかたも知っていた」(35)と、理想的な旗人の男性として描いている。

さらに「しかし驚くべきことに、実をいうと彼は、塗装職人になっていたのだった。……二哥は将来の見通しをたてて、技術を習得したのであった。我々の佐領制度によれば旗人はいかなる自由もなく、勝手に隊を離れることも、また北京を離れることも許されなかった。たとえ技芸を学ぶことはできたにしても他人から軽蔑されることを覚悟せねばならなかった。彼は当然兵隊になって馬に乗り、弓を射て大清朝廷を守るべきであった。だが旗人の人口がますます増えても旗兵の数には限度があった。だから長男次男は補欠員となって俸給にありつけるかもしれないが、三男、四男になると職はなく、ぶらぶらしているよりほかなかった。……こうした制度はかって南北を掃蕩して天下統一の大事業を打ち立てたのであったけれども、しかしそれは次第に旗人をして自由を失わせ、自信を失わせ、なおかつ多くの終身失業者を出す結果となってしまったのである。……だから彼は手仕事を学ぶことに決心したのだった！実際に歴史が一定の段階まで発展すると、二哥のように先を読める人が出て来るものである。ところが二哥の兄は不幸にして病気で亡くなり、福海二哥はやっと欠員補充のチャンスをつかんだのであった。彼は出勤すべきときにはキチンと出勤し、そうでないときには塗装の仕事に出かけていくという具合にしてうまく両立させていた」[36]と、「わたし」の従弟の二哥は、満州語が出来ない以外は、旗兵の現状も見据えて生活する手段も獲得し、ほとんど完璧な理想の男性として描かれている。

八章以降事件の発展の主要な人物として多兄弟が登場する。文官の旗下衛門（旗人関係の事務を取り扱う役所）の多老大、多老二兄弟を描写する。弟の多老二は、目減りしていく給与の中で、親しくしている肉屋の王さんに「『とにかくこれを持って行っておあがりなさい！代金は節季払いでけっこうですよ！どうぞ！どうぞ』[37]と勧められても、多二爺はいつも首を振って、『ありがとう王さん！だがね、あたしは一生涯絶対に掛買いはしないことにしているんですよ！』と言って必ずキチンキチンと現金を払った。彼は確かに分に安んじて己を守り、決して身分不相応な生活はしない男であった」と、誇りを持って生活している。それに比べて、彼の兄の多老大は得になることは、何でもする誇りのない旗人として描かれる。教会の牧師が「俺を聖書研究会に入れて、新しい聖書を一冊ただでくれた上に、銅貨二十文をくれたんだよ」[38]と入信し、教会から毎月手当てがもらえないかとあてにする。そんな制度がないと分かると、教会の力を盾に、王さんの店のつけを払わなくなった。王さんは教会が出てきたら厄介だと、借金の催促をしないことにした。これに味をしめた多老大は、つけで肉を買った上に、現金四十文の借金を申し込んだ。王さんはついに堪忍袋の緒をきらした。

「『多大爺、焼肉の掛売りはお断りします。四十文のお立替もできません！溜まっている掛売り代金も払わないで、大きな口をきくのは止めてください！とにかくまず掛売りの代金を払ってください！』こうなったら、多大爺はいやでも牛牧師を担ぎ出すより外なかった。そうでもしなければ、尻尾を巻いてスゴスゴこの場を引き退がるわけには行かない。『言ったな親爺！覚えていろ！おれには外国人の友達がいるんだぞ！おまえに毛唐の恐ろしさがどんなものか、じっくり味わせてやるから見ていろ！まあよく考えた方が得だと思うがな。一番好いのは、焼き豚に四十文を添えて、おとなしくおれの家まで届けて来ることだな！じぁ、待ってるぜ！』……だが、王さんは今回は本当に怒ってしまったのであった。多老大は外国人の勢力を笠に着て、商売人を威嚇するとは何たることだ！彼は息子の十成を思いだし、いままではあんな気骨のある息子を持ったことを誇らしくさえ思うのだった。だが、老大が本当に毛唐を伴れて来たらどうしょう！王さんは、当時のほかの一般の人と同様に、外国人の力とは一体どれくらいのものであるか、まるで見当さえつかなかった。いろいろと考えるとだんだん怖くなってきた。で、彼は急いで多老二を訪ねて行った」(39)

多老二は、兄の付けを自分がはらうことにした。更に兄を訪ねて、今後王さんの店で付けで買わないように諭した。多老大はひっこみがつかなくなり、牧師を尋ねて相談した。

結局、牛牧師と多大爺は王さんを脅して、公開の席で謝罪させることにした。だが王さんは謝罪を断った。だが内心不安になり福海二哥に相談に行った。二哥は自分の父や、「わたし」の姉の舅に相談にいったが「よけいなことにかかわるな」と、だれもまともに相談に応じない。それでひとりで定大爺を訪ねる。

新しい旗人

定大爺は、祖父と父の二代に亘って地方長官の職につき、赴任先で金銀財宝をかき集めてきた。したがって定大爺は一生涯かかっても使いきれない財産があった。彼は新しい旗人だと自認していた。二哥に相談されて「一席もうけて、わしがその牧師を招待してやったらどうだろうかね？そうしたら万事円満に解決できるのじゃないか？」[40]と言い、外国人を呼んで飯を食わせてやるときは「そうじゃ！やはり裏口から入れることにしょう！そうすれば出鼻をくじかれ、最初からわしらに負い目を感じることになる。紅毛人なんてものは、わが大清国人とはてんで比較にならんものじゃよ！どうだ？」[41]と結論を下す。

牛牧師は大金持ちの定大爺に招待されて有頂天になった。それを聞いた多老大も喜んだ。彼には牧師が招待された理由がわかったからだ。多老大は牧師のために驢馬車を雇い、従者になり、駆者の横に坐り、出発した。騾馬がとびあがり、牧師の脚が前に伸びて、多老大のお尻をけった。かれは側溝の一番深いところに落ちた。通りがかった二、三人の男が彼をひき上げたが、車に乗っていた牧師を見て、毛唐の手先だったのかと、多老大をまた溝にほうりこんでしまった。

さらに定大爺は牛《ニュウ》牧師を食事に呼ぶが、同時に満州族、漢族の二人の翰林を招待していた。翰林は外国人と同席するのは非常に不愉快と言う表情をしていた。さらに僧侶、道士、ラマ僧も招待していたので、牛牧師はムッとした。この世に自分の宗教以外に、宗教たるものはないと思っていたからである。このような輩を自分と一緒に招待したのは、キリスト教を愚弄するものだ。食事に一番先に行こうと牧師は思ったが、定大爺は「李《リー》方丈《ファンチャン》！どうぞ！方丈は一番年長ですから、どうぞお先へ」[42]と案内し、次に月朗大師を紹介して案内し、翰林もラマ僧もいってしまった。「牛牧師はしまった！と顔をしかめたが、これを見た定大爺は得意そうににやりと笑った。牛牧師はあわてて出て行こうとすると、定大爺はサッと先に立って、『ご案内しましょう』と言った。牛牧師はしゃくにさわって定大爺の脚を思い切りけりあげてやりたったが、ご馳走のことを思うとそうもいかず、しぶしぶしんがりを務めることになった」[43]と、定大爺は最後に牧師を案内してニヤリとする。役人でない豊かな満族も、西洋人を決してみとめていないことを明らかに描いた。だが、こうして案内した食堂の調度は「内部の設備はすべて洋式であって、外国製の掛け時計、ランプ、外国製の陶磁器人形等等、床に敷いてある絨毯も外国製であった」[44]と、全て西洋式であるとユーモアと諧謔を持って描いている。一九五〇年以前の老舎の短編小説を髣髴とさせる、諷刺のきいたユーモアな描写である。ここで『正紅旗下』はおわるのである。

「わたし」の一生を描くはずと思われた作品は、最後の章で、牧師と多老大を徹底的に戯画化し、西洋人を貶め溜飲をさげている。八章以降は、この章を導くための描写と思われる。

老舎は旗人という出自により蒙った様々な体験から、長年「アイデンティティ」と「コンプレックス」とにより逼迫する家計で苦しむ妻、貧乏旗兵の矜持、旗兵でありながら塗装職人という生活の手段をもつ、肯定的旗人の二哥福海、新しい旗人定大爺など、自らが見聞した経験をもとにして人物を創造した。没落していく旗人の光と影を、北京という成熟した都市の光と影と渾然と一体化させた。このような世界は老舎にしか描けない、老舎独特のものである。一九五〇年以降多くのプロパガンダ戯曲を描いた老舎であるが、ひとたび小説を描くと、一九五〇年以前の老舎を髣髴とさせるものがある。少なくとも父の死までは描く予定だったが、時代の圧力により中断せざるを得なくなった。したがって八章から内容を急遽はしょり、なんとかまとまったものとしてけりをつけたと思われる。

そのため結末に唐突感があるのは否めない。まだまだ描き残したことがあり、未整理で、短兵急に結末にこぎつけたように思われる。まだ伝えられないものがある。それは未完だからではない。あのような状況下で、自伝体の小説として、父の死まで描いたとしても、伝えられるというものではない。したがってこのようなかたちで、筆を擱いたのは、老舎苦渋の決断ではなかったか。

筆者は（二）の作品の構想でのべた点と、上記の理由から、この作品は未完ではないと受け止めたい。未完ではなく、一応まとまったものとして残しはした。しかし、語り尽くせないものがある。そのように受け止めることが、老舎の遺志に沿うと思われてならないのである。さらに「未完であるが最高傑作」という評価を、老舎は拒絶すると思うのである。また完成した作品としてみて『正紅旗下』は最高傑作とは言いがたい。部分の描写に老舎を髣髴とさせる点は多々ある。老舎にしか描けない旗人の生活の様相を生き生きと伝えてくれた。しかし、その内発的モチーフが、共産党の政治的圧力により封じ込められたとき、伝えたいものが作家の内面で押しつぶされてしまった。

旗人という出自の老舎が、漢民族の勢力奪回を狙った中華民国(45)で青年期を過ごした。満族であり、貧しい暮らしは、老舎に鬱屈した思いをうえつけた。この思いが抗日戦にペンで参加するエネルギーとなった。漢族をはじめすべての少数民族もともに戦い、「中華民族」の独立をかちとったはずだった。その「中華民族」の維持・発展のために、老舎は、ときには不条理をも受け入れて描いてきた。そしてついに旗人の世界を描ける。それは自らの精神史でもあると、勇躍して描き始めた。しかし、その執筆の過程で、老舎は思い知るのである。どれほど原稿用紙の桝目を満族の描写で埋めようと、真に伝えたいことは伝えられないと。したがってもはや内発的モチーフに沿って描き続けることは出来ないと思い定めた。この作品は一九六二年ごろで、筆を擱いていたのであるから、彼の死まで、未だ時間はあったのだ。しかし、現存の『正紅旗下』のような形で、決着をつけておいた。これなら後世発表できる日がくると確信できたからであろう。それほど、当時の情勢は、老舎を押しつぶしたのではなかったか。

同じ満州族である孫玉石（本名舒穆魯(46)）が、二〇〇〇年に「一九三五年九月二二日、老舎は天津で『大公報』に短編『断魂槍』を発表した。……沙子龍《シャーズロン》は武芸者の最後の願いをきっぱりと拒絶した。夜半、人が寝静まるのを待って〝その昔、荒林緑野の威光〟を思い出し、熟達した武芸を一通りやり、微笑のなかに悲哀を漂わせ〝伝えない！伝えない！〟と。

彼はこの命の純粋な気持ちを最も愛していた。彼は〝伝えない〟のではなく、〝伝えることは出来ない〟と、すでによく分かっていた。沙子龍の『伝えない！伝えない！』の嘆息のなかに、老舎の内心の深いところにある、苦しく思い慕う精神世界が隠れている。二〇年代から五〇年代まで、老舎はこの精神世界の意識のなかで、一貫して抑圧された状態だった。それは、ひとつの巨大な夢が、彼の魂にからみついているようだった。この〝夢〟は血と涙で文章にしたばかりで、老舎は筆を擱いた。『正紅旗下』は、永遠に未完成の交響詩であり、この世紀、更に次の世紀へと、永久に『伝えない！伝えない！』の一言を私たちに残した」(47)と述べている。老舎は『正紅旗下』をこのような形でおえることで、ひとつの意志を表明した。旗人としてこの世に生を受けて以来持ち続けてきた、この想いは伝えられないと。老舎は遺作『正紅旗下』で、そう語りかけているのではないかと思われる。

注

第一節

（1）老舎『老舎全集』第一一巻六四二―六四五頁。一九六一年『劇本』二、三月合刊号に『義和団』（四幕七場歴史話劇）（吐了一口気を付記）として掲載。一九六二年、中国青年芸術院で『神拳』と改題して上演。一九六三年五月、中国戯劇出版社から単行本『神拳』（四幕六場話劇）として出版された。「吐了一口気」が「後記」として付記され、その冒頭に「一九六〇は義和団の決起から六〇年目にあたる。私はそれで『義和団』（後で『神拳』と改題）という四幕話劇を描いた」とある。一九七八年人民文学出版社が、老舎自選集の『老舎劇作選』の再版にあたり、「一九五七年我社が出版した『老舎劇作選』は、老舎氏の生前の自選集である。……このたびの再版は老舎夫人に審査してもらい『神拳』を新たに入れた。……この印刷には作者の自選集を底本とし、生前出版された単行本を比べ合わせて、異同を調べて原本の形を再現した」とある。一九八二年、中国戯劇出版社『老舎劇作全集』第三巻でも、『神拳』と「吐了一口気」が「後記」として付記された。以後一九八七年人民文学出版社の『老舎文集』第一一巻および同社の一九九九年『老舎全集』第一一巻も同様である。

（2）夏目漱石「現代日本の開化」、明治一四年に和歌山にて講演、現収『夏目漱石集一』日本文学全集一三、筑摩書房、一九七〇年、四六二頁。

（3）老舎『茶館』、『老舎全集』第一一巻、二九七頁。

（4）外発的テーマとは、注2の夏目漱石の文を受けて、ここでは具体的に、新中国成立後、共産党が文学者に与えた「文学は政治に奉仕する」に基づくテーマをさす。

（5）老舎「宝地」、胡絜青編『老舎写作生涯』、百花文芸出版社、一九八一年二五八―二六一頁。

（6）老舎『神拳』、中国戯劇出版社、一九六三年、八三頁。
（7）李希凡「義和団反帝愛国闘争的頌歌—漫談話劇『神拳』的劇本和演出」、『老舎的話劇芸術』、文化芸術出版社、一九八二年、五〇八—五一八頁。（初出一九六二年一〇月七日『人民日報』）
（8）馬鉄丁「試論『神拳』」、同右五一九—五二九頁。（初出一九六二年『戯劇報』第一〇期）
（9）老舎「題材与生活」、『老舎全集』第一八巻、四四—四六頁。（初出一九六一年『劇本』五、六月号合刊）

第二節

（10）老舎「戯劇語言—在話劇、歌劇創作座談会上的発言」、『老舎全集』第一六巻、三三八—三四一頁。（初出一九六二年四月一〇日、『人民日報』）
（11）胡絜青「写在老舎『正紅旗下』前面」、老舎『正紅旗下』、人民文学出版社、一九八〇年、一—七頁。
（12）関紀新「当代満族文学的瑰麗珍宝—試探老舎『正紅旗下』的創作」、『老舎研究論文集』、山東人民出版社、一九八三年、一八五—一九八頁。
（13）王恵雲・蘇慶昌『老舎評伝』、花山文芸出版社、一九八五年、三三二—三四五頁。
（14）閻煥東『老舎自叙—一個平凡人的生活報告』、山西教育出版社、二〇〇一年、四四〇—四五七頁。
（15）孫玉石　張菊玲「『正紅旗下』悲劇心理探尋」、『老舎与二十世紀：九九国際老舎学術研討会論文選集』、天津人民出版社、二〇〇〇年、三三五—三五七頁。
（16）日本では倉橋幸彦氏が「旗人老舎—その誇りと負い目」（『関西大学中国文学会紀要』第一七号、伊藤正文教授古希記念論文集、一九九六年）で、旗人という出自が、老舎の生涯と創作に少なからぬ影響をあたえたと、論じている。
（17）『人民文学』三月号、一九七九年、九四頁。
（18）老舎『正紅旗下』、『老舎全集』第八巻、四六三頁。口語訳は竹中伸訳『満州旗人物語』（『老舎小説全集五』学習研究社、一九八一年）を引用した。
（19）同右、四六六頁。

(20) 同右、四七二頁。
(21) 同右、四八八頁。
(22) 同右、五〇一頁。
(23) 同右、五〇七頁。
(24) 同右、五二〇頁。
(25) 同右、五二一頁。
(26) 謝和賡「老舍最後的作品—紀念老舍逝世十八周年」、『瞭望』第三期、一九八四年、四〇、四一頁。一九六六年四月末、王莹が老舍に『两种美国人』『宝姑』を描き上げたと電話をした。翌日老舍が香山にすむ夫妻を訪ねた。そのときの話を、王莹亡きあと、夫が書いたものである。
米国に在住していた王莹は一九四六年、アメリカに来た老舍に作家を紹介するなど世話をした。また嚴家祺・辻康吾訳『文化大革命十年史』下、(岩波書店、一九九六年)、二九頁で「三〇年代、上海新劇界は劇作家・夏衍の書いた『賽金花』という芝居を上演する準備をしていた。江青は、この芝居の中の主役である賽金花を獲得しようとして、演出家と言い争いを起こした。最終的に、演出家は有名な俳優の王莹に賽金花を演じさせることに決めた。このため、江青はこれ以後王莹のことを胸に刻んで忘れることはなかった。解放後、一九五五年春、アメリカを転々としてから帰国した王莹は、周恩来の配慮のもと、北京映画製作所のシナリオ部に配属となった。後に彼女の夫の謝和賡が右派分子とされ北大荒での労働改造へ送られ、ひどく打撃を受けて、心も荒み、健康も悪化する一方だった。そこで香山の狼見溝に農家をみつけ、隠居暮らしのような著作生活を送っていた。文革が始まってから、恨みを根に持つ江青は、関係する会議の席上たびたび王莹を名指しし、……「三十年代の黒い人物」……「昔からの吸血鬼」「アメリカのスパイ」などといった罪名をかぶせられた。……紅衛兵の侮辱と殴打に遭わざるをえなかった。六六年七月謝和賡は捕らえられた。まもなく王莹も監禁され監獄に押し込められ、江青一派によって「死刑囚」とされ、残酷な迫害を受け、七四年三月三日明け方、恨みを呑んでこの世を去った。」とある。
(27) 老舍「宝地」、『老舍写作生涯』、百花文芸出版社、一九八一年、二五八—二六一頁。(初出 一九五九年九月三〇日『北京日報』)

(28) 口下恒夫「『満州旗人物語』―正紅旗下―について」、『老舎小説全集』五巻、学習研究社、一九八一年、四四八頁。
(29) 老舎『正紅旗下』、『老舎全集』第八巻、四七八頁。
(30) 同右、五〇五頁。
(31) 同右、四七四頁。
(32) 同右、四七六頁。
(33) 同右、四六三―四六五頁。
(34) 同右、四六四、四六五頁。
(35) 同右、四八三―四八六頁。
(36) 同右、四八四―四八五頁。
(37) 同右、五三五頁。
(38) 同右、五三七頁。
(39) 同右、五四六頁。
(40) 同右、五六五頁。
(41) 同右、五六七頁。
(42) 同右、五七六頁。
(43) 同右、五七七頁。
(44) 同右、五七七頁。
(45) 横山宏章『中国異民族支配』(集英社新書、二〇〇九年、三七頁)で、「最大公約数的な革命の原動力は、やはり『異民族王朝である満州族支配を打倒して、漢民族の栄光を取り戻そう』という光復革命の民族的悲願であった。……その革命運動の中核を占める革命結社(中興会、光復会、華僑会など)の革命理論は、強烈で、露骨な排満思想により構成されていた」と述べている。
(46) 「仙台を訪れた老舎」(『福島大学教育学部論集、人文科学部門』三六、一九八四年)六四頁で「北京大学の副教授の孫玉石が一九八三年来、東京大学の外人講師として日本に滞在していて、東北大学文学部における懇談会の席上、氏は満州族出身で本名は舒穆魯であると自己紹介された」とある。

（47）孫玉石　張菊玲「『正紅旗下』悲劇心理探尋」、『老舎与二十世紀』、天津人民文学出版社、二〇〇〇年、三五六―三五七頁。

第九章　「中華民族」独立の悲願達成の果て

第一節　我執と使命感の止揚　―四十年間の創作の軌跡

（一）創作の分岐点

老舎の創作の分岐時期について述べたい。ほとんどの論評は、一九四九年中華人民共和国成立を境にして、一九五〇年以前を前期、以後を後期として区分する。確かに国民党、共産党が抗日戦を戦い抜き、一九四五年勝利を勝ち取った。つぎに国共内戦を経て、一九四九年一〇月中華人民共和国が成立した。中国共産党にとっては、およそ一九五〇年頃を基点に考えられるだろう。これは政治的区分である。しかし、老舎の創作の姿勢に大きな変革が起きた時期は、一九三七年済南を出立して、抗日戦にペンで戦う決意をした時期以降である。

第四章でのべたように、老舎は一九三八年文協の総務部長に選ばれた。このとき老舎は、文芸界の多くの人と知己になり、部長としての職責を果たすなかで、生来の人見知りもなくなり「日ごろはひとりで思い通りにしてきたが、今日から虚心に団結のために変わるのだ。……今日の中国において抗日救国より偉大で神聖なことはない」と決意している。これ以後老舎は、自分の描くものが印刷され、みなに読まれて、好評を博すのが嬉しいという段階を超えた。

「中華民族」の独立に創作を役立てるという、創作に政治的目的を付加する決意を、自発的にしたのである。しかも特定の党派に属するのでなく、無派無党という立場においてである。老舎は文協の責任者となって以降、中国人を「中華民族」と表記している。これは「漢民族だけではなく、すべての少数民族を含めた中国人」という意味を表していると思われる。その意志をくんで、老舎が表記した「中華民族」という意味で、筆者は鉤括弧をつけて用いた。

一九四六年米国の招聘により、一年間の予定で渡米した。この間中国では国共内戦が始まった。この内戦に老舎は、冷ややかな態度を取っている。老舎が予定の一年で帰国せず、後二年自費で滞在したのは、この内戦に関わりたくないという理由もあった。一九三八年以降の抗日戦時は、中華民族の勝利のためにペンで戦ったのである。一九四九年米国から帰国した老舎は、中華民族の独立の維持、発展に精魂を傾けようと戯曲に取り組むのである。これは老舎にとって「中華民族」の独立・維持・発展という、一九三八年からの、連続したテーマとして捉えたものである。一九四九年米国から帰国して、突然共産党の言いなりになったわけではない。共産党の政権維持の目的とは重なる部分はあるが、違うのである。誤解をおそれず言えば、もし政権をとったのが国民党だとしても、老舎は「中華民族」の独立維持のために協力したのではないか。老舎にとって重要なのは「中華民族」の独立である。社会主義か資本主義かという国内の体制に身を挺しようとは思わないのではないかと、思われる。老舎は清潔好きで、物事を規則正しくするのを好み、自身は潔癖、妥協しなかったが、他人の清濁をあわせのむ度量は持ち合わせていた。政治的に細かいことに白黒つけなければ気がすまないという資質は、老舎にはない。五四運動についての文章を読んでも、彼らの主張のほころびをみいだして、小説に描くことで、浄化していた。これは若くして社会人となったことと関係があると思われる。彼は十九歳で北京師範学校を卒業して、京師公立第十七小学校の校長として赴任した。二十歳過ぎまで、親の援助で学生生活を送っていた青年とは違うのである。

以上のことから老舎の創作の区分は、一九三七年までを前期、それ以後一九六六年までを後期として、彼の創作活動をみていく。(1)

（二）前期（英国、山東時代一九三七年まで）

一九二六年二十七歳で発表した処女作『老張的哲学』では、英国からはるか祖国を想い、その思い出のなかの絵を文章にした。女主人公李静は、「手を汚さない生き方」を模索して「自殺」した。次の『趙子曰』では、列強に分割支配されている祖国の現状を憂えて、知識人の生き方を模索した。老李の死により、三人の青年が、国のために何をなすべきかと、目覚めていく様子を描いた。三作目の『二馬』では、英国で中国人がいかに蔑視されているかを、徹底的に描いた。英国に行く前、老舎は崩壊した清王朝の満州族として、生きにくさを体験したであろう。しかし、英国における「中国人蔑視」を見聞するに及んで、西欧で蔑視されているのは、満州族ではなく「中国人」すべてなのだと骨身にしみて自覚するのである。このことは老舎の中で、満州族としてのコンプレックスが相対的に小さくなり、問題は「中華民族」としてどうあるべきかと、ナショナリズムに目覚めたのではなかろうか。しかし『二馬』のなかではその方向はつかめないまま、一九三〇年、帰国の途につく。

一九三〇年済南にある私立斉魯大学に赴任し、作家と教師の生活が始まった。一九三一年夏、胡絜青と結婚した。三二歳だった。ここから日下恒夫氏が「花の山東時代」(2)と表現した、老舎の生涯の中で最も稔り多い創作の時期を迎える。この年、小説『大明湖』を執筆していた。

一九三二年一月二八日上海事変で、印刷を終えたばかりの『大明湖』が掲載されていた『小説月報』第二三巻第一号と、原稿がともに灰燼に帰した。日本軍＝他国の爆撃で、みずからの作品を焼失するということは、老舎にとってどれほどの衝撃だったか、十分に推察できる。その思いは次の作品に最大級に反映された。第三章第一節で述べた『猫城記』では、猫の国に仮託して、中国の現状を余すところなく描いた。結局老舎は「猫の国」は滅亡させた。そこで、国の滅亡時に死が避けられないとしたら、誇りある「死に方」とは何かを模索するのである。結論は三人の猫人間の自殺であった。この作品には、一九四九年新中国建国以降、中国が歩まざるをえなかった事態を予見しているかのようであった。

『猫城記』は良友文学叢書から出版予定だったが、現代書局から八月出版されることになった。そのため良友文学叢書のための作品を描くということになり、一九三三年、初めて長編を書き下ろしの『離婚』にとりかかった。酷暑と戦いながら六月から七月にかけて脱稿する。『離婚』で、老舎は愛する北京への思いと、国民党が北平と改名した役所の腐敗への憎悪をも、十二分に描写した。さらに離婚しそうな夫婦が、だれ一人離婚しないと諧謔とユーモアで綴るのである。これまでの老舎の作品の中では、最高の作品といえる。『離婚』完成直後の一九三三年秋、作家としても軌道にのり、長女も生まれた。私生活も充実していた。

この年から多くの短編・エッセイなどを各雑誌から求められるままに描く。老舎の生涯で一番稔り多い時代に入ったのだ。一九三四年第一短編集『趕集』、一九三五年第二短編集『櫻海集』、一九三六年第三短編集『蛤藻集』を出版した。

一九三六年、専業作家としての生活にはいり、そのまま青島に住む。専業作家第一番めの作品が『駱駝祥子』である。『駱駝祥子』は、前期、後期を通じて老舎の最高の傑作であると考える。美しい北京、埃や大水で汚れた汚い北京の情景描写は、祥子が嘗める辛酸にみちた生涯を浮き立たせていた。情景描写と心情描写が渾然と一体になっていた。

（三）後期（抗戦期、新中国成立以降一九三八年―一九六六年）

一九四六年米国の招聘で曹禺と渡米した老舎は、契約の一年間が過ぎ曹禺が帰国後も、後二年自費で、米国に滞在した。祖国では国共内戦が始まっていた。第四章第一節（四）で述べたように、まるでこの内戦を避けるかのように、あるいは、その祖国での現場不在証明をするかのように、米国で『鼓書芸人』、『四世同堂』の第三部『飢荒』を完成させて、一九四九年一二月帰国するのである。

一九四四年から一九四九年まで描きついだ『四世同堂』は、老舎の最長の小説である。日本に占領された北平で、「中華民族」がどのように抗日に参加し、あるいは日本に協力したかを、描き尽くしたものである。しかも四世代が同居している祁家の四季折々の生活習慣を細かく記述してある。老舎は作品の中で、明言していないが、この生活は旗人のものである。老舎は抗日戦にペンで参加したはるか重慶の地から、愛する北平を、そこに住む人々を、思いを込めて描写した。当時、旗人を描く客観的状況はなかった。文協時代に抗日のために描いた作品としては秀逸である。

第四章以降でのべたように、老舎は「中華民族」の独立を希求し、五〇年以降は勝ち取った独立の維持・発展のためにペンで尽力することを、自らの意志で選択した。すなわち一九三八年以降は、作家を創作に導く内発的モチーフと、「中華民族」の独立の維持・発展に寄与したいという、外発的テーマをいかに有機的に統一するかが、終生の課題となった。それは今まで誰もがなしえたことのない難業だったのだ。既成の大作家は筆をとろうとしなかった。共産党の独裁国家のなかで、毛沢東の一喜一憂が作品評価を支配した。そのような不正常な状況で、党が老舎にもとめる無派無党の党外人士としての役回りを十二分にはたしてきた。(3)

五〇年以降、党の文学への規制と妥協しながらも、いかに自らの信念に基づいた創作を続けるか。老舎は粉骨砕身して、満身創痍になりながらも、ひるむことなく作品を発表し続けた。作品を発表するだけでなく、その執筆の過程で、党からどのような「助言」という命令をうけたかも、克明に記述した。当然のことながら、その文章は「深謀遠慮」にとんだ、むしろ「慇懃無礼」とでもいうべきか、奥歯にものがはさまったような言い回しが多い。その記述の行間を読み取り、それをつまびらかにすることにより、老舎が「政治が第一、文学は第二」という制約のなかで、その間隙をぬって、いかに描きたいことを追求してきたかを、第五章で追究してきた。

一九五〇年、帰国第一作の『方珍珠』で、老舎は共産党の文芸政策に困惑する。抗日戦時は、「抗日がテーマで、抗日のため、戦いに不利なことは描かない」という以外細かいことは作者まかせであった。それが

「解放後の光明を多く描くために三幕を四幕にせよ」とか「主人公の方珍珠を、目覚めた先進的な女芸人としてかいてはいけない」とか「党員か、行政機関の人員を描け」という「助言」がなされたのである。さらに作者にとって命ともいうべき主人公の人物像についても制限を加えられ、老舎はそれに従うのである。ただ「党員を描け」については、描かなかった。いや描けなかったというべきか。国共内戦には参加しておらず、半年前まで米国にいたのである。抗日戦時には、統一戦線の要として、党員でない老舎に、その存在価値があったのである。だが抗日戦時とは違うのだ。共産党が政権党なのだと、老舎は思い知ったと思われる。次の『龍鬚溝』で、老舎は共産党の要求に十分応じた。これは老舎が、「共産党が汚い溝を改修する」という具体的な政策の進捗状況をつぶさに見ながら描いたからできたことである。さらに「老百姓」の生活が解放前より相対的によくなっているという確信がもてたことにもよる。小異を捨てて大同につき、「中華民族」のために描いていこう。描かない生活は、老舎には考えられず、生きることは描くことであり、描くことが生活であった。小異のために創作をやめるとか、筆が鈍るのは論外だった。小異にこだわらず、共産党に協力して描くことで自己実現を果たしていこうと決意した。それなら徹底的にやろうと、一九五一年一月一日に、その決意を第五章第三節で「もし誰かが中国人民と人民政府を軽視あるいは敵視したら、すぐに私のペンで、私の思想で、ひいては私の歯で、そいつを攻撃し、かみ殺す！」と披瀝している。

この後ひきつづき共産党の三反・五反の政治闘争の進行に合わせて、戯曲『春華秋実』を執筆し共産党指導部や戯曲仲間の「助言」を受け入れ十回描き直している。これも抗戦時、抗日の戦意を鼓舞するために宋之的などと協力して執筆し、彼らの意見に謙虚に耳を傾けて描き直した経験があるからこそできたことだと思われる。

一九五七年共産党が「百花斉放・百家争鳴」の方針を打ちだすと老舎は「『百花斉放』とは、作家の描く内容・方法の自由、批判の自由、出版の自由、思想の自由である」と発表する。これは、老舎がこれまでの共産党の文芸指導に決して満足していなかったことの証しである。老舎のなかの内発的モチーフと、共産党が望む外発的テーマは、必ずしも一致していなかったのである。老舎は「百花斉放」方針を受けて、好機到来と『茶館』を発表する。解放後の中国を描かない、共産党賛美でない、登場人物が自殺するという悲劇である。五〇年以後、誰もが描けなかった内容だった。

『茶館』は清国末期、中華民国軍閥割拠の時期、国共内戦時の悪政を暴き、まもなく到来する新中国への期待を滲ませた。さらに裕泰茶館の主人王利発を自殺させることで、新中国では生きていけない人もいると暗示した。これにより『茶館』は新中国賛美と、新中国が磐石ではないという「諸刃の剣」の側面を具備した作品となった。このように『茶館』は新中国を題材に取らず、清末から中華人民共和国成立の二、三年前までを描く中で、新中国に潜在する問題をも炙り出し、一九五〇年以降老舎の最大の傑作となった。「百花斉放」に素早く対応して、内発的モチーフに従って自由に創作できたら、このような作品が描けるということは、王行之が言うような芸術上の「地滑り」(4)が老舎には起こっていないということの証左ではなかろうか。

しかし自由な雰囲気もつかの間の夢であった。一九五七年六月から「反右派闘争」が始まった。第七章でのべたように、老舎もこの闘争に巻き込まれていく。彼に要求された役回りは、「党外人士」として丁玲や呉祖光を批判するということであった。老舎は痛みを持ってこの役割をこなした。

この後一九五八年、病躯をおして大躍進政策を賛美する『紅大院』（三幕六場）の戯曲を描いた。このいきさつについて夏淳は「三ヶ月前、腰を痛めて入院している老舎を見舞いに行った。彼は『このような時代には、描くべきものは非常に多い。私はこんな病気で、立つのもままならないが、頭だけははっきりしている。……二、三週間後、退院した老舎氏から『描いたものを聞いて欲しい』と電話があった。……ベッドに半ば身を横たえた老舎氏が読むのを聞いた。『紅大院』だった。……一つの劇として完全ではないが、生き生きとした会話、人物、その上彼らの新しい資質と思想、老舎は最大級の愛情と賛美で彼らを描いている、……（おりしも）劇場は首都の新しい状態を反映した新劇を国慶節に向けて党への贈り物にしなければならない。……老舎の『紅大院』を思い出した。一ヶ月以内に老舎氏にシナリオを描きあげてもらい、稽古もしなければならない。これを聞いて老舎氏は興奮した。困難もあるが、みんなと一緒にやろう』と。皆は街にでて実情を調べた。……作者が一場描きおわると、わたしたちも一場の稽古をする。稽古しながら描きかえてもらい、終わったらまた付け加えてもらい、終わったら又街に出て、仕事をしている同志や大衆に教えてもらう。……私たちは昼夜苦しい戦いをして、七六時間で劇を仕上げた。脚本の執筆と劇の稽古が一体となって『紅大院』を完成させた」(5)と述べている。

次に『紅大院』の内容を見ていく

北京の雑院に住む雑多な職業の、様々な年齢の家族が登場人物である。汚く狭い雑院であるが幹部の周二嫂《チョウアルサオ》が政府の呼びかけに応えて田舎へ働きに行こうとしている。その代わりに引っ越してくる耿《コン》は党員で退職した労働者で、街の治安委員である。彼は貧しく、怠惰な住人もいる不潔な雑院に花を植え、緑化し、環境を変え、雑院の住人の意識を変える。託児所、食堂、街の工場を作る。

最初の配役の説明で、すでに戯曲の見通しはつく。先ず党員がいて、党員は積極分子に働きかけ、積極分子が、頑固なひとや、遅れたひとに働きかけ、雑院の環境、労働意識など変わってくる。しかし、そこにすったもんだが起きて、ことは渋滞するが、事態は良い方向に進展するのである。この話劇のテーマは以下の三人の女性の台詞が如実に語っている。

李敬蓮《リーチンリエン》　姐さんたち、あなたたちの話は要するにこういうことね！私ら女は、むかし目いっぱいの苦労をしてないものがあろうか！しかし、今やわたしらは立ち上がった！わたしら自身の手でこの工場をやり始めて、この工場の主人になった！この暮らしは誰が私らにくれたものか？

王大嫂《ワンダーサオ》　共産党だよ！もし党がわたしらを解放してくれなかったら、わたしらを指導してくれなかったら、今日という日はあったかい？わたしらは決してアメリカ帝国主義や、蔣介石に頭をおさえつけつけさせない。わたしらは必ず、よい暮らしを守れるんだ！

彭六嫂《ポンリョウサオ》　何日か前、みんなで会議を開いて年末までに公社を成立すると決めた。わたしらががんばりさえすれば早めに成立し、一〇月一日の国慶節に党に、業績を捧げることができると私は思う。……公社が成立したら、みんなは生産に参加する。働けなくなった老人は養老院に入る、社員のこどもの小さい子は、託児所に入り、学齢になった子は学校に通う。我々は工場で労働者になったり、商店で働いたり、自発的になんでもやれることをやる。みながそれぞれの能力に応

じて、それぞれ社会主義建設になんらかの力で貢献する。わたしらはこのような意気込みで、台湾の解放を支持する。(6)

毛沢東は一九五八年五月大躍進を提唱し、五八年の夏から秋に向けてピークを迎えた。八月に開かれた中央政治局拡大会議で、大規模な鉄鋼生産運動、人民公社の設立などを決定した。まさにこの時期に、この呼びかけに応えて、変わって行く北京の雑院の住民を描いた。この戯曲はスローガンの連呼である。この戯曲で老舎は調査の報告をもとに、演出者とも相談して短い時間に描いたのであるから、スローガンの連呼も、老舎だけの意思ではない部分があろう。しかし、大躍進政策がなければ生まれようがなかった作品である。

老舎は『茶館』を描いた翌年、このような作品を描かざるをえなかったのである。

さらに老舎は病躯をおして描いた。病気で入院していたのであるから、誰も積極的に描くように「助言」はしなかっただろう。「描けない」といっても通ったであろう。しかし、老舎は病床のベッドにあっても描くのである。これは老舎が勤勉で、描くことにすべてを賭けているということもある。しかし、病をおしてもこのようにして描かねばならない事情が介在したとも推測できる。「反右派闘争」で、老舎に表面的には「お咎め」はなかった。しかし、社会主義の明るい未来のみを表現したのではない『茶館』を執筆した。また前述の「自由と作家」の論文も発表している。老舎だけが無傷でいけるかどうかは風前の灯だったのかもしれない。その論拠のひとつに反右派闘争が終結した後の一九五八年、第一回文芸界人士の集いの席で、周揚が沈従文《チェンツォンウエン》に「老舎は今後全国文連の仕事に多く関わるので、北京市文連の主席の職を沈従文に引き継いで

もらいた」といい「かれはその場で辞退した」とある。(7)

このことから三点の推測が可能である。周揚は老舎を辞めさせたかった。ほとんど作品を発表していない沈従文に文連の主席を打診するとは、やはり老舎が目の上の瘤だと、思われていたのではないか。また文連の主席とは、創作にかかわっていなくても既成の作家がつく名誉職であり、なんの権限もないということだ。さらに中国共産党は、この職責を少数民族を平等に遇していると証明するための地位だと捉えていたのではないか。老舎は満州族、沈従文は苗族である。『二十世紀中国少数民族文学百家評伝』(8)のトップが老舎であり、次に掲載されているのが沈従文である。だが、このとき沈従文が断ったために、老舎はその死まで文連の主席であった。もし沈従文が主席になっていれば、老舎は一九六六年八月二三日に事件に遭遇しなかったかもしれない。歴史の妙を感じる挿話である。ともあれ、国慶節に捧げる戯曲を病躯をおして描いたということで、老舎に「お咎め」はなかったとみるべきではないかと思われる。

一九五九年、国慶節前日の九月三〇日、老舎は自分の出自が旗人（満州族）であること、父親が洋兵と戦って戦死した旗兵だったことを公表した。翌一九六〇年は義和団事変六十周年だった。老舎はそれにあわせるように戯曲『義和団』を執筆し、一九六一年『劇本』に発表した。第八章第一節で述べたように「わだかまっていた何十年の思いを一気に吐き出した」のである。官兵だった旗兵の様相を余すところなく描いた。これは『茶館』につぐ入魂の戯曲になった。当時中国では、義和団運動は反帝愛国運動として評価されていた。内発的モチーフと外発的テーマが一致すると、老舎の筆は冴えるのである。以後この作品の第四幕第二場が削除された。さらに『義和団』が『神拳』に改題され、上演された。その際旗兵の描写がほとんど削除されたことは、第八章第一節で述べた通りである。現在刊行されているのは『神拳』である。初筆の『義和団』でないのは、残念である。

『義和団』を描いたこと、さらに旗兵を描いた部分がほとんど削除されたことは、老舎に小説で、自らの出自を描きたいという思いを募らせた。第八章第二節でのべたように「描くスタイルを自由に選択」し「作家が自分の風格と得意なもので、自分が良く知っている事柄」を描くことを認め「描く時間」を与えようと提唱された。また党の指導部が満州族自体を認め、康熙帝の歴史的業績を評価したという背景がある。老舎の自らの出自を描きたいという内発的モチーフに、外的条件が整ったのである。こうして『正紅旗下』の執筆は開始された。しかし、翻っておもうに、自らの出自すら、党のお墨付きがなければ描けない社会とは何か?勇躍して描きながらも老舎の心中は複雑だったはずである。はたしてこのような時期は長くは続かなかった。

一九六三年一二月一二日、毛沢東は「各種の形態　―演劇、演芸、音楽、美術、舞踏、映画、詩、文学などには問題が少なくなく……多くの部門で社会主義的改造は、いまだに、ごくわずかな効果しか上げていない。多くの部門はいまなお『亡者』が支配している。……演劇などの部門になると問題はさらにに大きい。……多くの共産党員が、封建主義や資本主義の芸術の提唱には熱心でありながら、社会主義の芸術の提唱には不熱心であるというのは、奇怪千万なことではないか」(9)と警告を発した。

また一九六四年六月二七日、毛沢東は「これらの協会（中国文学芸術界連合会（文連）傘下の団体をさす）と、それが掌握している刊行物の大多数（少数のいくつかはよいとのことである）は、この一五年来基本的に（すべての人ではない）党の政策を実行せず、役人風や旦那風を吹かして、労働者、農民、兵士に近づかず、社会主義の革命と建設を反映しょうとしなかった。ここ数年は、なんと修正主義すれすれのところまで転落してしまった。もし真剣に改造しなければ、将来いつかはきっとハンガリーのペトフィ・クラブ（十九世紀のハンガリー愛国詩人ペトフィにちなむ作家組織。一九五六年のハンガリー事件にさいして、理論面で中心的役割をはたした）のような団体になってしまうにちがいない」[10]と述べた。

このような情勢の中で、老舎は『正紅旗下』を描き続けることが出来なくなった。それは、新中国成立後二十年たち、ようやく自らの出自に回帰できたと思った老舎の夢を打ち砕いただろう。第八章第二節でのべたように、米国から帰国以来あたためていた、北京の旧社会を背景にして、三部の歴史小説を描きたいと思っていた。だが、もはや描きたいことは、描きつくせないと思い定めた。その三部作の第一部として、いつの日か、この作品が発表されることを想定して、とにかく一応のけりをつけておいた。

老舎の四十年間の創作の軌跡を総括すると、老舎の絶頂期は英国から帰国して、結婚して済南に居を構え、子供も生まれ充実した生活の中で著作した時期である。第三章でのべた『猫城記』、『離婚』、『駱駝祥子』のほか多くの優れた短編を描いた。

一九三八年からの後期は、老舎が自らの著作に抗日以外の目的で文章を描かないと決意した。この時期には『四世同堂』という、老舎の作品で最長の三部作を残した。五〇年以降は、勤勉に共産党の要求にこたえた。一九五一年には北京人民政府より「人民芸術家」の称号を得た。一九五六年には全国先進生産者代表会議で「作家労働模範」の称号を受けた。老舎はひた走りに走り続けて、自らの役回りをこなした。その役回りとは、共産党の明るい現在・未来を描く戯曲創作、党外人士として共産党を称揚すること、外国からの賓客に党外人士として接待し、党支持をアピールし、西側諸国への広告塔になること、満州族として少数民族の輝ける星になることである。しかし、老舎はこれで満足はしていなかった。

一九五八年「百花斉放」方針が発表されるや、素早く対応して後期最高の名作、戯曲『茶館』を発表し、一九六一年入魂の戯曲『義和団』を発表した。どちらも解放後の中国を描かない作品で、その手腕を伸び伸びと発揮したのである。さらにどちらも登場人物の「自殺」を場面の質的な転換に使うことで効果を上げている。一九三八年以前の創作手法と同じである。ここから言明できることは、作家のもつ資質、およびそれにともなう方法は社会体制が変わろうとも一貫しているということだ。その創作の目的を独立した「中華民族」の発展・維持のためと決意して、これほど多くの作品を描いてきても、その作家の内発的モチーフにしたがって描けば、一九三八年以前の手法に戻るのだ。老舎を作家たらしめた、彼の内部の深いところからわき出て、著作に迸るのは、もはや作家本人にも制御できない、もって生まれた資質として、作品として顕在化するものといえる。ましてや共産党の指導部が、彼の作品にあれこれ「助言」という制御を加えて、老舎がそれに心から従ったとしても、一過性のものなのだ。優れた作品とはならない。老舎はこのことを、自らの作品で、五〇年以来十年以上をかけて証明したことになる。

一九三八年以降、創作の目的に「中華民族」の独立を第一にし、創作のためには家族をも犠牲にするのもやむをえないと決意した。これは人が作家たらんとするときには、ある意味で当然といえば当然である。そのような我執ともいえるエゴが、大きな作品を生むことは多々有る。一九五〇年以降は独立した「中華民族」の維持・発展のために、この我執は新しい国家を盛り立てようという使命感と結合した。我執と使命感を止揚させて作品創作のために、日々邁進してきたのだ。老舎は、これを解放後の自己実現の道として選んだ。既成の作家が描かないなか、「思想的に不十分」と酷評されても、何度も描き直し、謙虚に批判も受け入れてきた、しかし、『茶館』、『義和団』を除き納得のいくものは描けなかった。

さらに五〇年以降最初の小説にして、最後の作品『正紅旗下』は頓挫した。結局のところ作家を作家たらしめている内発的モチーフを、外発的テーマに縛り付けることなど誰にもできはしないのだ。作家自身にとっても、それは制御不可能なのだ。いかなる体制の国家であろうと、国家の政治的目的に、作家を添い遂げさせることは不可能なのだ。それを老舎は身をもって証明した。

一九三七年以前、中国が軍閥割拠し、列強に分割支配されている時期の作品の方が、新中国成立以後の作品より稔り多かったというのは、右記の理由によるものである。

第二節　此処より他処へ　──四十年間の行動の軌跡

人は人生の様々な場において、その去就を決しなければならないことが多々ある。その決し方が、その人の人生の方向を大きく変えることは、誰しも経験することである。老舎も人生の節目、節目でそのような決断を強いられてきた。しかも彼の決断の方向にはある種の一定した方向がある。それをみていく。

老舎は一九一八年一九歳で、北京師範学校の第一期生として卒業する。北京京師公立第十七小学校に校長として派遣される。ここに三年間勤めた。この間いわゆる「五四」運動がおこった。自分と同年代の大学生たちが中心となったこの運動には、傍観者だったと述べている。一九二一年北京市北区勧学区の勧学員に抜擢される。毎月の給料が百円を超えた。「さらに老舎は長いものに巻かれるか、それとも自分の意志を貫くかの困難な選択に直面した……自分の考えを貫く権利は与えられなかった。彼は現実の厳しさに直面し、それよりなお恐ろしい無力感に打ちひしがれて……酒をのむようになった。酒、煙草、麻雀を覚え、不摂生な生活がたたり、肺結核になった。……老舎は平穏無事で、給料がたっぷりあることが、自分を駄目にしてしまったのだと悟った」(11)

一九二二年高収入の勧学員の職を辞し、教育官僚の道を捨てた。この間に洗礼を受けている。天津に赴任するまで宝牧師の仕事を手伝う。九月、天津の私立南開中学の国文の教師になる。元の給料の三分の一だった。一九二三年二月、南開中学を辞し、北京に戻った。北京教会で書記をした。宝牧師の紹介で燕京大学のエヴァンス教授と知り合う。燕京大学の校外課程で英語を学ぶ。

一九二四年エヴァンス教授の推薦により、ロンドン大学東方学院の中国語教師として、九月英国に赴任した。筆者は洗礼を受けたのも、英語を学んだのも、南開中学を辞めたのも、英国に行くための計算だったように思えてならない。中国以外の広い世界に自分をおきたかつたのではないか？一九二六年二十七歳のとき英国で描いた小説『老張的哲学』が『小説新報』に発表され、祖国の文学界にデビューするのである。ひきつづき一九二七年『趙子曰』、一九二九年『二馬』を発表した。このようにみてくると、英国に行ったことが老舎という作家が誕生する大きなきっかけになった。あのまま教育界に身をおいていたら、作家老舎は生まれなかったかも知れない。ひとつの場所で行き詰ったとき、その場に徹底的に固執するのでなく、比較的短期間でその場を離れる。此処より他処に身をおくことにより、新しい境地を切り開くのである。英国行きは、老舎のターニングポイントになった。此処より他処に行くことにより、ひと回り大きくなり、自分の立脚点である北京に戻ってくるのである。老舎にとって此処より他処に行くことは逃避ではないのである。

一九三〇年、英国から帰国して私立斉魯大学の職を得る。これも英国帰りということで得ることが可能になった地位と思われる。教師と作家の二足の草鞋を履いて奮闘するのである。

一九三四年作家としてやっていく決心をして大学を辞める。此処に勤務した四年間が中国国内で、同じところで働いた一番長い期間である。辞めたものの、作家一本の生活はやはり無理とわかり国立山東大学の職を得た。だが一九三六年夏休みに辞職して作家一本の生活に入る。この作家生活に専念して執筆した最初の小説が、傑作『駱駝祥子』である。

一九三七年、七月七日盧溝橋事件が勃発した。第四章で述べたように、老舎は家族を置いて単独で、済南を出立して武漢にむかった。これから以後一九四六年まで流浪生活が始まる。この決意と行動は老舎の創作にたいする姿勢を大きく変えた。先ず、自分の使命は抗日のために描くことであり、そのためには家族を犠牲にしてもやむを得ないと描いている。作家たるものは誰でも自己の創作を第一に考えるのは当然である。しかし、家族を犠牲にしてもと、はっきり言い切れるほど、描くことにのめりこめる人と、そうでない人がいると思われる。老舎も山東にいた頃は、仕事をやめても、専業作家では生活が苦しいと、また勤めている。しかし現在は、子供を妻に託して、一家の長としての責任も捨て、国統区で文協の総務部長の仕事をこなして、日々、ペンで抗日戦に加わっている現状なのだ。苦しい生活ではあるが、老舎にはもう描くことしかないのだ。描くことだけが、老舎が老舎たりうる存在証明なのだ。この創作への我執ともいうべき思いと、抗日救国のために描くという思いを止揚することで、「家族を犠牲」にしても言い切れるほど固い決意ができたと思われる。

この時期も老舎に精神的肉体的危機があった。一九四一年、スランプで何もかけない日々が続いた。折りしもやって来た友人羅常培の提案で昆明に行き、ひと夏すごし、生気を得て、さらにその地で『大地龍蛇』を書き上げて重慶に戻ってきた。此処より他処に行き、また自分を取り戻し、また作品を仕上げてくるのである。これは元気になったから作品を仕上げたというより、作品を仕上げる条件が出来ることで、元気を取り戻すという側面が強いのではあるまいか。老舎にとって、具体的な著作の成果を離れての、元気を取り戻すなど、そもそもあり得ない。それほど彼にとって生きることは描くことであり、描くことがすべてだったのだ。

一九四六年米国の招聘を受けて渡米する。一年の契約で米国に行ったが、後の二年は自費で滞在し、三年間帰国しなかった。この間祖国は国共内戦が始まっていた。老舎はこれには関わりたくなかったのだ。しかもこの二年の滞在中に、まるで祖国での不在証明のように『四世同堂』などを完成させるのである。祖国に居たら国共内戦に巻き込まれて、これほどの著作はできなかっただろう。このときも米国に招聘されたという機会を利用して、後は自費で滞在を延長し、此処より他処に身を置くことで、自らの創作にとってはプラスにしている。

一九四九年中華人民共和国が成立した。老舎は周恩来などに礼を尽くして呼び戻されて、十二月帰国した。国家に重用される第一級の知識人ばかりが宿泊したという北京飯店に滞在し、周恩来とも会談し、新中国に尽くすこと決意した。しかし、家族は老舎が渡米した後も北培にとどまり、夫人は中学の教師をしながら、四人の子供を育てていた。家族が北京にきたのはこの年の四月であった。老舎の長男は、幼少期の家に父親の記憶はないといっている。

一九五〇年六月朝鮮戦争が勃発する。一九五三年一〇月、賀龍《ホーロン》を総団長とする中国人民第三回朝鮮訪問慰問団に文芸工作者代表として加わった。一二月一四日、慰問団は帰国した。老舎は引き続き朝鮮で義勇軍部隊の生活を体験したいからとどまりたいと、賀龍団長の許可を得て、帰国しなかった。この間『無名高地有了名』を執筆した。一九五四年四月帰国した。したがってこの半年間、北京の喧騒からは離れられた。しかし、やはり作品は完成させているのである。創作への凄まじい意欲と、此処より他処に身を置くことで、作品世界を広げている。

このように見てくると、老舎は行き詰ったとき、あるいは事態を打開したいとき、その場所で徹底的に矛盾を解決したり、のめりこんだりしないで、自分の居場所を変える。しかもその機会は、自分が遮二無二奪い取るのではなく、偶発的な事情で此処を離れることが出来たとき、それを利用して、他処に滞在する。しかも、それが最終的には、逃避にはならず、そこから新しい方向に質的に転換させ、戻ってくるのである。

しかし一九五七年からは反右派闘争が始まり、既に述べたように老舎もいやおうなく巻き込まれていく。此処より他処に行く機会には恵まれなかった。

一九六五年三月から四月、老舎は来日した。日本での老舎を紹介しておく。

老舎は中国作家代表団団長として、日中文化交流会の招待で来日した。副団長は劉白羽《リウバイユ》、団員は張《チャン》光年《クワンニアン》、杜宣《トウーシュワン》、茹志鵑《ルーチーツァン》である。熱海、鎌倉、仙台、大阪、奈良、京都、滋賀を訪問した。「これはきわめて愉快な海外旅行で、実に心温まる友情のなかですごした。老舎は感激のあまり、自ら三十三人の日本の現代に影響のある現代作家の自宅を訪問した……日本から帰国後、日本訪問の見聞、とりわけ日本の作家たちとの親しみのこもった交歓の状況を、長文の散文にまとめ『日本の作家への公開文』と名づけた。中国の国内では、大海に石を放りこんだように、何の反響も得られず、完全に無視された。老舎にとっては、これが初めての信号だった。その後作品活動も、何やかやと面倒にぶつかった。老舎は依然として各種の外交活動に参加できたし、中国人民世界平和防衛委員会委員と、常務委員に引き続き任命され、さらに北京市第三次文代会を主宰し、工作報告をすることもできたが、一個の作家としては、その筆はますます極左方面からの強い圧力を受けた。彼はきっぱりと筆を停めた」[12]とある。

このとき老舎は武田泰淳と対談している。そこで老舎の「解放後の新しい『駱駝祥子』を描き上げたい念願をもっているのです」という発言に対して、武田泰淳が「前の『駱駝祥子』よりももっと広い、変化した中国の民衆の姿をありありとお描きになっていらっしゃるから、なにもそう急いで新しい『駱駝祥子』をお描きにならなくとも、責任は果たしているとおもいますけれども」という発言にたいして老舎は「私は解放後の新生活を描いた戯曲なども描きましたけれども、決して謙遜ではなしに、自分としてはよくできていないと思うんです。……いま中国では、さかんに文化大革命ということが言われております。北京でもそういう文化大革命がいま行われているわけですけれども、文芸の面において、専業の芸術家というのは、経験も豊富だしそれなりにかなり大きい役割を果たすことができます。しかし、主として本当にやらなければならないことは、一般の民衆、労働者、農民、兵士、……あるいはその他各方面の人たちが、自分で自分のことを描くということです。そしてはじめて、私たちの文学という事業を、大いに発展させることができる。それが文化大革命の一つの重要な面です」[13]と、唐突に文化大革命について触れている。これは自由主義国に対する宣伝としての発言だろう。しかし、この発言から読み取れることは、老舎は解放後の作品には満足していないということと、既に一九六五年に「文化大革命」が〝盛んに行われている〟という認識があったということである。さらに文芸が、専門家の手から、一般の手に移りつつあるという認識である。一九六五年の段階で、老舎は文化大革命の底を流れるものを感じ取っていたのではないかと思われる。

第三節　満州族の誇りに殉ずる

（一）これはどういうことか？　―　一九六六年八月二三日

老舎は一九六六年七月三一日から八月一六日まで北京病院に入院、治療した。北京病院のカルテによると「十年以上の慢性の咳と、喀血により入院。入院後の治療により、咳、喀血はしだいに止まった。検査の結果、結核菌は陰性。胸部に古い結核の痕があった。喀血は慢性気管支炎、気管支拡張のためである。診断は慢性気管支炎、渋滞性肺気腫、気管支拡張症、高血圧病、右上肺結核の石灰化、結腸過敏、坐骨神経痛とある。治療として風邪をひかないようにして禁煙をする。降圧剤を継続服用する」(14)とある。

退院間もない八月二一日、老舎の長男舒乙は「忘れもしない、事件発生の数日前の日曜日、私は父の家へ帰って、文革の情勢について語りあった。文革は始まったばかりで、あの悪い結末までは予想もつかない段階だったが、早くも父の言葉からは、少なからぬ憂慮がききとれた。後の最悪の事態を、父がほとんど言い当てていたことを、その後の展開は立証している。父はいった。『ヨーロッパ史上の文化革命は、文化と文物遺産に対する由々しい破壊を伴った。壺などの骨董類や書画は、革命の対象にはならないから、私は片付けない。私も革命の対象ではない、四つの旧悪（古い思想・文化・風俗・習慣）とか、吊るし上げや破壊をほしいままにやる。誰がこんな大きな権力を子供たちに与えたのだ。また死人がでるな。気性の烈しい人と、清廉潔白なひとがね』(15)と話したと述べている。

八月二三日、退院後初めて文連に出勤して、永久に忘れられない事件に遭遇するのである。

老舎と同じ満州族の端木蕻良《トアンムーホンリアン》は「打屁股」で、二三日のことを次のように述べている。

ある日、また北京市文連会議室で会議が開かれると通知があった。会議とはつまり学習するのだ。欠席者はすくない。これで皆非常に熱心なことが分かる。室内で真剣に会議をしていたとき、突然窓の外で人声が沸き立ち、それにつれて造反派が突入して、名簿を持って名前を呼び、呼ばれた人は、直ぐ広場に行って並び、すぐさま首に札をかける。全て札をかけられたものは、どうやら「難しい試験に合格して」牛鬼蛇神の「隊列」に入ったのだ。このとき、室内のひとは、これは造反派が封建的、資本家的、修正主義的なものに造反しょうとしているのだとやっと分かった。有無を言わせず、ひとり、ひとり外に呼び出され、かがんで、灼熱の太陽のもとで、尻を上げて並んで、誰かがが大声で、順番に質問しているのが聞こえるだけで、その後黄色の紙を糊で質問された者の背中に貼る。このとき部屋に残っていたのは老舎と私の二人だった。……　老舎はとても落ち着いていて、私たち二人は向かい合って無言で、ふたりとも手を後ろ手に組み、窓から外をみていた。窓外で起こっていることの全ては、かって見たことも考えたこともない、初めて見る光景だった。

このとき、突然後ろからわたしたち二人の名前が呼ばれるのを聞き、老舎が先に行き、私が後に続いた。造反派は我々が隊列に加わって並び、みんなと同じように腰をかがめて殴られる姿勢をするように命じた。続いて、誰かが私の背中に濃いどろどろした糊を刷毛で塗り、事前に準備していたもので、上には私の姓名、職務と給料の額を書いた黄色の紙をさっと背中に貼った。……続いて我々をシベリアに向かう囚人のように扱い、幌のないトラックに乗せた。まわりは多くの造反派が囲み、車に乗り、いかなる防御もできないのに乗じて、真正面から我々に殴りかかった。ある者は皮帯で、あるものは棍棒で、まさに「乱れた矢がいっせいに放たれ」逃げも隠れもさせなかった。私は手で頭をかばうしかなくて、だから何もはっきり見えず、ただスローガンと人を殴る音が混ざって聞こえるだけだった。大勢が騒ぎ立てて車に乗った。車は込み合い、天気も特別熱く、太陽はじりじりと照りつけた。やっと車が動き出し、上下に揺れて立っていられないにもかかわらず、込みあっているので、倒れない。車がどこへ行くか、どこを通過したか、この生粋の北京人の私にも全く分からなかった。

どこを曲がったか分からないが、トラックは騒ぎ立てるスローガンの声の中で停まった。我々は棒が乱れ飛ぶ中、車を降ろされて、また広場に連れてこられた。ひとつの円になり、その後造反派が我々全員に「五体投地」の姿勢で地上を這わせた。五体投地の円の真ん中に小山のように芝居の衣装、道具などに既に点火され、火の粉が跳ね上がり、炎が舞いあがっていた。焼かれているのが芝居の衣装とはっきり見届けたので、これはたぶん「四旧を打倒する」だと思った。……すぐに、ひとりの子供の声がわたしに「誰が老舎だ」と聞く声が聞こえた。「わからない」というと「あんたたちは毎日一緒にいて分からないはずはないだろ?早く言え!」「我々は顔を全て地面にむけているのでなにも見えない。どうしてわかるか？」私は横にいる人が誰かもわからない。しかし、老舎は私には見えた。私から近く、服装から判断できた。

このとき、私の尻にたくさんの棒が振り下ろされた。同時に私はまた別の声を聞いた。「彼は病気だ。耐えられない」と。わたしはこれが誰の声かなんとか聞きわけたかったが、しかし聞き分けられなかった……　突然号令いっか「立て！」と続いてひとしきり棍棒が乱れ落ちる中、トラックに乗せられた。…文連にかえって、私はまったく気力はなくなっていて、会議室の隅の床のうえで喘でいるしかなかった。その時私は老舎を見ていない。ある人が私に言った。彼は頭を殴られ出血して、病院に連れて行かれ、包帯をしたあと、車で帰ってきて、文化局のあたりで停まった。まもなく外からまた怒鳴り声と殴る音が聞こえた。私は急いで立ち上がって会議室の入り口から外を見たが、なにも見えなかった。ひとによると、老舎が首にかけていたプレートを地面に振り捨てたので、造反派の怒りをかった。造反派は彼に言った「異様な服装だ」（頭を包帯でまいているのをふくむ）と、またひとしきりひどく殴った。殴った人は外からきた造反派で、誰が呼んだかは分からないそうだ。局内の造反派は、事態が大きくなったの苦慮して、公安の人に電話して、老舎を連れて行かせて、このことは決着した。しかし、事実経過はそのとおりか、私もこの目でみていない、ただ人が言うのを聞いただけだ。これから以後、老舎は再び帰ってこなかった。(16)

王松声《ワンソンション》は傅光明の「一九六六年八月二三日、文連の批判闘争の現場の目撃者ですね。当時の状況を話してもらえますか?」との問いに次のように答えている。

私は当時芸術所の所長で、走資派として引っぱりだされた。庭に立って並んでいた文化局と文連の引っ張りだされた人は皆立って、二列に並んでいた。三、四〇人はいた。……そこに立って以後、誰かが命令して車に乗せた。私はすぐに乗った。たしか二両目か三両目だった。木のはしごが有って、私は最後に上った。私が上がったのに続いて、彼らは老舎を抱えて上げた。車の荷台は長方形で、私が一方の角に、老舎はもう一方の角にいた。私たちを護送した女紅衛兵は皮帯を持ち、みんなに頭を下げさせ、跪かせ、ある者にはしゃがませた。私と老舎はしゃがんでいた。彼が乗った後、乗り口を閉めた。このとき、老舎が私に「松声、これはどういうことだ?」とたずねるのをこの耳で聞いた。「聞いてはいけない」と、私は言った。この話から彼がこの突然の出来事に対して、なんの心積りもできていなかったことがわかる。(17)

この日、引っ張り出されず、終始回りで立って見ていた楊沫《ヤンモウ》は、次のように記述している。

八月二三日、北京文連で人心を震わせる大事件が発生した。あの日の情景はいまだ記憶に新しい。蕭軍は態度がずっと変わらないので、この日文連と文化局のある人が、造反派の学生を呼んで、蕭軍の気勢を鎮圧しようとしたのだ。……この日の午前老舎も文化大革命に参加していた。……午後三時ごろ女の紅衛兵（多くは中学生）の一団がやって来た。それぞれ頭を左右におさげにして、緑色の軍服を着て、腰には幅広い皮帯を巻き、すごい剣幕だった。彼女たちが入ってくると、文連に進駐している北京大学生B同志が（このとき彼は、文連の運命を支配する主人になったようだった。）みんなを中庭に来るように呼び寄せた。空の太陽は激しく照りつけ、この日の天気は特に熱かった。わたしたちは、あの「学習」部屋から庭に出てくるしかなかった。このとき蕭軍がすでに引っぱり出されて、女子学生が手に皮帯を握り、真正面から蕭軍をひっぱたくのが見えた。蕭軍は真っすぐ立ち、後で地面に殴り倒された。私たち多くのひと（文化局、文連のもの、というのは二つの職場は一つの大院にあったから）は、まわりを囲んで見ていた。私の心はどんどん縮んでいって、逃げたかった。しかし、人々が出て行くのを許さない、なにか命令があるようだった。私は恐れ躊躇していた。このとき駱賓基も引っぱり出されてきて、続いて蕭軍と同じように皮帯で真正面から殴られた……続けて驚き動転する光景が出現した。庭の中は、沢山の立った人の群れのなかに、どんな人かわからないが大声で叫んだ。〝××出て来い！〟そこで呼ばれたものは急いで人の群れの中から出てきて ― 庭の真中にたった。誰かがすぐ針金を結びつけた大きなプレートを、引っ張り出されたものの首にかけた。続いてひとりの名前が呼ばれ、直ぐひとりが出てくる ― 趙鼎新《チャオディンシン》、田蘭《ティエンラン》、張季純《チャンリーシュンチュン》、江風《ジアンフォン》、端木蕻良、蕭軍《シアオチュン》、駱賓基《ルオービンジー》、さらに何人か ― 大体二、三〇人が「走資派」「牛鬼蛇神」として南から北に横一列になって、ひとりずつ彼らの名前と、さらに「走資派」「裏切り者」「牛鬼蛇神」「反動のオーソリティ」などの名称を付け加えられたプレートをかけられた。その造反者が、だれそれと名前を大声で叫ぶと私の心は震えた。……また老舎が加わった。—彼も名前を叫ばれて引っ張り出された。私はびっくりして目をみはり、どうしてよいかわからなかった。ああ神よ、この老人は耐えられるだろうか？この日の午後は、太陽がかんかんと照りつけ、文連の庭は蒸し蒸篭のようだった。私はまだ庭の出来るだけ涼しい場所を探して立つことができた。しかし、あれらの引っ張り出された人は、それぞれ頭にプレートを掛けて、庭のかんかん照りの太陽の下に立っているのだ……大体午後四時ごろ、引っ張り出された人は、みなトラックに詰め込まれて出発した。国子監に行ったのだという。……他の人はどのように殴られたか、私は憶えていない。ただ老舎を（更に別のひともいた）トラックで文連の庭に連れて帰って来たとき、彼が車を降りて庭に立つと、頭を白いハンカチでおおっていて、上にはまだらに血がこびりついていたのを見たことを憶えている。この光景を見て、私の心はまた震えた……

このとき、すでに午後七時をすぎていて、あの文連に進駐していた北大の大学生と文連の責任者はやはり皆を釈放せず、老舎も釈放しなかった。私は彼がどこにどれぐらいいたか、食事はしたのか、憶えていない。とにかく暗くなってからで、建物の外の階段には明かりがついていた。明りの下、また老舎を引っ張り出して吊るし上げた—　文連の門の前の階段で、何人かの女子学生が彼をぴったりと取り囲んで、彼に尋ねた。時々皮帯で数回ひっぱたいた。わたしたちはこのあたりを取り囲むように強制された。あのとき、私はそばに立っていて離れられなかった。心は火のようだった……ひとりの作家がそこに立っていて、老舎がアメリカのドルを持ってきたと、怒りにみちて批判した。老舎はひるまず、唇をかみしめ、両眼を見張って、しゃがれた声でこの作家に反駁した。「ちがう。私はアメリカのドルなど持ってきてない！」私は、そばに立って、この一幕を見ていて、辛いだけでなく、恐ろしくてなんともいえない思いがした。……あの時、老舎を守るために、彼が紅衛兵にひどく殴られるのを心配して、革命委員会の指導者たちが、ひとつの機会を利用した―　ひとりの紅衛兵がまた老舎を殴った。老舎が殴ってきた革帯をひじで押しのけたとき、革命委員のだれかは憶えていないが、すぐに大声で叫んだ。「老舎が人を殴った。駄目だ、駄目だ！彼を公安局に送ろう！」車が老舎を乗せていった。彼はやっとこの激しい炎の戦場から救出された。[18]

右記にある「老舎はアメリカドルを持ってきた」と追求した作家とは、文連副主席の草明《ツァミン》である。（女流作家、一九一三年生まれ。一九四〇年に入党。周恩来の指示により八路軍とともに延安にいく。）傅光明は王松声に、「文連の批判闘争のとき、草明が老舎の罪状を告発したことについて知っていますか？」と質問した。王松声は「草明が老舎のことを指摘したことも後で聞いたことだが。多くのひとが言っていた。大体次のようだ。老舎が車に乗る前、老舎が来て我々と一緒に立って吊るし上げられていたとき、草明が老舎はアメリカの原稿料を持って帰ってきたと言った。草明は当時この話をしたのは、自分が言い逃れをするつもりだった。彼女はこの言葉の重要さに思い至らなかった。草明は当時革命派の立場だった。この話をした後、紅衛兵が彼女を引っ張り出すのは避けられたらしい」[19]と述べている。

一九九五年四月二四日、傅光明は草明にインタビュー[20]を申しいれ四回目にやっと承諾を得た。傅光明の「文革」中、紅衛兵はあなたを迫害しましたか？の問いに、草明は「ないわけがない。私に対峙した主なものは、勤務先の紅衛兵だった」と、答えている。さらに「あの日に関することについて、私は色々聞いている。特にあなたが老舎氏を批判闘争したときに、どんな話をしたかについてですが?」に対して、草明は「初め紅衛兵は老舎を殴っていなかった。私が彼は『駱駝祥子』の版権を外国に売ったと、ひとこと言っただけだ。後で、みんなが話しをでっちあげて、天地がひっくり返るさわぎになった。」と語っている。それに対して傅光明が「ひとは、あなたのその話で紅衛兵が老舎をさらにひどく殴ったと思っている。」と言ったのに対して、草明は「他の人だってもっと色々言った。」と述べている。これに対して傅光明が「このことで、みんながあなたをどう言っているかご存知ですか?」と聞いたのに対して「私が老舎を批判したと言うなら、彼らは私を批判すればいいじゃないか!私を裏切り者だと非難しなさい。あのとき誰だって闘争したじゃないか?あんたは知らないんですか?」といい、さらに次のように言明している。「彼らはなにが原因で私を排斥するのか、はっきりとは言わない。『文革』以後、北京作協は回復した。改めて主席などを選ばなければならない。老舎はもういなくなったから。私はもともと副主席だった。結局、彼らは夜中に会議を開いて、『草明は選ばない』と言った。」

傅光明が「あなたは彼の自殺をどう思いますか?」と言ったのに対して「私は、彼らが私を疑うとは夢にも思わなかった。というのは当時彼と闘争したのは、ひとりだけではない。私が言ったことは事実である。私は一言事実を言ったのだ……」と彼女は答えている。さらに傅光明が「ある人は、当時その話が、紅衛兵の老舎に対する武装闘争につながり、さらに激しく殴ることになり、そのために投身自殺をしたと言っている。来年は『文革』の三十周年になる。あなたは現在思い出して、当時その話をしたことを、すまないと思いますか?」と質問した。彼女は「あの『文革』初期、誰が後にあんなに大きくなると思うだろうか。誰が後に彼が耐え切れないとわかるだろうか。自殺したひとは、非常に多かった。しかし彼には高い名声があったので、みんなが重要視するのだ。作家や芸術家は良いこと悪い事すべて有名になる。」と述べている。

老舎の長男舒乙はこの日のことを、多くの人が描いているので、重複を避けたいという意志のもとで次のように述べている。

市文連のひとたちはやっと手を廻し、老舎ひとりを先に貰い受けて、市文連へ連れかえった。ところが皮肉にも、それが彼をこの大難から別の暗黒の淵へ押しやることになったのである。市文連ではすでに、数百人の紅衛兵がひしめいて待機していた。彼らのベルト、拳骨、革靴、スローガン、唾は、老舎ひとりに向けて一挙に爆発した。哀れな父の命は旦夕にあった。ある女流作家は、わが身の一時逃れのために無知な少年を唆し、父に幾つかの挑発的な問題を突きつけた。父は事実に基づいて冷静に回答した。もちろん罪状の承認は断固拒否した。その尊厳に満ちた回答はますます火に油を注ぐ結果となり、いっそう残酷な肉体的虐待となって、はね返ってきた。父はもう決して頭を下げず、プレートも掲げず、言葉も発しなかった。傷だらけ、血だらけの、怒りと尊厳に満ちた顔を昂然とあげた。「頭を下げろ!プレートを上げろ!」父は最後の力を振り絞って、手中のプレートを憤然と地面に叩きつけた。プレートは目の前の紅衛兵の身体にぶつかって地上に落ちた。父はたちまち紅衛兵の波に呑みこまれた……そう、呑みこまれてしまったのだ……。

市文連のひとたちは一計を案じ、老舎を紅衛兵の手から奪い返そうと試みた。老舎のこのしぶとい反抗ぶりは、まさに「反革命の現行犯」だから、公安局へ引き渡し、法によって処罰すべきだ、という理由をつけて、ひとしきり紅衛兵と揉み合った末、やっと老舎を車に乗せ、近くの派出所に向かった。完全に理性を失ってしまった群衆は、びっしりと車を取り囲み、立ち往生した車のボディや窓ガラスに無数の拳骨の雨を降らせた。奪回はしたものの、紅衛兵も父自身も額面どおりに受け取り、それが決定的に父をあの世へ押しやる結果となった。後をつけてきた少女をも含む紅衛兵の群は、派出所に押し入り、職員が止めるのも聞かず、またまたこの息も絶え絶えの老人に、交代で深夜までリンチを加えたのである。……母は知らせを受けて父を迎えに行った。……帰り際に、翌朝必ず「反革命現行犯」のプレートを持って市文連へ出頭せよと厳命されていた。(21)

この日に起こったことは、午後から夜半に至る長い時間のことでもあり、情報が錯綜するのであるが、老舎に焦点をあてた描写から分かることがある。この日は老舎が攻撃の第一目標ではなかった。また、老舎を攻撃したのが、年端もいかない紅衛兵だけではなく、老舎の同僚であるはずの文連の作家もいたのだった。大人が煽らなければ、声変わりもしていない子供たちは、何も分からないのだ。「米国からドル」で、紅衛兵たちは格好の攻撃対象を見つけたのだ。一九五〇年以前に米国に作品の版権を売ることの、何処が悪いのか。作家である以上、このようにして、作品を発表していくものである。老舎はそう認識していたはずだ。しかし、文化大革命は、造反有理である。道理が引っ込んで、無理が通るのである。密告、妬み、嫉みはいままでの〝整風〟運動でも横行していた。胡風との闘争、反右派闘争しかりである。具体的な罪状があると思い込まれた老舎が、この日の標的にされ、誰よりも激しく攻撃・殴打された。自らの非を認めないので、さらに殴打は終わらなかった。老舎は病み上がりで、体力も回復していなかった。楊抹や、他の人も、老舎が体力的に耐えられないのではと憂慮している。このとき市文連の人が、老舎をこの暴力から救い出すため、「反革命の現行犯」と言う名目で、派出所に送ったと楊沫などは思っているようだ。たしかにそのときの状況から見ると、ひと時、老舎は紅衛兵の暴力からは逃れたので、そのように見えたのであろう。だが筆者には、これは市文連としては、事態があまりにも大きくなったので、責任逃れのたらいまわしをしたのだと付度したくなる。老舎が自らの罪を認めないかぎり、彼らは殴り続け、老舎は殴り殺される。そのような事態が市文連で起こっては困るのだ。老舎が派出所に連れて行かれても、問題は解決しなかった。翌日、「反革命現行犯」のプレートをもって、市文連に行くようにと言明された。またもや、たらいまわしされたのだ。

この夜半、老舎が帰らないので、焦慮している夫人胡絜青に、電話があった。その日の様子を、一九八一年の会議のとき夫人と同室になった楊抹が、夫人から聞いた話として描いている。

　北京市文連の誰かが、夫人に電話してきて「老舎は現在西長安街六部口の派出所にいる。急いで彼を家に連れて帰って欲しい」といって、他のことはなにも言わないで電話は切れた。……彼女は、何故文連が車をだして老舎を家に送ってくれないのか、おかしいと思った。今は真夜中だ、彼女は老舎を家に連れ帰る車をどこでみつけるか?……ためらうことなく、人気のないくらい街に出て行った。彼女はどうしたらいいか分からず、よろよろと歩き出したが、なかなか前に進めなかった。彼女はひとりで王府井の北の端から、西単の六部口まで行かねばならない。着いたら夜が明けるのではないか?……しかし、街に人影はなく、まして車はなかった。彼女はよろめきながら歩いていった。……ちょうど王府井南口まできたとき、輪タクに出会った。車夫は老人だった。胡絜青は溺れるものが浮き輪をつかむように、急いで駆け寄り、三輪車を引いている車夫に叫んだ。「私を六部口まで乗せていって、病気の老人を連れて家まで引いてください」と丁寧にたのんだ。車夫は「もう遅い。わしは車をしまって家に帰るところだ。」と、車夫はもう走る気はなかった。彼女はさらに丁寧にいった。「どうか行ってください。私の夫が突然病気になって、六部口の派出所で助けられた。急いで彼を家に連れて帰らねばならないのです、私の家は乃慈府です。」車夫は彼女のただごとでない気配を見て、哀れに思ってゆっくりと聞いた。「旦那さんは太っているかね?二人を引くには、わしは年をとってるから、ふんばりきれないんだ」「軽いです、軽いです。私と同じように痩せて小さいです。引けますよ。私たちを家に連れて帰ってくださいよ。お望みの車賃をだします」(22)

このようにしてようやく家に帰りつくことができた。この後のことは夫人が一九七九年、王行之に語っている。「夜中の二時、彼を連れて家に帰った。頭は傷がざっくり口を開けていて、顔中血だらけで、体中あらゆるところに青や赤の痣ができ、無傷のところは無いようだった。あの夜、家に帰ってもあまり話しをせず、眼にはかって見たことがないような、憤怒と苦痛の色がありありとしていた」[23]

(二) 太平湖へ ― 一九六六年八月二四、二五日

八月二四日朝のことを、夫人は「八月二四日の午前、私は家で彼の看病をしたかったが、彼は私にどうしても出勤しなさいといった。私が『運動に参加』しないと、政治的な問題でやっつけられるかもしれない。私はさからいきれないと分かり、彼に従うしかなかった。彼の傷口の手当をして、出かける前私は老舎に、また出かけないで、家でちゃんと数日養生しなさいと何度もすすめた。私が家を出てすぐ、彼は杖と自分で描いた毛主席の詩句を持って家を出たとは、誰も知らなかった」[24]と、語っている。

二四日、老舎は家を出たが、市文連には姿をみせず、行方知れずになった。その日のことを老舎の長男舒乙は次のように述べている。

私が職場で急報を受け家に駆けつけたとき、家の中は大混乱していた。路地の入り口から、庭先、家の中に至るまでベルトを手にした紅衛兵が立ちふさがり、そこらじゅうにベタベタと壁新聞が貼られていた。彼らは老舎の姿を探して家の中を隅から隅までひっくり返した。どの部屋も天井への抜け道が壊されていた。老舎が屋根裏に隠れていると思ったが、そこにもいない。無謀な少年たちは拍子抜けした面持ちであったが、やがて逃げるように立ち去った。私は急いで、一通の手紙をしたため、変装し、上の妹を連れて国務院の接待ステーション（全国民に開かれた苦情受付窓口）に駆けつけた。出てきた責

任者に私は証拠品をみせた。昨日父が着けていたワイシャツと頭を包んでいた白い水袖である。彼はじっと私の話に耳を傾け、手紙を受け取るといった。「すぐ上部へ報告します。ご安心ください」それから午後、周総理の秘書処から母に電話が入った。「周総理は緊急報告を受け、すぐ老舎先生を探すように手配されました。何か分かり次第連絡します。お待ちください」一日一夜はこうして過ぎ去り、次の午前中も待機したままだった。午後（八月二五日）になって市文連から私に呼び出しの電話が入った。右出向くと一枚の証明書をくれた。「当会（文学芸術界連合会）の舒舎予は人民を裏切って自殺した。右証明する」と言う文面である。彼らはまる一日という時間を、問題の性格を規定する文面の推敲に費やしたのだ。彼らにしてみれば、責任逃れが最大の関心時なのだ。すぐ徳勝門外の太平湖に行って、事後処理をすること、母には知らせない方がよかろう、と彼らは言った。……父は早朝（二五日）太平湖後湖で発見された。……公園の番人によると八月二四日、この老人は午前から夜まで丸一日、じっと腰掛けたまま動かなかった。思うに悲劇の結末は、夜半に起きたのだ。老人は手に一巻の紙を持っていたという。朝方は湖面に紙片が浮いていたので、大事に掬いあげたところ、クルミ大の字で毛主席の詩が描かれていたという。きちんとした老舎特有の筆の字である。その行間に、現場で書いた何か遺言らしい言葉は記されていなかったのか、さらに大きな謎である。紙にペン、一日という時間、それに秘めた思い、言いたいこともあったはずで、しかも父は「物描き」なのだ。市文連から、後に上着、ペン、眼鏡、ステッキが返却されたが、この紙だけは見せて貰えなかった。……あの夜、私はベンチにどれくらい腰掛けていたろう。日はとっぷり暮れ、あたりは闇に包まれていた。……通りを走る車の音は、すっかり途絶えていた。私はそろそろ母が来る頃だと思い、立ち上がって大通りへ迎えに行った。そのとき母は火葬場の車に同乗して太平湖に到着し、暗闇の中、父の遺体のありかが分からず、私の名を呼びながら後湖の方へ歩き出していた。母のただならぬ声を聞きつけた公園の門番が同情して、何くれとなく面倒をみてくれたので、どうにか父を火葬場行きの車に運ぶことができた。火葬場では、係りの娘さん二人が、こちらの差し出した証明書を見て、「全国人民代表とか全国政治協商会議常任委員会クラスの人で、このような扱いを受けるのはこの人がはじめてだわ」と言った。「このような扱い」とは、遺骨も残して貰えず遺棄される処分のことである。(25)

一九七八年六月三日、八宝山革命公墓で遺骨埋葬式を挙行し、老舎は名誉回復された。墓にあるのは愛用の万年筆一本、毛筆一本、眼鏡一個、ジャスミン茶の一包みである。老舎の執筆に不可欠な品である。遺骨はない。

(三)「中華民族」独立の悲願達成の果てに見たもの

八月二四日、老舎は太平湖のほとりのベンチで「これはどういうことだ？」と何度もつぶやいたことだろう。一体老舎が何をしたというのか？

一九五〇年以降、既成の作家が描かないなか、老舎は「中華民族」の独立・維持・発展のために多くの戯曲を描いた。それが上演され、民衆の啓蒙、教化に役立てられた。さらに「百花斉放」の機会を素早く利用して、傑作『茶館』を生み出した。ここで老舎が「中華民族」というとき、中華人民共和国の九割以上を占める漢族と、平等な存在としての少数民族をも指す。特に老舎の中では、それは自らの出自である満州族なのだ。満州族をも含めた「中華民族」のために創作してきたのだ。それが老舎の選んだ自己実現の道だった。

さらに西側諸国への広告塔としての役割も十全に果たした。西側諸国の作家たちは、中国に来ると「共産党員」でない作家に会いたいと言う。それを老舎は引き受け、家に招待し、お土産まで持たせた。世界に少ない社会主義国家を、資本主義国に認知させるには、共産党員だけでは成り立たないのだ。老舎を共産党に入党させなかったのは、党の幹部—すくなくとも周恩来はこの点を熟知していたのではないか。老舎を共産党に入党させるほうが、国家の運営に有利と見れば、勧誘しただろう。それを老舎は断れるものではない。だが、老舎にとっても、無党派で描く方が性に合っていたのだ。かくして無言の契約のもとに、老舎はその任務を粛々とこなした。

かって日本軍の爆撃に会うも、生き延びてきた。生き延びて「中華民族」の独立を勝ち取った。一九五十年以降はすべての人が幸福になれるはずの「社会主義国家」建設のために、大同を取り、小異を捨て、ペンで尽力してきたのだった。しかし、建国十六年後に老舎に突きつけられたのは、「裏切り者」「反動のオーソリティ」の野次と怒号と仮借ない暴力だった。

老舎が罪状を認めない限り、彼らは「武闘」する。老舎の肉体は、その暴力に耐え得ない。結果的に彼らに殴り殺される。老舎は同国人同士の殺しあいだけは、絶対に避けたいと思ったのではなかろうか。それなら此処より他処に行かなければならない。第二節で述べたように、老舎は精神的あるいは肉体的な危機的状況に陥ったとき、その場所を離れることにより、状況を打開し、作品世界も広げてきた。だが、今回は何処へ行くか？もう外国は不可能だ。国内は何処へ行っても、文化大革命だ。現実的に有りうる可能性はただひとつだ。誰かが手を廻してくれて、周恩来が老舎を、紅衛兵の手が届かない安全な所に移す。現実に長男の舒乙は、周恩来に連絡をとろうと奔走していた。しかしそれはかなわなかった。

ここで序論で述べた、中国における老舎の自殺についての、三つの説についてみていく。

第一の「正義のために、抗議の自殺」説である。老舎は物描きである。抗議のためなら、この老いさらばえた肉体を差し出すより、何とか生き延びて、ペンで抗議するはずだ。さらに抗日戦時以来の、彼の創作、評論がそれを証明している。抗議の自殺なら、一日ベンチに腰掛けて、時を過ごす必要はないのではないか。しかもこのような見つかり難いところではなく『猫城記』の大鷲のように、見つかりやすいところでするだろう。

第二の絶望説である。このような状況に陥ったひと全てに、大いにありうることである。なにひとつ後ろめたいことがないと信じていたのに、誰よりも国の発展を望んでいたのに、こんな仕打ちを受けるとは、無念で、無念で、苦痛、絶望、屈辱にさいなまされる。しかし、老舎にはこの運動が、まだ年端もいかない子供たちが扇動されてしているということを、わかっていた。分かってくれるひとはいると思っている。

第三の「脆弱で、攻撃を引き受けきれず自殺した」というのは、政治運動に痛めつけられた党員に多い意見である。党員は自らを「労働者階級の前衛」と心得て、党員でない老舎などより、政治的に一段上と思っている。党員がそれほど強く、清廉潔白なものではない。二三日、老舎に攻撃が集中する端緒となった「老舎はアメリカのドルを持ってきた」といったのは、一九四〇年に入党した文連副主席の女流作家草明なのだ。「脆弱で攻撃を引き受けきれ」なければ、昨日早々と、紅衛兵の糾弾を、頭をうなだれて聞き入れたはずだ。それをしなかったから、昨日あれほど徹底的に殴られたのだ。第三の説は、老舎にもっとも似つかわしくない。「中華民族」の独立を願って、さらに勝ち取った独立の維持・発展に尽力した果てに老舎が見たものは？建国前の中国を描いた『茶館』で、常四爺に言わせた台詞「私は旗人だ、旗人だって中国人だ……私はこの国を愛したよ、だが誰が私を愛してくれた？」とは、まるで作者自身の未来を予見していたようではないか。老舎は自分が描いた小説の主人公たちが、生きることを考えあぐねて、自ら死を選ぶのを思い起こしたに違いない。

紅衛兵の言うことは絶対に認められない。しかし、認めない限り殴り続けられて、老舎の肉体は耐え切れず死ぬ。

もう誰も、彼を此処より他処に連れ出してくれはしない。自ら此処より他処に行かなければならない。此処より他処とは、老舎が描いた小説の多くの主人公が選んだと同じ場所　―　彼岸の世界しかない。こうして老舎は、彼が描いた小説の人物と同じ選択をした。だが老舎の自殺は、彼が描いた一九五〇年以前の小説と同じではない。

『猫城記』の「大鷲」や「小歇」や「迷」の自殺は、外国に攻められて死が避けられない状況だった。それゆえ誇りある「死」を選択して、自殺したのである。『四世同堂』の祁家の呉服屋の支配人をしている天佑は、侵略者である日本の軍人に無実の罪を認めることを強要された。彼は恐怖のあまりいわれるまま罪を認めてしまった。その自分を浄化するため入水自殺したのである。これらは外国からの侵略が原因である。この侵略のくびきから脱しないかぎり、人はより良く生きたいと思えば思うほど、「死」を選ばざるを得ない。「生」と「死」の二律背反におちいる。これが一九五〇年以前に老舎が描いた作品の登場人物たちの自殺である。

だが一九六六年に老舎が「死」を選択せざるを得なかった状況は右記とは違うのである。外国の侵略から独立した国家によって、全ての虐げられていた人民が幸福になるはずの独立した国家なのだ。さらに、この国を独立に導いたはずの「偉大な領袖」の指導のもとに行われた「文化大革命」という「国内」の暴力によるものだ。一九五〇年以前とは決定的な違いがあるのである。老舎も十年以上身を挺して関わってきた結果、勝ち取ったはずの「中華民族」による国家によってもたらされたものである。更に新中国建国以降、国家のために自己の文学観をも抑え、新中国発展のために創作してきたのはなんだったのか？自分は一体何をしてきたのか？老舎のなかに激しい絶望感、無力感、屈辱感が渦巻いたであろう。だがこのとき老舎の中に甦ったこともあったのではないか？自身も一九五七年の「反右派闘争」のとき、声高に丁玲や呉祖光を糾弾したのではなかったか。暴力こそ用いなかったが、言葉の暴力で彼らを糾弾した。その結果自分は「槍玉」にあげられなかった記憶も蘇ったのではなかろうか？

さらに一九五七年の『茶館』で、老舎が描いた祐泰茶館の王利発の自殺を思いおこしたのではないか？王利発は三つの時代を生きていくために、あらゆるやり方で茶館を経営してきた。最後に同国人である国民党の局長に茶館を接収された。自身は拘束されているわけではないが、老舎は王利発を自殺させた。あのとき王利発が自殺せず、解放区に行き、新中国で生き続けたらどうなったか。反右派闘争や文化大革命に遭遇したのである。老舎は自身の自殺によって、かって彼が作品に描いた王利発の、もう一つの方向をみずから体現したことになる。

老舎（本名舒慶春《シュジンチュン》、字は舒予）は一八九九年二月三日、北京小羊圏胡同で生まれる。父舒永寿は清朝の満州八旗の正紅旗に属する下級の旗兵だった。母の姓は馬であるが、名前は不詳であり、正黄旗の旗人であった。一九〇〇年六月義和団が列強に宣戦布告し、八月北京を占領し、父は八カ国連合軍と戦い戦死した。父も遺骨はない。清朝が辛亥革命で崩壊し、満州族は厳しい生活を余儀なくされた。老舎は自分が生きた清朝末期、中華民国、中華人民共和国に生きる人々を、それぞれの時代の哀歓とともに描いた。だが、この間、満州族と明記した作品は、戯曲『茶館』、『義和団』だけである。満州族を描く土壌は、新中国になってもなかったのである。

一九六一年頃から、描きだせる状況ができ、初めて満州族を登場人物にした小説『正紅旗下』の執筆を始めた。しかし文化大革命の足音が促促たる中、発表の目途はなくなり「伝えたいことを伝えられない」と一九六二年ごろ描くのをやめた。老舎のアイデンティティとコンプレックスの根幹をなす出自のテーマは、ついに完成できなかった。

太平湖のほとりでベンチに腰掛けて水面を眺めながら、老舎は越し方に想いをはせただろう。さらに今頃は自分が文連に行かないことで大騒ぎになっているだろう。しかし、文連に引きずりだされたら、ふたつの結果しかない。紅衛兵のいう事を認めるか、みとめないかだ。

紅衛兵の言うことをみとめるわけにはいかない。しかし認めなければ彼らは死ぬまで老舎を殴るだろう。すると「中華民族」に殺された「満州族」の老舎として「生」を終えることになる。さらに有り体に言えば、「中華民族」の九割以上は漢民族である。結果的に「漢民族」に殺された「満州族」老舎として、「生」を終えることになる。これだけは断じて首肯できないと思ったのではないか。ここで老舎は、よりよく「生きたい」と思えば「死」しかないという「生」と「死」の二律背反にみずから陥っていると自覚したのではないか。「中華民族」に殺された「満州人」になるぐらいなら、自ら命を絶つと決意したのだ。老舎は『正紅旗下』で描き続けられなかった満州族としての誇りを、最後はその身で具現したといえる。老舎は満州族の誇りに殉じたのである。老舎には、これ以外の選択肢はなかった。

ここに老舎は自らの作品に描いてきた虚構の世界の延長上に、自らの行動―みずから命を絶つ―を刻み込み、生を終えることで、みずからの人生の最後をも創作し、作家としての「生」を全うした。

注

第一節

（1）緒方昭氏も「老舎の小説と戯曲の変遷―抗戦・建国期を中心に」（『国学院雑誌』二〇〇二年一一月号）一七二頁で、「老舎の生涯変わらぬ勤勉な創作活動は、前半期が小説、後半期が戯曲を中心にしたもので」この区分が「一九三七年老舎が抗戦参加のために済南を脱出し、武漢に向かった年を期として、創作時期を二分したものである」と述べている。

（2）日下恒夫編「老舎年譜・老舎著書目録」、『老舎小説全集一〇』、学習研究社、一九八三年、三九五頁。

（3）老舎「為了団結」（『老舎全集』第一四巻、六七二頁）で、「私は作協の副主席として、多くのことをしている。とくに外国の客を招待することだ。一部の外国の客は、党員作家と会いたがらないで、私を指名する。というのは私が党員でないからだ。……ときには外国の客は我々の党を疑う。私はほんとうに腹がたつ。」とその客を家に招待し、食事でもてなし、お土産まで渡している。この費用を作協に請求したことはない、と述べている。

(4) 王行之「我論老舎」、『老舎評説七十年』、張桂興、中国華橋出版社、二〇〇五年、二一一—二一五頁。

(5) 夏淳「記『紅大院』的誕生」、『老舎的話劇芸術』、文芸出版社、一九八二年、四八〇—四八四頁。(初出一九八五年『劇本』一一月号)

(6) 老舎『紅大院』、『老舎全集』第一一巻、四〇三、四〇四頁。

(7) 沈従文『沈従文全集』附巻、検索、北岳文芸出版社、二〇〇三年、五三頁。

(8) 趙志忠主編『二十世紀中国少数民族文学百家評伝』、遼寧民族出版社、二〇〇七年、二一一—四二一頁。

(9) 吉田富夫・萩野脩二編『原典中国現代史』第五巻思想・文学、岩波書店、一九九四年、二〇七頁。

(10) 同右、二〇八頁。

第二節

(11) 舒乙・中島晋訳『北京の父老舎』、作品社、一九八八年、四四—四七頁。

(12) 同右、二二九、二三〇頁。

(13) 「対談　老舎・　武田泰淳『描ききれぬ中国の変貌』」、一九六五年『中央公論』五月号、一八三、一八四頁。

第三節

(14) 張桂興『老舎年譜』下、上海文芸出版社、一九九七年、九三二頁。

(15) 舒乙「老舎最後的両天」、『太平湖的記憶—老舎之死』、海天出版社、二〇〇一年、三七、三八頁。
口語訳は、舒乙著・林芳編訳『文豪老舎の生涯』(中公新書、一九九五年)を引用した。

(16) 端木蕻良「打屁股」、『太平湖的記憶—老舎之死』、一〇四—一〇七頁。

(17) 王松声「我親耳聽到老舍問我『松声、這怎麼回事?』」、『太平湖的記憶—老舍之死』、一三八頁。
(18) 楊沫『楊沫文集』巻七、北京十月文芸出版社、一九九四年、三—五頁。
(19) 注17、一四〇頁。
(20) 草明「自殺的好多、不過是他有名気」、『太平湖的記憶—老舍之死』、一〇八—一一一頁。
(21) 注15、三〇、三一頁。
(22) 注18、六頁。
(23) 王行之「老舍夫人談老舍」、『老舍写作生涯』、百花文芸出版社、一九八一年、三二六頁。
(24) 同右、三二六頁。
(25) 注15、三四—三九頁。

あとがき

大学で国文学を専攻し、高校の国語の講師をしながら、同人雑誌に所属して小説を描いていた。五八才で小説を出版し、一区切りついたところで中国への留学を計画した。かねてから中国の古典文学、文化、歴史に畏敬の念と興味を持っていた。その流れのなかで現代中国にも関心を寄せてきた。というのも、古典の授業で取り扱う『源氏物語』や『枕草子』、『奥の細道』など、どれをとっても中国文学の影響なくして成立しなかった作品であることを痛感していたからである。それと同時に外国に身をおいて、これまでの自分を振り返ってみたかった。

五九才で北京外国語大学に一年間の予定で語学留学した。中国語はカルチャーセンターに週一回、二年間通っただけで、どうにかピンインが読め、簡単な日常会話を理解できる程度であった。

「初級五」の教室で学び始めて四ヶ月目、テキストに老舎の『駱駝祥子』の抄訳があった。祥子は人力車を盗られ、妻も子供も亡くし、また車を無くした。さらに愛する小福子を失っても、老舎は祥子を生かし続ける。この〝活きる祥子〟を描く老舎の凄まじいまでの筆力に圧倒された。さらに読み続けると漢字が、言葉が、一つずつ、リズミカルに、きりっと頭をあげてくるような文体。これが北京語なのだ。世に一目惚れという言葉があるが、それになぞらえて言えば、私は老舎の作品に一読み惚れしたのである。

私が中国文学でよく読んだのは魯迅であった。老舎の作品は読んだことがなかった。老舎についての知識といえば、開高健や井上靖の文章を読んで「文化大革命の始まった一九六六年に紅衛兵に殴られて自殺した」ということだけだった。それを読んだときの印象では、作家なら「創造力の世界にかかわる限り見るべきほどのことは見る」べきではないか。文革が始まったばかりのときに、逝ってしまうとは?と、どちらかといえば否定的なものだった。だが『駱駝祥子』は、この老舎観を打ち砕いた。これは私が思い違いをしているにちがいない。この作品と老舎の最後とはあまりにもかけ離れている。この間に横たわる何かがあるはずだ。この深淵を追求したい。おなかの中から熱いものがこみ上げ、やがてそれは私の身体中に広がった。

夏休み日本に帰って、中国語講座で中国語を教えて頂いていた古川裕先生（現大阪大学大学院教授）に相談した。先生から「テーマがはっきりしているので、大学院に行ったらいい。老舎の小説を翻訳しておられる関西大学中国文学専攻の日下恒夫先生のところに行くように」と勧められた。私は迷うことなく、日下先生の門をたたこうと決意した。

次に留学期間を後一年延長することにした。一年の留学では、老舎はとても読めないと判断したからだ。

二〇〇三年四月、関西大学大学院文学研究科中国文学専攻博士課程前期課程に入学した。

本書で取り上げたのは長篇、中篇小説である。短篇小説は割愛した。しかし、老舎は一九五〇年以前、多くの優れた短篇小説を描いている。私が在籍した七年間、日下先生はゼミで老舎の短篇小説を取り上げて読んでいってくださった。一九三四年出版の短篇集『赶集』、一九三五年の『桜海集』、一九三六年の『蛤藻集』を全て読んだ。これらの作品を読む中で、老舎が優れた短篇小説の描き手であることを実感した。さらにこれらの短篇小説から、老舎の様々なことに対する好悪の感情、正義感、社会観、倫理観、女性観、潔癖観などを読み取った。これは作家が作品を描く上で、一生持ち続けるものである。新中国になり、共産党賛美の作品を描いたとしても、消し去れるものではない。これらの作品を抜きにして、老舎の小説は語れない。本書で取り上げた作品を論ずる根底に、この短篇小説を読んだことが大きな支えになっている。またゼミで日下先生からの老舎について蘊蓄を傾けた講義抜きに、私の老舎論は完成できなかったと痛感している。さらに先生からは貴重な資料の提供、節目、節目での叱咤激励を頂き、先生より高齢の私へのお気遣いも随所で頂いた。日下恒夫先生の御指導と御配慮に深く感謝している。さらに本書を出版するに当たって日下先生は激務のなか、序文を書いてくださった。心からお礼申し上げる。

また日下先生は、博士課程後期課程三年のとき描いた、本論の第七章「百花斉放から反右派闘争のなかの老舎」の論文を読んで、当代文学専門の萩野脩二先生（現関西大学名誉教授）に、私の指導を依頼してくださった。以後萩野脩二先生には、私の論文完成まで、懇切丁寧に指導して頂き、励まして頂いた。また先生が背中を押してくださったことが、論文を完成させる力になったと深く感謝している。

本書は二〇一〇年関西大学に博士論文として提出したものである。日下恒夫先生に主査として審査していただいた。また審査の労をおとりただいた萩野脩二先生、内田慶市先生（現関西大学教授）にこの場をかりて厚くお礼申し上げたい。

老舎は日本の侵略によりたびたび被害を受けている。一九三二年の上海事変により、上海の商務印書館も日本軍の爆撃をうけ、破壊炎上し、印刷を終えたばかりの老舎の小説『大明湖』は灰燼に帰した。原本も焼け、この作品は再び世に出ることはなかった。

一九三七年七月蘆溝橋事件の勃発を契機に、日本による全面的な侵略戦争が始まった。十一月、老舎は妻子をおいて、ペンで抗日戦に参加するため武漢に旅立った。

一九四三年には妻も子ども三人を連れ、重慶に到着した。この生活が一九四六年まで続くのである。この苦難の時代は本書の第四章で述べた。この間の老舎およびその家族や、中国人が受けた苦難に満ちた生活の記述を読んで、私は慙愧の念に押しつぶされて、読み進めるのが辛かった。侵略には、いかなるいいわけも存在しないと肝に銘じた。

本書を世に出すにあたって、還暦を過ぎてから学生となった九年間のことが色々と思い出される。

北京外国語大学に留学した二年間は第二の青春ともいえる。この大学に到着したその日から、日用品の買い物からパソコンの設定まで、博士課程に在学している張さんにお世話になった。張さんが日本に留学したときの指導教授が古川裕先生だった。先生が張さんに、高齢で中国語の会話も覚束ない私のサポートを依頼してくださったのだ。

また張さんの夫人で、北京大学の博士課程に在学している唐さんが毎週土曜日、私に中国語を教えに来てくださった。これは唐さんが外国に留学するまで一年間続いた。謝礼を渡す私に張さんは「お礼は古川先生に言ってください。私は日本で、先生にとてもお世話になったのです。最後は先生のお宅にお邪魔して、食事までご馳走になって、修士論文を完成できたのです。私は古川先生にお返しをしているのです」といって、頑として謝礼は受け取られなかった。また何事にも潔癖で凛としている張、唐さんから中国について多くの事を学んだ。張さんご夫妻のおかげで、何の不安もなく留学生活を送ることができたと感謝している。

後に老舎のエッセイを読んで、老舎が潔癖で、信義を重んじ、友誼に厚い姿勢を終生保ち続けたのを知った。この中国の知識人の気質が、老舎から張さんに脈々と流れていると感動した。

日本で古川先生から張さんに差し伸べられた手が、こんどは中国で張さんから私に差し出され、友誼の輪は広がっていったのだ。私は人情に国境はないと痛感した。気持ちよく勉強できたことに感謝したい。またこのような出会いをつくってくださった古川裕先生に厚くお礼申し上げる。

関西大学の院生としての七年間は、私の子どもより若い院生、中国や台湾からの留学生など、さまざまな人との出会いがあり、若い世代からの思いやりにも触れ、多くのことを学んだ。

また国文学を研究している五十年来の友人が、この論文を読んで、貴重な助言をしてくれた。そのおかげで補筆し、まだまだ不十分な論文であるが、世に出すきっかけとなった。このことは、文学研究とは国、時代、思想を越えて普遍的なものであると実感した。本書を、中国文学を読んだこともない文学を愛する人に読んでもらいたいと願っている。

最後に北京から帰国する直前に起こった出来事について述べたい。

二〇〇三年一月五日、二年間の留学を終えて帰国する予定だった。しかしその十日前の一二月二五日、胆嚢結石の発作が起こり、何時間も苦しんだ。結石は幸い腸に落ちたが、その後高熱と黄疸で北京の病院に入院した。まだ二〇個以上結石が胆嚢にあり、いつまた暴れ出すわからない症状なので、急遽日本の病院に搬送されることになった。

一二月二九日、看護師に付き添われて、病院から寝台車で空港に運ばれ、空港から飛行機まで車椅子で行った。関空に着くと飛行機の扉まで車椅子が迎えに来ていて、また寝台車で病院に着いた。北京から日本の病院まで、私が歩いたのは北京の病室から、病院の玄関まで五メートルだけである。多くの人びとのおかげで人は生かされていると、心から実感した。さらに一二月二九日という年末に、手術を要するかもしれない北京からの患者を、受け入れてもらえる病院は少なかった。藤井寺市民病院にお願いして受け入れてもらえた。まださらに胆嚢切除の手術をするため、検査をした結果、ごく初期の胃癌が見つかった。胆嚢結石のおかげである。二〇〇三年一月一五日、胃と胆嚢切除の手術を受けた。

手術を聞いた張さんから、流暢な日本語でお見舞いのメールが届いた。「痛かったでしょう。でも人間万事塞翁が馬です。今回の大病が、今後のあなたの健康を約束してくれるでしょう」と。まさにその通りとなり、術後十年目の現在も元気である。

本書を出版するに当たって、企画から細部にいたるまでお世話になった好文出版社長の尾方敏裕さん、編集部の竹内路子さんに厚くお礼申し上げる。

また手術二ヶ月後の四月から大学院に通学するため、娘と夫からの日常生活のなかでの様々な支えをうけて、健康を維持でき、研究に集中できた。ここに感謝の気持ちを記したい。

二〇一四年一月

吉田　世志子

参考文献（本文中に引用した書籍・論文は除く）

中国の書籍

『新中国の創作理論』（未来芸術学院二）矛盾、周揚他、中国文学芸術研究会訳、未来社、一九五四年。

『新中国のリアリズム論』（未来芸術学院一〇）、馮雪峰、宮崎ひろし訳、未来社、一九五五年。

『現代中国新文学講義第四分冊　人民大衆のための文学』、王瑶、実藤恵秀他訳、河出書房、一九五六年。

『戯劇的現実主義問題』、長光年、中国戯劇出版社、一九五七年。

『義和団民話集』中国の口承文芸集、牧田英二・加藤千代訳、東洋文庫二四四、平凡社、一九七三年。

『わが半生』上・下、愛新覚羅溥儀、小野忍・野原四郎・新島淳良・丸山昇訳、筑摩書房、一九七七年。

『文化大革命の内側で』上・下、ジャック・チェン、小島晋司・杉山市兵訳、筑摩書房、一九七八年。

『中国近代史三　義和団運動と辛亥革命』、復旦大学歴史系・上海大学歴史系　監訳野原四郎・小島晋治、一九八一年。

『蕭軍金作』、四川人民文学社、一九八一年。

『随想録』、巴金、石上韶訳、筑摩書房、一九八二年。

『探索集』、巴金、石上　韶　訳、筑摩書房、一九八三年。

『中国当代文学思潮史』朱寨主編、人民文学出版社、一九八七年。

『老舎研究縦覧』、曾庵爛編著、天津教育出版社、一九八七年。

『老舎劇作研究』、冉憶橋・李振潼、華東師範大学出版社、一九八八年。

『老舎資料考釈』上・下、張桂興、中国国際広播出版社、一九八八年。

『毛沢東と中国知識人』、戴晴、田畑佐和子訳、東方出版、一九九〇年。

『胡風追想』、梅志・関根謙訳、東方書店、一九九一年。

『風呂』、楊絳・中島みどり他訳、みすず書房、一九九二年。

『老舎　文学思想生成与発展』、石興澤、山東文芸出版社、一九九四年。

『老舎論稿』、王延晞、山東大学出版社、一九九四年。

『老舎創作論』、張慧珠、上海三聯書店、一九九四年。

『老舎小説新論』、王潤華、学林出版社、一九五五年。

『中国現当代文学』、王嘉良・金漢主編、浙江大学出版社、一九五五年。

『溥儀・戦犯から死まで』、王慶祥、学生社、一九九五年。

『毛沢東の私生活』上・下、李志綏、文藝春秋、一九九六年。

『囚われた文学者たち』上・下、李輝、千野拓政・平井博訳、岩波書店、一九九六年。

『文化大革命十年史』上・下、厳家祺・高皋、辻康吾監訳、岩波書店、一九九六年。

『老舎年譜下冊』、張桂興、上海文芸出版社、一九九七年。

『胡風回想録』、胡風・南雲智他訳、論創社、一九九七年。

『文化大革命簡史』、席宣・金春明、岸田五郎他訳、（原出版社　中国共産党史出版社）中央公論社、一九八八年。

『中国当代文学史』、洪子誠、北京大学出版社、一九九九年。

『老舎新論』、王暁琴、首都師範大学出版社、一九九九年。

『周恩来伝一九四九―一九七六』上・下、金衝及、劉俊南訳、岩波書店、二〇〇〇年。

『百年老舎』、主編姚振生、中国文聯出版社、二〇〇一年。

『中国語で残された日本文学―日中戦争のなかで』、呂元明・西田勝訳、法政大学出版局、二〇〇一年。

『貴門胤裔』上・下、葉廣芩、吉田富夫訳、中央公論社、二〇〇二年。

『老舎与現代中国』、湯晨光、湖南師範大学出版社、二〇〇二年。

『中国当代文学史』、鄭万鵬、中山時子他訳、白帝社二〇〇二年。

『二十世紀中国文学通史』、唐金海・周斌、東方出版中心、二〇〇三年。

『口述歴史下的老舎之死』、傅光明、山東画報出版社、二〇〇五年。

『他民族国家中国』、王柯、岩波新書、二〇〇五年。

『世紀之初読老舍』、（二〇〇六国際老舍学術研討会）、中国老舍研究会選編、人民文学出版社、二〇〇七年。

『老舍的沈浮人生』、蔣泥、東方出版社、二〇〇八年。

『中国現代文学史教程』、鄭思和、復旦大学出版社、二〇〇八年。

『老舍之死口述実録』、傅光明　鄭実、復旦大学出版社、二〇〇九年。中国の論文

中国の論文

「看『方珍珠』」、鐘惦棐、一九五一年一月四日『人民日報』。

『看『龍鬚溝』』、李伯剣、一九五一年二月四日『人民日報』。

「『春華秋實』的演員是怎様體驗生活的?」、夏淳、一九五三年六月三日『大公報』。

「老舍先生談諷刺劇『西望長安』的創作」、記者、一九五六年『劇本』二月号。

「評〝西望長安〟」、李訶、一九五六年『劇本』七月号。

「談『茶館』」、老舍、一九五八年四月四日『中国青年報』。

「読『茶館』」、李建吾、一九五八年『人民文学』一月号。

「『茶館』漫談」、張庚、一九五八年五月二七日、『人民日報』。

「胡風グループの意見」、胡風、杉本達夫・牧田英二訳、『現代中国文学一二評論・散文』、河出書房、一九七一年。

「読老舍遺著『正紅旗下』」、泳心、『民族団結』、一九七九年九月一五日、一〇一期。

「『大鼓芸人』和『方珍珠』」、胡絜青、一九七九年『劇本』月刊第二期。

「関于老舍的『茶館』」、胡絜青、『戯劇芸術論叢』、一九八〇年第二輯。

「帯笑的葬歌―談囲繞『茶館』争議的幾個問題」、冉憶橋、上海師範大学学報第一期、一九八〇年。

「試論『老張的哲学』」、佟家桓、『文芸評論叢刊』第一一輯。中国社会科学出版社、一九八二年。

「震驚中外〝神拳〟―漫談四幕話劇『神拳』」、康戈、『老舍的話劇芸術』、文化芸術出版社、一九八二年。

「試論老舍劇作的第一幕」、冉憶橋、『老舍研究論文集』、山東人民出版社、一九八三年。

「論老舎的戯劇観」、唐金梅・周斌、『老舎研究論文集』、山東人民出版社、一九八三年。

「老舎話劇創作的現実主義成就」、克莹、同右。

「国之瑰宝」、曹菲亞、一九八九年『北京文学』第九期。

「由手稿『茶館』劇本的創造」、舒乙、一九八六年『十月』第六期。

「老舎二題」、範亦豪・伊藤敬一訳、『季刊中国』No.五六、一九九九年。

「『茶館』―文学本与演出本之比較」、李学武、『中国現代文学研究』叢刊、作家出版社、二〇〇二年第三期。

「送葬曲的弦外音―『茶館』主題新議」、李潤新、『走近老舎』、京華出版社、二〇〇二年。、

「『正紅旗下』的文体疾価値」、『説不尽的老舎』、舒乙主編、北京師範大学出版社、二〇〇三年。

「四重意識―老舎五六十年代」、石興澤、『老舎評説七十年』、中国華橋出版社、二〇〇五年。

日本の書籍

『中国新文学入門』、島田政雄、ハト書房、一九五二年。

『中国現代文学史　革命と文学運動』、菊池三郎、青木書店、一九五三年。

『中国新文学運動史』、尾崎徳司、法政大学出版局、一九五七年。

『中国文学史』、倉石武四郎、中央公論社、一九六五年。

『戦後演劇の手帖』、尾崎宏次、毎日新聞社、一九六八年。

『現代中国の文学　展開と論理』、竹内実、研究社、一九七二年。

『中国文学史』、前野直彬編、東京大学出版会、一九七五年。

『有吉佐和子の中国レポート』、有吉佐和子、新潮社、一九七九年。

『中国の栄光と悲惨　評伝趙樹理』、釜屋修、玉川選書、玉川大学出版部、一九七九年。

『北京の柿』、水上勉、潮出版社、一九八一年。

『ひとびとの墓碑銘―文革犠牲者の追悼と中国文芸界のある状況―』、竹内実、村田茂編、霞山会、一九八三年。

『中国文学史下』、佐藤一郎、高文堂出版社、一九八三年。

『黄龍振るわず　義和団前後　中国の歴史近・現代編二』、陳舜臣、平凡社、一九八六年。

『図説　中国現代史』、池田誠・安井三吉・副島昭一・西村成雄、法律文化社、一九八八年。

『中国の文学論』伊藤虎丸、横山伊勢雄編、汲古書院、一九八七年。

『中国文学最新事情』、竹内実・萩野脩二編著、サイマル出版会、一九八七年。

『中国文学この百年』、藤井省三、新潮社、一九九一年。

『現代中国演劇考』、松原剛、新評論、一九九一年。

『現代中国の政治と文学―批判と粛清の文学史』、小山三郎、東方書店、一九九三年。

『中国二十世紀史』、姫田光義他、東京大学出版会、一九九三年。

『文学テクスト入門』、前田愛、ちくま学芸文庫、一九九三年。

『現代中国の輪郭』、藤井省三、自由国民社、一九九三年。

『声のないところは寂寞　詩人・何基芳の一生』、宇田禮、みすず書房、一九九四年。

『原典中国現代史』政治上、第一巻、毛利和子・国分良成編、岩波書店、一九九四年。

『中国現代文学を読む　四十年代の検証』、阿部幸夫、東方書店、一九九四年。

『文学テクストの領分』、日高昭二、白地社、一九九五年。

『中国〝新時期文学〟論考』、萩野脩二、関西大学出版部、一九九五年。

『中国、一九〇〇年　義和団の光芒』、三石善吉、中公新書、一九九六年。

『新しい中国文学史』、藤井省三・大木康、ミネルヴァ書房、一九九七年。

『老舎と漱石―生粋の北京人と江戸っ子』、李寧、新典社、一九九七年。

『中国史』、尾形勇、岸本美緒編、山川出版社、一九九八年。

『アジアの歴史と文化』、堀川哲男編集、同朋社、一九九八年。

『中国演劇二十世紀　中国話劇史概況』、瀬戸宏、東方書店、一九九九年。

『文化大革命に到る道』、丸山昇、岩波書店、二〇〇一年。

『中国科学幻想館』(上)、武田雅哉・林久之、大修館書店、二〇〇一年。

『中国現代文学史』、吉田富夫、朋友書店、二〇〇二年。

『近代文学研究とは何か—三好行雄の発言—』、三好行雄、勉誠出版、二〇〇二年。

『日本近代文学『死の系譜』— 新説 三島由紀夫事件』、中島信行、三想社、二〇〇二年。

『中国文学の伝統と再生—清朝初期から文学革命まで—』、佐藤一郎、研文出版、二〇〇三年。

『中国二十世紀文学を学ぶ人のために』、宇野木洋・松浦恒雄、世界思想社、二〇〇三年
『中国文化大革命再論』、国分良成編著、慶応義塾大学出版会、二〇〇三年。

『中国現代文学の系譜』、阪口直樹、東方書店、二〇〇四年。

『克服・拮抗・模索』、宇野木洋、世界思想社、二〇〇六年。

『未知への模索　毛沢東時代の中国文学』、吉田富夫、思文閣出版、二〇〇六年。

『「老牛破車」のうた』、伊藤敬一、光陽出版社、二〇〇七年。

『新中国の六十年』、日本現代中国学会、創土社、二〇〇九年。

『文化大革命の記憶と忘却』、福岡愛子、新曜社、二〇〇八年。

『「文化大革命」竹内実「中国論」自選集一』、竹内実、桜美林大学北東アジア総合研究所、二〇〇九年。

『豊饒なる仮面　三島由紀夫』、井上隆志、新典社、二〇〇九年。

『三島由紀夫の文学』、佐藤英明、試論社、二〇〇九年。

『水死』、大江健三郎、講談社、二〇〇九年。

『幻の重慶二流堂—日中戦争下の芸術群像』、阿部幸夫、東方書店、二〇一二年。

日本の論文

「老舎の近作について」、武田泰淳、『中国文学』第六号、生活社、一九四六年。

「『龍鬚溝』について」、関本迅、『華僑文化』四二号、一九五二年。

「第一次五ヵ年計画における中国演劇」、大芝孝、『テアトロ』一九五六年。

「老舍『西望長安』について」、岩城秀夫、『大安一〇』、一九五六年。

「中国演劇におけるレアリズム—中共の演劇政策—」、島田政雄、『テアトロ』、一九六〇年。

「老舍文学の出発」、新開高明、『防衛大學校紀要』第一〇輯、一九五六年。

「老舍と『駱駝祥子』」、北浦藤郎、『中央評論』九三号、一九六六年。

「老舍〝幽黙から正経へ〟の道」、中野美代子、『小野教授還暦記念近代中国の思想と文学』、大安、一九六七年。

「こおろぎの壺」、水上勉、『別冊文芸春秋』九〇号、一九六七年。

「壺」、井上靖、『中央公論』一九七〇年。

「老舍の死」、浅見淵、『文学界』四月号、一九七一年。

新中国文芸論争年表　一九四九—一九六二」、『野草』、一九七〇年創刊号、一九七一年第二・三・四・五号。

「『文芸講話』にみるリアリズム論」、岡田英樹、『野草』、中国文芸研究会、一九七三年。

「—『猫城記』とその評価—ある作家の運命について」、『中国人の思考様式』、中野美代子、講談社、一九七四年。

「『文芸講話』と人民文学の歩み」、伊藤敬一、『中国研究』一九七四年四月号、中国研究編集委員会。

「老舍のレアリズム」、波多野太郎、『中国文学史研究』、桜楓社、一九七四年。

「四世同堂と老舍」、波多野太郎、同右。

「老舍劇作選のこと」、黎波、『悲喜劇』No.三三五、早川書房、一九七八年。

「老舍と北京語（一）」、日下恒夫、『中国語』No.二四〇、大修館書店、一九八〇年。

「老舍と北京語（二）」、日下恒夫、同右No.二四一、一九八〇年。

「老舍と北京語（三）」、日下恒夫、同右No.二四二、一九八〇年。

「中国のリアリズムに関する予備的考察」、宇野木洋、『世界文学』五五号、一九八〇年。

「老舍『四世同堂』の真の結末」、柴垣芳太郎、『龍谷紀要』、第四巻第一号、一九八二年。

「北京缸瓦教会と宝広林—老舍の関わった教会のその後」、高橋由利子、『お茶の水女子大学中国文学会報』一号、一九八二年。

「老舍『小鈴児』について—義和団事件描写にみる所謂愛国主義作家像の再検討—」、渡辺安代、『お茶の水女子大学中国文学会報』

一号、一九八三年。

「老舎とアメリカ」、横山永三、『伊地智善継・辻本春彦両教授退官記念中国語学・文学論集』、東方書店、一九八三年。

「老舎年譜・老舎著者目録」、日下恒夫編、『老舎小説全集十』、学習研究社、一九八三年。

「老舎の文学とキリスト教（二）—『趙子曰』と『二馬』」、高橋由利子、『上智大学外国語学部紀要』第一九号、一九八四年。

「仙台を訪れた老舎（二）—中国作家代表団をかこむ懇談会の記録—」、長尾光之・阿部兼也・渡辺襄、『福島大学教育学部論集、人文科学部門』三八、一九八五年。

「老舎『猫城記』と聖書」、日下恒夫、「関西大學中国文學會紀要」、第九号、一九八五年。

「老舎の《茶館》について」、平松圭子、『放送大学研究年報』第三号、一九八五年。

「老舎与我」、日下恒夫、『世界記実文学』、第二輯、一九八六年。

「中国現代文学研究の視覚・枠組みを考える」、丸山昇、『野草』第三九号、一九八七年。

「中国現代文学研究の方法をめぐる断想」、宇野木洋、『野草』第三九号、一九八七年。

「老舎『老張的哲学』私論」、渡辺武秀、『集刊東洋学』五七、東北大学中国文史哲研究会、一九八七年。

「中国知識人の選択—蕭乾の場合—」、丸山昇、『日本中国学会報』第四〇集、一九八八年。

「老舎と西洋に関して—従『猫』経『牛』到『駱駝』—」、日下恒夫、『中文研究集刊』創刊号、中国文学研究会、一九八八年。

「〝写家〟老舎—「山東」時代の創作と関連して—」、倉橋幸彦、『中文研究集刊』創刊号、中国文学研究会、一九八八年。

「各種の老舎論—『ユーモア』評価をめぐって—」、渡辺武秀、『集刊東洋學』六〇号、東北大学中国文史哲学研究会、一九八八年。

「『小人物自述』に見える老舎の自伝観」、松村茂樹、『筑波中国文化論叢』九、筑波大学中国文学研究室、一九八八年。

「老舎『神拳』について—『義和団』「吐了一口気」とのかかわりの中から—」、渡辺安代、『お茶の水女子大学中国文学会報』第七号、一九八八年。

「漱石・老舎・倫敦」（一）、高木文雄、『金城学院大学論集』通巻第一四二号、国文学編（第三三号）、一九九一年。

「漱石・老舎・倫敦」（二）、高木文雄、『金城学院大学論集』通巻第一四七号、国文編　第三四号、一九九一年。

「太平湖」、岡松和夫、『中央公論』文芸特集春季号、中央公論社、一九九一年。

「老舎『茶館』成立考―知識人を描いた戯曲の系譜」、石井康一、『未名』第一〇号、中文研究会、一九九二年。

「老舎―職業作家への道―」、斉藤匡史、『九州大学中国文学会』第二二号、一九九三年。

「老舎〝The Drum Singer〟鼓書芸人について」、日下恒夫、『関西大學中国文學會紀要』第一七号、一九九六年。

「老舎の初期作品世界と『駱駝祥子』」、渡辺武秀、『八戸工業大学紀要』第一六巻、一九九七年。

「満州族の現代作家―老舎から趙大年、辺玲玲へ―」、牧田英二、『同時代としての中国』、早稲田大学アジア太平洋研究センター（中国部会）、一九九八年。

「老舎文学と民族芸術―話劇の中の曲芸について」、緒方昭、『二松学舎大学人文論叢』六一、一九九八年。

「『四世同堂』にみる弱者への愛」、緒方昭、『国学院雑誌』第一〇一巻第七号、二〇〇〇年。

「老舎文学「大衆性」の一考察―代表作三篇を中心に―」、緒方昭、『国学院中国学会報』第四六、二〇〇〇年。

「老舎の死をめぐる断想―I―」、杉本達夫、『早稲田大学大学院文学研究科紀要』第二分冊、二〇〇一年。

「老舎の死をめぐる断想―II―」、杉本達夫、『早稲田大学大学院文学研究科紀要』第二分冊、二〇〇二年。

「中華人民共和国成立直後の老舎についてー映画『我這一輩子』を中心に」、石井康一、『言語と文化』六（尾崎勇教授退職記念号）、二〇〇二年。

「『駱駝祥子』と老舎の女性観」、広田恭子、『未名』第二二号、中文研究会、二〇〇四年。

「老舎『四世同堂』試論」、渡辺武秀、『八戸工業大学紀要』、第二三号、二〇〇四年。

「老舎研究ノートー『茶館』訪日公演二〇周年に―」、石井康一、『言語と文化』八月号、二〇〇四年。

「老舎のアメリカ時代『鼓書芸人』覚え書」、日下恒夫、『関西大學中国文學會紀要』二六号、二〇〇五年。

「老舎与西洋―従『猫城記』談起」、『老舎評説七十年』、長桂興編、中国華僑出版社、二〇〇五年。

「老舎『茶館』札記」、辻田正雄、『文学部論集』第八九号、佛教大学文学部、二〇〇五年。

「老舎『幽黙作品』中の『悲劇』考」、渡辺武秀、『中国文人の思考と表現』、汲古書院、二〇〇〇年。

「老舎『残霧』試論」、渡辺武秀、『八戸工業大学紀要』二五号、二〇〇六年。

「たかがタイトルされどタイトル　老舎『正紅旗下』執筆の背景」、倉橋幸彦、『南腔北調論集　中国文化の伝統と現代』、山田敬三先生古希記念論集刊行会、二〇〇七年。

「老舎『国家至上』試論」、渡辺武秀、『八戸工業大学紀要』二六号、二〇〇七年三月。

「老舎『張自忠』試論」、渡辺武秀、『八戸工業大学紀要』二七号、二〇〇八年二月。

「『文芸闘争』の実態に関わる研究の現在」、宇野木洋、『野草』八四号、中国文芸研究会、二〇〇九年。

「『文革』中の沈従文の小説『来的是誰?』」、福家道信、『文学・芸術・文化—近畿大学文芸学部論集』二一巻一号、二〇〇九年。

「老舎『大地龍蛇』試論」、渡辺武秀、『八戸工業大学異分野融合科学研究所紀要』、二〇一〇年。

「二つの老舎『茶館』—焦菊隠演出と林兆華演出」、瀬戸宏、『演劇博物館グローバルCOE紀要　演劇映像学二〇〇九　第二集』、二〇一〇年。

中国・日本以外の書籍・論文

『中国　もう一つの世界』上、下、エドガー・スノー・松岡洋子訳、筑摩書房、一九七一年。

『革命、そして革命・・・』、エドガー・スノー・松岡洋子訳、毎日新聞社、一九七二年。

『北京最後の日』、ピエール・ロチ、船岡末利訳、東海大学出版会、一九八九年。

『自殺の文学史』、グリゴーリー・チハルチシヴィリ・越野剛他訳、作品社、二〇〇一年。

著者紹介
吉田世志子（よしだ　よしこ）

1942年　大阪府生まれ．1945年から大学入学まで北海道で育つ
1966年　同志社大学文学部文化学科国文学専攻卒業
2001年　北京外国語大学留学
2005年　関西大学大学院文学研究科中国文学専攻博士課程前期課程修了
2009年　関西大学大学院文学研究科中国文学専攻博士課程後期課程修了
文学博士
著書『雪鬼の跳ぶ平野』（文芸社、2000年）

老舎の文学
――清朝末期に生まれ文化大革命で散った命の軌跡

2014年 3月 15日　初版第一刷発行

著　者　吉田世志子
発行者　尾方敏裕
発行所　株式会社 好文出版
〒162-0041　東京都新宿区早稲田鶴巻町540　林ビル3Ｆ
電話03-5273-2739　FAX03-5273-2740
制　作　日本学術書出版機構

　ISBN978-4-87220-176-5